TERRE RARE

SANDRO VERONESI
TERRE RARE

ROMANZO

© 2014/2016 Bompiani / RCS Libri S.p.A., Milano

Per l'articolo a p. 407 © "Iceland Review"

ISBN 978-88-452-8258-4

Prima edizione Bompiani ottobre 2014
Prima edizione speciale Bompiani maggio 2016

A Zeno
frattanto sopraggiunto

PRIMA PARTE

Un giorno disumano

1

Il mondo dipende dai suoi relatori e anche da quelli
che ascoltano il racconto e a volte lo condizionano.

(Javier Marías)

Oggi il tema del giorno è l'allarme gamberi. È su tutti i giornali, e non soltanto nelle pagine della cronaca di Roma, anche in quelle nazionali. I gamberi-killer della Louisiana. Ne parlano tutti con preoccupazione perché si tratta di una specie particolare, importata una quindicina d'anni fa dalla Louisiana da un allevatore del lago di Bracciano e sparsasi per tutto il Lazio, dicono, a causa della sua straripante capacità di proliferazione. Di fosso in fosso, di canale di scolo in canale di scolo, sono risaliti fino alla discarica di Malagrotta e da lì, sempre stando a quello che dicono i giornali, l'altra notte hanno dato l'assalto a Roma, attraversando l'Aurelia all'altezza del tredicesimo chilometro e generando notevoli problemi. Un maxitamponamento, dicono, tra macchine che non riuscivano più a frenare sull'asfalto ricoperto da quei mostri rossi. Secondo i giornali, la Provincia sta predisponendo imponenti recinzioni, la polizia stradale sta compiendo sopralluoghi e gli ambientalisti lanciano il grido d'allarme per l'equilibrio dell'ecosistema, mentre si temono altri assalti nei prossimi giorni. Questo, sui giornali.

Ora, si dà il caso che io mi trovi proprio al tredicesimo chilometro dell'Aurelia seduto fuori dal mio ufficio. È una mattina luminosa e croccante, le rondini strepitano nel cielo e un vento tiepido mi accarezza i peli delle braccia mentre guardo due operai con la tuta arancione che stanno effettivamente tirando su una recinzione – nient'affatto imponente, per la verità – lungo la strada a un centinaio di metri da me. Ma soprattutto, ero qui anche ieri mattina alle cinque e mezza – ero passato per recuperare le chiavi di casa, dopo una notte turbolenta – e ho *visto* con questi occhi un furgone targato straniero – forse rumeno, forse polacco – sbandare e strisciare con la fiancata contro il guardrail, il portello posteriore aprirsi di colpo e una valanga di gamberi rovesciarsi sull'asfalto. Gamberi, per l'appunto, anzi gamberoni – una miriade: niente cassette di polistirolo, niente contenitori d'altro tipo, quel furgone era, Dio solo sa perché, pieno zeppo di gamberi sfusi e ghiaccio triturato, e ha praticamente svuotato tutto il carico per strada, qui davanti, proseguendo la corsa senza nemmeno rallentare. Dunque è vero che ieri mattina all'alba, qui al tredicesimo chilometro, l'Aurelia si è sì improvvisamente coperta di un incongruo manto di gamberoni, presto ridotti a poltiglia dalle macchine transitate subito dopo il furgone; ed è vero che quando ormai non se ne poteva più sapere né indovinare la provenienza, quel pastone si è reso responsabile di un incidente tra due macchine che arrivavano un po' troppo veloci – una Clio grigia molto vecchia e una Punto verde –, le quali, frenando, si sono girate in testa-coda e si sono incastrate l'una nell'altra con una certa grazia per andare a finire la loro corsa insieme contro il guardrail in quello che la branca della fisica chiamata cinematica definisce "urto perfettamente anelastico" – lo so perché mia figlia è stata appena rimandata in fisica, e lo sta ripassando proprio in questi giorni. Questo è vero, perché l'ho visto succedere. Ma il resto no, non è vero. Non c'è stata nessuna invasione.

Insomma, ieri mattina all'alba io avevo i miei bei pensieri, e anche una certa fretta, ma ho aspettato, giuro, prima di andarmene a casa, di capire se la mia assistenza e/o testimonianza potessero essere considerate necessarie o importanti. Vedendo però che i conducenti delle due auto erano scesi, incolumi, per capacitarsi dell'accaduto, e che le altre macchine riuscivano a fermarsi o a rallentare senza falciarli e senza aggravare l'entità dell'incidente, e considerando che non avevo annotato la targa del furgone, e non immaginando minimamente di essere il solo a sapere cos'era successo, ed essendo veramente molto, credetemi, molto stanco, e bisognoso di una doccia e di un minimo di riposo e soprattutto di vedere mia figlia, a casa, e scambiarci due parole facendo colazione prima di ritornare in questo stesso ufficio per cominciare la mia giornata lavorativa, ho stabilito che potevo andarmene senza immischiarmi. Non era successo a me, ho pensato, se capite cosa intendo – se credete anche voi alla cruciale differenza che c'è tra *davanti a me* e *a me*. Così me ne sono andato. Quando sono tornato, quattro ore più tardi, c'era ancora qualche gamberone spiaccicato sull'asfalto, e c'era ancora una macchina della polizia nel controviale, ma gli agenti erano inoperosi e non parevano in cerca di informazioni, mentre la strada era bagnata e pulita e nessuno sembrava pensare più a quello strano incidente. Così, anche lo scrupolo residuo che la mia testimonianza, senza targa annotata, potesse aiutare a rintracciare il furgone, nel caso si dovessero addebitare a qualcuno i danni dell'incidente, o anche solo per chieder conto di quell'insolito modo di trasportare crostacei, sciolti e senza alcuna precauzione igienica, è scomparso, e a quella faccenda non ho pensato più. Dopodiché, stamattina, apro il "Corriere della Sera" e leggo la storia dei gamberi della Louisiana. Un trafiletto in cronaca, abbastanza stringato. Allora vado a comprare "Il Messaggero", che sulla cronaca di Roma è imbattibile, e ci trovo un pezzo in cronaca nazionale e addirittura una pagina in quella locale: tutta la storia che ho raccontato dei gamberi-killer della Louisiana, della loro importazione e proliferazione e della loro conquista del territorio fino all'attraversamento dell'Aurelia, più l'intervista all'allevatore di Bracciano, più una a un ambientalista e una al portavoce della polizia stradale, e perfino un ammiccante riquadro dedicato a *Forrest Gump*, accompagnato da una foto di Tom Hanks che però non sembra provenire dal film perché porta gli occhiali.

Così, adesso l'idea di essere l'unico al mondo a sapere come sono veramente andate le cose qui davanti ieri mattina all'alba mi insinua nella mente il sospetto che questa faccenda allora mi riguardi; che, diversamente da quanto credevo, sia successa *a me*. E ora sono qui a cercare di resistere a questa tentazione, perché il non sentirmi riguardato dalle cose che non mi riguardano è proprio ciò che credevo di avere guadagnato andando in là con gli anni. Una per una, devo sbarazzarmi di tutte le domande che ormai mi si sono formate nella mente, ed è un esercizio piuttosto faticoso.

Chi ha tirato fuori la storia dell'invasione dei gamberi della Louisiana?

Non ha importanza.

Perché?

Non ha importanza.

È una leggenda metropolitana?

Probabilmente.

Possibile che tutti i giornali (ho controllato anche sulla "Repubblica" e "Il Tempo") se la siano bevuta senza verificare?

Sì.

E anche ammesso che i gamberi rovesciati sull'Aurelia fossero davvero di quella specie, com'è possibile che nessuno si sia accorto che erano già morti?

O erano vivi?

Non ha importanza.

E perché nessuno fa il minimo accenno al ghiaccio che è uscito dal furgone insieme ai gamberi e che dovrebbe indirizzare, a logica, verso l'ipotesi di un carico perduto da un camion piuttosto che di un'invasione di crostacei famelici?

Si è sciolto così in fretta, all'alba, quando la temperatura non supera i diciotto gradi?

E anche se così fosse, come mai nessuno ha trovato strano che in una mattinata serena e luminosa quel tratto di carreggiata fosse bagnato *prima* che arrivassero i pompieri a ripulirla?

Non ha importanza.

Sì.

Superficialità.

Non dovrei farmi avanti e dire quello che ho visto, per ristabilire un minimo di verità?

No.

E ha senso scomodare la parola "verità" in una storia come questa?

No.

E verrei mai creduto, poi, se decidessi di parlare, visto che anche quell'allevatore, in un certo senso ritenuto il primo responsabile dell'abnorme proliferazione di cui parlano i giornali, convalida l'ipotesi che i gamberi si siano spinti fin qui da Bracciano con le loro dannate zampette?

Probabilmente no.

E in ogni caso, dove cazzo andava, a quell'ora, un furgone pieno di gamberi sfusi?

Suona il campanello, qualcuno è entrato nel piazzale.

2

Le attrazioni sono proporzionali ai destini.

(Charles Fourier)

Jürgen fa la guardia svizzera. È capitano delle guardie svizzere. *Hauptmann* in tedesco. Ci sono solo quattro ufficiali di grado superiore al suo, nella guardia svizzera pontificia: un colonnello – *Oberst* –, che poi è il comandante della guarnigione; un tenente colonnello – *Oberstleutnant* –, un cappellano militare – *Kaplan* –, assimilato come grado al tenente colonnello ma privo di effettive mansioni di comando, e un maggiore – *Major*. Almeno questo è quanto mi ha raccontato lui, Jürgen – lasciandomi intendere abbastanza esplicitamente di essere, insomma, un pezzo grosso. Mi ha detto un sacco di altre cose sul suo lavoro, ha praticamente soddisfatto ogni mia curiosità, e un romano non può che essere molto curioso delle guardie svizzere – soprattutto se, come me, se ne ritrova una come cliente nel proprio autosalone. Una guardia svizzera che si compra una macchina usata: ammetterete che non è una cosa di tutti i giorni. Oltretutto nemmeno il nostro autosalone è una cosa di tutti i giorni, nel senso che certi prezzi si trovano solo qui, per via dei recuperi dai contenziosi di leasing, ma non si tratta di un'informazione di cui dispongano in tanti; perciò anche il semplice fatto che Jürgen abbia saputo di noi mi ha incuriosito. Dice che è stato indirizzato qui da un altro nostro cliente, ma ha pronunciato un nome, Cociani, che a me non dice proprio nulla: evidentemente si tratta di uno dei pochi acquirenti rimediati da Lello, il mio socio, che normalmente si occupa dei recuperi e non delle vendite. In ogni caso Jürgen si è presentato qui, due settimane fa, dicendo di voler dare un'occhiata, e ha immediatamente preso di mira il pezzo più pregiato del nostro attuale assortimento, la nostra Regina del Piazzale: una Jeep Grand Cherokee 2,7 CRD turbodiesel da 163 cavalli, allestimento Overland – il che significa selleria in pelle, sedili anteriori ventilati e regolabili elettricamente, sedili anteriori e posteriori riscaldabili, volante riscaldabile in radica e pelle, navigatore satellitare touchscreen con memoria di 30 Gb, sistema vivavoce Bluetooth, impianto CD/DVD con amplificazione Audison, tetto panoramico e naturalmente cerchi in lega –, immatricolata esattamente undici mesi fa. Uno dei più recenti ritiri di Lello, sicuramente il più prestigioso di quest'anno e presumibilmente anche il più redditizio, cosa che mi spingeva e ancora mi spinge a immaginare un compratore un po' diverso da Jürgen. Perché, ecco il punto, secondo me Jürgen questa macchina non può permettersela. Non faccio questo mestiere da molto tempo, ma una cosa l'ho imparata: le automobili fanno ancora sognare la gente, e quando la gente sogna cose che si possono comprare prima o poi le compra, anche a costo di commettere grossi errori. Ho imparato questo e ho imparato che le automobili *parlano*: parlano ai loro proprietari ma soprattutto parlano di loro a tutti quelli che le vedono passare. Molte sono discrete, e bisbigliano di un proprietario che, pur avendo dei sogni, si accontenta di quello che può permettersi. Naturalmente, sono le meno ascoltate. Poi ce ne sono altre che raccontano con voce robusta di certi gusti precisi, certe pretese, certe velleità. Altre ancora raccontano che il proprietario è un cialtrone, o un tamarro, o un coatto, o un mascalzone. Altre che è un libertino, un temerario, un manipolatore. Altre che è un buon padre di famiglia, altre che è un evasore fiscale – e ce ne sono anche di quelle che, come l'esemplare in questione, dicono che il proprietario è ricco sfondato alla faccia della crisi. Ecco perché secondo me non fa per Jürgen. Insomma, quanto guadagnerà un capitano delle guardie svizzere? Perché dovrebbe desiderare una macchina così costosa? Solo perché qui da noi può pagarla un po' meno? E in ogni caso, perché mai dovrebbe andarsene in giro gridando un messaggio così fasullo – *Ehi, sono ricco!* –, non è addirittura controproducente, col mestiere che fa? Ma niente, ormai Jürgen se l'è messa in testa, *vuole comprarla, vuole comprarla, vuole comprarla...*

È tornato altre due volte, da allora, ogni volta fingendo di prendere in considerazione le alternative meno costose che al momento abbiamo a disposizione nella fascia alta – un'Alfa 159 1.9 turbodiesel dell'anno scorso, una Croma 1.9 16 valvole del 2011 e una BMW 316d 2.0 Touring sempre del 2011 metallizzata e piena di optional costosissimi –, ma solo per scartarle con qualche puerile pretesto e piantarsi nel drastico aut aut – o *questa* o niente – che lo obbligherà a fare il passo più lungo della gamba. E il bello di tutto ciò è che io non devo far nulla: è il pesce che si pesca da solo. Nonostante i suoi tentativi di trattare il prezzo non ho abbassato di un centesimo quello che gli ho comunicato la prima volta – eppure eccolo qui che mi trotta al fianco per la quarta volta, e non sta nella pelle per tornare a toccare di nuovo la macchina dei suoi sogni, ammirarla, immaginarsi seduto al volante con tutta la famiglia intorno. Ormai è diventata un demone, per lui, e per fargli cambiare idea ci vorrebbe un esorcismo.

È più basso di me, Jürgen, e questo mi ha sorpreso, perché credevo che per entrare nelle guardie svizzere bisognasse essere degli armadi. Invece no, l'altezza minima richiesta è di un metro e settantaquattro, cioè meno dell'altezza media dei maschi adulti di nazionalità svizzera – perché almeno svizzeri bisogna esserlo,

17

questo sì: svizzeri e maschi. Ha uno strano volto lucido e aperto, crucco in maniera quasi indecente, con pochi capelli biondo-stoppa che arretrano a vista d'occhio sulle tempie, piccoli occhi acquosi e cisposi, bocca tirata quasi senza labbra e un'ombra di lentiggini sulla pelle rossiccia. Il suo italiano è sicuro e fluente, falcidiato però da un duro accento tedesco molto simile a quello del pontefice che ha avuto il compito di proteggere (*qvesto*, *ciorni*, *ciovani*) prima che si dimettesse. Ha tenuto molto a dirmi di avere trentotto anni, evidentemente perché è consapevole di dimostrarne di più, ma anche perché il fatto di essere diventato capitano prima dei quarant'anni dev'essere una specie di rara e prodigiosa eccezione. Un uomo che si crede fatto di un metallo senza difetti, Jürgen, ma che a me si sta mostrando nel fondo di una decadente debolezza, e che quindi mi fa un po' pena. Eccolo che entra di nuovo nel SUV che ormai considera scritto dalle tre Moire nel suo destino, ed esamina i dettagli di un interno ogget-tivamente perfetto, molto ben mantenuto ma soprattutto molto poco usato, dato che questa macchina ha percorso soltanto diciannovemila chilometri. In effetti si tratta dell'esemplare-tipo di una delle due categorie di mezzi che ci ritroviamo a ritirare: quelli comprati sapendo fin dall'inizio che non sarebbero stati pagati – tutti gli optional possibili sull'allestimento più lussuoso, solo la prima e la seconda rata del leasing corrisposte alla banca e poi zot, la scomparsa nell'opacità del mondo. (L'altra categoria è quella costituita da macchine, e recentemente, per via della crisi, anche furgoni, camion e rimorchi, che l'acquirente aveva inten-zione di pagare fino in fondo ma che poi, per via di un fallimento vero, si è ritrovato a non poter pagare più: tipo la Croma parcheg-giata qui accanto, per dire, che Jürgen tanto schifa malgrado il suo prezzo – meno della metà di quanto costa la Jeep – dica chia-ramente che è la macchina giusta per lui.) Ecco che accende di nuovo il quadro per cincischiare con—

Non ci credo.

Si è portato dietro un DVD e vuole provare l'apparecchio di bordo. *La carica dei 101.* In tedesco. *101 Dalmatiner.* Mi chiede di caricarlo nel lettore e di mostrargli come funziona, con e senza telecomando – non si azzarda a farlo lui. Si era effettivamente molto soffermato, l'ultima volta, su quest'optional coatto – coatto non tanto per il lettore DVD in sé quanto per la sproporzionata potenza dell'amplificatore e delle quattro casse Audison dislocate nell'abitacolo –, ma non avevo capito che fosse così importante, per lui, così decisivo. Inserisco il dischetto e di colpo mi ricordo che il lettore DVD non è stato controllato. E se fosse rotto? In effetti, per qualche secondo non succede nulla, con visibile sconforto dipinto sul volto di Jürgen. Ecco fatto, Jürgen, sei salvo: il lettore DVD è rotto e poiché è palesemente la cosa che più t'interessa, tu non comprerai questa macchina che non puoi permetterti. Potrebbe finire così. Poi però mi viene in mente di selezionare sul telecomando la modalità DVD (era sulla modalità CD) e subito sul display del navigatore compare un promo di *Tarzan* in tedesco. Jürgen si allarga in un gran sorriso e mi chiede di poter maneggiare il telecomando. È un telecomando normalissimo ma lui lo maneggia con gran venerazione, come fosse un oggetto sacro: alza e abbassa il volume, avanza velocemente tra le scene, torna indietro, ferma l'immagine e la fa ripartire – all'improvviso è lo scimmione abbacinato dalla tecnologia. Ma ancora la sua estasi non è arrivata al climax: me ne accorgo quando mi chiede quale sia il tasto per attivare gli schermi inseriti dietro i poggiatesta anteriori. Perché si tratta di poggiatesta attivi, con un meccanismo automatico di sicurezza che li fa alzare in caso di tamponamento così da eliminare il pericolo di colpi di frusta *e in più*, così, talmente buttata lì che io per esempio mi ero dimenticato di farglielo notare, il loro retro in realtà è uno schermo da – quanti saranno? – sei pollici collegato con il lettore DVD. Se n'è comunque accorto da solo, a quanto pare. Spingo uno dei due tasti del telecomando di cui ignoro la funzione e ci azzecco: il film sparisce dal display del navigatore e continua sugli schermi inseriti nei poggiatesta. Jürgen è incantato. Si siede sul sedile posteriore e si mette a guardare il film con aria trasognata (siamo al punto in cui Crudelia si arrabbia perché Rudy non vuole venderle la cucciolata, e in tedesco la cosa sembra molto più grave), sicuramente immedesimandosi nei due figli biondi e lentigginosi di cui mi ha mostrato le fotografie cavandole dal portafogli tutto stinto e moscio che proprio loro, tramite la madre, devono avergli regalato per Natale; figli che saranno i beneficiari finali di questa meraviglia durante i lunghi ritorni in Svizzera in corrispondenza delle sue ferie estive e invernali, e finalmente smetteranno di rompere le palle e di chiedere ogni cinque minuti quanto manca quando arriviamo quando ci fermiamo all'autogrill, intontiti anche in macchina dall'ipnotico potere della – perché è di questo che si tratta, stringi stringi – televisione.

Eccolo, dunque: Jürgen e la sua debolezza. In fondo è quasi tenero, a sognare così per conto dei suoi figli – a non pensare, cioè, almeno in questo momento, a usi diversi e a diversi piaceri da associare a questo status symbol. E tuttavia no, non riesco a provare tenerezza per lui. Continua a farmi pena, piuttosto, sempre di più, il che non è cosa che mi capiti di frequente con un cliente – e a dire il vero non è neanche un bene, perché si può cedere nella trattativa e mangiarsi il margine di guadagno. Eccolo infatti che si riscuote dalla sua fantasia e mi chiede di nuovo uno sconto. Ma è evidente che non me lo chiede perché è così che si fa – e infatti lo chiedono tutti, e l'ottengono, anche, dato che fare un po' di sconto costa molto meno che tenere una macchina ferma nel piazzale a svalutarsi per un altro mese o due; no, me lo chiede *in amicizia*, come se si trattasse di fargli un favore personale, in nome dei suoi figli, di sua moglie, della sua serenità familiare – tutte cose che chissà perché dovrebbero interessarmi. Solo che in questo caso, data la situazione, la pena produce l'effetto contrario, e cioè mi spinge a rimanere inflessibile e a non togliergli nemmeno un euro sul prezzo, né a fargli un'offerta per la Passat station wagon turbodiesel del 2007 carica di chilometri con la quale gira al momento e della quale gli ho detto subito che posso trattarla solo in conto vendita – tutto ciò nella speranza che in un improvviso rigurgito di oculatezza, o anche solo di orgoglio, Jürgen si renda conto che questa mia indisponibilità è inaudita e inaccettabile, specie di questi tempi (-24 per cento di immatricolazioni, il dato annuo del mese scorso, siamo tornati ai livelli di vendita del 1979), e se ne vada per sempre, dimenticandosi del Grand Cherokee che non gli serve a nulla e per molti meno soldi decida di comprarsi una Scénic nuova di zecca in concessionaria (o un Qashqai se proprio non può fare a meno del SUV), dove potrà beneficiare della supervalutazione dell'usato, degli ecobonus, dello sconto supplementare per gli acquisti entro la fine del mese e del finanziamento a tasso zero con prima rata a gennaio. È impossibile, penso, che in qualche buio angolino della sua mente non sopravviva l'idea di questa banalissima alternativa, e nella durezza con cui gli nego tutto quello che mi chiede cerco di porgergli la lanterna con cui rischiarare quell'angolino e prendere in considerazione quell'idea, mettendosi in salvo dalla malsana necessità di lusso che al momento lo minaccia. E non lo faccio per il suo bene, ma, ripeto, per *la pena* che provo vedendolo dibattersi nel gorgo di una tentazione così balorda – una pena che cresce sempre di più, e crescendo mi rende sempre più indisponibile ad abbassare anche solo simbolicamente il prezzo e che alla fine, se lui si ostinerà a non cogliere l'occasione che gli sto offrendo, e cederà pensando che sono un osso troppo duro per lui, s'impennerà esponenzialmente estendendosi a sua moglie, ai suoi figli e a tutti coloro che in lui ripongono fiducia e speranze pensando che sia quell'uomo forte e intelligente e affidabile che lui tiene tanto a sembrare mentre è solo un povero *Hauptmann* piccolo-borghese incapace di concepire un limite alle proprie ambizioni materiali.

E alla fine cede, di schianto, accettando il mio prezzo inaccettabile come se non avesse nemmeno tentato di trattarlo. Eccolo perciò tutto contento alle prese con l'impegnativa di acquisto, a stabilire l'entità dell'anticipo, la durata della garanzia e i tempi di consegna. Martedì prossimo, gli dico, per la consegna. Garanzia di un anno. Per l'acconto lascio che decida lui la cifra, e qui mi sorprende: cinquemila, dice, vanno bene? Ma ancor più mi sorprende subito dopo, quando mi chiede se ho qualcosa in contrario al fatto che me li dia in contanti. Non posso, gli rispondo, c'è una legge che proibisce le transazioni in contanti per cifre superiori ai mille euro: ma devo dirlo con poca convinzione, evidentemente, perché lui, come se non avessi parlato, cava dalla tasca un rotolo di banconote da cinquecento euro strette da un elastico, e mentre ne conta dieci una sull'altra, allungandole e allisciandole sul piano della mia scrivania – gliene restano almeno altrettante, valuto, dato che il rotolo rimane cospicuo –, mi dice che ha finito il libretto degli assegni, che ha solo queste, e che quella norma può facilmente essere aggirata facendo figurare un pagamento rateale, per cui l'anticipo corrisponderà alle prime cinque rate di 999,99 euro ciascuna. A me sembra un trucchetto da quattro soldi, ma succede una cosa strana, che devo riferire: alla vista delle dieci banconote – soldi veri, per l'appunto, biglietti di banca mezzi arricciati in tutta la loro irresistibile volgarità – mi viene una gran voglia di prenderle, di arraffarle, *farle mie*, e l'ulteriore volgarità dell'espediente che mi viene suggerito non fa che aumentare questo desiderio. Osservo le banconote stese sulla mia scrivania: viola, con la corona di stelle che si sovrappone alle facciate di cristallo di un anonimo grattacielo, oppure, sul retro – perché due o tre sono sottosopra –, con la mappa dell'Europa e questo brutto ponte sospeso che dovrebbe simboleggiare – credo – la modernità, e penso che potrebbero essere false e non me ne accorgerei, e penso ai tre o quattro viaggi che dovrò fare per depositarle in banca senza che il cassiere mi faccia delle storie, o al tempo che dovrò perdere per trovare qualcuno che me le cambi, penso insomma che non dovrei accettarle, e che questo rifiuto potrebbe tagliare la testa al toro e mandare a monte una vendita che continuo a considerare balorda; ma a questo tipo di richiamo non sono proprio abituato, io che di contante ne maneggio poco, e improvvisamente le parti si sono rovesciate, sì, e sono io che desidero e lui che dà, e desidero, desidero, desidero queste banconote come potrei desiderare qualcosa di assurdo e volgare e irresistibile – una sella piena di borchie, un'insegna al neon, una donna con le labbra rifatte –, e lui deve accorgersene, o forse lo sa, e lo sapeva fin dall'inizio, perché proprio mentre vacillo dinanzi a una tentazione così difficile da domare, anziché insistere per convincermi ad accettarle dà per scontato che le accetterò e spara il colpo che teneva in canna fin dall'inizio per questo momento: le spese di voltura, dice, almeno quelle, le pagate voi, va bene? Benedetto capitano: tutta questa messa in scena per risparmiare i seicento euro di spese di passaggio di proprietà, a fronte di un acquisto quasi cento volte più oneroso. Quest'uomo combinerà qualche guaio, date retta a me. Questo padre di famiglia, quest'ufficiale... Però, intanto, è pur vero che dopo una trattativa in cui mi è sembrato di avere la situazione costantemente sotto controllo sono io che faccio quello che vuole lui, perché la macchina gliela vendo, le banconote le accetto e gli rilascio pure le cinque ricevute per la fittizia rateazione che, secondo lui, mi autorizza ad accettare il contante – e perciò alla fine della fiera chi è quello che non resiste alle tentazioni, lui o io?

3

Tutto ciò che facciamo evoca un demone.

(Dylan Thomas)

Mordi e pentiti.

Ho fatto quello che mi ha detto Lello, sono andato a vedere la pagina Twitter della ragazza. È molto bella – la ragazza, intendo. *Mordi e pentiti* è il messaggio che accompagna la foto sul suo profilo – un primo piano di occhi, naso e bocca di tre quarti, con onde di capelli nerissimi che le lambiscono gli zigomi e sguardo saettante, insolente, dritto verso l'obiettivo, senza un filo di trucco. Ha decine di migliaia di seguaci, quasi tutti giovani maschi che le comunicano la loro venerazione in ragione delle sue remote ma evidentemente non dimenticate apparizioni televisive, al *Grande Fratello* di parecchi anni fa e – dice Lello, che è un gran "guardatore" di reti Mediaset – in un paio di trasmissioni notturne da lui definite di culto su Italia 1, i cui titoli ho dimenticato un secondo dopo che lui li ha pronunciati. I fan le scrivono che è bellissima, fantastica, una meraviglia della natura eccetera, e lei li ringrazia con una faccetta sorridente o con un cuoricino o con un occhiolino schiacciato. Poi ha delle amiche, con le quali scambia criptici messaggi pieni di chiocciole, cancelletti, altri nomi femminili, parentesi, trattini, due punti, punti e virgola, puntini di sospensione, punti esclamativi e di nuovo faccette, e contenenti al massimo due o tre parole vere, una delle quali è quasi sempre "ciaooooo" con la o finale ripetuta fino al limite dei centoquaranta caratteri.

Giuro che non si capisce mai di cosa stiano parlando. Ma soprattutto ci sono le foto, una miriade. Con le sue amiche è un continuo pubblicarle e commentarle: gattini e cagnetti, spiagge con l'orizzonte storto, dettagli di tatuaggi, borse, scarpe, macchine da fitness, barattoli di Nutella, gelati, scatole di biscotti, piatti pieni di ostriche, di frutta, di pasta, di verdure bollite, bambini piccoli nei passeggini, gambe nude allungate sui cruscotti, caviglie tatuate e soprattutto piedi nudi dalle unghie smaltate di vari colori, oppure calzati in scarpe col tacco, palesemente costose. Ma poi ci sono le foto che danno conto della sua perdurante, sebbene forse un po' sbiadita, condizione di *celebrity*: sfilate di moda, backstage televisivi, palcoscenici di manifestazioni estive, campagne di intimo femminile. Sono le fotografie nelle quali la sua bellezza diventa assai più aggressiva, rovesciando il messaggio banale e tutto sommato rassicurante contenuto dalle altre e dando compiutezza all'ambiguo autoritratto del quale Lello, suggerendomi di guardare quelle pagine, evidentemente voleva che io fossi consapevole. E lo voleva perché, nell'appunto che mi ha lasciato, c'è l'evidente intenzione di mettermi in testa un demone – il *suo* demone. D'altra parte, Lello è fatto così: spera sempre che gli altri, all'atto pratico, si dimostrino uguali a lui. E adesso che per la prima volta mi trovo a dover svolgere il suo compito, cerca di spingermi a svolgerlo nel modo in cui lo svolgerebbe lui. Nel modo in cui dice di averlo svolto lui.

Mordi e pentiti.

Io e Lello siamo molto diversi. Complementari, è la parola giusta. La nostra società funziona così: lui recupera – anzi, ritira, è questo il verbo che usa, *ritirare* – le macchine prese in leasing che le persone hanno smesso di pagare, e io le vendo. Da quando siamo soci è capitato molto raramente che lui si sia occupato di una vendita, mentre per parte mia ho partecipato a un solo ritiro, naturalmente insieme a lui: una Range Rover intestata a una società di Brescia andata fallita, che il titolare aveva imboscato in Costa Smeralda e che Lello aveva scovato intercettando una serie di multe emesse dal comune di Arzachena. Era un venerdì di fine maggio, caldo e profumato. Siamo andati insieme a Olbia col volo del pomeriggio, abbiamo affittato una Punto all'aeroporto e siamo andati dritti all'indirizzo dove Lello sapeva che avremmo trovato macchina e paraculo in dolce compagnia – villa di famiglia. Io ero emozionato, mi aspettavo qualcosa di avventuroso, un po' di bagarre, di discussioni, di resistenza, e invece è andata esattamente come Lello diceva che andavano tutti i ritiri: il paraculo (basso, quasi gobbo, gli occhiali dalle lenti spesse) ha svuotato il macchinone dei suoi gingilli e ci ha consegnato le chiavi senza batter ciglio – una firma sul modulo, una stretta di mano e via. Anzi, ci ha perfino ringraziato, perché anziché entrare in casa gli abbiamo chiesto di uscire fuori, e lì gli abbiamo notificato il provvedimento di ritiro risparmiandogli la figura di merda con la ragazza che si era portato appresso. Nel piazzale della villa, bisogna dirlo, ai piedi di un giardino trionfante di fiori che abbracciava un'opulenta magione in pietra sarda sulla quale tremolava il riverbero della piscina, c'erano comunque altre due macchine, una Golf GTD e una Smart – questo nel caso vi sia venuta la preoccupazione che il poverino possa essere rimasto a piedi. Una volta riconsegnata la Punto all'aeroporto di Olbia siamo andati a mangiare la pasta con la colatura di alici all'Osteria del Mare e poi siamo rientrati in continente col traghetto della notte. Questo è stato l'unico ritiro cui abbia preso parte in quasi sei anni: ho fatto gite a Fregene che hanno presentato molti più inconvenienti. Be', Lello dice che i ritiri sono sempre così. Perché i paraculi, dice, anche se non sono delle mezze seghe come quello della Range Rover, anche se sono grossi, arroganti e tendenzialmente violenti, sanno benissimo che quando si trovano davanti Lello, o chiunque altro faccia il suo lavoro, la sola cosa sensata da fare è consegnargli le chiavi senza creare problemi. Il trucco sta nel ritrovarselo davanti il più tardi possibile, nascondendo la macchina in posti che nulla hanno a che fare con l'indirizzo che figura nel contratto di leasing e sperando che nessuno trovi il tempo, la convenienza e le motivazioni per scovarla; ma quando la macchina salta fuori il giochetto è finito, e nessuno ha interesse a incappare in un reato penale (appropriazione indebita) per tentare di prolungarlo. La resa è veramente la mossa più redditizia: per mesi, a volte per anni, se ne sono andati in giro su macchine lussuose avendo pagato solo l'anticipo e qualche rata iniziale del leasing (la media, secondo Lello, è di due rate virgola settantatré periodico), e se non creano problemi con il ritiro non gli viene contestato né chiesto nient'altro. Così, nel giro di qualche mese possono ricominciare daccapo, cambiando società e soprattutto cambiando banca. Già, perché è per conto delle banche che Lello ritira le macchine. In senso lato, lavora per le banche. In un senso ancora più lato, lavoro per le banche pure io, anche se non credo che il mio cognome, dopo lo scherzetto che gli ha combinato mio fratello, sia molto gradito al sistema bancario italiano.

E insomma oggi è venuto il tempo del mio secondo ritiro. Da solo, dato che Lello è andato non so dove – a Treviso, mi sembra – a farsi operare di ernia del disco da un luminare parente di sua moglie. La macchina è un'Audi Q3 Advanced 2.0 Plus TFSI 4x4 cambio automatico color grigio astro metallizzato, immatricolata nel giugno del 2011 e intestata a una società di Savona denominata Wega-T dichiarata fallita un anno dopo. A partire da lì le rate del leasing non sono più state pagate, generando una sofferenza che oggi, cioè due anni dopo, ha già raggiunto i ventottomila euro, e che non c'è motivo di credere non debba coprire l'intero valore residuo della macchina, che ammonta ad altri ventunomila euro. Qui siamo entrati in scena noi – cioè Lello. Il quale ha dovuto scoprire da solo, dato che il funzionario responsabile di quel leasing aveva cambiato istituto, che la società di Savona era riconducibile a un sottosegretario del precedente governo, e che la banca messa in mezzo non ha mosso un dito finché il governo è rimasto in carica, ma quando è caduto, nell'autunno del 2011, si è immediatamente attivata per risolvere la sofferenza. Solo che della macchina nel frattempo si erano perse le tracce. Ma Lello è abituato a ritrovare macchine sparite, e in questo caso ha puntato forte su due elementi: 1) il messaggio decisamente femminile lanciato dalla macchina ("Sono una donna bella e fortunata: non necessariamente ricca di suo, ma in questo caso c'è qualcuno che paga per me"); 2) la nota inclinazione del sottosegretario in questione a ficcare il faccione sempre abbronzato nella cronaca mondana. È così emerso (tramite una geniale ricerca su tutti i rotocalchi scandalistici alla quale ho partecipato anch'io – la cosa più pop che abbia fatto negli ultimi anni –, personalmente però scoprendo solo quanto mi siano ormai tutti sconosciuti i nomi delle celebrità del jet set) che poco prima dell'interruzione dei pagamenti delle rate del leasing, una stellina di nome Rosy Malaparte, al secolo Rossana Bonavolontà, legata al sottosegretario da una relazione evidentemente non abbastanza clandestina, è stata sorpresa da un paparazzo in compagnia di un giovane ballerino di non so quale trasmissione televisiva. Il servizio fotografico, ancorché sgranato dal teleobiettivo, presentava le prove della tresca, con i soliti baci al ristorante e la solita fuga a faccia coperta appena avvistato il fotografo, ma sanciva anche la ricomparsa della Q3 *desaparecida*, a bordo della quale lo scoop immortala la coppia nell'atto di fuggire nella notte, con la ragazza alla guida. Tombola. Da lì in poi per Lello è stato un gioco da ragazzi, tant'è vero che già un paio di mesi fa era partito per il ritiro: sennonché, mi disse allora, qualcosa era andato storto, la ragazza non abitava più nel posto che risultava a lui e c'era bisogno di ulteriori indagini. Onestamente lì per lì non mi sembrò strano – a volte capita che anche Lello faccia cilecca –, ma adesso sono costretto a rivedere la questione sotto tutta un'altra luce.

Mi ha lasciato delle istruzioni scritte, Lello, molto chiare, che però a un certo punto diventano una specie di lettera: infatti, dopo avermi dato le coordinate su dove e quando trovare la ragazza, mi confida che due mesi fa non aveva fatto cilecca, l'aveva trovata eccome, ma *aveva deciso di darle una proroga*; e, nel consigliarmi di fare altrettanto, mi invita a visitare la sua pagina di Twitter. "Mordi e pentiti anche tu," finisce il suo messaggio, "tanto la pizzichiamo quando ci pare."

Ora, come ho detto, su Twitter a vedere la ragazza ci sono stato, e non posso negare che il risultato finale di tutta la faccenda, messa come l'ha messa Lello, sia un certo turbamento. Gli ho subito telefonato: speravo che, parlandone, quel turbamento si sfarinasse nella consueta commediola tra noi due – lui che mi prende in giro per la mia diligenza, io per la sua sfacciataggine –, e che durante la telefonata emergesse con chiarezza che sulla faccenda della proroga *ovviamente* stava scherzando. Ma il suo telefono risulta irraggiungibile, com'è giusto che sia, giacché a quest'ora dovrebbe trovarsi sotto i ferri dello specialista di schiene malandate. Così mi sono messo in viaggio a bordo della Yaris aziendale – chiamiamola così –, alla volta dell'indirizzo segnato sul foglio scritto da Lello, nella località minore e a me sconosciuta del litorale romano chiamata Passoscuro dove dovrei trovare macchina e ragazza – e già questo, anche se si tratta dell'impegno in agenda per oggi, è sintomatico: potevo anche non farlo, potevo lasciar perdere e aspettare il rientro di Lello. Come dice lui stesso, la pizzichiamo quando ci pare. E invece sono andato – sto andando. Sto andando a fare il secondo ritiro della mia vita, ho con me i documenti della banca, il decreto del tribunale, tutte le informazioni necessarie, e tuttavia succede che anziché al ritiro – *Mordi e pentiti* – io stia pensando alla proroga.

4

I fisici amano pensare che tutto ciò che si deve fare è dire:
"Queste sono le condizioni; e ora, che cosa accadrà?"

(Richard Phillips Feynman)

Forse è il caso che mi presenti meglio. Mi chiamo Pietro Paladini, ho cinquantun anni e – sì, sono il fratello del Paladini della Barrie – vivo a Roma. Sono romano a tutti gli effetti, ma prima che morisse mia moglie – otto anni fa, all'improvviso, per un aneurisma – abitavo a Milano e avevo un lavoro molto milanese, che all'epoca mi piaceva: direttore di una rete televisiva a pagamento. Dopo la morte di mia moglie, ma non necessariamente in conseguenza di essa, sono successe delle cose che non starò a raccontare e alla fine ho mollato tutto e sono tornato a Roma. Sono rimasto un anno senza lavorare finché ho ritrovato un mio vecchio compagno di università, Raffaele Pica, detto Lello, e sono entrato al cinquanta per cento nella sua società di compravendita di auto denominata Super Car (il nome fa ridere, lo so, ma cambiarlo sarebbe troppo complicato), con sede al tredicesimo chilometro della via Aurelia, in quella specie di borgata chiamata per l'appunto Tredicesimo dove, stretti tra un Carabetta e la Città Toyota, abbiamo il nostro bravo piazzale pieno di auto, col prefabbricato di legno nel mezzo e una piccola officina.

Ho una figlia di diciott'anni, Claudia, che quest'anno ha fatto la quarta liceo scientifico ed è stata rimandata in fisica. E ho una relazione da quattro anni con una donna che per il momento mi limiterò a chiamare D. – vi prego di credere che ho le mie buone ragioni; bionda, separata, madre di due figli, vive in uno strano comprensorio situato poco lontano da dove lavoro denominato Residenza Aurelia. Questa donna è molto più di quanto io mi sia mai aspettato o meritato negli ultimi otto anni, perché è giovane e bella e simpatica e, per me, irresistibilmente romana: non insisterò su questo proprio adesso che mi si è piantata in testa la fantasia di tradirla ma – fidatevi – è un dono immenso piovuto nella mia vita, immenso. Eppure, pur provando per lei tenerezza, stima, senso di protezione, complicità, rispetto, oltre che attrazione fisica quanta se ne vuole, devo anche dire che queste cose non si sono mai sommate tra loro per andare a costruire un qualche luminoso tutt'uno. Non credo di amarla, ecco, almeno non nel senso tradizionale del termine, né credo che lei ami me: semplicemente siamo legati, e questo legame per ora ci protegge dal rischio di perderci – per noia, disorientamento, solitudine – dietro persone molto peggiori. Questo vale soprattutto per lei visto che, diversamente da me, è ancora giovane e ha tutto il tempo per cambiare vita un sacco di volte. Cosa che io, invece, ho già fatto più che abbastanza.

Tutto ciò per dire che sì, in questi quattro anni le sono stato fedele, e pur vivendo in un'altra casa insieme a mia figlia mi sono occupato di lei, dei suoi figli, del suo giardino attaccato dal punteruolo rosso (*Rhynchophorus Ferrugineus*) e perfino di ciò che resta del suo ex marito (cocaina); ma anche che il pensiero di prorogare il ritiro di questa macchina, che al momento, innescato da Lello, mi sta frullando in testa, non va a minacciare un'unione profonda e indissolubile, ecco, né a ostacolare un qualche elaborato progetto di vita; ed è con questa giustificazione che, guidando la Yaris lungo l'Aurelia, mi balocco l'idea di fare anch'io come ha fatto Lello – come Lello dice di avere fatto. Innanzitutto: ci riuscirei? Ce l'ho, io, la faccia tosta per proporre, o anche solo lasciar intendere un baratto del genere? No, direi che non ce l'ho – ma su certe cose ho imparato che bisogna sempre essere pronti a sorprendersi, quando il famoso atto pratico subentra alle elucubrazioni teoriche. Ho scoperto in me, dinanzi al rombo della realtà al galoppo, risorse e lacune assolutamente impreviste – e perciò mi sento autorizzato a non sorprendermi più di niente.

Tanto per finire di presentarmi, possiedo un appartamento in piazza di San Saba, cioè il quartiere dove ho vissuto durante l'infanzia, i miei genitori sono entrambi morti e mio fratello non è molto facile da frequentare da quando è scappato in Sudamerica. Fine. Ah, ho una cognata a Milano, la sorella di mia moglie, ma non vedo mai neanche lei. Le mie condizioni economiche sono stabili nonostante la crisi mentre quelle di salute presentano qualche problema di smaltimento del colesterolo, che cerco di contrastare assumendo atorvastatina e giocando a tennis due volte alla settimana in un piccolo circolo vicino all'ufficio con un maestro di nome Ettore, e al sabato con qualche socio. Sono un giocatore discreto a rete, molto falloso da fondocampo e comunque nell'insieme abbastanza scarso – e perdipiù infortunato da oltre un mese, e dunque fermo, a causa di una sinovite al tendine del polso destro che non accenna a guarire, e che è la ragione per cui, quando guido come adesso o faccio qualsiasi altra cosa che impegni direttamente il polso, porto un tutore rigido a stretch fino a mezzo avambraccio. Amo Federer, come tutti.

Al momento, come ho già detto, sto guidando la Yaris della ditta sull'Aurelia, in attesa di trovare il bivio per Passoscuro. Ho cinquemila euro nel portafogli e un *Tuttocittà* stropicciato sul sedile accanto al mio, dal quale mi par di capire che il mio bivio è vicino. I cinquemila ho dovuto portarmeli dietro perché non sono riuscito a ricordare la combinazione della cassaforte dell'ufficio, né il nome fittizio al quale è stata associata nella rubrica telefonica – preceduta da un 335 per farla sembrare un numero di cellulare. Mi sono anche messo a scorrere tutti i nomi della rubrica, nella speranza che, imbattendomici, me ne ricordassi – ma niente, vuoto assoluto. Cinzia, la nostra segretaria, la ricorda di sicuro, ma oggi verrà in ufficio solo nel pomeriggio, e quando l'ho chiamata per chiedergliela aveva il telefonino staccato, ragion per cui ho dovuto portarmi dietro il malloppo. Ed ecco il mio bivio, mi sa – che poi non è un bivio, è uno *svincolo*: un grande cartello azzurro invita a piegare a destra per Passoscuro, Bracciano, Palidoro, Ospedale Bambino Gesù. Già; me l'ha scritto, Lello, nelle istruzioni: per un tratto devo seguire le indicazioni per il Pronto soccorso pediatrico del distaccamento periferico del Bambino Gesù. Esco dall'Aurelia, ci passo sotto, prendo la rotonda e continuo a seguire le indicazioni per Passoscuro. Non sono pratico di queste parti – mai stato in vita mia. Un cavalcavia che oltrepassa un binario ferroviario dall'aria trascurata. Un altro bivio. Via San Carlo a Palidoro, adesso, bene così: dritto nella campagna con una strada dal manto d'asfalto appena rifatto, nero e liscio come una lastra di liquirizia. Ed ecco il cartello di Passoscuro – ma è presto, il mare è ancora lontano, e la ragazza vive sul lungomare. La strada prosegue dritta tra due filari di pini e di eucalipti storti dal vento che la dividono da immensi campi di grano appena falciato. Grandi zolle dissodate, covoni cilindrici buttati lì, in attesa d'esser raccolti – che per Claudia, da piccola, erano l'erba rotolona. Ed ecco il semaforo al bivio per l'ospedale, ma io qui devo proseguire dritto. Pali della luce con i cavi all'esterno, all'americana. Qualche cascinale. È campagna vera, questa, ma già in lontananza si accenna un grumo di palazzi cubici che sembrano trovarsi nel posto sbagliato, dato che impediscono di vedere il mare.

Ecco il cartello di benvenuto a Passo Oscuro (improvvisamente il nome si divide in due, e diventa inquietante), con al fianco una madonnina in un tabernacolo e un fruttarolo che vende angurie sotto una tettoia. Ed ecco che comincia il centro abitato, con la prima rotonda e i cartelli con le indicazioni: ferramenta, parafarmacia, campeggi, alberghi, stabilimenti balneari – io proseguo sempre dritto, verso il mare. Sfilano le prime villette, roba molto semplice, intendiamoci, molto popolare, con l'aria sempre un po' scorticata e non finita che hanno queste costruzioni periferiche sul litorale. Un'altra rotonda, proseguo dritto, il lungomare dev'essere qui davanti. No, sbagliato: da qui non si passa. Un campeggio tra le dune chiamato addirittura *Marina di Roma* interrompe di colpo la strada. Torno indietro, un bambino scalzo mi guarda, ride – ecco, in questo preciso istante sembra di essere in Guatemala, altro che Marina di Roma. Ritorno alla rotonda, prendo l'uscita verso sinistra e poi, sì, come dicono anche gli appunti di Lello, di nuovo a sinistra – e in questo modo finisco dritto sul lungomare.

Che poi non è affatto un lungomare, cioè un viale con le palme e le agavi e il marciapiede largo e i negozi e i parcheggi e la pista ciclabile e lo struscio e le bandiere che sventolano in cima ai pali piantati in mezzo alla spiaggia, ma una stradina di quattro metri scarsi attufata tra gli stabilimenti balneari da una parte e i muri di cinta delle palazzine dall'altra. Sfilo davanti al numero civico dove dovrebbe trovarsi la ragazza ed ecco, di fronte, la Q3 parcheggiata: è lei, non c'è dubbio, anche senza stare a controllare la targa. È parecchio sporca e la carrozzeria sembra abbastanza rovinata. Di colpo mi trovo muso a muso con una Skoda: sembra incredibile ma questa strada è a doppio senso. La Skoda, con al volante un tipo in canottiera nera che ingrana la retromarcia, se ne va all'indietro per una decina di metri fino a un parcheggio sterrato dove, a sorpresa, la strada finisce. Lì il tipo trova lo spazio per passare, io lo ringrazio con la mano, lui non risponde. Il parcheggio è pieno zeppo di utilitarie che cuociono al sole (due C3, tre o quattro Punto, un paio di Clio, di Panda, di piccole Peugeot e di Honda), ma per un colpo di fortuna una delle Punto se ne va, perciò posso parcheggiare al suo posto. Fa molto caldo. È una fiumara che interrompe il lungomare, con l'acqua verde marcio increspata dal vento che sfocia a stento nel mare e solo un piccolo ponte di legno ad attraversarla. Sul ponte è stato scritto da poco "Diavoletto ti amo sei vita", accompagnato da un cuore rosso smagliante. Tutte le macchine parcheggiate qui, ancorché di modesto valore, sono protette da vistosi bloccasterzo a pedale che spuntano dai copricruscotto riflettenti. Sul lunotto sporco di una Panda del 2000 un dito ha scritto "WISH MY WIFE WAS SO DIRTY". Prima di chiudere lo sportello decido di togliermi il tutore, e lo butto sul sedile.

Ritorno a piedi sulla strada dove c'è la casa della ragazza. Eccola. È un manufatto che sembra appartenere per un pelo alla famiglia delle ville, con un giardino cintato da un muro alto di cemento e un grande cancello di legno bianco coperto da una pensilina scrostata. Sul cancello ci sono tre cartelli. Uno, azzurro e nero, dice "AFFITTASI VILLA"; uno, arancione, dice solamente "VENDESI"; il terzo, autoprodotto al computer, dice "Attenti al Cane... e al Padrone". Il muro di cinta è cieco, come pure il cancello, perciò non riesco a vedere la casa: da qui distinguo solo il tetto, che sembrerebbe di metallo, a imitazione di quelli di cotto. C'è un solo campanello, senza nome. Non suono, non sono pronto.

Proseguo a piedi e mi accendo una sigaretta. Liberato dalla prigionia del tutore, il polso mi trasmette un'incongrua sensazione di fresco anche se ci saranno più di trenta gradi. Mi fa anche male, però. Attraverso la strada e mi metto a esaminare la Q3. La carrozzeria non è un granché: una grossa ammaccatura sullo sportello posteriore destro, entrambi i parafanghi posteriori sbertucciati, parecchi graffi: all'interno c'è un disordine pazzesco ma la tappezzeria in pelle sembra a posto. C'è un seggiolino per infanti sul sedile di dietro, pieno di briciole di cracker. Un bambino. Non sono pronto.

Qui di fronte c'è uno stabilimento chiamato Naut In Club, con praticello all'inglese e gazebo in stile coloniale – troppo pretenzioso per i miei gusti, e poi l'area del bar è protetta da siepi e tende bianche e non permette di vedere la casa. Subito accanto invece ce n'è un altro chiamato Le Sirene, con bar-ristorante, pali di legno, capanne di canniccio, tavolini anni sessanta e sedie di plastica con le réclame della Motta – perfetto. Mi siedo a un tavolino dal quale posso tenere d'occhio tanto il cancello della villa quanto la macchina parcheggiata lì davanti e ordino un caffè. Ci sono dei ragazzi seduti che mangiano patatine fritte, il cui odore stagna nell'aria come se si fosse al chiuso. Sarebbe anche ora di pranzo, in effetti, ma non ho fame, sono troppo agitato: ho questo demone piantato in testa e, per quanto mi sforzi di scacciarlo, non se ne va. Non posso presentarmi dalla ragazza senza sapere cosa voglio. Voglio la macchina? Sono solo il freddo esecutore della vendetta del suo potente amante tradito, che appena avuta notizia della tresca col ballerino ha mandato in malora la società creata espressamente per pagarle la macchina – e probabilmente anche la casa, la carta di credito nello stesso istituto che ha concesso il leasing per l'Audi e magari per cofinanziare quei progetti di fiction televisiva che, nei patti, avrebbero dovuto farla diventare una star? Sono soltanto questo? E la risposta è *sì, certo* – che domande: certo che voglio solo la macchina. Certo che sono venuto fin qui solo per ritirargliela. Sono venuto per lavorare, sto lavorando, e il mio lavoro è ritirare (in questa particolare occasione, di solito è vendere) le macchine che la gente ha smesso di pagare. Fine del discorso. Al tavolino accanto al mio un uomo col cappellino mimetico, la canottiera mimetica e i capelli neri che gli arrivano sulle spalle sta mangiando una scodella di vongole. Ha dei formidabili tatuaggi sui bicipiti ma non posso guardarli come vorrei, perché se ne accorgerebbe. Forse potrei mangiare le vongole anch'io, dopotutto un po' di fame ce l'ho. Sembrano fresche, buone. Un bel piatto di vongole. Dopo il caffè? Sì, dopo il caffè. *Nello stomaco c'è buio*, diceva il guardiano di Roccamare, quello morto – come si chiamava? –, che aveva una cavalla e la trattava meglio della moglie. Come si chiamava? Quello che diceva sempre "*Doventassi* cieco". Niente, sto perdendo la memoria. Mi ricordo come si chiamava la cavalla – Roma –, la moglie – Liliana –, e non mi ricordo come si chiamava lui – con tutte le nottate che ci ho passato insieme, lì alla sbarra, a cazzeggiare, insieme a mio fratello. Già, Carlo: lui se lo ricorda di sicuro. E io glielo chiedo: ma sì, dài, ho questo assurdo numero di cellulare uruguayano – segreto, ovviamente, dato che Carlo è pur sempre un latitante, e infatti non l'ho mai usato, comunichiamo solo via Skype, e anche poco perché cosa puoi dire a un fratello che è scappato in quel modo? Che va tutto bene? E insomma io adesso glielo chiedo via SMS, tanto il mio numero non è controllato – perché dovrebbe? Perché sono suo fratello? Dopo tre anni e mezzo? Pfui. Eccolo qua, nella rubrica l'ho messo sotto il nome "Peter Pan". "Come si chiamava il guardiano di Roccamare che aveva la cavalla e che è morto in quell'incidente?" Così, a secco, senza nemmeno salutarlo, come se niente fosse. Invia. Mi prenderà per pazzo? S'incazzerà? Magari dorme, che ore sono in Uruguay? Il cameriere mi chiede se desidero qualcos'altro. Le vongole? No, sono in servizio, meglio stare digiuno. C'è un televisore acceso, attaccato al muro. Una telenovela. "Per favore, risparmiami i commenti sul fatto che sono una madre snaturata," dice lei. "Voglio soltanto mettere le mani su quella maledetta eredità, e lui è un ostacolo sul mio cammino," dice lui. Alé. Capace che siamo alla cinquecentesima puntata ma adesso anch'io so qual è il punto. E cosa succederebbe se fosse *lei* a proporre la proroga?

Se fosse lei a prendere l'iniziativa lasciandomi intendere che in cambio di una proroga sarebbe anche disposta a, insomma, lasciar dare qualche morso anche a me: come reagirei? Non lo farà, sono un deficiente, le cose non vanno mai così, è solo una fantasia da film porno – e tuttavia, dato che ho appena avuto una fantasia del genere, che succederebbe se ne avessi un'altra quando sarò davanti a lei e *credessi* d'aver capito che mi sta suggerendo il baratto mentre invece non lo sta suggerendo? Che farei? Le salterei addosso? E lei come reagirebbe? Mi aizzerebbe contro il cane, magari, quello del cartello? E il bambino? E – già! – se non fosse sola, se saltasse fuori un uomo, tutt'a un tratto – il ballerino, un altro amante, un bagnino? *Signore chiedo scusa anche a lei ma io ero proprio fuori di me?* Devo calmarmi, maledizione, tutto questo non succederà. Io non lo farò succedere. Ritirerò la macchina, la porterò in sede e tornerò nel pomeriggio con Virginio a riprendere la Yaris. Fine della storia. Andrà tutto bene. Lello è un gran cazzaro, sarà bene ricordarselo. Soprattutto in fatto di donne le spara grosse, parla a vanvera, non dice mai la verità. Io invece sono un uomo solido, affidabile, sincero. Ti pare che vado a incasinarmi per una specie di – dato che si tratta di questo, alla fin fine, anche se ormai il confine in questo genere di cose è diventato invisibile – escort? Ho tutto il sesso che desidero, io, con una donna giovane, bella e piena di tatuaggi che mi aspetta a casa sua. Le vongole le mangerò stasera con lei. E con mia figlia, anche. Le porterò a Fiumicino a mangiare il pesce, sì, tutte e due. Le mie due donne, sì. E staremo benissimo, e da stasera in poi loro due diventeranno amiche. Trrr-trrr. Il telefonino vibra.

Un messaggio.

Da Peter Pan.

"Ernesto," dice.

5

*L'esperienza ci insegna che quando suonano alla porta
è segno che non c'è nessuno.*

(Eugène Ionesco)

Attenti al Cane... e al Padrone.
– Chi è?
– Buongiorno, mi chiamo Paladini, cerco la signorina Bonavolontà.
– Cosa desidera?
– Sono venuto a ritirare la macchina. L'Audi, sa, la Q3 parcheggiata qui davanti, per via di—

Scatta l'apricancello. Spingo piano il cancello che ruota cigolando e svela un giardino desolato, col prato secco e un'orgia di erbacce dove dovrebbero esserci siepi e fiori. Una vecchia Ritmo senza targa parcheggiata sotto una tettoia sfondata. Un carrello per trainare il gommone, tutto arrugginito. Un dondolo rovesciato. Una piscina, addirittura, talmente vuota e scrostata da non lasciar supporre d'esser mai stata piena. Niente cane, per adesso, e sono già quasi al portone. Unico oggetto vivo – per così dire: un triciclo di plastica blu con le ruote rosse – *il bambino* –, che sembra essere piovuto da un altro pianeta, da quanto è nuovo. Il cellulare mi squilla in tasca: guardo il display ed è Marta, mia cognata. Non è il momento, adesso, non rispondo. Anzi, tolgo lo squillo e rimetto il telefono in tasca mentre continua a vibrare.

Il portone è chiuso. Suono di nuovo. Scatta di nuovo l'apriporta. Di nuovo, prima di entrare mi preparo all'assalto del cane, socchiudo appena il portone, sbircio dentro: nulla. Faccio un passo dentro casa, chiudo il portone. Tutte le tapparelle sono abbassate, è quasi buio. C'è uno strano odore. Si sente una voce parlare, ma è difficile capire da dove viene.

– Permesso? – dico, a voce alta.

– Di sopra! – dice una voce di donna.

C'è una scala, in effetti, dalla quale proviene l'unica luce che arrivi fin qui. Comincio a salire i gradini, uno dopo l'altro – troppo lentamente, direi, come se fossi un vecchio, o un assassino. Il cellulare ricomincia a vibrare, nella tasca. Odore di aceto – ecco cos'è, *aceto* – che apparentemente non c'entra nulla ma si fa sempre più forte. La voce di donna continua a parlare e ora riesco anche a capire quello che dice.

– Senti, io non ci credo – dice – Anche perché lei non l'ha mai incontrato direttamente. Manco lo conosce, capisci?

Fine della rampa. Un disimpegno, tre porte chiuse, una porta aperta, dalla quale provengono luce e voce.

– ... Ma neanche per sogno: ci manca solo questa...

Entro. È un grande salone, pieno di finestre e di divani. La ragazza è in piedi in mezzo alla stanza, di spalle, in controluce, col telefonino all'orecchio. Niente cani. Niente bambini.

– Senti, per me lui può anche andarsene affanculo, non è questo il problema. Il problema è quella cornuta...

Mi fermo e arretro di un passo ma lei si gira, mi vede e mi fa cenno di entrare.

È più bassa di quanto mi aspettavo. È minuta. Ha addosso una canottiera nera e degli short di jeans sfrangiati e cortissimi. Un tatuaggio molto complesso fa capolino tra l'orlo della canottiera e gli shorts, sul fondoschiena. Un altro le s'inerpica su per il polpaccio della gamba destra – un dragone. Ha i capelli bagnati, nerissimi. Mi sorride.

– Senti, amo', ora ti devo lasciare – dice al cellulare – Per quella cosa dei massaggi ti richiamo io appena ho controllato, d'accordo? Sì, sì. Ciao, amo'. Ciao ciao ciao.

Le unghie delle mani colorate di viola. Anche quelle dei piedi, calzati in un paio di sandali infradito.

– Rossella Bonavolontà?

– Rossana.

Ecco...

– Rossana, scusi.

Mi stringe la mano. Ha un Rolex al polso destro, braccialetti multipli a quello sinistro, che tintinnano come campanelle scacciaspiriti.

– Piacere, Pietro Paladini.

– Tanto se dicevo di essere la donna delle pulizie mica ci credevi.

La stretta è energica – mi fa addirittura male al polso infortunato. La pelle è bruna, abbronzata, cosparsa di efelidi. L'odore di aceto viene da lei, dai suoi capelli neri come il petrolio – la qual cosa lo rende immediatamente molto più gradevole.

– Temo di no. Ti avrei riconosciuta.

I seni schiacciati dalla canottiera sembrano sproporzionati rispetto al corpo minuto. Niente reggiseno. I braccialetti continuano a emettere suoni argentini a ogni piccolo movimento: sembrano *accordati*.

– E se ti dico scusa per il disordine, ci credi?

C'è un bel po' di casino, in effetti. Molti segnali della presenza di un bambino piccolo. Una macchina fotografica su un treppiede. *Mezzo* tavolo da ping pong appoggiato al muro. Un cumulo di riviste per terra. Una casa di bambola rovesciata. Una miriade di tessere di puzzle sparse sul pavimento. C'è un bordello che non finisce più, altro che storie.

– No – dico – Cioè, sì.

– Sì o no?

La luce prandiale investe la stanza con violenza, centrando in pieno le sue spalle lucenti. I capelli, bagnati, *liquidi*, l'assorbono completamente, ingoiandola in un nero indicibile.

– Sì.

– Scusa per il disordine, allora.

Lo sguardo selvaggio, guardingo, come quello di un mustang.

– E se dicevo di no?

– Ti offrivo da bere.

Una bellezza fredda, siderale, eppure anche misteriosamente accessibile: questo è il messaggio che le vibra intorno, negli occhi, addosso. Mordi e pentiti, sul serio.

– Te l'offro lo stesso, da bere, va' – dice – Per gli alcolici c'è quello, serviti pure. Sennò in frigo ho coca-cola e tè freddo.

– No, grazie. Sto bene così.

Invece ho sete.

– Hai fretta?

– Io? No.

Invece ne ho.

– Io allora una coca me la prendo. Dài siediti.

Attraversa la stanza in diagonale, silenziosamente, come scivolando sulle rotelle, fino a scomparire dietro un muro. Rumore del frigo che si apre.

– Sicuro che non vuoi niente?

– Sì.

Spicca, ora che è uscita dal mio campo visivo, ora che devo limitarmi a *ricordarla*, la lampante differenza con D., la mia compagna – la cui bellezza sanguigna, fondente, sempre accaldata, rappresenta un vero ideale per me. Insomma, se dovessi definire in poche parole quale sia la bellezza per me irresistibile, quella per cui potrei teoricamente ritrovarmi a saltare addosso a una donna per poi giustificarmi affermando che non sono riuscito a controllarmi, io direi quella: eppure eccomi qui a provare tutta questa resistenza all'idea di fare semplicemente il mio dovere e ritirare quella maledetta macchina, senza allungare le mani su questa ragazza così diversa e sconosciuta – senza annusarla, stringerla, morderla, rovesciarla sul divano...

Eccola che torna, con una bottiglietta di coca-cola in mano. Mi viene davanti. Non si siede. Manda giù un sorso. Mi fissa.

– Non puoi proprio fare a meno di guardarmi le tette in quel modo? – fa.

– Prego?

– Mi stai guardando le tette come se volessi sbranarmele – dice, e manda giù un altro sorso – È imbarazzante, sai? – aggiunge, con un gran sorriso.

Ed ecco un buon esempio di quel che la psicologa di mia figlia chiama "doppio legame": forma e contenuto dell'emissione non coincidono, anzi contrastano violentemente, e il destinatario non può capire quale dei due livelli deve accettare come valido. Perché c'è una minaccia evidente nelle sue parole, c'è del fastidio e forse anche del compatimento: ma nel modo in cui le ha dette, e nel sorriso che ha squadernato subito dopo, c'è anche qualcosa di incoraggiante.

– Scusa – mormoro – Non me ne rendevo conto.

Si lascia andare sulla poltrona accanto al divano ma poi resta sul pizzo, rigida, come pronta a rialzarsi di scatto. Di nuovo, due messaggi: mi rilasso, non mi rilasso.

– No, scusa tu – sorride di nuovo – Sono troppo diretta, vero?

E il problema è che la psicologa di mia figlia di questo doppio legame mi parla come se io dovessi esserne sempre e solo l'emissario, raccomandandomi di fare attenzione a non emetterne mai. Non era stato ancora contemplato che possa esserne il ricevente.

– Come dici?

Il telefonino ricomincia a vibrarmi in tasca. Chi è? Non posso rispondere, adesso.

– Sono troppo diretta – dice la ragazza – È un problema che ho, me lo dicono tutti. Insomma, potrei anche evitare di... Be', hai capito.

E in più, ora che sono seduto, il telefonino, nella tasca dei pantaloni, si trova d'un tratto a poggiare direttamente sul mio, come posso dire... be', sì, sul cazzo – e continuando a vibrare è inevitabile che dopo un po', così a contatto, non per cercare scuse, per carità, ma insomma, data la situazione, è proprio un fatto automatico, con tutti questi stimoli...

– No, hai ragione – dice la mia voce – Il fatto è che...

– Il fatto è che?

Torna a guardarmi dritto, *forte*. La postura rigida sulla poltrona diventa un segnale, e di quelli facili da interpretare: la schiena arcuata, i muscoli tesi, il petto in fuori...

– Il fatto è che a non guardarti non ci riesco e...

L'odore di aceto. Il modo in cui porta alla bocca il collo della bottiglietta e beve.

– E?

Non avrò la spudoratezza di dire proprio quello che mi è venuta voglia di dire, spero.

– E a guardarti in faccia ho paura di tramutarmi in cervo.

L'ho detto. Sono un miserabile.

– Cosa?

– Si chiama sindrome di Atteone – il telefonino smette di vibrare – A proposito, ma il cane è in giro? Non l'ho visto.

– Quale cane?

– Quello del cartello.

– Non esiste nessun cane. A proposito di cosa?

Ma posso ancora fermarmi, posso ancora non dirlo. Magari c'è un bambino che dorme, di là.

– Ah, capisco, un deterrente. E non esiste neanche il padrone?

– Il padrone sono io. A proposito di cosa?

– Sei il padrone di un cane che non esiste?

Comincia a squillare anche il suo, di telefonino – con la stessa suoneria di mia figlia, tra parentesi. Bene: se risponde posso approfittarne per alzarmi in piedi e interrompere questa commedia.

– Sono il padrone al quale bisogna stare attenti – dice – A proposito di cosa?

Ma niente, il telefonino continua a squillare – tra sé e sé, ormai – e lei nemmeno lo guarda. Continua a guardare me, piuttosto.

– A proposito di cosa *cosa*? – puta caso abbia perso il filo.

– Hai detto che soffri di una malattia, e poi hai detto "a proposito" e mi hai chiesto del cane. A proposito di cosa – *e cinque*?

Ed ecco l'insolenza, la struggente insolenza della foto su Twitter: la sua bellezza diviene di colpo più torbida e cupa – e fatalmente, considerato quanto poco questa creatura abbia da essere insolente, in realtà, visto quello che sono venuto a fare, e quanto problematico appaia il suo futuro, finisce per conferirle un micidiale – fasullo, lo so, ma ora non importa – stigma di innocenza.

– A proposito della sindrome di Atteone.

– Eh, ho capito, ma che malattia è? Che c'entra il cane?

– Non è una malattia...

Le labbra rosa. Gli occhi che non lasciano tregua. Il respiro che alza e abbassa i seni schiacciati dalla canottiera.

– Era solo un complimento...

È già pronta. Il suo piccolo corpo morbido sta già aspettando me...

– E che complimento sarebbe?

Io invece sono un miserabile, e vi spiego perché. Quando, quattro anni fa, dopo un lungo periodo d'insensibilità nei confronti delle donne, è venuto per me il momento di provare di nuovo attrazione per una persona, e mi sono trovato a raschiare il fondo del mio personale barile di parole per trovare quelle giuste con le quali comunicare la cosa all'interessata – quando cioè mi sono trovato con D. in una situazione molto simile a questa, seduto in punta di divano, imbambolato dalla sua bellezza e inchiodato da uno sguardo ugualmente torbido che mi spronava a dare il meglio di me per cercare di produrre il miracolo di piacerle – in quel momento una provvidenziale ispirazione mi suggerì un complimento che fu molto apprezzato. Il fatto è che il nome con cui allora conoscevo D. era Diana (in seguito avrei saputo che il suo nome è leggermente ma non trascurabilmente diverso), e il caso volle che io fossi da poco andato con mia figlia a una mostra di Tiziano alle Scuderie del Quirinale dove, tra gli altri, avevo ammirato il dipinto dedicato a Diana e Atteone: ero perciò fresco della lettura del relativo mito, e me ne servii. Andate pure a controllare: la sindrome di Atteone non esiste. La sindrome di Atteone l'ho inventata io in quel momento per rivolgere a D. il complimento – a detta sua – più arrapante e originale che le fosse mai stato rivolto. Lo stesso che ora sto per rivolgere a questa ragazza che nemmeno conosco, che non si chiama Diana, e con la quale non ci sarebbe nessun bisogno di...

Oh, al diavolo. Mordi, forza. Mordi e pentiti.

– Atteone era un cacciatore – dico – Un giorno, lungo la riva di un fiume, per caso vide Diana che faceva il bagno nuda. Diana era la Dea della caccia, la *sua* Dea, ed era di una bellezza che a lui, mortale, era preclusa; ma Atteone la guardò, mentre faceva il bagno, e produsse la collera della Dea che lo—

Un urlo. Acuto, altissimo. È un bambino, questo – *lo sapevo* –, un bambino che strilla a squarciagola. La ragazza schizza in piedi, con una prontezza che fa sembrare che se l'aspettasse.

– Viola! – grida.

Con due balzi scompare dietro una porta.

6

Se non avete mai pianto e volete piangere, fate un figlio.

(David Foster Wallace)

Dunque: il quadro è piuttosto statico...

La bambina avrà sì e no due anni e si trova sulla soglia di camera sua, con una corona da principessa sulla testa e una manina infilata (schiacciata? Sbriciolata? Maciullata?) nella porta. Strilla a ciclo continuo, come non avesse bisogno di prender fiato, indicando la mano incastrata con l'indice di quella rimasta libera. La madre è chinata lì accanto e sembrerebbe intenzionata a gridare pure lei, ma la voce le si strozza in gola come succede negli incubi. La abbraccia e ripete istericamente "Viola!" "Viola!" guardandomi con occhi imploranti. Mi avvicino e mi chino anch'io. Cerco di astrarmi dalla sirena che mi urla nelle orecchie ed esamino la situazione. La bambina ha infilato quattro dita della mano di taglio nella fessura che c'è tra la porta e lo stipite, sul lato interno, quello dei cardini. È proprio per via dei cardini che c'è questa fessura, ma ovviamente il suo spessore varia al ruotare della porta. Le dita sono schiacciate all'altezza della prima falange, e la situazione sembra meno grave di quanto temevo: niente sangue, la mano è intera, e lo schiacciamento delle dita pare ancora leggero, rimediabile. La porta è aperta per metà, il che significa – cerco di riflettere – che basta allargare di qualche millimetro la fessura per allentare il contrasto e liberare la mano – cioè che basta spingere la porta verso... Ma non riesco ad andare oltre, perché gli strilli della bambina sono veramente strazianti e coprono l'ultima parte del ragionamento – e dunque mi ritrovo a spingere con infinita delicatezza la porta verso l'interno, per aprirla del tutto, senza avere raggiunto la certezza teorica – diciamo così – che sia la cosa giusta da fare. Anzi, poiché alla prima infinitesima pressione che opero gli strilli della bambina aumentano d'intensità – o almeno così mi sembra –, mi fermo immediatamente, assalito dal dubbio terrificante che la fessura, aprendo la porta, possa in realtà restringersi e mozzarle le dita. Non ha molto senso, ma il dubbio mi si conficca in testa e mi paralizza. Il telefonino riprende a vibrare nella mia tasca. La madre continua ad ansimare: non ripete più il nome della bambina, ora ripete una domanda: "Che devo fare? Che devo fare? Che devo fare?" "Non fare nulla," le dico, per darle l'impressione di avere il controllo della situazione – mentre invece sono nel pallone anch'io. Non sono più certo, infatti, di quale sia il verso nel quale far ruotare la porta per liberare la mano – ma una cosa è sicura: se spingo dalla parte sbagliata, le dita si spezzeranno come grissini. Sono ancora in tempo a non commettere questo errore, penso, e perciò continuo a prendere tempo ripetendo "non spingere la porta, non fare nulla", come se questo facesse parte dell'operazione di soccorso. La bambina urla. Il telefono vibra. Cerco di finire il ragionamento che ho interrotto poco fa, ma non mi riesce. È grottesco: una bambina è rimasta con la mano a contrasto in una porta e io la sto lasciando così *perché devo ragionare*. Dovrei aprirla, questa dannata porta, e in fretta – lo dice il verbo stesso, "aprire", significa "liberare" –, dovrebbe bastare solo una piccola spinta verso l'interno, giusto? E allora perché sono paralizzato dal dubbio che aprendo la porta la fessura possa invece restringersi? Con un dubbio del genere è ovvio che non si fa nulla: perché mi è venuto? Perché mi è sembrato che aprendo la porta la bambina strillasse più forte? Ma non avevo nemmeno cominciato a spingere, in realtà, era solo una spinta infinitesimale – e poi come posso fare delle graduatorie sull'intensità degli strilli di questa bambina? Sta strillando a squarciagola, punto e basta – con tutta la forza che ha, dal primo istante, senza sosta, ed è ridicolo pensare di avere avvertito che gli strilli aumentavano d'intensità. La madre è incapace di aiutarmi: imbambolata, inutile, continua a guardarmi con questo sguardo supplice come non fosse la madre ma una baby-sitter trovata su Internet, e questa sua inutilità sembra aggravare la situazione. "Ancora un secondo, ho quasi fatto," sono le mie miserabili parole, come se fossi alla fine di un'operazione lunga e complessa. E lei, la madre, mentre le urla di sua figlia sembrano ormai diventate una costante della casa – una specie di arredo sonoro –, non mi dice fatti da parte, maschio inetto, e non agisce con l'istinto travolgente che le madri dovrebbero avere in questi casi, spingendo di qualche centimetro la porta nella direzione giusta e liberando così la sua bambina dalla morsa del dolore – ma rimane tutta intera appesa alla mia promessa: *ancora un secondo*. Dunque ho solo un secondo per fare la mia mossa. Oh, ma io non so più misurarlo, il tempo: quanto è un secondo? Non lo so più. Da quanto tempo sta strillando, la bambina? Un minuto? Un minuto e mezzo? Due? A me sembra di essere qui da ore, con le urla della bambina che mi straziano il cervello e il dubbio che il mondo funzioni al rovescio. Devo decidere, devo *fare* – in un secondo. Un secondo che a questo punto sarà anche già bello che passato. Devo decidere: aprire o chiudere la porta, liberare la mano della bambina o maciullargliela. In realtà io so benissimo che la porta va aperta, maledizione, ma non riesco a farlo senza avvertire il dubbio assurdo che per qualche ragione il funzionamento di *questa* porta non sia così semplice, ma una faccenda molto più complicata e insidiosa, decifrabile solo dopo averlo studiato molto attentamente. E ho bisogno di certezze, invece, non di dubbi. Certezze. Le mele cadono verso il basso, gli uccelli volano. Questa roba qua. Il petrolio un giorno finirà. Le persone morte non tornano più...

La porta si apre, la fessura si allarga e la mano della bambina viene liberata dalla morsa. Dunque era come pensavo, e il dubbio che mi aveva assalito in realtà era panico. La porta si apre ma – ecco una cosa veramente strana – *non sono stato io ad aprirla*. Ormai mi ero risolto a farlo, stavo per farlo, ma non avevo ancora fatto forza sulla porta; e tuttavia la porta si è aperta. Da sola. O almeno così mi è parso. Non mi è proprio sembrato di avere spinto – ma se non sono stato io allora chi è stato? La madre? No, aveva le braccia attorno alla figlia in quell'abbraccio insulso – l'abbraccio meno protettivo della storia degli abbracci. La bimba stessa? Non è possibile nemmeno questo, l'altra manina era ancora sospesa per aria, con l'indice che puntava quella mascella di legno brutta e cattiva che le stava divorando quattro dita. E allora, che è successo? Chi l'ha aperta, questa porta? Ma ovviamente ora non c'è tempo di approfondire la faccenda: tanto statico era il quadro fino a un attimo fa quanto convulso si è fatto adesso: la madre ha preso la bimba in collo e siamo scattati entrambi in piedi, volati in soggiorno, lei ha preso borsa e chiavi della macchina, io le ho aperto una per una le porte, i portoni, i cancelli, gli sportelli, e ormai siamo in strada, ormai siamo a bordo della Q3, loro due salgono dietro, e non c'è il tempo di legare la bambina sul seggiolino, e io metto in moto, e parte a palla Gianna Nannini, *Da principio era la neeveee, non è stata colpa miiiaaa*, e la metto in pausa, e parto io, e arrivo alla piazzola per fare inversione, e la faccio, e sono già diretto come una freccia all'ospedale pediatrico davanti al quale sono passato poco fa – e tutto questo lo facciamo con un'efficienza e un'operatività che è l'esatto contrario della goffaggine di poco fa, senza bisogno di parole né di ragionamenti, come se fossimo stati addestrati per affrontare insieme questa eventualità. La bimba continua a piangere, ma non strilla più. "Cantale una canzone," dico alla madre, "tienila tranquilla," e la madre comincia a cantare con voce anche troppo intonata *Passa la carovana, e gli indiani in fila indiana, inseguendo stan la traccia coi colori sulla faccia...* È assurdo, è la canzoncina del sonno di Claudia: bisognava cantarle per forza questa per farla addormentare – e quanto tempo ci abbiamo messo io e Lara per capirlo, quante notti insonni abbiamo passato per la semplice ragione che le cantavamo le canzoncine sbagliate... *Con le penne nelle trecce, con la scure, con le frecce, e con l'arco nella mano, in silenzio, piano piano... Bum bum, bum bum, bum bum bum bum bum...* Senza tutore, e sottoposto alle vibrazioni trasmesse dal volante, il polso mi fa male. Vado abbastanza forte ma sto attentissimo, la strada ha l'aria di essere pericolosa, con tutte queste buche e soprattutto questi alberi che la fiancheggiano – e di tanto in tanto questi mazzi di fiori legati ai tronchi. D'altra parte non è più emergenza, ormai, e i secondi che passano non sono più un sopruso come poco fa: tra poco saremo all'ospedale, non ha senso rischiare. *Naviga il galeone, dei pirati sul pennone, muove il vento l'ombra nera, la terribile bandiera...* Mi volto, incrocio lo sguardo della ragazza, che è pallida, livida: la sua bellezza sembra sia stata smontata e messa via, come una giostra quando è finita la fiera. *E sul ponte l'equipaggio, dopo l'ultimo arrembaggio...* Mentre continua a cantare intonata mi mostra la manina schiacciata della bambina, le cui dita sono gonfie e soprattutto livide in modo preoccupante. *Sta contando tutto l'oro, dalla cassa del tesoro...* Io le sorrido – un sorriso che dovrebbe voler dire "non preoccuparti, vedrai che non è nulla", anche se dev'essere evidente che non è così che la penso. *Bum bum, bum bum, bum bum bum bum bum...* Ecco il semaforo col bivio per l'ospedale, è rosso ma non viene nessuno, passo lo stesso, svolto a sinistra e via. La bimba continua a piangere, ma chi ha sentito gli strilli di prima è autorizzato a credere che non ci sia più dolore nel suo pianto. Mi rendo conto che non l'ho ancora vista veramente in faccia, e mi giro di nuovo per guardarla. Bella, mi sembra, molto bella – e a differenza di sua madre la bellezza le è rimasta addosso anche nel dolore, non è svanita via. *Esce dalla foresta, a cavallo, lancia in resta, un guerriero in armatura, con la spada e la cintura...* Le è rimasta anche la corona da principessa in testa, il che, non so perché, rende ancor più atroce l'idea che abbia quattro dita fratturate. *Elmo e scudo son d'argento, corre forte come il vento...* Ma ormai siamo arrivati: ecco, l'ospedale non può essere che quel grande fabbricato lì, che spunta, incongruo, sull'orizzonte tremolante della campagna coltivata. Infatti. Bambino Gesù – Pronto soccorso pediatrico. Infilo la piazzola che porta all'entrata e mi fermo nello spazio giallo riservato alle ambulanze: scendo al volo, apro lo sportello posteriore, faccio uscire madre e figlia e le seguo dentro l'ospedale, lasciando la macchina dove non potrebbe stare. Al diavolo, che la portino via col carro attrezzi. Il pronto soccorso è affollato, molte madri africane con bambini e bambine in braccio o sul passeggino – fasciati, doloranti, sofferenti, con la benda sull'occhio –, ma nessuno è grave come noi, ragion per cui ci troviamo subito a spiegare l'accaduto all'infermiera dell'accettazione. La bambina ha ripreso a piangere forte, le quattro dita schiacciate sono gonfie e nere – più di quanto lo fossero in macchina: l'infermiera stessa, vedendole, ha una smorfia di pena, e si affretta a pilotare madre e figlia verso una porta con su scritto "Vietato l'accesso". Faccio per seguirle ma l'infermiera mi chiede a bruciapelo se sono il padre: un dubbio lecito, per carità, visto che anagraficamente potrei essere addirittura il nonno, ma che mi coglie alla sprovvista perché non mi aspettavo, ecco, in una situazione come questa, che sarebbe stato espresso. Perciò, stupidamente, rispondo di no – e la conseguenza è che allora purtroppo non posso entrare, dice l'infermiera, e devo accomodarmi nella sala d'aspetto insieme alle mamme e ai bambini africani. È perentoria, improvvisamente tutto il rigore che manca al sistema sanitario italiano viene riservato a me. "Mi dispiace," dice, mentre abbassa il maniglione antipanico e fa entrare la madre e la bambina. L'occhiata che la ragazza mi lancia prima di sparire è colma d'angoscia: le labbra serrate e tremanti, il viso sciupato come uno strofinaccio, il piccolo corpo sovrastato da quello cospicuo dell'infermiera – qualunque cosa ci sia da fare, sembra proprio che lei non sia in grado di farla.

– Io sto qui – le dico – Capito? Sto qui e aspetto. Non preoccuparti. Andrà tutto bene.

Entia non sunt multiplicanda praeter necessitatem.

(Guglielmo di Occam)

D. ha due figli, Kevin, di undici anni, e Eden, di sette. Poiché il loro padre è un elemento alquanto inaffidabile, io e D., quando ci siamo messi insieme, non siamo stati lì a giocare a nascondino: sono subito comparso nella loro vita, e i bambini si sono subito affezionati a me – anche se, come ho detto prima, continuo a vivere per conto mio insieme a mia figlia. Un giorno, quando Kevin aveva otto anni, e io stavo con sua madre da uno, la sua classe andò in gita alla reggia di Caserta. Quella mattina D. aveva la febbre alta, e perciò fui io ad accompagnare il bambino di fronte alla scuola elementare dove c'era il ritrovo per la partenza. Sua madre gli aveva dato uno zainetto con il pranzo al sacco e una piccola macchina fotografica digitale. Era una brutta mattina d'inverno, grigia e umida, di quelle che a Roma sono assai rare, e la giornata non si annunciava certo ideale per una gita. Una delle maestre accompagnatrici mi chiese il numero di telefono da chiamare per qualsiasi eventualità, e io le diedi il mio, perché non ricordavo, né tuttora ricordo, quello di D. È il numero che chiamo più spesso, ma lo faccio sempre dal cellulare, e il risultato è che non l'ho mai imparato a memoria.

Avevo una giornata piena di impegni, nessuno dei quali particolarmente emozionante – pratiche automobilistiche, dentista, colloquio coi professori di mia figlia –, ma poiché D. era a letto con l'influenza mi ero accollato anche il corso di nuoto di Eden e, alle sette e mezza, il recupero di Kevin al ritorno dalla gita. Dato che Claudia non si è mai mostrata entusiasta di stare con D., questi impegni extra avevano comportato la sua sistemazione a casa della sua amica Fabiola per la cena, e un'estenuante trattativa con lei che a quel punto voleva restarci anche a dormire, mentre io desideravo che tornasse a casa. Non ho mai visto di buon occhio il fatto che Claudia rimanga a dormire dalle amiche, soprattutto di quelle, come appunto Fabiola, che i genitori lasciano spesso da sole; ma quel giorno cedetti, perché con tutti quegli impegni la giornata si era complicata parecchio. Inoltre, avrei potuto dormire da D., che era ammalata, e prendermi cura di lei.

Mentre stavo riaccompagnando Eden a casa dopo la piscina ricevetti una telefonata da un numero anonimo. Una voce maschile mi chiese se ero il padre di Negretti Kevin e io, d'istinto, risposi di sì. Il fatto è che l'associazione tra il numero anonimo e il nome del bambino pronunciato in quel modo, col cognome davanti, aveva generato ciò che normalmente si chiama brutto presentimento, insieme all'istantanea consapevolezza che, con la madre a letto malata e il vero padre nelle condizioni che sapevo (proprio pochi giorni prima aveva tentato di sfondare con la macchina lo sportello Equitalia di Ostia), quello che stava per essere detto doveva essere detto a me. E quel che stava per essere detto era che il pullman su cui viaggiava Kevin aveva avuto un incidente e io ero pregato di recarmi al più presto all'ospedale di Valmontone, a poche centinaia di metri dall'omonima uscita dell'autostrada A1. Provai a chiedere maggiori informazioni, ma poiché accanto avevo Eden, che è una bambina sveglissima, evitai di pronunciare tutte le parole che avrebbero potuto farle capire di cosa si trattava – e in quel modo, formulando solo poche domande neutre, non ebbi nessuna risposta che potesse aiutarmi a farmi un'idea della gravità della situazione. Dunque dovevo semplicemente correre in quell'ospedale e là avrei saputo tutto quel che c'era da sapere. Riaccompagnai Eden a casa, sforzandomi di non far trapelare l'angoscia che mi attanagliava. D. aveva ancora trentanove di febbre e non era certo in condizioni di venire con me, né c'era ragione di dirle nulla, per il momento. In casa era rimasta la signora Rita, che sbrigava le faccende e badava ai bambini quando uscivamo, e io mi raccomandai che non la facesse alzare dal letto, poi uscii dicendo che andavo a prendere Kevin – il che era vero, in un certo senso – e mi misi a correre come un forsennato verso l'ospedale di Valmontone. Accesi la radio, e al notiziario regionale, mentre facevo lo slalom nel traffico che a quell'ora intasa il Grande Raccordo Anulare, diedero la notizia: un pullman pieno di bambini era uscito di strada alle porte di Roma e si era rovesciato; c'erano almeno *una decina* di morti e *una trentina* di feriti – dissero così, e a me parve indecente –, ma ancora non si disponeva di cifre più precise; i feriti più gravi erano stati trasportati con gli elicotteri in vari ospedali della capitale; l'autostrada A1 era stata chiusa al casello di Colleferro nella carreggiata nord e a quello di Valmontone in quella sud. Fine. Mentre cercavo altre informazioni sulle radio locali o su quella della Società autostrade, il mio cervello cominciò a vorticare alla ricerca di un epilogo accettabile da assegnare a tutta la faccenda – cioè di una speranza, di una pura e semplice speranza. Poiché mi avevano convocato a Valmontone, pensavo, Kevin non poteva essere tra i feriti gravi, che erano stati trasportati a Roma. Cercai di far mente locale su quanti erano, quella mattina, i bambini che salivano sul pullman salutando i genitori con la mano: più erano e più speranza c'era. Ma un pullman non può portare più di sessanta persone, pensai, se non è a due piani – e quello, purtroppo, non era a due piani. Una *decina* più una *trentina* faceva una *quarantina*, e

dunque, se sul pullman i bambini fossero stati sessanta, i super-
stiti dovevano essere *una ventina*... E così via, in un turbine di
pensieri e retropensieri che s'interrompeva solo quando trovavo
un notiziario sull'autoradio: ma arrivavo sempre tardi, sulle notizie secondarie, e tutto ciò che riuscivo a intercettare era al massimo un cenno finale alla "tragedia di Valmontone", riguardo alla
quale i radiogiornali si ripromettevano di fornire aggiornamenti
non appena ce ne fossero stati. E così, mentre ricominciavo la
ricerca di un nuovo notiziario su una nuova stazione, ricominciava anche il vortice di pensieri per tentare di rimanere ottimista.
Poiché Kevin non era tra i feriti gravi pensai che anche delle
ferite lievi, dopotutto, in quella che veniva definita una tragedia,
potevano risultare accettabili. Dovevano pur esserci, pensai, dei
feriti non gravi. Ma bisognava anche intendersi su cosa significava "gravi" e "non gravi": un braccio rotto era grave? No. E *due*
braccia rotte, per dire? Finché, mentre il traffico si faceva sempre
più compatto e impenetrabile, e tutte le mie elucubrazioni continuavano a produrre il risultato esattamente contrario a quello
desiderato, vale a dire un plumbeo senso di irreparabilità, un
pensiero di una disarmante oscenità spuntò all'improvviso nella
mia mente e – quello sì – mi tranquillizzò: *Kevin non era figlio
mio*. Mi resi conto che quello che provavo pensando a ciò che
poteva essergli capitato, pur con tutto il bene che volevo a lui, a
sua madre e a sua sorella, non era dolore, era pena: una pena
infinita, certo, con un'infinità di diramazioni che si spingevano
nel futuro e, nel caso peggiore, lo deformavano plasticamente
– di certo investendo anche me, ma senza arrivare ad annichilire
la mia stessa capacità di concepirlo, il futuro, come sarebbe stato
se al mio posto ci fosse stata D., o se al posto di Kevin ci fosse
stata Claudia. Telefonai immediatamente a Claudia e il semplice
fatto di sentire la sua voce svagata, che rispondeva a monosillabi
perché probabilmente stava gingillandosi su Facebook insieme

alla sua amica, produsse in me un sollievo risolutivo. L'effetto benefico di questa constatazione mi scioccò, dato che appariva di un egoismo inaccettabile, ma non poteva esser negato poiché di colpo, angosciato com'ero, mi aveva fatto sentire molto meglio.

Così – preoccupato, in pena, ma non più sconvolto – mi presentai al pronto soccorso di quell'ospedale, dove si affollava un piccolo capannello di genitori – loro sì sconvolti. La madre di Sebastian, un amichetto di Kevin, con la quale quella mattina avevo scambiato qualche parola riguardo all'idea bizzarra di organizzare una gita in inverno e non in primavera, mi venne subito incontro, lamentando che ci avevano fatto venire fin lì e poi non ci dicevano niente. Era una donna bassa, giovane e piuttosto in carne, che D. conosceva abbastanza bene e anch'io avevo visto altre volte; di lei sapevo che era separata da molti anni e che faceva l'avvocato – e per questa ragione, suppongo, era sempre truccata e vestita con tailleur aderenti e scarpe col tacco. Io avanzavo verso il punto in cui si addensavano gli altri genitori e lei continuava a trotterellarmi accanto ripetendo che era inutile chiedere, che non dicevano nulla e che era un'indecenza. La sensazione d'essere un uomo fortunato crebbe mentre, ignorando le sue parole, riuscivo a presentarmi davanti a un'infermiera che fronteggiava i genitori: teneva un foglio in mano, e i genitori volevano sapere cosa c'era scritto, oppure le sparavano contro i nomi dei propri figli, azioni che però non producevano in lei nessuna reazione. Poco dietro c'erano due carabinieri giovanissimi e molto imbarazzati, che non aprivano bocca. Colsi la prima occasione di contatto visivo con l'infermiera per chiedere notizie, mentre la madre di Sebastian continuava a farmi cenno che era inutile, perché non mi avrebbero detto niente. Invece, appena pronunciai il nome del bambino – Negretti Kevin, col cognome davanti, come pensai dovesse essere scritto su quel foglio, qualsiasi cosa significasse esser scritti su quel foglio – l'infermiera mi squadrò e mi disse di seguirla. Lasciò gli altri a protestare e mi portò con sé. La mamma di Sebastian rimase sbalordita, e l'ultima immagine che ho di lei la ritrae con la mano davanti alla bocca, stupefatta ma anche atterrita, come se avesse capito di colpo cosa significava il silenzio che le era stato riservato. L'infermiera mi accompagnò nella stanza della polizia di Stato dove per prima cosa vidi Kevin, seduto, con un cerotto sullo zigomo ma per il resto apparentemente illeso; poi vidi altri tre bambini che non conoscevo, due maschi e una femmina, anch'essi illesi; e poi ancora un poliziotto, una poliziotta, un medico con lo stetoscopio intorno al collo e un altro col camice sbottonato. Non appena mi vide Kevin mi saltò addosso e si mise a piangere, mentre il dottore con lo stetoscopio mi diceva che il bambino stava bene, a parte naturalmente lo shock e un taglietto sullo zigomo che non aveva richiesto punti di sutura. Anche se sapeva di stare restituendo la voglia di vivere a un uomo – come del resto anche l'infermiera dell'accettazione, credeva che io fossi il padre di Kevin –, non aveva l'aria per nulla contenta, e questo mi diede un'esatta cognizione della tragedia che si era consumata. Capii che quei quattro bambini erano gli unici che quella sera sarebbero tornati a casa. "Lei è un uomo fortunato," mormorò, e io riuscii a guardarlo negli occhi senza la vergogna che probabilmente avrei provato, insieme alla felicità, se fossi stato davvero il padre di Kevin – quella l'avevo già provata in macchina, poco prima, sollevandomi al pensiero di non esserlo. Mi vennero dati dei fogli da firmare per la dimissione e il dottore col camice sbottonato, che si rivelò essere lo psicologo di turno, mi trasse di lato raccomandandomi di portare l'indomani stesso il bambino dal pediatra per concordare con lui la struttura presso la quale avrebbe dovuto ricevere assistenza psicologica allo scopo di superare il grave trauma che aveva subito. Si sincerò più volte che avessi capito che si trattava di una prescrizione vera e propria, e mi mostrò, in uno dei fogli che avevo firmato, che era stata messa bene in chiaro per iscritto. Si raccomandò anche che non gli facessi domande sull'accaduto e a questo proposito, proprio per evitargli d'essere assalito dai genitori dei suoi amichetti meno fortunati – disse così, anche lui – che aspettavano notizie al pronto soccorso, fummo pilotati dalla poliziotta verso un'uscita secondaria, dalla quale scivolammo via senza incontrare nessuno.

Erano le nove e mezzo: Sebastian era già morto da tre ore, e insieme a lui erano morti o stavano morendo altri otto bambini, mentre gli altri ventotto – in totale erano quarantuno – erano già stati tutti trasportati nei grandi ospedali di Roma. Erano morti anche l'autista ed entrambe le maestre accompagnatrici – inclusa quella che aveva preso il mio numero quella mattina. Obbedendo alla raccomandazione ricevuta, durante il ritorno a casa non feci nessuna domanda al bambino, che continuava a piangere: ritenendo tuttavia che anche restare in silenzio fosse poco opportuno, cercai di distrarlo raccontandogli la cosa più bella e fortunata che mi fosse capitata nella vita, che in quel momento – non so perché, ero confuso anch'io – individuai nel ricordo di una remota serata d'estate passata insieme a mia figlia al luna park di Castiglione della Pescaia, quando per qualche ragione non la smettevamo più di vincere ai dischi volanti: due, tre, cinque, dieci volte di fila, sempre noi due soli lassù nel vento caldo e tutti gli altri che cadevano a uno a uno sotto di noi, tanto che alla fine ci eravamo addirittura stufati e avevamo lasciato il nostro disco senza avere mai perso. Non credo che Kevin sia stato travolto dal mio racconto, ma almeno smise di piangere – salvo ricominciare, però, e di brutto, quando entrammo in casa. Saltò fuori che a farlo disperare era il fatto di avere perso lo zainetto con dentro la macchina fotografica digitale, a proposito della quale il giorno prima c'era stata una lunga discussione con sua madre – lui intendeva portarsela dietro ma lei non voleva perché era convinta che l'avrebbe persa –, e che quella mattina, approfittando del fatto che D. era a letto con la febbre e che io non sapevo nulla, aveva infilato di soppiatto nello zaino. Ci sono voluti mesi di terapia perché Kevin smettesse di parlare di quella macchina fotografica e arrivasse a menzionare l'incidente, riguardo al quale però non si è mai riusciti a capire cosa ricordi e cosa abbia rimosso.

Ma il punto non è questo. Il punto, per me, rimane il sollievo provato nel momento sbagliato, e cioè non quando il dottore mi ha riconsegnato Kevin sano e salvo bensì un'ora prima, quando ero ancora in macchina e tutto lasciava presagire che una tragedia potesse averlo inghiottito e mi sono sentito così fortunato al pensiero che non fosse figlio mio. Un piccolo orrendo segreto che mi accompagna per ricordarmi quanto esagerato e violento possa diventare l'amore dei genitori per i propri figli – senza che questo serva a generare più felicità quando le cose vanno bene, mentre semina una quantità assolutamente sproporzionata di dolore quando vanno male. Qualcosa che ha a che fare con quel bisogno di cercare un giusto limite alle cose – a tutte le cose – su cui, a cinquant'anni, e con una famiglia ormai ridotta ai minimi termini, mi sto sforzando di meditare.

8

Guardate le mie opere, o potenti, e disperate.

(Percy Bysshe Shelley)

Ma non adesso...

Adesso ho altro da fare. O meglio: adesso devo trovare il modo di fare qualcosa. È quasi un'ora che aspetto, passivo, mentre la ragazza e la bambina sono dentro a questo ospedale. Ho provato a chiedere all'infermiera dell'accettazione, ma sa solo ripetermi che devo aspettare. Sarebbe il momento giusto per occuparmi di tutte le telefonate alle quali non ho risposto: due di Marta, mia cognata – abbastanza sorprendenti; due di D. – prevedibili, dato che dovrei dirle cosa intendo fare stasera, se resto a cena da lei o no; due di Cinzia, che evidentemente ha trovato la mia chiamata di stamattina; e due di numeri che non ho in rubrica. Ci sono anche due SMS, di Marta e di D., in cui mi si prega di richiamarle appena possibile, e ora sarebbe possibile, ma si dà il caso che qui dentro il mio telefono non prenda. Solo il mio, a quanto pare, dato che invece molte delle mamme africane che aspettano insieme ai loro bambini telefonano tranquillamente: con i loro cellulari ultraeconomici e le loro tariffe super scontate chiamano e ricevono che è una bellezza, mentre io, col mio smartphone del cazzo, pur spostandomi in lungo e in largo per tutta la sala, niente. Ho provato a uscire dalla porta, ma anche fuori non ho campo. La Q3 è ancora al suo posto, comunque, nel parcheggio giallo riservato alle ambulanze, e nessuno se ne lamenta. Dovrei spostarmi chissà dove, camminando verso il nulla lungo la strada che taglia la campagna – senza più poter tenere d'occhio il pronto soccorso, però, e questo non voglio farlo perché se la ragazza dovesse uscire o dovesse avere bisogno voglio esserci. Ho io le chiavi della macchina, lei non ha il mio numero di telefono, e c'è modo di incasinare parecchio le cose se ci perdiamo. Perciò resto qui seduto, cercando di prendere a esempio la sovrumana pazienza delle mamme africane – ma è inutile, i miei nervi erano già grattugiati quando sono arrivato, questo contrattempo col telefonino mi ha messo di pessimo umore e non riesco proprio a starmene buono come loro. E infatti ecco che mi alzo e mi rimetto in coda per parlare di nuovo con l'infermiera – con l'intenzione, stavolta, di non accontentarmi del nulla che mi ha riservato finora, e magari piantare un casino davanti a tutti (quegli sfoghi tipo "vi trascinerò in tribunale, vi manderò il Gabibbo", eccetera), perché anche se non sono il padre della bambina avrò pure il diritto di sapere cosa sta succedendo là dentro, o anche solo di venire informato su quanto tempo ancora dovrò aspettare – così da potermi regolare, magari, e nel caso andarmene fuori tra i cofani arroventati delle macchine parcheggiate lungo la strada a cercare un punto in cui questo maledetto telefono trovi un po' di—

Eccole. Sono loro. Stanno uscendo dalla stessa porta per la quale sono entrate. La mamma ha la bambina in braccio e dei fogli stretti in mano. Un giovane cicisbeo col camice bianco le trattiene sulla soglia, riempiendo la bambina di smorfie e complimenti che sembrano dire sempre la stessa cosa – e cioè: "Che bella mamma che hai." Perché salta agli occhi che la bellezza scomparsa durante l'emergenza è tornata tutta al proprio posto, e il piccolo corpo di Rosy Malaparte è di nuovo in grado di dominare lo spazio che lo circonda. Sorridente, l'aria ancora selvaggia ma anche splendente, ora, e riconoscente, ascolta quel che ha da dirle il giovane medico e intanto spazia con lo sguardo per la sala, alla ricerca – voglio sperare – di me. E la bambina? Ha ancora la corona da principessa sulla testa, e sorride pure lei. Cerco il lampo bianco del gesso o della fasciatura sul suo braccio, ma non lo trovo. Mi faccio vedere, ma lascio che il dottorino finisca i suoi salamelecchi prima di farmi avanti.

– Niente – dice lei – È andata bene.

Come niente? Guardo la mano della bambina ed è assurdo: le dita non sono più né gonfie né nere.

– È incredibile – osservo.

Come se non fosse successo nulla.

– Sono di gomma, a quest'età – dice lei.

Ed è con questa bella spiegazione che usciamo dall'ospedale nell'afa che opprime la campagna. Montiamo sulla macchina che è diventata un forno, e nessuno ci dice nulla per averla lasciata tutto questo tempo dove non poteva stare, nemmeno i due autisti d'ambulanza con le uniformi rifrangenti che se ne stanno acquattati a fumare nella striscia d'ombra vicino alla porta. Metto in moto, riparte Gianna Nannini a palla, *siamo andati in culo al mondooo, e ci sei finito dentrooo*, la rimetto in pausa, sparo il climatizzatore a tutta, ma la ragazza, dietro, preferisce aprire i finestrini, e allora l'aria condizionata è inutile. Di nuovo non lega la bambina sul seggiolino, ma la tiene in braccio.

– Hanno cominciato a sgonfiarsi mentre la visitavano – dice, baciando le dita della bambina, che io ero sicuro si fossero rotte – Così, a vista d'occhio.

Scivolo fuori dal piazzale.

– Poi le hanno fatto la radiografia, quella pistolona che ti faceva tanta paura, vero patata? – si rivolge un po' a me e un po' alla bimba – E però sei stata brava brava, non hai pianto neanche un po', vero? E la mamma ti comprerà il gelato, perché te lo sei meritato, e insomma non c'erano fratture né niente.

Guardo madre e figlia riflesse nello specchietto, sorridenti, bellissime, i volti quasi incollati e i capelli che si mescolano in una nera nuvola di crine sollevato dal vento.

– E ora le è passato tutto. Guarda.

Le stringe le dita che un'ora fa sembravano rotte, e alla bimba non fa né caldo né freddo.

– Sono di gomma – ripete, e la bacia sul collo, con lo schiocco.

Non so che dire, sul serio, perché quello che vedo non ha senso, e allora sto zitto e guido. I campi ribollono dal calore, stormi di gabbiani traversano il cielo bianco lungo una rotta che va dal mare verso l'interno. La discarica di Malagrotta è da quella parte. Sulla strada c'è un enorme trattore che occupa tre quarti della carreggiata, quasi impossibile da sorpassare. Anche solo spostarsi per controllare se viene qualcuno in senso inverso è pericoloso.

– Non mi ricordo il tuo nome – dice Rosy Malaparte.

– Pietro.

Si stacca dallo schienale e stampa un bacio sullo zigomo pure a me.

– Be', grazie, Pietro – dice.

Un bacio che non riesco a godermi, perché mi coglie di sorpresa mentre sto sorpassando il trattore con una manovra temeraria.

– E di che?

– Se non ci fossi stato tu io davvero non lo so cosa sarebbe successo. Sono andata completamente nel pallone, non capivo più niente. Non riuscivo nemmeno a capire che bisognava aprire la porta, per liberare la mano.

Be', questo significa che l'ho aperta io. A me era sembrato di non averlo fatto, ma insomma, lei era lì, e se dice che l'ho aperta io vorrà dire che ero sconvolto e non me ne sono reso conto.

– Non pensarci – dico – Ormai è passato.

Ci ho ragionato sopra un po' troppo, magari, ma alla fine l'ho aperta e ho risolto la situazione.

– Sì ma – abbassa di colpo la voce – che succedeva se fossi stata sola?

Mi volto appena e capisco perché ha abbassato la voce: la bambina si è addormentata, con la corona di traverso sulla fronte. Abbasso la voce anch'io.

– Se fossi stata sola non saresti andata nel pallone. È così che funziona.

– Tu dici?

– Fidati.

– Vabbe', però c'eri tu, e hai salvato la mano a mia figlia.

E mi dà un altro bacio, sotto l'orecchio, stavolta, la qual cosa a questo punto mi imbarazza, perché anche se ho aperto quella porta le quattro dita della bambina erano pur diventate nere e gonfie come salsicce, l'ho visto io con questi occhi: il fatto che lei mi creda in gamba e che dia il merito a me se la bambina non si è fatta nulla, mentre è stato solo una specie di – non so come altrimenti chiamarlo – *miracolo*, mi fa sentire un impostore. Perciò approfitto del suo silenzio e mi concentro nella guida di questa macchina che tra poco le porterò via, e da domani diventerà un gioiellino nel piazzale della Super Car. L'allestimento è proprio maestoso: sedili in nappa a regolazione elettrica con supporto lombare, comodi e freschi malgrado la calura; volante sportivo multifunzione a tre razze con impugnatura in pelle traforata; il famoso Side Assist che ti avverte con i led sullo specchietto esterno – eccoli lì – quando un'altra macchina si avvicina alla tua sinistra; sistema di informazioni di bordo con display a colori; navigatore satellitare integrato con dispositivo MMI, CD/DVD e presa diretta per iPod; altoparlanti Bose sound surround super pompati... Questa macchina è un libro, racconta un sacco di cose. È una macchina principalmente femminile – rarissimo vederla guidata da uomini –, ma questo allestimento, specie nella scelta del volante sportivo e dell'amplificazione potenziata, dice chiaramente che è stata ordinata da un uomo. La gran gingilleria di optional fondamentalmente inutili dice che quest'uomo non pagava con soldi suoi. E le pessime condizioni della carrozzeria, oltre al casino di roba sparpagliata per l'abitacolo – scatole di scarpe, riviste, CD, buste, bollette, bottiglie d'acqua minerale – dicono che nemmeno la donna cui l'ha ceduta ha mai pensato di sborsare un solo—

– Tu hai figli? – mi chiede la ragazza, all'improvviso.

– Una figlia – rispondo – Grande, ormai.

Che devo ricordarmi di chiamare, tra l'altro, per convincerla a venire al ristorante, stasera, con me e D. Questa storia che non vuole vederla è insensata.

– Grande quanto?

– Diciotto.

– Ah. E vivi con sua madre o siete separati?

– Sono vedovo.

– Oh...

Questa potevo anche risparmiargliela ma insomma, se fai certe domande è anche giusto che ti becchi certe risposte. È vero, è troppo diretta. Ora è imbarazzata: voleva fare conversazione e invece non sa più cosa dire. Be', tanto meglio, siamo arrivati. Il posto per la macchina davanti a casa però non c'è più e così continuo fino alla piazzola, ma solo per constatare che non c'è posto nemmeno lì.

– Non possiamo metterla in giardino? – chiedo.

– Ma no, non vale la pena. Mettila davanti al cancello. Se accosti bene ci passano.

In effetti ha ragione, visto che tra pochi minuti dovrò risalirci sopra per portarla via. Perciò accosto quanto più possibile al cancello, poi scendo e apro la sua portiera perché lei ha la bambina addormentata in braccio. Più che un pignoratore di auto sembro un cavalier servente. Prima di scendere lei cerca di spingere fuori col sedere i fogli dell'ospedale – un assurdo movimento quasi pornografico che ovviamente fa cadere i fogli in terra, ma che risveglia di colpo il demone assopito nei miei lombi. Tanto più che, una volta scesa, si china a raccogliere i fogli e così facendo, sempre con la bambina addormentata che le ciondola tra le braccia, la sottile striscia di pelle nuda tra l'orlo della canottiera e gli shorts si allarga improvvisamente, svelando quasi tutto il tatuaggio che le splende sul fondoschiena – un altro dragone, come quello che ha sul polpaccio, questo però ad ali spiegate – e anche il filo nero del perizoma che si perde nel solco tra le sue chiappe. È solo un attimo, eccola di nuovo in piedi con i fogli in mano, shorts e canottiera tornano a coprire ciò che hanno appena scoperto, ma è sufficiente a ricordarmi che la faccenda della proroga non era affatto chiusa, prima che la bambina s'incasinasse con quella porta. Mi indica col mento la borsa che pende dal suo braccio.

– Prendi le chiavi per piacere? Il portachiavi col Buddha.

Anche questo: come tutti sanno, per un uomo avere accesso all'intimità di una borsa è un privilegio molto sensuale. Qui poi c'è veramente un grandissimo bordello di roba: una bottiglietta d'acqua, un iPod, pillole sparse, fazzoletti profumati, un accendino, caramelle, un CD di Nina Zilli, un paio di occhiali da sole, il telefonino, una spazzola per capelli, un pacchetto di Marlboro Lights da dieci, elastici per capelli – e non c'è nessun bisogno che questi oggetti siano di per sé intimi o trasgressivi, non c'è bisogno di trovarci una scatola di preservativi o un paio di manette da bondage: l'effetto che producono è comunque un languido desiderio di sprofondare nel mondo di carne e pensieri al quale appartengono. Nella borsa di una donna si guarda sempre di nascosto, questo voglio dire – se capite cosa intendo.

71

E se non lo capite pazienza, purché sia chiaro che man mano che scavo tra tutte queste innocenti cosette i miei sensi si eccitano come se stessi toccando e accarezzando i capelli, le orecchie, le labbra, le ciglia e gli occhi ai quali sono destinate. Tanto più che il portachiavi col Buddha non salta fuori, la ricerca sta diventando un inventario – auricolari, penne, matita per occhi, cosmetici assortiti, cartine da sigarette, portafogli di pelle, astuccio leopardato –, e oltretutto, dato che la borsa pende dal suo braccio, questo avviene in una prossimità fisica innaturale, in forzata violazione dei confini convenzionalmente rispettati. Ciò significa che l'odore di aceto emanato dai suoi capelli è più forte, come pure il tintinnio dei braccialetti, eccetera...

– Guarda nella tasca chiusa con la zip – dice.

Apro la tasca interna chiusa con la zip e in effetti, tra un assorbente cilindrico e un sacchettino di – be', sì – marijuana, ecco il portachiavi col Buddha. (Bello, tra l'altro, il Buddha: d'avorio, finemente tornito, sembra antico, prezioso.) Perciò quando riprendo le mie mansioni di cavalier servente – provare una chiave che non entra, trovare quella giusta, aprire il cancellino, farla passare, chiudere il cancellino, sorpassarla prima di arrivare al portone, provare una chiave che non entra, trovare quella giusta, aprire il portone, e via e via e via – le cose stanno in modo decisamente diverso da quando le avevo interrotte, un minuto fa. E quando poi rientriamo nella sala al primo piano – tapparelle mezzo abbassate, lame di luce che tagliano la penombra, polvere che galleggia nell'aria –, eccomi rientrato in pieno nella tamburreggiante fantasia erotica che vi avevo abbandonato.

– Aspettami – bisbiglia lei, scomparendo nella zona notte con la bambina in braccio.

Aspettami. E certo che ti aspetto – che senso ha dirmelo? Quale scopo, se non rinforzare l'idea che l'attesa sarà premiata? E ci risiamo, ci risiamo in pieno. Nonostante la presenza della bambina, nonostante l'esperienza non certo afrodisiaca che abbiamo appena vissuto, nonostante la banalità, l'insensatezza, la miseria di una fantasia del genere, non riesco a pensare ad altro. *L'attesa sarà premiata*: c'è qualcosa che non va in me, sul serio. Non posso farmi governare così dalle fantasie degli altri – perché è di Lello, questa fantasia, non mia. Devo calmarmi, devo ragionare. Respirare. Rilassarmi. Magari farmi un bicchiere di whisky – perché no? Mi aveva invitato a servirmi, prima, e io mi servo adesso. Due dita di whisky – non mi faranno certo male, due dita di whisky. Ballantine's, quasi finito. Chissà chi se lo beve. Lei? Il ballerino? Ecco fatto, anche se queste sono *tre* dita. Bum, a stomaco vuoto è una bella sberla ma—

Eccola che spunta dal corridoio.

E ora?

S'è fermata sulla porta.

– Scusa – fa – puoi aspettare ancora cinque minuti? Devo fare una telefonata importante.

– Certo.

Mi vede il bicchiere in mano, sorride.

– Bravo, beviti qualcosa. Cinque minuti e sono tutta tua...

Il suo sorriso è malizioso e non lo è: si ricomincia anche col doppio legame. Scompare di nuovo – e a proposito, forse sarà il caso che ne approfitti per farla anch'io, una telefonata, visto che qui il telefonino prende. Ci sono altre due chiamate perse, di D. e di mia cognata, di nuovo: mi stanno cercando con una certa insistenza, queste due. Ma non posso chiamarle adesso, non è proprio il caso. Molto meglio mandare un SMS a tutte e due mentre finisco il whisky: "Scusa, non posso rispondere, ti richiamo appena possibile." Copia e incolla e via – è sempre un po' miserabile fare il copia e incolla in questo modo ma insomma, qui è il meno. Qui di miserabile c'è molto di più, perché il demone ha ricominciato a mordermi i lombi, e mi spinge a mettere

insieme i pezzi in un certo modo, a interpretare, insinuare, decifrare – per farmi concludere che, dài, in effetti la situazione è
chiara. Prima, in macchina, mi ha dato due baci: di riconoscenza, d'accordo, ma insomma, escludo che una come lei ignori
l'effetto che produce un suo bacio sullo zigomo di un uomo, o
sotto l'orecchio. E poi c'è la riconoscenza, per l'appunto, la
gratitudine: sua figlia aveva la mano incastrata nella porta, lei è
andata nel pallone e io ho risolto il problema – e questo ha una
grande importanza. Quella mossettina col culo, dài, in macchina, per buttare in terra i fogli dell'ospedale, e quel chinarsi con
la bambina in braccio a raccoglierli. Il modo in cui mi parla:
aspettami, *mettiti a tuo agio*, *sono tutta tua*... E poi abbiamo
appena avuto la dimostrazione che lei non può rinunciare alla
macchina così su due piedi; con una bambina piccola che può
infilare le mani ovunque, farsi male, non può permettersi di
rimanere a piedi – trovalo tu un taxi, a Passoscuro. È un dato di
fatto che lei di una macchina – che cosa orrenda sto per dire – *ha
bisogno*. Già. Ma certo, su: mordi e pentiti. Anche con la bambina di là? Certo, l'addormenta e via: che problema c'è? Sì sì sì, è
così: lei pensava a questo prima e pensa a questo ora. Lo dà
proprio per scontato. L'ha fatto con Lello e dà per scontato di
farlo anche con me. Perché mai dovrei rifiutarmi? Sono un
maschio – *mi ha chiesto se ho figli per escludere che sia gay* –, e
lei è convinta che davanti a certe cose i maschi siano veramente
tutti uguali – ciò che dice sempre anche D., tra l'altro, e io invece lo nego, perché non è vero, non siamo tutti uguali, sebbene
in questo momento sembrerebbe di sì, ma insomma quello che
conta è che questa ragazza ne sia convinta, e quindi tenda a
ripetere anche con me l'affare concluso con Lello, utilizzando la
stessa moneta di scambio – la carne, la sua carne pregiata, ovvero proprio ciò che secondo lei, e anche secondo D., rende i
maschi tutti uguali. Ma, un momento: cosa sto dicendo? *Affare*

concluso, *carne pregiata*, *moneta di scambio*: come posso anche solo pensarle, queste cose? Io non sono mai stato così, mai: com'è possibile che tutt'a un tratto io sia così? E infatti non sono così, questi pensieri non valgono nulla, lei non li conosce, nessuno li conosce, via, sciò, non contano. Contano solo le azioni, le cose fatte – e allora io sai cosa faccio? Le faccio vedere chi è Pietro Paladini, ecco cosa faccio. L'ultima cosa di cui c'è bisogno al mondo è di un altro uomo che si approfitta del potere che ha su una donna per scoparsela – e allora io le do la proroga senza chiederle niente in cambio. Già. *Gliela regalo*. La sbalordisco, la commuovo, la *aiuto*: quanti uomini l'avranno mai aiutata – disinteressatamente, intendo – nella sua vita? Mi ricorderà per sempre, altro che mordi e pentiti: salvo la mano di sua figlia, l'accompagno all'ospedale, l'aspetto, la riaccompagno a casa e alla fine, dopo la sua telefonata importante, quando è *tutta mia*, le dico senti, piccola, vedo che in questo momento ti trovi in difficoltà, e dunque ho deciso di lasciarti il tempo di organizzarti, sai, prima di portarti via la macchina... Sì, farò così, perché non siamo tutti uguali, e io adesso posso dimostrarlo. Solo che, fermi tutti: chi è quella madonna con bambino che sta sgattaiolando attraverso il giardino? *Lei*? La noto per caso, con la coda dell'occhio, dalla finestra, mentre mando giù l'ultimo sorso di whisky baloccandomi con l'idea del mio beau geste. Sì che è lei, porca troia: a passo svelto, con la figlia in collo – non più addormentata, ora, ma sveglia e ritta tra le sue braccia. Da dove è uscita? Dove cazzo va?

Spalanco la finestra.

– Ehi! – grido.

Lei solleva appena lo sguardo e mi scocca un'occhiata fulminea, animale, come potrebbe fare una mangusta, poi abbassa di nuovo gli occhi e apre il cancellino. Questa sta scappando, altro che storie – e c'è la Q3 parcheggiata proprio davanti al cancello!

Eh no, così no: corri, Pietro, giù per le scale, dài, quattro gradini alla volta, fuori, dài, in giardino, di corsa, dài dài dài, raggiungila, ha la bambina in braccio, è impedita, non farti fregare così! Un momento, ma le chiavi le ho io, giusto? Eccole qui. E allora dove pensa di scappare? Eppure – *bi-bip* – questo non è forse il telecomando a radiofrequenze per la chiusura centralizzata con antifurto satellitare volumetrico a ultrasuoni e protezione antitraino con immobilizzatore elettronico della Q3? E – *sc-clomp* – questo non è lo sportello rinforzato con barre in acciaio ultraresistente a elevati standard di rigidità della Q3? *La seconda chiave*, merda: sta usando la seconda chiave. E allora dài, Pietro, altri due balzi e sei al cancellino pure tu, puoi ancora fermarla, dài, corri, così, ecco, ce l'hai fatta – maledizione, dov'è l'apricancello?

Wrooom – il motore quattro cilindri TFSI a iniezione diretta di benzina sovralimentato con turbocompressore a gas di scarico della Q3...

9

Ho fatto gli sbagli sbagliati.

(Thelonious Monk)

Una cavalletta cammina nell'erba sul ciglio della strada. Si lascia prendere in mano senza spaventarsi. È calda. Mi guarda con un occhio, poi con l'altro. Vede un coglione, un grandissimo coglione, e salta via...

Dicono che quello che ti succede è sempre già successo a qualcun altro, ma io non credo: non stavolta. Io credo che questo, esattamente questo, non sia mai successo a nessuno. Credo che per ciò che è appena capitato a me – che mi sta capitando – non esistano modelli.

I campi trebbiati, le stoppie marroncine, i solchi delle ruote dei trattori, i covoni cilindrici. Le macchine che passano e mi spettinano con lo spostamento d'aria. Oh, come apprezzerei che il conducente di una di queste macchine capisse che sono in difficoltà e accostasse e scendesse e mi mettesse una mano sulla spalla, e mi tranquillizzasse. Come apprezzerei che mi facesse salire sulla sua macchina e mi desse un passaggio a Roma, e che lungo la strada si fermasse a un bar e mi offrisse un caffè. Un uomo coi baffi, grosso, stempiato, più vecchio di me, con la voce roca, il sorriso rassicurante, vestito di lino, coi capelli grigi e fini sollevati dal vento, un fumatore incallito di sigarette sottili, un pescatore alla mosca preciso e paziente che non porta l'orologio e non sa mai che ore sono, com'era mio padre – una specie di *inviato* di mio padre –, che mi convincesse a raccontargli cosa mi è successo – cosa veramente mi è successo. E come apprezzerei che dopo mi raccontasse una disavventura umiliante dalla quale è passato pure lui, e poi si concedesse la banalità più rassicurante di tutte, e cioè che i cinque minuti del coglione passano per tutti, che a tutti capita di inciampare ma che l'importante è rialzarsi e non pensarci più... Già, ma non funziona così. Non c'è nessuna possibilità che questo accada, perciò sarà bene che smetta di pensarci.

I getti degli irrigatori, in lontananza, su appezzamenti verdissimi sotto l'orizzonte tremolante. Gli alberi piegati dal vento – non elasticamente, non da questo vento, ma *plasticamente*, da decenni di vento che spira in un'unica direzione e giorno dopo giorno piega, appunto, torce e modella il mondo con la sua forza inestinguibile.

No, non c'è nessuno, ora, per me – devo cavarmela da solo. E anche dopo sarò solo, sarò sempre solo, perché anche quando in qualche modo sarò riuscito ad arrivare a casa, e dovrò raccontare a Claudia quello che ho combinato, oppure a D., io mentirò. Non avrò scelta. Non posso dirla, la verità. Dirò che mi hanno ritirato la patente perché mi hanno beccato mentre correvo dietro a un demonio che era scappato con l'auto che dovevo recuperare, e che il telefonino l'ho perso saltando in macchina per mettermi al suo inseguimento. Stop. Non dirò altro. Non c'è modo di dire altro alle persone che credono in me. Che la patente mi è stata praticamente ritirata tre volte – per eccesso di velocità (138 km/h, cioè 68 oltre il limite stabilito per questa strada), per sorpasso pericoloso (in presenza della striscia continua di mezzeria e in prossimità di una curva) e per eccesso di tasso alcolemico nel sangue (0,71 g/l alla prova del palloncino, per via di quel maledetto whisky) – questo non potrò dirlo. E la multa pazzesca che mi sono beccato, di cinquemilatrecentosette euro, cioè la somma del massimo previsto per ognuna delle tre infrazioni che ho commesso? Mentirò anche su quella, certo, l'abbasserò, a duemila, a millecinquecento, a mille – e comunque, per quanto potrò abbassarla, rimarrà pur sempre una multa abnorme, umiliante. Ma la verità che racconterei a quel tizio immaginario che non passerà mai, perché non esiste, quella non potrò dirla a nessuno. Depisterò. Mi soffermerò sulla beffa d'esser stato fermato dalla pattuglia mentre inseguivo una persona che stava commettendo le mie stesse infrazioni e che invece, non fermandosi, l'ha passata liscia; spiegherò che il verbale compilato dai poliziotti per la Q3 li porterà a contestare quelle infrazioni a una *retractable company* fallita un anno fa il cui ex amministratore risulterà un pensionato nullatenente, e che se per assurdo si spingessero fino a individuare il vero proprietario, come abbiamo fatto noi, troveranno un ex sotto-segretario che si farà cancellare la multa con una telefonata. In ogni caso, la persona al volante non ci rimetterà nulla, e di quest'ultima dirò che era un uomo, non una donna, e se mi verrà chiesto di descriverlo (ma perché mai mia figlia o D. dovrebbero chiedermi una sua descrizione? Loro mi crederanno, *si fidano* di me) descriverò la mezza sega del ritiro in Costa Smeralda fatto insieme a Lello e filato liscio come l'olio.

A Lello però sarà più difficile mentire. Lui sa chi è la persona che mi è scappata. A lui dovrò dire che la sua bellezza mi ha tramortito, e che mi sono deconcentrato; a lui racconterò anche tutta la faccenda della bambina e della mano nella porta, per sgombrare il campo, data la presenza della piccola, da qualunque idea che giri attorno al concetto di mordere e pentirsi; gli dirò piuttosto che quella ragazza è il *diavolo*, sì, proprio così, il demonio in persona, per come si è dimostrata capace di tirare a centoquaranta all'ora la Q3 con la bambina a bordo su questa strada stretta e pericolosa; forse arriverò anche a dirgli che il telefonino l'ho lasciato sul mobile-bar del salotto di casa sua, che poi sua non è, come tutto ciò di cui dispone – ma mai e poi mai gli dirò dei conati di lussuria che hanno travolto la mia testolina in conseguenza del seme che lui ci ha gettato. Questo veramente non potrò mai dirlo a nessuno...

Un'altra cavalletta. O è la stessa? No, non è la stessa. È molto più grande, questa. Enorme.

Dovrei calmarmi, ragionare – ma come faccio? L'adrenalina, la rabbia, la vergogna, l'improvvisa abissale cognizione della mia miseria – come posso placare questo ruggito? E se anche mi riuscisse, a che servirebbe? Tutto è perduto, ormai. Nemmeno in motorino potrò più andare. Come farò? Come farò a pagare quella multa? Come farò a lavorare e a sbattermi tutto il giorno in su e in giù per Aurelia, Olimpica, Cristoforo Colombo, Raccordo – come farò? E anche solo ad avvertirle, Claudia e D., come farò? Senza telefonino, e senza ricordare nemmeno un numero?

Dev'esserci qualcosa che attira l'interesse delle cavallette, in questo pezzo di mondo. Eccone un'altra ancora. Cammina tra le cicorie, esplora, esamina, assaggia, giudica: la sfioro col dito e scappa subito, questa, volando, scomparendo nel campo riarso di stoppie. Straordinario com'è facile cavarsi dai guai, per una cavalletta – mentre per me invece tutto è perduto...

No, un momento, non esageriamo. Ho solo fatto una cazzata. Una grandissima cazzata, certo; la *cazzata perfetta*, d'accordo; ma non è tutto perduto. Posso ancora rimediare – posso farmi coraggio e provare a rimediare; con impegno e sacrificio, faticosamente, lentamente, posso tentare di riscattarmi, come si può provare a onorare un debito immenso. Un passo alla volta, piano piano – e, come si dice, il primo passo è stabilire quali saranno i passi successivi. Sono fermo su una strada di campagna, senza patente e senza telefonino. Per prima cosa devo raggiungere il mio ufficio. Poi dovrò cercare di recuperare i numeri di telefono più importanti nel computer – ricordo di averceli copiati –, e quelli che non ci sono li richiederò via e-mail, come quegli sfigati che ogni tanto mandano un messaggio a tutta la rubrica – scusate, ho perso il telefonino – e ricostruire poco a poco la mia agenda. Questo in fondo è abbastanza semplice. Poi dovrò procurarmi una bicicletta elettrica, su quella posso ancora circolare, metterci due belle borse per portarmi dietro la roba, e via...

Ogni azione che compirò d'ora in avanti per chissà quanto tempo mi ricorderà la vergogna di cui mi sono coperto oggi – e tuttavia io non avrò scelta e dovrò compierla, quell'azione, e poi quella dopo, e quella dopo ancora – dovrò agire, e affrontare una per una le conseguenze della mia immane idiozia. Finché, un giorno, sebbene in questo momento sembri impossibile, quelle conseguenze saranno finite, la vergogna pure, e io non ci penserò più...

Stando attento, magari, a non farmi falciare dalle macchine che rasentano il ciglio – e a proposito: qui vanno tutti come dannati, com'è che la patente la ritirano solo a me? La ragazza l'ha fatta franca, e ora anche loro la fanno franca – quella Giulietta, a quanto andrà? Cento, come minimo. E pure quel furgone, guarda là, col telone slacciato che sbatte al vento, non venitemi a dire che rispetta il limite. E però i poliziotti ormai se ne sono andati: satolli delle mie infrazioni, hanno smontato il loro bel rilevatore di velocità – regolarmente collaudato e tarato, hanno tenuto a specificare, nel caso mi venisse la tentazione di fare ricorso – e se ne sono tornati in caserma, soddisfatti. Com'è andata, cumpa'? Bene: abbiamo fatto un culo come un cesto a un demente che andava a centoquaranta sulla strada di Passoscuro. Minchia...

Un autobus della Cotral. Allora da qualche parte dovrà esserci una fermata. Si tratterà di camminare un chilometro o due, sotto il sole, con questo caldo, e prima o poi una fermata la troverò. Da qualche parte porterà, e lì ci sarà un telefono pubblico per chiamare un taxi. È questo il primo passo da fare: abbandonare il campo della disfatta, riguadagnare il proprio accampamento...

Un falchetto, o forse una poiana, volteggia svogliatamente sopra di me. Mi viene in mente Tardioli: l'epopea australiana che mi ha raccontato – quando, come diceva lui, "è diventato uomo". Ecco un buon modello per quello che devo affrontare. Tardioli, un eroe del nostro tempo. Devo fare come lui.

10

Benedetto colui che ha raggiunto il punto di non ritorno e lo sa,
poiché potrà godersi la vita.

(W. C. Bennett)

Firenze: questa storia comincia a Firenze. Marco Tardioli aveva ventiquattro anni e si era appena laureato in filosofia quando la sua fidanzata, una studentessa di architettura con la quale progettava di sposarsi, lo lasciò. Lo lasciò proprio il giorno dopo la laurea, in un bel pomeriggio di giugno, nel bar vicino alla sua facoltà dove gli aveva dato appuntamento. Non sono più sicura di amarti, devo stare un po' da sola, eccetera. E il concerto dei Coldplay? E la vacanza in Grecia? Meglio lasciar perdere...

Il colpo produsse in Tardioli un danno immediato e piuttosto serio, poiché cominciò a passare intere giornate nel fondo della piscina vuota di casa sua (la madre era ricca, viveva in una bella villa a Pian dei Giullari con parco e piscina, ma la piscina in questa storia è vuota, e non si sa perché), seduto su una sdraio, col ciuffo trattenuto da una molletta da bucato, a fissare il cielo. L'estate la passò così, sotto gli occhi costernati di sua madre che rinunciò ad andare in vacanza per non lasciarlo da solo. (Forse è anche il caso di specificare che Tardioli era figlio unico, che suo padre era morto quando lui aveva sedici anni e che la madre non si era mai risposata.) In settembre Tardioli si scosse un poco e fece alcuni colloqui per trovare lavoro, ma non lo trovò, e questo lo abbatté ancora di più. Gli amici cercavano di distrarlo, ma lui continuava a soffrire come il primo giorno. La quantità di dolore che attraversa Tardioli in questo periodo della sua vita non è possibile misurarla. Arrivò Capodanno, i suoi amici lo portarono in montagna, a Courmayeur, a sciare, ma Tardioli continuava a ciondolare, depresso, stordito, assente. Venne Pasqua e nulla era cambiato. Ma d'un tratto, in maggio, quasi un anno dopo la batosta, Tardioli lanciò un segnale di vitalità: andò da sua madre e le chiese i soldi per fare un viaggio in Australia. La donna ne fu sollevata, e fu felice di accontentare il figlio, ma pose una condizione: che non andasse da solo. Poiché nessuno degli amici di Tardioli poteva permettersi un viaggio del genere, la madre si rivolse a un'amica che aveva un'agenzia di viaggi nel centro di Firenze, la quale le propose un viaggio di quattordici giorni con un piccolo gruppo selezionato direttamente da lei, pieno di gente brillante e avventurosa. Tardioli non aveva nessuna intenzione di partecipare a un viaggio organizzato, ma acconsentì a incontrare l'amica di sua madre che voleva illustrargli di persona le bellezze di quel pacchetto – e, come capita alle anime pure e alle menti confuse, nel corso dell'incontro cambiò idea e accettò di partecipare al viaggio organizzato. Così, una limpida mattina di giugno, quasi esattamente dodici mesi dopo esser stato lasciato dalla fidanzata, e un giorno dopo aver fatto una gran bella impressione in un colloquio di lavoro con me (dato che il viaggio partiva da Milano, gli era stato preso questo appuntamento da un'amica, il cui padre era cugino della mia segretaria), partì per l'Australia insieme al suo gruppo. Durante il lungo volo a più scali che lo scaricò a Perth conobbe tutti i suoi compagni, e purtroppo non vi trovò nessuno che gli piacesse: né una ragazza di cui innamorarsi, né un ragazzo di cui diventare amico. Erano coppie, per lo più, di trentacinque/quarantenni fanatici del viaggio avventuroso, che tendevano a raccontargli tutte le loro precedenti imprese anche se lui non gliene faceva richiesta. L'umore, dopo i primi momenti di emozione, ricominciò presto a farsi cupo, e quando la comitiva arrivò ad Adelaide, Tardioli non seguì il resto del gruppo nella deviazione nel cuore del deserto prevista dal programma, e rimase due giorni lì da solo. Da solo prese il treno per Melbourne, dove rimase per altri due giorni ad aspettare i suoi compagni di ritorno dal deserto, carichi di nuovi racconti di avventure, esplorazioni e bivacchi al chiaro di luna. Esasperato, Tardioli si isolò ancora di più, e appena arrivato a Sydney ebbe uno scazzo nella hall dell'albergo con due coppie che volevano trascinarselo dietro nell'itinerario turistico che avevano studiato. "Lasciatemi in pace, perdio!" gridò, e se ne andò da solo.

Il tempo era splendido, il cielo terso e la città sfavillava. Era inverno, lì: l'inverno perfetto. Tardioli salì su un taxi e si fece portare al teatro dell'Opera, l'unico luogo di Sydney che gli venisse in mente senza consultare la guida. Il porto, la baia, il giardino botanico, la sontuosa costruzione coperta di gusci che biancheggiavano nel cielo azzurro: la bellezza di quel posto lo abbagliò, ma risultò anch'essa dolorosa per l'assenza accanto a lui della persona con la quale eccetera. Tardioli entrò nel teatro. C'era una coda alla biglietteria, e in fondo alla coda c'era una ragazza bellissima che parlava al telefonino. Era sola, e Tardioli si mise in fila dietro di lei. Non sapeva bene l'inglese, e perciò non capì cosa stesse dicendo, ma anche senza capire pensò a quanto sarebbe stata fantastica la sua vita, anziché tetra e desolata, se quella ragazza stesse parlando con lui. La guardò bene: i capelli biondi legati in una coda, il collo delicato, gli occhi allegri e pieni di vita, le spalle da atleta. Ma quando la ragazza finì la telefonata e incrociò il suo sguardo Tardioli abbassò gli occhi e continuò a tenerli bassi, mentre la fila avanzava e alle sue spalle si accumulavano altre persone; finché, d'un tratto, fu lei ad attaccare discorso con lui. Proprio così: la ragazza, che si chiamava Marlene ed era studentessa di arte, aveva intuito dalle sue scarpe che Tardioli era italiano, e lo abbordò. Parlava l'italiano – male, a dire il vero, ma non se ne accorgeva – perché era appassionata dell'Italia, per via dell'arte, il Rinascimento, l'opera, il cibo, la moda, Valentino Rossi eccetera – e a Tardioli, a quel punto, non mancò la prontezza di dirle la cosa per lei più seducente di tutte, e cioè: che era di Firenze. Oh my God! Firenze! Marlene non c'era mai stata – era stata solo a Roma e a Venezia, da bambina, in un indimenticabile viaggio coi genitori – ma progettava, terminato quel semestre di studi, di trasferirsi proprio là per un po', a Firenze, per la specializzazione. Che straordinaria coincidenza – eccetera...

La coda era per la *Messa di Requiem* di Giuseppe Verdi eseguita dal coro del Teatro dell'Opera di Roma, in programma due giorni dopo, e Marlene non ebbe dubbi sul fatto che Tardioli, italiano, e dunque sicuramente appassionato di opera, avesse pianificato la sua visita a Sydney in funzione di quell'evento. In realtà Tardioli – che era un tiepido fan dei Coldplay e di musica lirica non capiva nulla – seppe che si trattava di Verdi solo quando fu al botteghino e sborsò ottantotto dollari australiani per i due biglietti – dato che a quel punto, constatato che Marlene era miracolosamente sola (e non solo nel suo progetto di assistere al concerto, ma addirittura nella vita, cioè non aveva fidanzato), si era imposto alle sue resistenze e l'aveva invitata. Andarono a prendere un caffè insieme, fecero conoscenza, trovarono altre coincidenze eccetera. Così, nemmeno due ore dopo la sua scenata nella hall dell'albergo, Tardioli si trovò legato a quella bellissima ragazza da un nugolo di progetti entusiasmanti che coprivano l'intera durata del suo soggiorno: per il resto di quella giornata Marlene aveva degli impegni ma l'indomani l'avrebbe accompagnato a visitare il più vecchio museo di Sydney, l'Australian, per mostrargli le meraviglie della storia naturale e della cultura aborigena, e nei giorni successivi quello d'arte contemporanea, e poi il Nicholson e naturalmente anche le attrazioni turistiche più tradizionali – le stesse, per inciso, dove volevano trascinarlo i compagni di viaggio con cui aveva litigato in albergo: le Blue Mountains, la crociera nella baia al tramonto, il panorama mozzafiato dalla vetta della Sydney Tower, l'Harbour Bridge, le spiagge, il giardino zoologico, l'acquario...

Tardioli non riusciva a crederci. Non era mai andato a genio tanto facilmente a una persona, e quella persona era una splendida ragazza australiana fanatica dell'Italia che proiettava su di lui tutta la magnificenza che associava al suo paese. Coi suoi due baci stampati sulle guance, e il suo numero di cellulare in tasca – "chiamami quando vuoi, se hai bisogno" – Tardioli la vide dileguarsi su una Vespina rosso fuoco nel traffico cittadino, rassicurato dall'idea che l'avrebbe rivista ogni giorno per tutta la sua permanenza a Sydney – che ora, all'improvviso, gli pareva troppo breve. Ma non era un problema, pensò: poteva rinviare la partenza, sua madre sarebbe stata felice di sborsare altri soldi se lui le avesse detto che si trovava bene – e poi, finito il suo semestre di università, Marlene sarebbe partita con lui per Firenze, e sarebbero andati a vivere insieme, si sarebbero fidanzati, sposati, non si sarebbero lasciati mai più...

Ma c'era un problema. È giunto il momento, infatti, in cui questa storia deve necessariamente occuparsi di una cosa che le storie di solito trascurano. Il lessico più indicato per esprimere il concetto è quello medico, e dunque dirò che Tardioli, scuotendosi dalla dolente indifferenza fin lì riservata al proprio corpo, si rese conto di essere nel pieno di un'acuta forma di stipsi, risalendo la sua ultima evacuazione a prima – addirittura – della sua partenza per l'Australia. Soffriva da sempre, Tardioli, di questo disturbo; critici per lui erano sempre stati i viaggi, i soggiorni nelle case degli amici, perfino le vacanze con la sua ex fidanzata, e aveva imparato a conviverci: ma questa volta la portata del problema – *nove giorni* – s'imponeva in tutta la propria urgenza, e Tardioli valutò che non poteva affrontare il periodo radioso che lo attendeva senza essersi prima liberato, diciamo così, del peso che l'opprimeva. Perciò andò dritto filato in un drugstore e si rivolse al commesso del banco farmacia chiedendo, dopo aver consultato il vocabolario tascabile, un "product against constipation" (purtroppo il lemma "lassativo" non era contenuto nel dizionario), e specificando che "the effect" doveva essere "quick" e "strong". Il commesso gli consegnò una scatoletta al prezzo di 13,95 dollari australiani, e gli spiegò come utilizzarne il contenuto.

Tardioli tornò in albergo. Aveva più di un giorno per risolvere il suo problema. Il prodotto non era altro che una confezione di microclismi monodose a base di glicerolo da 12,5 mg in soluzione rettale, e la prescrizione del commesso della farmacia – che a quanto Tardioli riuscì a capire coincideva con quella scritta sul bugiardino – era di assumerne uno o due nelle ventiquattr'ore. Tardioli ne assunse uno, ma il risultato fu nullo. Nel giro di un quarto d'ora espulse solo la glicerina appena assunta e nient'altro. Lesse più attentamente il bugiardino e apprese che per ottenere un risultato più efficace l'assunzione doveva avvenire tenendo il corpo rannicchiato in una certa posizione, e che quella posizione doveva essere mantenuta anche dopo, fino al momento dell'espulsione. Inoltre apprese una cosa che il commesso non gli aveva detto, e cioè che l'assunzione del prodotto era raccomandata nelle ore notturne.

Così Tardioli si mise sul letto ad aspettare, fantasticando su Marlene, e si addormentò. Quando si svegliò era già buio da un pezzo, e lui tornò a dedicarsi al suo problema. Assunse una seconda dose di glicerina, mantenne la posizione consigliata fino al sopraggiungere dello stimolo per l'espulsione, ma di nuovo si ritrovò a espellere soltanto il liquido appena assunto. Perplesso, rimase a lungo ad attendere un eventuale effetto ritardato, che tuttavia non ci fu. In quel momento fu tentato di telefonare a sua madre, in Italia, dove per via del fuso orario era ancora primo pomeriggio, per chiederle consiglio. Con sua madre non si sarebbe vergognato di parlare di quel problema (lo conosceva da quando era piccolo), e magari lei avrebbe potuto dargli un qualche consiglio risolutore. Inoltre sarebbe stato un buon pretesto per dirle che quello era, dopo tanti giorni brutti, uno dei giorni più belli e fortunati della sua vita, parlarle di Marlene e sondare il terreno circa la sua disponibilità a finanziargli un prolungamento del soggiorno a Sydney. Ma poi, ritenendo tutto ciò decisamente prematuro, non le telefonò, e assunse un altro clisma di glicerina. (Se l'avesse fatto avrebbe avuto la riprova che quello era veramente il suo giorno fortunato, poiché avrebbe saputo che io avevo appena scelto lui tra oltre sessanta candidati per uno stage retribuito di sedici settimane a partire dal mese di settembre.)

Ormai era notte fonda. Questa volta ci fu un qualche risultato, ma assai scarso, del tutto inadeguato alle sue necessità. Mancavano ancora dieci ore all'appuntamento con Marlene, e Tardioli non sapeva che fare. Si sentiva fiacco, aveva sonno, e mentre era lì che tentennava sul da farsi si riaddormentò. Dormì cinque ore filate e così, quando si svegliò, il tempo a disposizione era dimezzato, ma calcolò che cinque ore fossero sufficienti per dare la spallata risolutiva, e si fece un altro clistere – il quarto. Di nuovo, niente, nonostante la lunga attesa nella posizione consigliata. A parte la ricaduta sui suoi impegni mondani, la cosa andava ora assumendo i contorni di una vera emergenza, e Tardioli cominciò a preoccuparsi. Cercò di mantenersi lucido, però, e decise che doveva per forza disdire l'appuntamento e prendersi un'altra intera giornata di tempo per venire a capo della faccenda. Nel gruppo con cui aveva rotto i rapporti c'era un dottore: forse, se avesse chiesto scusa per il comportamento tenuto quella mattina, lui avrebbe potuto aiutarlo; o, meglio, avrebbe potuto chiedere assistenza in albergo e rivolgersi a un medico locale che il personale gli avrebbe senza dubbio indicato: ma prima di telefonare alla reception, o a Marlene per la disdetta dell'appuntamento, in un puerile slancio di ottimismo assunse un quinto microclisma di glicerolo. Malgrado la lucidità che si era imposto di mantenere, infatti, sopravviveva in lui l'ingenua speranza che quanto non aveva funzionato fino a quel momento potesse finalmente funzionare, e che dunque la rinuncia all'appuntamento con Marlene non si rendesse necessaria. Anche dopo il quinto clistere, tuttavia, e un'altra lunga attesa nella posizione rannicchiata, il suo corpo non espulse null'altro che il clistere stesso. Tardioli andò dunque a prendere il foglietto col numero di cellulare di Marlene – ma nella tasca della giacca, dove era certo di averlo lasciato, non c'era più. Non era nemmeno nelle tasche dei pantaloni, né nel taschino della camicia, né nel portafogli. Perso. Rifece per tre, quattro, cinque volte il giro di tutte le tasche possibili ma il biglietto non saltò fuori – ed ecco che, d'un tratto, Tardioli fu preso dal panico. Non poteva andare a cercare un dottore per affrontare più scientificamente il suo problema: non avendo detto a Marlene in quale albergo stava, e senza il suo numero di telefono, mancare all'appuntamento con lei avrebbe significato perderla per sempre. Perciò rimase fino all'ultimo nel bagno ad attendere un miracolo che non si verificò, e infine uscì di corsa, per raggiungere in taxi il luogo dell'appuntamento.

Diversamente dal giorno prima era una brutta giornata. Una pioggia fitta ingrigiva la città, e il traffico si era fatto pesante. Tardioli non si sentiva per niente bene e durante il tragitto, per rassicurarsi, si ripeté che stava solo andando a farsi ridare il numero di telefono, dopodiché sarebbe tornato in albergo e si sarebbe dedicato a oltranza alla soluzione del suo problema. A Marlene avrebbe detto di avere la febbre, e lei avrebbe apprezzato la sua eroica traversata della città solo per non perdere il contatto con lei; durante il tempo necessario alla sua "guarigione" si sarebbero sentiti per telefono, lei lo avrebbe aspettato, e il loro radioso orizzonte sarebbe rimasto intatto. Questo era il piano.

Marlene lo aspettava fuori dal museo, allegra e sorridente sotto un ombrello rosa. Quando Tardioli le disse di non sentirsi bene e d'esser venuto solo perché aveva perso il suo numero di telefono non lo lasciò tornare indietro col taxi che lo aspettava e pretese di occuparsi personalmente del suo malanno. Lo guidò fino alla caffetteria del museo, al pianterreno dell'austero edificio, e lì cominciò a interrogarlo su sintomi e disturbi: era figlia di medici, disse, aveva una certa esperienza di malattie e farmaci. Tardioli le rispondeva a vanvera, badando bene a non dirle la verità e cercando solo di trovare una scusa per filare via – finché, mentre la ragazza gli consigliava, per cominciare, una bella botta di paracetamolo, Tardioli sentì qualcosa muoversi nella sua pancia. Qualcosa di grosso. Qualcosa di enorme. Cominciò a sudare, a respirare con affanno, e avvertì distintamente che qualsiasi cosa stesse per succedergli sarebbe successa molto presto e al di fuori del suo controllo. Perciò si alzò di colpo e corse via, senza dare spiegazioni. Provava un dolore fortissimo alla pancia, all'interno della quale sentiva letteralmente rombare la furia accumulata nelle precedenti ventiquattr'ore con l'assunzione di cinque microclismi di glicerina. Le gambe gli tremavano e dovette lottare per non svenire mentre chiedeva a chiunque gli capitava davanti dove si trovasse un bagno: solo che tutta la sua concentrazione era impegnata nello sforzo di resistere al tornado che premeva dentro di lui, e continuava a non capire le risposte e a vagare a vuoto. Entrò in un'aula occupata da una conferenza, poi in un ripostiglio pieno di scope e spazzoloni, finché, per puro caso, si trovò davanti alla porta col simbolo azzurro della toilette. Alla semplice vista di quel simbolo, però, la sua resistenza cessò di colpo, e Tardioli perse il controllo che era fin lì riuscito a tenere sulle proprie viscere – ragion per cui quando si chiuse dentro al lindo gabinetto del museo la situazione era già abbondantemente compromessa: cionondimeno, non appena Tardioli smise di opporre anche la resistenza appena dimostratasi insufficiente e si rilassò, essa riuscì a peggiorare parecchio, e si fece terrificante.

Inutile ora indugiare su quel che avvenne dentro quel bagno. Basti dire che fu l'evento biologico più furibondo e inconsulto che Tardioli avesse mai dovuto fronteggiare in tutta la sua vita – e che il suo modo di fronteggiarlo, in realtà, fu subirlo nella più totale impotenza. Soffermiamoci piuttosto sulle conseguenze, poiché dopo un tempo indefinito trascorso in balia di quello sconquasso, quando Tardioli ebbe recuperato coscienza di sé, tutto attorno a lui, *incluso lui*, era sporco di merda fino a un'altezza di un metro. La tammurriata nella sua pancia sembrava finita, ora, ma lui era un topo in trappola: non c'era nessuna via d'uscita onorevole dalla situazione in cui ora si trovava, o perlomeno lui non ne vedeva. Una mano misericordiosa bussò alla porta, offrendogliela: "Are you ok, in there?" disse una voce maschile, e in quel momento Tardioli avrebbe dovuto rispondere che no, non andava per niente bene, e chiedere all'uomo di chiamare un'ambulanza. Dopodiché, per quanto imbarazzante, tutto ciò che sarebbe seguito avrebbe avuto lo stigma della disgrazia, e la sua pietosa condizione sarebbe stata gestita da personale in uniforme, abituato a tutto. Lettiga con le ruote, coperta, ambulanza, ricovero: Tardioli avrebbe potuto rifugiarsi nella nobile innocenza degli internati. Ma non se ne rese conto, e rispose balbettando che sì, andava tutto bene, non c'era da preoccuparsi, grazie. L'uomo allora gli disse che la sua amica era preoccupata, e gli chiese cosa avrebbe dovuto dirle, dato che era lì fuori dal bagno degli uomini ed era stata lei a domandargli la cortesia di informarsi. Questa notizia tolse il respiro a Tardioli. "Tell her to go home," farfugliò. "Please," ripeté, "tell her to go home." L'uomo gli disse qualcosa che lui non capì, dopodiché Tardioli non sentì più nulla. Ora stava bene, anzi, fisicamente stava benissimo, si sentiva libero e vuoto come mai prima; e tuttavia era disperato, poiché si trovava in condizioni abominevoli e quel che doveva necessariamente fare – uscire, affrontare gli altri – gli pareva inconcepibile. Restò chiuso in quel bagno per altri dieci minuti, nella speranza di ricevere la grazia di un'illuminazione che non arrivò, o anche solo che Marlene esaudisse la sua preghiera e se ne andasse; poi si fece coraggio e decise di uscire. Era sudato, sconvolto, sporco fino al collo. Uscì di corsa dal gabinetto, e dinanzi ai primi occhi che lo inquadrarono reagì gridando come un orango, nella speranza di incutere terrore prima che ribrezzo. Funzionò – o almeno così gli parve – e perciò proseguì in quel modo fino alla porta dei bagni, urlando e correndo senza curarsi delle reazioni altrui. Valutò che così, correndo e strillando in faccia a chiunque si fosse trovato davanti, forse sarebbe riuscito a guadagnare l'uscita senza che nessuno si rendesse conto della sua condizione – e una volta all'aperto la parte più complicata sarebbe stata superata. Purché Marlene non fosse ancora lì fuori ad aspettarlo, però; se Marlene fosse stata lì fuori ad aspettarlo per lui sarebbe stata la fine.

Marlene era lì fuori ad aspettarlo. Gli si parò davanti, addirittura, e aveva tutta l'aria di volerlo aiutare. Tardioli non riuscì a urlare in faccia anche a lei, né a continuare a correre, ma nemmeno si fermò: proseguì a passo svelto senza guardarla, continuando a ripetere: "Go home, please. Go home" – chissà perché in inglese. Ma la ragazza continuava a seguirlo, dicendogli cose che lui non voleva sentire e che non capiva. Arrivarono al portone, Tardioli uscì senza guardarla, e lei gli andò dietro. Pioveva forte, ora, e Tardioli benedisse ogni goccia che lo investiva – ma anche così, sotto quella pioggia purificatrice, continuava a sentirsi, ed effettivamente a essere, l'individuo più immondo e rivoltante che calcasse il suolo di quella città. Si fermò, Marlene lo raggiunse, e per la prima volta Tardioli alzò lo sguardo su di lei: non aveva aperto il suo ombrello rosa e perciò era come lui, fradicia, senza riparo sotto la pioggia. Solo che lei era la creatura più bella e luminosa del mondo, e anche solo guardarla negli occhi – quei piccoli meravigliosi occhi color nocciola – nelle condizioni in cui si trovava era un oltraggio. Tardioli sentì l'impulso di piangere, ma riuscì a fare col pianto ciò che poco prima non era riuscito a fare con la materia immonda che inzaccherava i suoi vestiti – riuscì a trattenerlo. "Please," supplicò, sempre in inglese, "don't follow me. Go home, Marlene. Go away. *Please.*" Impressionata, Marlene non disse nulla, abbassò gli occhi e li tenne fissi sulle punte delle proprie scarpe – e quando li rialzò Tardioli non c'era più.

Di fronte al museo c'era un parco, e lì Tardioli si era diretto, come una tenebrosa creatura silvana braccata dai predatori. Un parco sotto la pioggia, pensava, era il posto migliore dove un uomo nelle sue condizioni potesse rifugiarsi: nessuno passeggia nei parchi quando piove, pensava. Ma quando fu nel parco si accorse che si sbagliava: c'era gente anche lì, che passeggiava sotto l'ombrello, o faceva jogging con la giacca a vento svolazzante – e lo incrociava, lo vedeva, lo giudicava. Ricominciò a correre. La sua disperazione andava tramutandosi in rabbia. Un cane prese a corrergli appresso, abbaiando, certo attratto dall'odore, e lui cercò di liberarsene scalciando all'indietro mentre continuava a correre. Il cane non si rassegnava, come prima Marlene, e Tardioli dovette colpirlo con un calcio sul muso perché girasse al largo e lo lasciasse in pace. Qualcuno gli gridò dietro un "Hey!" seguito da una sfilza di improperi, ma Tardioli non se ne curò e continuò a correre.

Attraversato di corsa tutto il parco, Tardioli si trovò sul marciapiede di una grande strada. Era completamente zuppo, e questo gli infuse un po' di coraggio, poiché se non aveva potuto lavarla via, di certo la pioggia aveva un po' diluito la lordura che lo ricopriva: rispetto a pochi minuti prima, quando era uscito da quel gabinetto con la furia di un bucaniere all'arrembaggio, arrivò a sentirsi meno disumano, meno impresentabile. Perciò, quando un taxi libero gli passò accanto, Tardioli riuscì a concepire l'*enormità* di fermarlo e di saltarci sopra. Pronunciò il nome del suo albergo, e il taxi ripartì. Non aveva idea di dove si trovasse, ma di sicuro l'albergo non era vicino dato che all'andata la corsa era durata più di venti minuti. In più con quella pioggia il traffico era fitto, il taxi avanzava piano e il tempo giocava in suo sfavore.

Dopo appena due isolati il tassista si accorse che qualcosa non andava. Cominciò ad annusare l'aria con insistenza e quando si voltò, approfittando di un semaforo rosso, trovò conferma al proprio sospetto: la sostanza che copriva i vestiti del suo cliente e imbrattava la tappezzeria del sedile su cui stava seduto era inconfondibile, e lo sguardo che sollevò su Tardioli era colmo di un furibondo orrore. Tardioli provò a tranquillizzarlo: "Please, don't worry," balbettò, "I will pay double, I will pay everything, don't worry..." – ma l'uomo scese, girò intorno alla macchina, aprì lo sportello posteriore con uno strattone e urlò a Tardioli di uscire immediatamente dal suo taxi: non osò toccarlo, questo no, ma lo percosse con parole così violente e furenti che il ragazzo, pur senza capirle, ne fu spaventato. Perciò scese dal taxi e fuggì via, inseguito dalle contumelie del tassista e dallo sguardo rapace dei passanti. Corse sotto la pioggia per un altro isolato e a un incrocio si fermò, s'inginocchiò sul marciapiede e scoppiò a piangere.

Eccolo, dunque, Tardioli, ragazzo sensibile, brillante e buono come il pane, trasformato nell'ultimo dei derelitti, inginocchiato in una pozza di merda su un marciapiede di Sydney – abbandonato, umiliato, lontanissimo da casa e beffato dal destino, nell'atto di ululare tutto il suo dolore: la gente lo guarda, lo compatisce, lo scansa, mentre lui si abbandona ai singhiozzi come mai, nemmeno da bambino, gli era capitato. Nulla, assolutamente nulla può placarlo – nessun pensiero, nessuna speranza, nessun rispetto di sé –, e il suo pianto sale nel cielo australe con la forza tragica di una preghiera. Sulla bocca gli viene la bolla di saliva. La pioggia lo inzuppa ma non riesce a lavarlo. Tutto è perduto, per lui.

E invece no: quel pianto che sembrava non finire più, a un certo punto finì; la bolla di saliva si ruppe; quel futuro che sembrava scomparso, riaffiorò; il pudore perduto ritornò – e soprattutto le forze che parevano esaurite riemersero da qualche sconosciuta profondità. Successe in un solo magico istante, e di colpo ciò che era impensabile divenne obbligatorio. No, pensò Tardioli, non mi arrenderò. Rialzò la testa, e si rimise in piedi. Un'*idea* – chiamiamola così – si fece largo nella sua mente: la soluzione del suo problema, il piano che lo avrebbe portato in salvo. Si trattava di prendere *n* taxi come aveva preso il primo, fare su ognuno più isolati possibile prima di essere sbattuto fuori e alla fine, infallibilmente, sommando insieme tutti gli *n* tratti, si sarebbe ritrovato in albergo. Nulla di ciò che poteva accadergli, ormai, avrebbe potuto essere peggio di ciò che gli era già accaduto, e questa constatazione lo faceva sentire forte, coraggioso e destinato a centrare il suo obiettivo.

Furono necessari altri quattro taxi. In un caso – il penultimo – un tassista evidentemente poco schizzinoso lo afferrò per il bavero, lo tirò fuori di peso dal taxi e lo prese a calci in culo per un po', davanti a tutti, in mezzo alla strada, ma alla fine anche lui si stancò e – che altro poteva fare? – lo lasciò andare. L'ultimo lo portò addirittura davanti all'hotel, e Tardioli si tolse la soddisfazione di pagare la corsa prima che l'autista si rendesse conto della situazione e cominciasse ad abbaiare. Lui lo piantò lì, entrò trionfante nell'atrio e infilò direttamente nell'ascensore, avendo la chiave magnetica in tasca. Nell'ascensore c'era un gruppo di turisti giapponesi ma fu lui, stavolta, fissandoli fieramente negli occhi uno per uno, a costringerli ad abbassare lo sguardo. Trovò la porta della stanza aperta, con la cameriera intenta a rassettarla: "Fuori dai coglioni!" tuonò, mentre scaraventava nel corridoio il carrello degli asciugamani. Infine, e finalmente, si svestì, aprì l'acqua calda e si abbandonò sotto la doccia più dolce e meritata della sua vita.

Da quel giorno Tardioli non fu più il ragazzo vulnerabile che era stato fin lì. Quell'avventura lo aveva indurito. Non essendosi presentato al teatro dell'Opera, l'indomani, per la *Messa di Requiem*, non ha mai più visto Marlene. Di ritorno in Italia è venuto a fare lo stage da me, dopo quei quattro mesi è stato assunto con contratto a tempo indeterminato e si è trasferito definitivamente a Milano, dove ha conosciuto una fisioterapista dagli occhi verdi di nome Irma, con la quale si è sposato un anno dopo. Ciò significa che quel viaggio ha davvero cambiato la sua vita. È tornato sulla sua epopea australiana con la psicoanalisi, grazie alla quale è riuscito a non distanziarsi mai troppo dal formidabile momento in cui la sua vita ha coinciso con la metafora che avrebbe potuto definirla, e lui ha scoperto dentro di sé quell'irriducibile capacità di purificazione che oggi lo rende una delle persone più pulite del mondo. E se dovessi menzionare qualcuno che mi ritrovo a rimpiangere, ora che da Milano me ne sono andato io, farei senza dubbio il nome di Marco Tardioli, il ragazzo che – come dice lui stesso quando lo racconta ai suoi amici – è diventato uomo cacandosi addosso in un museo.

11

L'afflizione rimbalza, quando cade, non, come palla,
in virtù del suo vuoto, ma in forza del suo peso.

(William Shakespeare)

Arrivo in ufficio che sono le sei. Il sole è ancora alto, fa ancora caldo, il vento trasporta turbini di polvere sul piazzale – un problema, per noi, perché ci costringerà a rilucidare tutte le macchine. Cinzia è ancora qui, c'è la sua Panda parcheggiata, e non nasconderò che la cosa mi fa piacere, perché sono stufo di star solo. Dopo ore di umanità ostile o indifferente sento il bisogno di qualcuno che mi voglia bene – che mi aiuti, per esempio, a trovare i numeri di telefono nel computer, o anche solo che mi ascolti. Stranamente, ho voglia di parlare, di sperimentare le menzogne con le quali, d'ora innanzi, racconterò quello che mi è accaduto oggi – e Cinzia è perfetta: è la segretaria storica di Lello, sta con lui da quando ha iniziato l'attività, molto prima che arrivassi io, e la devozione con cui si dedica alla ditta, per mille euro al mese, fa di lei una specie di angelo. Esattamente ciò di cui sento il bisogno adesso.

Entro nel prefabbricato e ho immediatamente la sensazione che le cose non stiano come dovrebbero stare. L'odore, soprattutto, è diverso. Il prefabbricato è in legno, col tetto spiovente, in un improbabile stile da chalet di montagna – un ritiro di Lello, anche questo, da un noleggiatore di attrezzatura sciistica di Ovindoli andato a gambe all'aria molti anni fa: ora non saprei dire esattamente com'è di solito l'odore, qui (di legno, suppongo), ma di certo non è quello che respiro adesso. È un odore di aria ferma, questo, con un chiaro sentore di traspirazione umana misto a quello dell'acqua di colonia utilizzata per coprirlo, che fa venire in mente, non so, i bugigattoli sovraffollati di un'anagrafe di quartiere. Un odore di burocrazia, se posso dir così, di attesa, di schedari malandati e di bruschi rapporti umani consumati controvoglia – anche se, mi rendo conto, fino a un istante fa non avrei mai detto che tutte queste cose avessero un odore.

Eppure in ufficio non c'è nessuno, a parte Cinzia, per l'appunto, segnalata nella fattispecie dal suo vasto deretano issato per aria, dato che per qualche ragione è di spalle, dietro la sua scrivania, col busto piegato per trafficare con qualcosa all'altezza del pavimento.

– Uh! – fa, drizzandosi di scatto quando sente la porta sbattere – troppo forte per via del vecchio chiudiporta Yale da registrare. Mi guarda e c'è dello sgomento, d'acchito, nel suo sguardo. Poi del sollievo.

– Ciao – le dico – Che ci fai ancora qui?

– Oh, Pietro. Mi hai fatto paura.

E poi fa troppo caldo: sembra di essere in sauna.

– Perché i ventilatori sono spenti? – chiedo.

– È venuta la Finanza.

– Cosa?

– È venuta la Finanza e ha sequestrato tutto.

Lo dice abbassando gli occhi, quasi se ne sentisse responsabile.

– Quando?

– Sono andati via un'ora fa. Coi computer, la contabilità, le pratiche, tutto.

Abbasso gli occhi anch'io e vedo i fasci di cavi che spuntano, imploranti, dalle canaline: alimentazione, ADSL, stampante...

– Cazzo – è per questo, l'odore? – E perché?

– Avevano l'ordine del magistrato.

– Lo credo bene. Te l'hanno fatto vedere?

– Sì.

– E cosa c'era scritto?

Cinzia si siede al suo posto, si mette a giocherellare con una penna.

– Non lo so. C'era l'ordine di sequestro, firmato e bollato, ma non c'era scritto perché, o se c'era scritto io non l'ho capito.

– Hanno chiesto di Lello e di me?

– Solo di Lello. Gli ho detto che era fuori Roma e non hanno chiesto più nulla.

Pian piano mi rendo conto che l'ufficio è proprio spoglio, adesso. Un guscio vuoto.

– Sarà un accertamento fiscale, che ti devo dire – faccio.

– Ma non è strano che abbiano portato via i computer? Di solito negli accertamenti fanno la copia dell'hard disk, ma i computer li lasciano. Ora come facciamo a lavorare? Hanno pure messo i sigilli alla cassaforte.

È vero. Quelle due chiazze rosse che sembrano sangue, a cavallo dello sportello. Vado alla cassaforte, le tocco. È ceralacca.

– Lello lo sa?

– No. È staccato.

– Già. Oggi aveva l'operazione. Oscar, l'hai sentito?

Oscar è il nostro commercialista. Un grillo. Corre la maratona in meno di tre ore.

– Ha il telefonino spento anche lui, e in studio non risponde nessuno.

– Vabbe', domani parliamo con lui e con Lello e vedrai che si sistema tutto. Io ora ho un problema più urgente. Ho perso il cellulare e non mi ricordo nemmeno un numero.

– Ah, ecco perché non rispondevi, anche tu. È tutto il giorno che chiamo gente che non risponde.

– Eh, l'ho perso. E ora ho bisogno che mi aiuti a recupera—
Nooo! Non abbiamo più i computer! E ora dove li trovo io, i
numeri?

Mi lascio cadere sulla sedia della mia scrivania. Non credo di
avere energie per affrontare altri guai.

– Quali numeri ti servono? – chiede lei.

– Di mia figlia, di mia cognata, tutti. Non me ne ricordo uno.
Come faccio, Cinzia?

In realtà si chiamerebbe Cynthia, con l'y e il th, il che significa che il nome andrebbe pronunciato all'americana, "Sintia":
ma io e Lello ci rifiutiamo, anche se lei ci terrebbe.

Mi viene un'idea. L'*ultima*, ne sono certo, della giornata.

– Gli atti di vendita. L'anno scorso ho venduto una macchina
a Diana e una a mia cognata. Negli atti di vendita il numero di
telefono c'è per forza.

– Hanno sequestrato anche quelli.

– Ok – dico – Allora è la fine.

Non ho nemmeno la forza di incazzarmi. Va bene Tardioli,
ma c'è anche Enoch, nel mondo, il vecchio Enoch, che prima di
lasciare lavoro, stipendio, casa, telefonino, Milano, Italia, tutto,
per andare a raggiungere il fratello missionario in Africa mi
disse – me lo ricordo come fosse ieri: "Appena senti che non ce
la fai, molla. Non resistere a nulla, mai." Forse ha ragione lui.
Forse è arrivato il momento di mollare. Del resto, un fratello
lontano ce l'ho anch'io, e anche se non fa il missionario, anche
se è semplicemente un latitante, be' è pur sempre un—

– Fermi tutti – fa Cinzia – Forse un sistema c'è. Le abbiamo
assicurate con Marcello, le due macchine?

– Sì. Tutte e due.

– Che ore sono? Le sei e dieci. Se Jessica non è ancora andata via...

Va al telefono e compone un numero a memoria. È una che
ricorda i numeri a memoria.

– Pronto, Jessica?

Annuisce e si apre in un sorriso clettrizzato cui sembra parte-cipare tutto il suo corpo.

– Meno male che sei ancora lì. Bene, grazie. Senti, dovresti farmi un favore...

Un corpo materno e sovrabbondante che lei non si preoccupa di tenere coperto. Niente caftani o gonne lunghe, per capirsi: jeans elasticizzati, canottiere attillate e via – come ora, nonostante gli esuberi di ciccia. Una dozzina d'anni e di chili fa doveva essere sexy, oggi è una luminosa donnona molto fisica che non mostra mai rimpianti circa il proprio passato e prende le avversità come prenderebbe un bambino che non vuol fare il bagnetto. Abita da sola in un piccolo appartamento a Settecamini, dall'altra parte della città – il che significa che ogni giorno si sciroppa un'ora di Raccordo per venire e un'altra per tornare a casa. Non si hanno notizie di uomini nella sua vita: secondo Lello è lesbica, secondo me, molto più banalmente, è innamorata di lui.

Riaggancia. È radiosa.

– Li trova e ce li dà.

– Be', fantastico – mi alzo, le mando un bacio – All'assicura-zione non avrei mai pensato.

Si alza in piedi anche lei.

– Pietro, devo darti una cosa.

– Sì? E cosa?

– Un biglietto. Da parte di Lello.

– Ma non hai detto che era staccato?

– Infatti. Devo darti un biglietto che mi ha lasciato tempo fa.

– E quando?

– Cos'era? Un mese fa?

Si porta la mano alla bocca e si mette a fissare il soffitto. Ci sono persone che quando pensano guardano in alto e altre che guardano in basso. Cinzia guarda in alto.

– Sì, un mese fa – conferma – Una mattina che tu non c'eri Lello ha infilato un biglietto nello scaffalino, qui dietro, e mi ha detto di darlo a te, se fosse successo che lui si assentava all'improvviso.

– Ma non si è assentato all'improvviso. È andato a operarsi alla schiena.

– Mi ha detto, ehm, di dartelo anche nel caso avessimo ricevuto una visita della Finanza mentre lui era assente.

– E allora dammelo.

– Il fatto è che non riesco a prenderlo – dice lei – L'incastro non si muove.

– Che incastro?

Si volta, indica con la mano il pavimento dietro di sé.

– Lo scaffalino, lì dietro, è componibile. I cosi s'incastrano, lì, come si chiamano, uno nell'altro. I moduli. E in corrispondenza dell'incastro c'è un piccolo spazio vuoto, non so come spiegarti: una specie di buco tra un modulo e l'altro, all'interno, dove uno s'incastra nell'altro... Insomma, il foglietto l'ha infilato lì, solo che ora non mi riesce di scastrare lo scaffale. Stavo giusto provandoci quando sei arrivato, ma non viene. Magari se mi aiuti...

Ecco che si china di nuovo nella posizione in cui l'ho trovata. Cerca di far scorrere orizzontalmente due lati dello scaffalino di plastica sul quale di solito si accumulano le cartelle delle pratiche attive, e che ora è vuoto. Evidentemente, ma io lo so ora, sono due diversi elementi incastrati insieme. Mi chino anch'io senza sapere bene cosa devo fare, e cerco di aiutarla. Mi dice dove fare forza, tirando verso di me, mentre lei con le ginocchia tiene l'altro componente schiacciato al muro. Niente.

– Ci ha messo un po' anche lui a separarli – dice – Riproviamo.

È una posizione scomoda per fare forza, perché lo scaffale è molto basso, e siamo a pochi centimetri da terra. Provo a staccarlo dalla parete e a dare dei colpetti da dietro con la mano e in effetti un minimo di movimento lo produco, ma il polso mi fa molto male e non riesco proprio a metterci forza.

– Senti – dico – prova tu, per favore. Io ho questo polso che mi fa vedere le stelle.

– Già. Scusa, non ci pensavo. Ma non portavi il tutore?

– Poi ti spiego dov'è, il tutore. Cambiamo posto, va'. Secondo me se dai dei colpetti con la mano viene via.

Invertiamo le posizioni. Così vicini come siamo sento l'odore del suo corpo, forte e fresco – gradevole, malgrado il caldo assurdo che c'è qua dentro e il sudore che le cola dal collo.

– Ma i ventilatori? – chiedo – Perché non vanno?

– Boh. Hanno smesso di funzionare appena è entrata la Finanza e non sono ripartiti più.

Mi chiedo se lei senta il mio, allora, di odore, e mi chiedo se sia altrettanto gradevole, o neutro, o se invece io non stia puzzando – di tutte le cose spiacevoli, umilianti e meschine che la mia carcassa ha attraversato nelle ultime ore. Al diavolo, penso: anche se fosse, Cinzia non è una che si formalizza.

– Ecco – dice – Viene.

In effetti, a forza di pugni, il modulo sta scivolando fuori dall'incastro che lo tiene attaccato all'altro, sul quale mi sforzo di fare pressione per tenerlo fermo. Anche così il polso continua a farmi male. Poi, con uno scatto che mi fa sbilanciare in avanti, i due elementi si separano – e in effetti nell'alloggiamento dove fino a un secondo fa stava infilato il maschio, diciamo così, di questo incastro, c'è un pezzetto di carta.

– Eccolo – dice Cinzia – Faceva spessore, ecco perché era così incastrato.

Solo che il foglietto è *dentro* il buco, e io col mio ditone non riesco a prenderlo. Cinzia se ne accorge, ci infila il suo indice, anzi, la lunga unghia scarlatta del suo indice, e lo raschia fuori.

Me lo dà. È minuscolo, piegato e ripiegato. Proviene dal blocchetto da tavolo col logo della Super Car, ma il foglietto è stato strappato a metà. Mi alzo per leggerlo. Cinzia rimane giù, a rimettere insieme i due moduli dello scaffale.

Sul foglietto c'è scritto, con la grafia maiuscola di Lello: "UTENTE: scansamose@gmail.com... PASSWORD: lomamelda. ENTRA IN QUESTO ACCOUNT E GUARDA NELLE BOZZE... PRIMA CHE PUOI MA NON DAL COMPUTER DELL'UFFICIO... NÉ DAL TELEFONINO O DA CASA."

Fine.

Suona il telefono. Cinzia si rialza e va a rispondere. Evita di incrociare il mio sguardo, probabilmente per lasciarmi il tempo di decidere se dirle o no cosa c'è scritto, e di assumere l'espressione conseguente.

Cinzia risponde al telefono.

– Pronto, Jessica? Come dici?

Continua a non guardarmi, e in effetti ha ragione perché io non ho deciso se mostrarle o no il contenuto del messaggio. Direi di no: si tratta di una misteriosa comunicazione del mio socio, ha l'aria di essere una cosa riservata – e grave, temo, data la situazione...

– No, non credo – dice Cinzia – Credo che basti il cellulare...

Infine mi guarda, ma è un'occhiata operativa, questa, per avere conferma. Gliela do, annuendo.

– Sì, basta il cellulare. Aspetta, prendo una penna.

Si allunga per arpionare una penna dall'altra parte della scrivania – quella con cui stava giocherellando poco fa – e si mette a scrivere i numeri sul blocchetto da tavolo – quello dal quale Lello ha strappato il foglio per scriverci il suo messaggio per me.

– Perfetto. Grazie davvero, Jessica. Sei un tesoro.

Riaggancia.

– Tieni.

Mi porge anche questo foglietto, ed eccoli qua: a vederli scritti, i numeri hanno un aspetto familiare, soprattutto quello di D. (continuo a evitare di chiamarla Diana, se posso, perché non si chiama Diana, e la faccenda del suo nome è complicata): ma non sarei mai riuscito a ricordarli, nemmeno se fossi stato lì a pensarci per un giorno intero.

– Grazie, Cinzia. Non sai che favore mi hai fatto.

Da questi numeri posso ripartire. Vorrà dire che mollerò un'altra volta.

– Be' – dice – Più che altro abbiamo avuto culo. Jessica a quest'ora non c'è mai, in ufficio. Come va il polso?

– Male.

– Mettici un po' di ghiaccio.

E parte, dritta verso il frigo-bar, dal quale estrae un cuscinetto di ghiaccio in gel – "Sixtus Polaris", c'è scritto, "Riutilizzabile" – di cui ho sempre ignorato l'esistenza.

– Lo usavo io il mese scorso – dice – Per la botta al ginocchio.

Da un cassetto del cucinino tira fuori uno strofinaccio pulito, e ci avvolge il cuscinetto di ghiaccio. Viene verso di me.

– Tienici lo straccio – mi dice – sennò ti fa male.

– Ti va un caffè?

– Sì, grazie.

Ed ecco che va alla macchinetta. Quando dico che questa donna è un angelo.

– Avevo un ritiro da fare, oggi – le dico.

– Giusto – fa lei, senza voltarsi, mentre carica la macchinetta – La Wega-T, vero?

– Sì. Ma è andato male.

Si volta.

– Come male?

Mi porta il caffè. Già zuccherato, perché sa che ci metto tre quarti di bustina.

– È andato molto male, Cinzia.

– Che è successo?

Vedo la preoccupazione sovrapporsi alla curiosità sul suo bel faccione. Ci siamo. Ecco il momento di sperimentare.

– Quella serpe è scappata con la macchina.

– Scappata? Ma non succede mai.

– Oggi è successo.

Il caffè è buonissimo. Quando lo faccio io fa schifo.

– E vabbe' – dice lei – Non è la fine del mondo. La ritroverete. Era una donna?

Ecco, ho già sbagliato. Dovevo dire che era un uomo...

– Era una donna, sì. È scappata, io le sono corso dietro e mentre saltavo in macchina ho perso il telefonino. Mi sono messo a inseguirla a manetta sulla strada di Passoscuro ma una pattuglia che mezz'ora prima non c'era mi ha fermato e alla fine un ritiro c'è stato: della mia patente.

– Cosa? Ti hanno bevuto la patente?

– Esatto. Più una multa assurda.

– Quanto?

– Duemila.

– Me cojoni! E la stronza?

– Non ha neanche rallentato. È fischiata a centoquaranta all'ora sotto il naso dei poliziotti con la paletta alzata e via.

Il che, lei lo sa bene, ha generato una contravvenzione anche più salata della mia, che però si perderà nell'Italia invisibile.

Cinzia prende il bicchierino vuoto e va a buttarlo nel secchio.

– E la macchina? – dice.

– Dubito che riusciremo a ritrovarla.

– No, dico quella che guidavi tu. Che macchina era, visto che la tua è qui?

– La Yaris.

– Sequestrata?

– No, perché è intestata alla ditta e io non ne sono legale rappresentante. È ferma sul ciglio della strada, poco prima del semaforo col bivio per il Bambino Gesù. Bisogna che domani Virginio prenda un taxi e vada a recuperarla. Queste sono le chiavi.

Le appoggio sulla scrivania.

– Il tutore è rimasto lì dentro – aggiungo.

Rovescio indietro la testa, chiudo gli occhi, cambio posizione all'impacco del ghiaccio. Raccontata così la mia sventura suona presentabile.

– Ti accompagno a casa, allora – dice lei.

– Oh no, grazie. Io resto qui ancora un po'. Non so nemmeno dove devo andare. Faccio le mie telefonate, mi rilasso, e poi prenderò un taxi. Tu vai. Hai già fatto più che abbastanza.

Non insiste. Raccoglie il cellulare e altre cose e le infila in borsa. Sono le sei e mezza passate. Arriverà a casa che saranno le sette e mezza, e là verrà inghiottita dal mistero della sua vita privata. Cenerà da sola? Cosa mangerà? Sarà a dieta?

Mi viene vicino. Mi mette una mano sulla spalla. Mi sorride.

– Mi dispiace, Pietro – dice – Quando capitano queste giornate mi torna in mente mio nonno. Diceva: se oggi fosse un pesce, lo ributterei in mare.

12

Così, zoppin zoppetta, tutte le cose concorrono al solo possibile.

(Samuel Beckett)

– Pronto?

– Ciao, sono io.

– Finalmente. Che t'è successo?

– Di tutto. Ho perso il telefonino. Ho toppato un ritiro. Mi hanno bevuto la patente. È venuta la Finanza in ufficio e ha sequestrato tutto.

– Cazzo. Bella giornatina.

– Sì. Se fosse un pesce la ributterei in acqua, ma devo tenermela. Tu? Che succede?

– Eh, ti cercavo perché Patrick ha ricominciato a dare di matto.

– Ancora! Credevo che ci avrebbe lasciati tranquilli per un po', dopo l'altra notte.

– Macché: è tornato oggi all'ora di pranzo, ha ricominciato a fare lo stronzo, e io ho deciso di andarmene di casa.

– Addirittura. E che ha fatto?

– Il solito: s'è accampato in giardino, si è arrampicato sulla palma, poi è caduto, ha cominciato a urlare, voleva che gli aprissi, voleva i bambini...

– E tu?

– Io non ce la faccio più, Pietro. Tu dici che non devo chiamare la polizia, e hai ragione, lo so, per i bambini e tutto, ma non lo reggo più, e allora ho aspettato che se ne andasse, zitta e buona, come hai detto tu, barricata in casa senza reagire. Solo che quando se n'è andato, dopo due ore, mortacci sua, ho messo i bambini in macchina e me ne sono andata anch'io, perché non ce la faccio più. C'è Magalì che mi ospita a casa sua a Fregene, e ora per qualche giorno—

– Chi?

– Quella coi capelli rossi corti che fa l'istruttrice di yoga. La madre di Alexia e Vanessa. Magalì, dài...

– Ah, ho capito. E dove sta? A Fregene dove?

– A casa dei suoi, con le bambine. I suoi hanno una villetta a Fregene, un sacco di stanze, la badante e tutto, e Magalì ora in luglio sta là, dato che non ha una lira e in vacanza per conto suo non ci può andare. Era un po' che mi diceva di venire coi bambini, a fare un po' di mare. Te ne avevo anche parlato.

– Sì, è vero. E insomma ora sei lì.

– Sì.

– Hai fatto bene. E come stai?

– Bene. Solo che stasera non posso venire a cena con te e Claudia. Non mi va di incollarle i bambini così, a Magalì, subito la prima sera.

– Si capisce. Non preoccuparti.

– Come sta, Claudia? Davvero sarebbe venuta?

– Non lo so, come sta. Non la sento da ieri sera. Anzi, mi dai il suo numero, per piacere? Ce l'avevo nel telefonino, a memoria non me lo ricordo.

– Ti mando un SMS, perché mentre sto telefonando non riesco a guardare la rubrica.

– No, amore mio. Un SMS no. Ti ho detto che ho perso il cellulare. Ti sto chiamando dal telefono dell'ufficio.

– Uh. Hai ragione.

– Ti richiamo io fra cinque minuti, va bene? Così mi dai il numero.

– Va bene. Ciao.
– Ciao.

* * *

– Pronto?
– Ciao Marta. Sono Pietro.
– Oh, alleluja! Che ti succede?
– Eh, è una storia lunga. Prima non potevo risponderti, poi ho perso il cellulare e poi ho avuto dei problemi.
– Gravi?
– No, più che altro rotture di coglioni. Perché mi cercavi?
– È per Claudia.
– Per Claudia?
– È qui da me.
– Lì da te *a Milano*?
– Sì.
– Come sì? E cos'è venuta a fare? Perché non me l'ha detto? Passamela un po', per favore.
– Eh no, Pietro...
– No? Non vuoi passarmela?
– Io te la passerei anche, ma lei non vuole parlarti.
– Non vuole parlarmi? E perché?
– Se non lo sai tu...
– Come sarebbe a dire "se non lo sai tu"? Non lo so, perché dovrei saperlo?
– Non avete litigato?
– No. Che litigato?
– Senti, Pietro, non fare come sempre che neghi l'evidenza e cadi dalle nuvole. Claudia è venuta qui, non vuole parlarti, un problema ci sarà, tu che dici?
– Dico che non è con me, il problema. Ce l'avrà col fidanzato.

– Guarda che non c'è nulla di male se hai un problema con tua figlia. Succede continuamente, a tutti. È normale...

– Sì ma io non ce l'ho. Ieri abbiamo discusso molto civilmente perché volevo portarla a cena stasera con Diana, ma era liberissima di non venire, come sempre. Passamela, dài.

– Pietro, non vuole parlarti.

– Ma perché? Che le ho fatto?

– Non chiederlo a me.

– Cosa ti ha detto?

– Nulla. Non mi ha detto nulla. Mi ha solo chiesto se può stare un po' da me perché avete litigato.

– E a te va bene così?

– È tutto il giorno che ti cerco, Pietro: no che non va bene, ma non ne faccio nemmeno una tragedia. Sono cose che capitano, in una famiglia. Nella vostra, poi, con quello che è successo...

– Sta andando dalla psicologa, Marta. Io sono sempre disponibile, faccio tutto quello che posso per farla star bene. Seguo anche i consigli di questa terapeuta. Mi sono dedicato solo a lei per anni, e se ora ho una donna credo di avere anche il diritto di—

– Perché parli di Diana? Lei non ha parlato di Diana.

– Perché lei non la regge, Diana, ecco perché. Non la sopporta. Senza motivo, naturalmente, perché Diana le vuole molto bene e non desidererebbe altro che avere un minimo di rapporto con lei. E se dice che c'è un problema, *anche se lei a me non l'ha mai detto, sia chiaro*, può essere soltanto questo.

– Senti, Pietro, facciamo così. Lei rimane qui con me e coi suoi cugini, che tra l'altro sono molto felici di stare con lei, tutti e tre; io la lascio in pace e alla prima occasione ci parlo e mi faccio spiegare cosa c'è che non va. Tu intanto ti calmi, ti rilassi, stai tranquillo, e vedrai che qualunque sia il problema lo risolviamo. Però se ora lei non vuole parlare è meglio aspettare. Tanto finché sta qui da me è al sicuro.

– Ma è assurdo.

– Cosa c'è di assurdo, Pietro? È ragionevole.

– È assurdo che *tu* sia ragionevole.

– Hah hah, molto divertente.

– Senza offesa, naturalmente.

– Invece sono diventata molto ragionevole, amore mio. Molto ragionevole.

– Ah già, la svolta islandese...

– Bravo, fai lo spiritoso. Ma dammi retta, non negarli, i problemi, non dirti sempre che va tutto bene. Non va mai tutto bene.

– Ok, grazie del consiglio.

– Stai tranquillo, Pietro, e abbi pazienza. Ti richiamo domani, magari ci ho parlato e so dirti qual è il problema.

– Sì, però ti chiamo io. Ho perso il cellulare, te l'ho detto.

– Pietro, quanto ci vuole per ricomprarsi un telefonino? E per annullare la vecchia SIM e farsene dare una nuova con lo stesso numero? Un quarto d'ora?

– Lo so che sei esperta di queste cose, però non sono sicuro di avercelo, domani, quel quarto d'ora. Capito come sono messo? È meglio se ti chiamo io.

– Va bene, come vuoi. Tu sei un po' stressato, però.

– È solo un momentaccio. Tu stai bene, sì?

– Sì, sto bene.

– E anche i ragazzi, sì?

– Anche i ragazzi. Stiamo tutti bene.

– A domani, allora.

– A domani, Pietro. E rilassati.

* * *

– Pronto?

– Eccomi qua.

– Sì. Ti do il numero. Hai da scrivere?

– Sì.

– 349 1667178.

– Grazie.

– Sei giù? Hai una vocina...

– No, no, è... Si sono rotti i ventilatori, qui in ufficio, e fa un caldo cane.

– Ti capitano tutte oggi.

– Eh, te l'ho detto. È una giornataccia.

– E sei solo?

– Sì.

– Ho una gran voglia di vederti, sai.

– Anch'io.

– Di baciarti.

– Anch'io.

– Di farti un pompino.

– Anch'io.

– Hai voglia di farmi un pompino?

– No, ho voglia che tu me lo faccia.

– E fai bene. Ti rimetterebbe al mondo, sai.

– Eh sì...

– Senti, facciamo così. Tu stasera vai a cena con Claudia, e vedrai che questa giornata di merda finirà bene, tu e lei da soli in qualche posto romantico. Domani ti prendi la mattina libera e vieni qui. Mandiamo i bambini in spiaggia con Magalì e restiamo un po' da soli. Va bene?

– Ma non hai detto che ci sono anche i genitori?

– Vanno tutti in spiaggia. Manco ti vedono.

– Uhmm. Quasi quasi prenoto il taxi fin d'ora.

– Taxi?

– Te l'ho detto, mi hanno ritirato la patente.

– Ah già. Ma com'è successo?

– Eh, tiravo come uno stronzo per inseguire la macchina che dovevo recuperare e mi hanno beccato.

– Vabbe', non ci pensare e domattina vieni qui in taxi. Ti garantisco io che quello che ti aspetta vale il prezzo della corsa.

– Non ne dubito.

– Allora telefonami domattina. E buona cenetta.

– A domani.

– Ehi! Sono ancora la tua bambola o no?

– Sì, sei la mia bambola.

– E allora chiamami bambola.

– A domani, bambola.

– Così va bene. Su con la vita. Ciao.

– Ciao.

* * *

– Pronto?

– Claudia, sono papà. Per favore non— Claudia? Pronto? *Claudia?*

13

*La cosa più importante è far sì che la cosa più importante
rimanga la cosa più importante.*

(Stephen Richard Covey)

Un uomo che scavalca i guardrail di una strada a scorrimento
veloce è un uomo in difficoltà...

Sto attraversando l'Aurelia *a piedi*, cosa che fino a oggi non
ho mai nemmeno lontanamente pensato di fare, ma ora sono
obbligato: non ho più la patente, e andare a piedi fino al cavalcavia, un chilometro più in là, per poi tornare proprio qui davanti
camminando per un altro chilometro è qualcosa che al momento
non sono in grado nemmeno di concepire. Fino a poco fa avevamo una bicicletta elettrica nel piazzale, ritiro anomalo in una
ditta di consegne a domicilio che non pagava più le rate di tutti i
veicoli di servizio: ora tornerebbe utile, ma l'ho appena venduta
a un giovane avvocato cui avevano per l'appunto ritirato la
patente. Anzi, mi sa che dovrò chiamarlo per informarmi su cosa
si deve fare per riaverla – pare si debbano seguire dei corsi. Già,
ma come faccio? Il suo numero è nel cellulare che ho lasciato a
casa di quella serpe, e l'atto di vendita sarà stato sequestrato dalla
Finanza come tutti gli altri. Che casino...

Oltre il guardrail devo anche oltrepassare le – ridicole, posso
dirlo? – recinzioni tirate su ieri per arginare l'invasione dei
gamberi. Guarda qua: se fossi un gambero della Louisiana non
mi fermerebbe certo questo accrocco – se esistesse il pericolo
dei gamberi della Louisiana: ma non esiste, i gamberi erano già

morti, sono fuoriusciti da un furgone rumeno, anche se pare che lo sappia solo io. Devo stare attento però: per esempio, c'è mancato poco che questo Doblò mi tirasse sotto. È pericolosissimo attraversare l'Aurelia qui, siamo in curva, le macchine vanno forte e gli automobilisti guidano ancora in modalità autostradale: l'eventualità di trovarsi davanti un pedone non è nemmeno presa in considerazione. Devo concentrarmi, calmarmi. Per oggi ho già combinato abbastanza guai. Ecco, ora sembra che non passi nessuno, posso rischiare. Di corsa, però: via! – e anche correre mi fa male al polso.

Eccomi sul muretto di mezzeria. Ora è più semplice, la visibilità nell'altro senso di marcia è migliore. Dopo questo taxi, dopo questo furgone, dopo questa Panda per il trasporto del sangue – ora. Quattro balzi e sono dall'altra parte. Ultimo guardrail da scavalcare. Da questa parte le recinzioni antigambero non le hanno messe. Una donna anziana mi guarda mentre scavalco: cammina lentamente, con due sacchetti del supermercato che sembrano pesantissimi. Continua a guardarmi, anche dopo che è passata, voltando indietro la testa: le sono spuntato davanti all'improvviso da dietro il guardrail, sono una minaccia. Se sapesse invece come mi sento: non sono mai stato più inoffensivo di così.

In realtà è già un bel risultato che mi trovi qui, con una destinazione precisa e una cosa da fare, perché non è stato facile. Ho dovuto compiere un certo sforzo per non lasciarmi sciogliere dal caldo nel mio ufficio svuotato dalla Finanza – per alzarmi, uscire, agire. L'ingorgo di emergenze che si sono incastrate l'una nell'altra mi paralizzava: i pensieri, le preoccupazioni, le domande, la paura. Claudia è scappata di casa e non vuole parlarmi. Perché? È venuta la Finanza in ufficio e ha sequestrato tutto. Perché? Lello mi ha lasciato un pizzino nascosto nel mobiletto, mi ha dato un indirizzo di posta elettronica. Perché? E poi il ritiro mancato della Q3, la patente sequestrata, la multa pazzesca, i ventilatori rotti, la stanchezza – c'è mancato veramente un pelo che mi addormentassi col viso sulla scrivania, per poi svegliarmi nel cuore della notte – lo so come vanno queste cose – sudato, schifato della vita e attanagliato dall'angoscia. Sicché mi sono alzato di colpo e ho deciso – d'istinto, senza star lì a pensarci – che nel groviglio di urgenze che mi assillano quella più urgente di tutte fosse il pizzino di Lello. Ecco perché si è posto il problema di attraversare l'Aurelia: perché è da questa parte della strada che si trova la borgata vera e propria, detta il Tredicesimo, dove c'è l'Internet point al quale sono diretto. Del quale Internet point, a proposito di incastri, ho sempre beatamente ignorato l'esistenza fino a due notti fa, quando l'ho notato mentre ero in compagnia di Patrick, l'ex marito di D., dopo avere respinto un suo ennesimo assalto a quella che nella sua percezione è ancora casa sua – malgrado appartenga interamente a D. e loro due siano separati da più di cinque anni –, e avere trascorso varie ore ad ammansirlo, calmarlo, rassicurarlo, poiché pare che nel mondo io solo sia in grado di farlo. È assurdo ma è così: ho preso il suo posto nella sua famiglia, a occuparmi dei suoi bambini e soprattutto al fianco della donna della quale si dichiara ancora ferocemente innamorato – e con tutto ciò, che dovrebbe fare di me il bersaglio ideale per scatenare tutta la sua rabbia, questo coatto instabile, pregiudicato, tossico, fallito e senza futuro, pende letteralmente dalle mie labbra. Non si capisce il perché, ma sono l'unico che riesce a calmarlo. Così, due notti fa, come molte altre volte, D. mi ha chiamato verso mezzanotte dicendomi che era di nuovo entrato in giardino, completamente fatto, che aveva rotto un vetro a sassate e che urlava di voler dare la buonanotte ai suoi figli, e allora io mi sono alzato dal mio letto, sono uscito dalla mia casa lasciando Claudia da sola e sono corso fin là, e l'ho placato, e l'ho trascinato via dalle sceneggiate e dai reati che intendeva continuare a compiere sotto gli occhi assonnati dei suoi figli. Sono rimasto tre ore a parlare con lui nella sua Golf puzzolente finché, quando è finito l'effetto della cocaina, cioè verso le quattro, mi ha portato a mangiare i cornetti caldi in un laboratorio che c'è in fondo alla strada che sto imboccando adesso – via Giuseppe Vanni –, chiamato Il Cornetto della Notte. È di queste parti, Patrick, non proprio del Tredicesimo ma della borgata vicina, un chilometro più in là, all'altezza del cavalcavia, detta borgata Ildebrando in onore della via Ildebrando della Giovanna che ne costituisce la spina dorsale; e così, dopo avere dato in escandescenze, minacciato D., traumatizzato per l'ennesima volta i suoi figli e poi essersi pentito e avere chiesto scusa, dopo avere girato a vuoto per la campagna di Castel di Guido e avermi confessato di avere ricominciato a spacciare e dopo essersi fermato due volte sul ciglio della strada, una per piangere calde lacrime d'impotenza sulla mia spalla e un'altra per scendere a fare "du' gocce", come dice lui – gli è venuta fame. Si è ricordato del cornettificio dove andava da adolescente dopo essersi fatto le canne e mi ci ha portato – così, come se niente fosse. Ed è stato proprio uscendo dal Cornetto della Notte che ho notato l'Internet point, due porte più in là. L'ho notato non perché pensassi mai di dovermene servire: ero un altro uomo, due giorni fa, avevo tutte le connessioni che desideravo, a casa, in ufficio, sullo smartphone – avevo un ufficio, avevo uno smartphone –, ma perché era *aperto*, alle quattro e mezza del mattino, cosa che mi ha fatto tornare in mente i tempi in cui io e D. ci eravamo appena messi insieme, quando fra l'altro Patrick era in galera, e ci frequentavamo più o meno di nascosto, e una volta al mese lei lasciava i bambini da sua madre mentre io lasciavo Claudia da una sua amica, e riuscivamo a passare insieme l'intero weekend, praticamente scopando tutto il tempo, entrambi per rimetterci in pari dopo una lunga astinenza, io sopraffatto dalla sua bellezza così pura e coatta, lei dal fatto che per la prima volta nella sua vita aveva a che fare con un uomo gentile, pacifico e addirittura *laureato* – le faceva molto effetto, la mia laurea –, e non un drogato ignorante che la maltrattava e si addormentava mentre lei gli faceva un pompino. L'unico argomento di cui parlavamo in quelle giornate, che sembrava interessarci più di ogni altra cosa al mondo, era cosa ci facciano tutte quelle bancarelle di pakistani che vendono fiori, aperte tutta la notte, in tutti i quartieri di Roma. Perché è così: in ogni quartiere, anche il più periferico, nella desolazione della notte più profonda, qualunque giorno dell'anno e con qualsiasi clima, prima o poi ci s'imbatte in una di quelle bancarelle tutte uguali, verdi, lucide e illuminate a festa, con uno o due pakistani pronti a servirci. È evidente che si tratta di una copertura, poiché di gente che abbia bisogno di un mazzo di fiori alle quattro del mattino a Boccea o alla Garbatella dev'essercene davvero poca; ma che cosa coprissero, che cosa coprano, è un mistero, e questo mistero era praticamente l'unico dato di realtà sul quale io e D. ci soffermassimo in quei giorni nei pochi momenti in cui non facevamo sesso. Eravamo entrambi malconci. Come due deficienti, in quelle rare occasioni di dialogo non tenevamo in considerazione il miliardo di problemi che avevamo dovuto affrontare solo per riuscire a passare una notte insieme, e costruivamo la nostra stramba intimità parlando del mistero dei fiorai pakistani come se fosse un sutra, il surrogato di tutte le speranze per il futuro che in quel momento non avevamo nemmeno il coraggio di formulare. Almeno per me era così. Ecco perché non ricordo i numeri di telefono delle persone più care ma se mi fate vedere un locale che sia aperto in ore nelle quali dovrebbe essere chiuso io non lo dimenticherò mai. Ecco perché ho notato quell'Internet point che adesso, combinazione, mi serve come il pane.

Si trova un po' in giù, lungo questa strada, oltre lo slargo dove è concentrata la maggior parte dei negozi della borgata, che sto attraversando adesso. Una pasticceria. Una boutique. Un alimentari. Una friggitoria. Fotocopie. Agenzia immobiliare. Macelleria della Transilvania (tanti rumeni, qui). È un conglomerato piuttosto confuso, il Tredicesimo, ambiguo e purgatoriale come tanti altri nella periferia di Roma. Palazzine fitte alternate a villette bifamiliari e quadrifamiliari che dall'Aurelia si spingono verso il suburbio chiamato Massimina, in un saliscendi di strade strettissime e quasi sempre senza sfondo che per qualche centinaio di metri sopportano lo sforzo di mostrarsi sicure e prosperose (pini marittimi, siepi fiorite, telecamere, cancelli elettrici) e poi di colpo sbracano in sterri desolati che suggeriscono impieghi assai poco virtuosi: nei casi migliori sono i piazzali di servizio di qualche smorzo di materiali edili, gli smorzi essendo la vera metonimia di queste contrade a ridosso del Grande Raccordo; nei peggiori, non sono nulla – quell'imperscrutabile nulla heideggeriano che ricordo dai tempi dell'università, sussunto come origine e non come effetto della negazione, cioè come ente strutturato e non come "vuota nientità". E quale gotico uso del nulla heideggeriano possano fare gli abitanti della periferia di Roma Ovest non è difficile da concepirsi, se si è dotati di un minimo di immaginazione.

Insomma, il Tredicesimo non è un posto bello, ma in sere come questa a Roma tutto diventa splendido – rondini, profumo di erba, ponentino – e via via che discendo la strada mi sento meglio. È tutto molto modesto, certo, ma le macchine parcheggiate dicono di un momento in cui c'è stata anche qui un'illusione di ricchezza. Oltre alle utilitarie non catalitiche del secolo scorso, infatti – Fiesta e Ka e Panda, ammaccate e rugginose con le targhe bianche e i coprisedili di spugna –, che qui a Roma sono ancora molto frequenti, davanti a queste casette riposano molti veicoli più impegnativi: monovolumi Chrysler e Renault, station wagon di prima fascia, Land Rover, Rexton e altri SUV abbastanza costosi, la cui caratteristica comune è però di essere tutti targati B o C, vale a dire immatricolati tra il 2000 e il 2004.

Certo, parecchie sono state comprate usate – qualcuna di certo l'ho venduta io stesso –, ma altre no, sono arrivate nuove nuove insieme ai proprietari che si trasferivano in queste villette con un mutuo impegnativo sulle spalle, l'orgoglio d'essere finalmente riusciti a salire di qualche piano sul famoso ascensore sociale e l'ingenua speranza di poter continuare a farlo. In realtà, queste macchine vengono da un'epoca ormai remota come un'altra galassia, e raccontano meglio di qualsiasi statistica come e quando quell'ascensore si sia definitivamente bloccato: con la ventosa del Tom Tom accanto allo specchietto retrovisore, gli adesivi "bebè a bordo" sul lunotto posteriore e il gancio per il traino dei carrelli (gommoni, barchette, moto da corsa), avevano tutto ciò che serviva per guardarle dalla finestra dicendosi "ce l'abbiamo fatta" – ma proprio adesso che sono state interamente pagate sono tornate fuori dalla portata dei loro proprietari, con le gomme lisce da far paura, la tecnologia di bordo desolatamente superata, i dischi dei freni consumati e quei tre o quattro bollini di revisione attaccati sul parabrezza che le svalutano selvaggiamente. E quanti ne vengono, da me, di questi neoarricchiti mancati, a cercare di sbolognarmele, a raccontarmi sempre la stessa storia di una stellina che s'era finalmente accesa ma poi si è subito spenta, all'improvviso, *non per colpa loro*, lamentandosi di tassi variabili, banche che non prestano soldi, risparmi che si prosciugano e attività che non producono reddito, nella speranza di convincermi a permutare il loro cassone mangiasoldi con una macchinetta più piccola, più economica e più recente – e io lì a ripetere che non siamo un autosalone dell'usato, che non facciamo permute, che ritiriamo solo vetture al centro di contenziosi giudiziari e che le macchine usate possiamo prenderle solo in conto vendita, se c'è posto nel piazzale...

Eccomi arrivato. Il Cornetto della Notte è ancora chiuso ma l'Internet point, due porte più in là, è aperto: sulla porta di vetro, tutta ricoperta di adesivi, c'è scritto che chiude a mezzanotte – ma come ho già detto non è vero, perché se così fosse non saprei nemmeno che esiste. Entro. C'è un ragazzo indiano alla cassa, il cui sorriso lattescente balugina nel quasi-buio della stanza. Prendo l'opzione più economica, quattro euro per mezz'ora, e mi porto alla postazione che il ragazzo mi indica. Accanto a me c'è una ragazza africana con una cuffia che scompare tra le extension delle sue treccine: non parla, ascolta in silenzio le parole di un uomo che non riesco a mettere a fuoco nell'immagine a scatti del collegamento Skype. Non c'è nessun altro.

Ed eccomi pronto. Il display è già sulla schermata iniziale di Google. Clicco su Gmail e compare la pagina d'ingresso: a sorpresa, i campi per lo username e la password sono già pieni: nadiastefanescu909 è il nome, più la sfilza di pallini neri per la parola chiave. Questo perché, mi accorgo, la voce "resta collegato" è spuntata. Ciò significa che se io cliccassi su "accedi" potrei entrare nella posta di questa donna o ragazza rumena che evidentemente mi ha preceduto nella postazione – e la cosa assurda è che provo la violenta tentazione di farlo: sul serio, devo sforzarmi, sì, per rinunciare a intrufolarmi nella sua intimità, e data la mia attuale situazione di difficoltà e afflizione e concomitanza di, come si suol dire, cazzi per il culo, si tratta di una tentazione talmente assurda da contenere addirittura qualcosa di vitale. Comunque cancello tutto, e già che ci sono cancello anche la spuntatura a "rimani collegato", per evitare che il prossimo cliente si trovi alle prese con la stessa tentazione nei miei confronti. Tiro fuori il bigliettino di Lello e copio con cura la parola che va scritta nel campo dello username: *scansamose*. Poi faccio lo stesso con la password: *lomamelda*. Entro. L'account carica la posta per un paio di secondi, dopodiché compare il messaggio "Benvenuto Olindo Stupazzoni", e mi trovo dentro. Olindo Stupazzoni. È il nome che Lello usa sempre per indicare l'uomo qualunque: se gli altri dicono Tizio, Caio, Sempronio, Pinco Pallino o il signor Rossi, lui dice Olindo Stupazzoni – e malgrado la stranezza di questa sua abitudine, e la curiosità che essa suscita di conoscerne la provenienza, non gli ho mai chiesto spiegazioni: essendo chiaro che il senso è quello, mi è sempre bastato capirlo. È così, del resto, che va con lui: convinto come sono – com'ero – di conoscerlo bene per essere stato suo amico da ragazzo, non ho mai preteso di sapere di lui nulla di più di quello che sapevo trent'anni fa. E ora, data la situazione, potrebbe essere giunto il momento di pentirsene...

Nella casella di posta ci sono quattro messaggi letti e uno non letto. Due inviati da "Il team di Google+" e tre da "Il team di Google". I quattro messaggi letti sono tutti datati 31 maggio, mentre quello non letto è di oggi. L'anteprima di quest'ultimo dice: "Ciao Olindo! Ecco i 3 post da non perdere questa settimana su Go..." Devo andare nelle bozze, lo so, ma stavolta non riesco nemmeno ad accennare una resistenza e apro il messaggio. "Ciao, Olindo! Ecco i 3 post da non perdere questa settimana su Google+." Più sotto, in rosso: "I contenuti più caldi di Google+", e un campo pure rosso con la scritta "Visualizza i temi caldi". Di nuovo, anziché cliccare a sinistra sulla scritta "Bozze (1)", entro nei temi caldi. Il computer carica una pagina dal titolo "Esplora i temi caldi consigliati", e mi trovo davanti la foto del muso di un gattino con un occhio giallo e un occhio azzurro. Scorro verso il basso e trovo la foto di un orso che abbraccia una donna anziana, quella del retro della cattedrale di Notre-Dame al crepuscolo, di un'eclissi di luna su un paesaggio lagunare... Comincio a sentirmi male, come mi succede sempre quando navigo su Internet: l'idea della dispersione immane (del mio tempo, della mia attenzione, della mia stessa capacità di controllare i miei gesti) che un minuto fa mi ha spinto a entrare in questo ginepraio, ora mi toglie il respiro. Torno indietro. "Ciao, Olindo! Ecco i 3 post da non perdere questa settimana su Google+." Le bozze sono ancora lì, a sinistra, con quel numero 1 tra parentesi che è l'unica ragione per cui io mi trovi su questo account, in questo Internet point in questo momento di questa disastrosa giornata sfuggita a ogni profezia – ma di nuovo ho già cliccato sul primo di questi tre post da non perdere, incuriosito dal titolo "È meglio correre o camminare sotto la pioggia?", e sto guardando un rudimentale cartone animato nel quale una mano stilizza a pennarello due figurette alle prese con una fitta pioggia azzurra – una delle quali sta ferma mentre l'altra corre. Una precipitosa voce americana spiega i vari passaggi della dimostrazione, che io seguo con attenzione fino in fondo, anche se alla fine non mi pare di avere ben capito le conclusioni: cioè, se si sta fermi si prende meno acqua che se ci si muove, ma se si deve andare da A a B, allora se ne prende meno correndo più veloce possibile? *Possibile?* Un ricordo emerge di colpo, con violenza: una commedia di Gilberto Govi, vista alla televisione della cucina, quando ero bambino e abitavamo in viale Bruno Buozzi. La mamma era di Genova e amava le commedie di Gilberto Govi. Io non ci capivo granché, ma mi piaceva vedere lei che rideva. Non credevo di avere trattenuto nulla di quelle commedie, ma ora mi accorgo che qualcosa dev'essersi depositato perché questa cosa del correre sotto la pioggia ha estratto dalla mia memoria il faccione di Gilberto Govi – non credevo di ricordare nemmeno quello –, in bianco e nero, che parla con la sua cantilena genovese, e soprattutto il viso invece minuto e dolcissimo di mia madre che scoppia in una risata ricca di nettare. È un ricordo invernale. Siamo vicini a Natale. I vetri delle finestre sono appannati. Forse ci ho scritto sopra qualcosa col dito. Forse è pomeriggio tardi. Forse sto facendo i compiti. Forse, mentre guarda la commedia, la mamma sta tirando la sfoglia, perché sul suo volto c'è della farina. Mi viene un groppo alla gola pensando a mia madre. È morta da – era il '99: quanti anni sono? Quattordici anni, ormai, e mi manca, mi manca da morire – ora, qui. Mi viene in mente il video di *Nothing Compares to You* di Sinéad O'Connor, dove lei piange la morte di sua madre – e siccome sono qui che navigo in rete apro un'altra pagina di Google e vado dritto su YouTube. Digito il titolo della canzone ed eccola qui. Si fa più presto a farlo che a dirlo. Parte una pubblicità. Assicurazioni. Ma è possibile bloccarla, così. Ed ecco che parte la canzone. Ecco il parco di Saint-Cloud con le statue. Ecco Sinéad O'Connor che cammina col pastrano nero. Ed ecco il primo piano mentre comincia a cantare. È ancora giovane, bellissima. Abbasso il volume per non disturbare la ragazza nera, anche se ha la cuffia. La canzone l'aveva scritta Prince per la morte di suo padre, ma lei l'ha rifatta quando è morta sua madre e la canta incazzata, piena di rabbia, e a un certo punto piange. Non ora, più avanti. Prima ci sono queste due strofe in cui è incazzata nera, per l'appunto, quando le dicono che deve distrarsi, uscire, e questa cosa lei non la regge. Poi c'è tutto il passaggio strumentale, eccolo, con lei di nuovo nel parco di Saint-Cloud, tra le statue, le gradinate, le cascate e gli alberi spogli. E poi, ecco, quando torna in primo piano non è più incazzata, è triste. Eccola. È tristissima. E fra un po' piange. Sembra che si trattenga, mi ricordo, solo che a un certo punto gli occhi le si riempiono di lacrime e subito dopo le lacrime le scendono giù sulle guance. In quel punto – ci siamo quasi – di solito piango io. Ecco, quando dice che vorrebbe un'altra possibilità. Ora. Ecco che piange, ecco le lacrime che cominciano a scendere – ed ecco che viene da piangere anche a me, è inesorabile, come sempre, ecco che piango anch'io. Piango. Cerco di trattenermi ma non c'è niente da fare, non resisto proprio. La ragazza nera qui vicino non se ne accorge, Sinéad O'Connor ha già smesso, ma io continuo a piangere fino alla fine della canzone. E anche dopo. Oddio, non smetto più, è bellissimo. Piango come piangevo da bambino – a dirotto, si dice – e ora la ragazza nera se n'è accorta, si è girata e mi ha visto, ha visto che piango e s'è subito girata di nuovo, per non incrociare il mio sguardo, cioè si vergogna, lei, di avere visto piangere me, e questa umiliazione mi dà un appiglio per smettere, per concepire di smettere. Respiro. Dentro, fuori. Dentro, fuori. Mi asciugo gli occhi. Tiro su col naso. Ancora qualche singhiozzo. Respiro di nuovo. Ecco, ho smesso.

E questo è Internet, per me, questa è la rete. Parto per fare una cosa e arrivo a farne molte altre che non c'entrano niente – asininamente, compulsivamente. Mettendo tutto sullo stesso piano e alla stessa distanza, è come se rappresentasse un'occasione di cambiare la propria vita, alla faccia di quello che si deve fare. Voglio vedere Fred Astaire, vedo Fred Astaire. Voglio leggere l'articolo 33 della Costituzione, leggo l'articolo 33 della Costituzione. Voglio vedere una donna che si fa scopare da un cane, vedo una donna che si fa scopare da un cane. È l'occasione che genera il desiderio, la fine del pensiero selettivo, l'entropia. È quello che i miei amici francesi, quando lavoravo in televisione, chiamavano il *n'importequoisme* – e lo combattevano, perché lo consideravano osceno. Ed è osceno, come no – ma c'è un ma: questa equivalenza tra ciò che si deve fare e qualunque altra cosa è oscena, così com'è oscena l'indecisione tra la cosa importante e quelle irrilevanti; ma non lo è affatto – anzi, a volte diventa una protezione, diventa intelligenza – *la scelta* dell'irrilevanza al posto dell'importanza.

Mettiamola così: se fossi un uomo saggio a questo punto me ne andrei – e c'è stato un tempo, neanche tanto remoto, in cui ero saggio, e me ne sarei andato.

Ma non sono saggio.

Non lo sono più.

Bozze (1).

Vai...

14

Non vedo nessuna soluzione ma di sicuro ammiro il problema.

(Ashleigh Ellwood Brilliant)

CARO PIETRO..... TU SEI UN AMICO..... UNA PERSONA VALIDA.... MI DISPIACE MA È ARRIVATO IL MOMENTO CHE TU SAPPIA DELLE COSE..... PER SAPERLE FAI COME TI DICO..... CHIAMA DA UN TELEFONO PUBBLI-CO QUESTO NUMERO..... 06 24788..... MI RACCOMANDO NIENTE CELLU-LARE.... CHIEDI DI MAURO.... DIGLI CHE CHIAMI DA UNA CABINA E CHE HAI LA CASA ALLAGATA.... LUI TI CHIEDERÀ SE È ACQUA BIANCA O NERA.... TU DI' CHE È ACQUA NERA.... MAURO TI DARÀ UN APPUNTA-MENTO E TI SPIEGHERÀ TUTTO.... NON FARE IL MIO NOME AL TELEFO-NO E NEMMENO IL TUO..... PER COMUNICARE CON ME QUESTO ACCOUNT È SICURO..... CANCELLA QUESTO MESSAGGIO E SCRIVICI IL TUO.... NON INVIARLO MI RACCOMANDO LASCIALO NELLE BOZZE ED ESCI DALL'ACCOUNT..... CONNETTITI IL GIORNO DOPO PER LEGGERE LA MIA RISPOSTA.... SEMPRE NELLE BOZZE... E COSÌ VIA.... NESSUNO DEVE SAPERE DI QUESTO ACCOUNT TRANNE NOI DUE.... FA' COME TI DICO E SAPRAI QUELLO CHE DEVI SAPERE.... POI PRENDERAI LE TUE DECISIONI.... MI DISPIACE.... A PRESTO....

Ecco fatto. Il cuore mi batte forte, le mani mi tremano. Cos'ha combinato, quel cazzone? È forse possibile – è anche solo vagamente pensabile che non sia qualcosa di grave che mette in pericolo la mia vita onesta e dignitosa, la mia tranquil-lità (che non ho già più, per la verità, dopo oggi), il mio futuro?

No, maledizione.

Maledizione. Maledizione. Maledizione...

Devo calmarmi, però, devo ragionare. Respirare, di nuovo: dentro, fuori, dentro, fuori. Che il messaggio sia di Lello non ci sono dubbi: tutti quei puntini di sospensione, i caratteri maiuscoli. Mai visto Lello usare una virgola, o un punto: solo puntini di sospensione. Quando scrive è come un motore con una marcia sola: va subito fuori giri (il maiuscolo) e deve subito mollare (puntini), e quando riprende a scrivere ritorna subito fuori giri, deve mollare di nuovo, e così via. E poi quell'aggettivo, *valida*: lo usa di continuo – tutto è valido, per lui, o non è valido. Il messaggio è suo di sicuro. È come se ci fossero sopra le sue impronte digitali. Maledizione...

Gli dispiace, dice. Gli dispiace cosa? Dentro, fuori. La ragazza africana se n'è andata, sono solo – a parte il gestore. Calma. Devo mantenere la calma, è essenziale. Al momento non ho una sola carta in mano, non so nemmeno cosa è successo, non posso permettermi di fare nulla. Dentro, fuori. Non ho alternative, devo fare quello che mi dice lui – quella telefonata. Da qui, già che ci siamo. Ci sono anche i telefoni. Devo cancellare il suo messaggio, però, rispondergli e uscire dall'account. Ma prima di cancellare devo copiare quel numero di telefono. Ecco, così, sul biglietto della Super Car. E imparare a memoria il siparietto da recitare. Chiedere di Mauro. Dire che chiamo da un telefono pubblico. Niente nomi. Dirgli che ho l'acqua in casa. Dirgli che è acqua nera. Ripetere: Mauro. Telefono pubblico. Niente nomi. Acqua in casa. Acqua nera. Ok. Ora posso cancellare il messaggio di Lello. Dice: rispondimi nelle bozze (ingegnoso, tra parentesi, questo sistema: è impossibile essere intercettati, mi sa, visto che i messaggi non vengono inviati). E cosa gli rispondo? Cosa posso rispondergli, dopo il messaggio terroristico e però anche reticente, ansiogeno, ridicolo che mi ha lasciato?

PORCODDIO, ecco cosa gli rispondo. È davvero l'unica cosa che mi viene in mente – e glielo lascio nelle bozze, là, in maiuscolo come piace a lui. Niente mittente. Niente "invia". Tornare su "posta in arrivo" e da lì uscire. Ecco fatto. Uscito. Uscito anche da Gmail. Andiamo...

Chiedo al ragazzo pakistano se posso fare una telefonata. Mi domanda in quale paese. Italia, dico, a Roma. Mi guarda strano, per forza: qui si telefona in Bangladesh, nelle Filippine, in Ucraina, in Romania. Ho una scheda prepagata? No. Un euro, mi chiede, per una telefonata urbana. Va bene, dico, e gli ridò l'euro che mi aveva dato di resto. Mi indica la cabina numero uno. Arriva un uomo, indiano o pakistano anche lui, e lui torna dietro al banco. Entro nella cabina numero uno.

C'è puzza di fritto, qua dentro – di quella che resta nei vestiti quando si mangia nei posti aerati male, e si fa una gran fatica a mandarla via. Sollevo la cornetta: è umida, che schifo. Sudore, direi. L'asciugo con la manica della giacca. Il numero: fatto. Vai.

Uno, due, tre squilli. E se non mi rispondono?

– I Papaveri, buonasera.

Una donna, accento slavo. E se questo Mauro non c'è?

– Buonasera. Vorrei parlare con Mauro.

E se questa ora mi chiede chi sono? Avrei dovuto dirlo a lei che chiamo da un telefono pubblico?

– Un attimino – dice la donna.

– Pum! – faccio io.

– Come dice?

Niente, mi è scappato. È un gioco che ci eravamo inventati con Claudia, quando era piccola e ci eravamo da poco trasferiti a Roma: sparare agli attimini, sterminarli tutti. Una volta la sua professoressa di italiano mi mandò a chiamare – era in prima media, mi ricordo – per dirmi che mia figlia disturbava le lezioni. Nel bel mezzo delle spiegazioni faceva il verso della pistola

133

con la mano e sparava. Era molto arrabbiata perché Claudia continuava a farlo anche se lei la rimproverava, e si rifiutava di dare spiegazioni per quel comportamento. Durante il suo sfogo pronunciò la parola "attimino" almeno due o tre volte, e io le dissi la verità: spara agli attimini, le dissi. Mi scusai, certo, mi presi la colpa, garantii che la cosa non si sarebbe più ripetuta – ma intanto glielo dissi. E che cazzo, un professore non può parlare così, soprattutto se è di italiano. E lei, stando a quel che mi disse Claudia in seguito, smise di dire attimino. Io e Claudia eravamo ancora una cosa sola, a quell'epoca. Sua madre era morta da un anno e noi stavamo sempre insieme, e c'era ancora Carlo, e quando non era in viaggio stava sempre con noi, e mi dava una mano a intrattenerla, interessarla, divertirla, coccolarla, portarla in giro, accompagnarla alle gare di ginnastica, di modo che pensasse il meno possibile a quello che era capitato, e insieme c'inventavamo un continuo di cazzate come quella per tenere lontana la tristezza, e infatti ridevamo, ci divertivamo davvero, non sembrava nemmeno che ci fosse un vuoto tanto grave nella nostra vita. Io mi sentivo centrato, allora, forte e centrato: la mia giornata era interamente dedicata a lei e sembrava avere quarantott'ore. La morte di Lara mi aveva sconvolto, certo, ma il mio modo d'esser sconvolto era sentirmi padre – adeguato, autosufficiente, cazzuto, capace di far fronte alla situazione tenendo il dolore fuori dalle nostre vite. Quanto amore c'era allora tra noi, quanta tenerezza...

– Niente – dico – Mi è caduto il telefono.

– Oh. Glielo passo.

Stacco, passaggio di tempo – e siamo a oggi: Claudia è scappata a Milano da sua zia. Non vuole più stare con me, non vuole nemmeno parlarmi. Cos'è successo, nel frattempo?

– Pronto?

E soprattutto *quando*, è successo?

– Buonasera. Parlo con Mauro?

– Sì. Cosa desidera?

Quando ha cominciato a guastarsi quella cosa speciale che c'era tra noi?

– Chiamo da un telefono pubblico. Ho l'acqua in casa.

– Uhmm. Acqua chiara o acqua nera?

È stato quando mi sono messo con D., è stato quello?

– Nera.

– Può raggiungermi adesso?

– Sì. Dove?

O prima, quando è diventata un'adolescente e ha cominciato a fare le cose per conto suo? È stato lì?

– Testa di Lepre, ha presente?

– No, mi dispiace, non ho presente.

– Le do l'indirizzo. Se ha il GPS consideri che il numero civico non le risulterà.

O prima ancora, magari quando Carlo è scappato?

– Non vengo in macchina. Vengo in taxi.

– Ah. Dov'è lei ora?

– Al Tredicesimo.

– Il Tredicesimo sull'Aurelia?

O quando abbiamo lasciato Milano e siamo venuti a Roma? È stato allora?

– Sì.

– Allora è vicino. Ci mette un quarto d'ora. Ha da scrivere?

– Sì.

– Agriturismo I Papaveri, via Emilio Pasquini 157 bis, Testa di Lepre di sopra. Bis, mi raccomando. Subito prima dell'ex consorzio del latte...

Leggevamo *Pinocchio*, la sera, *tutte le sere*, prima che si addormentasse, leggevamo *Harry Potter*. Andavamo a cena fuori, soli soletti, a Est Est Est, la sua pizzeria preferita. Viaggiavamo... Quand'è che è andato tutto a farsi fottere?

– Sì. Vengo subito.

O molto banalmente, malgrado tutti gli sforzi, malgrado la tenerezza, la protezione, la compagnia, la dolcezza e il divertimento che ho cercato di darle, è stato quando è morta Lara? È finito tutto lì, e non c'è mai stato nulla di speciale, tra noi, e tutto il buono che mi è sembrato di strappare, giorno per giorno, per me ma soprattutto per lei, al dolore, al vuoto, al lutto, *me lo sono figurato*?

– L'aspetto per cena, allora. Mi ripeta l'indirizzo, per favore.

– Via Emilio Pasquini 157 bis, Testa di Lepre di sopra. Arrivo.

– Se ha qualche problema a trovare il posto non chiami col cellulare, per favore.

– Non c'è pericolo. Non ce l'ho.

– Oh, bene.

E quella saggezza che possedevo, che non mi avrebbe mai lasciato arrivare al punto in cui sono ora: quand'è che se n'è andata?

15

C'è differenza tra l'aver dimenticato e non ricordare.

(Alessandro Morandotti)

Un uomo va a trovare un amico dopo tanto tempo. Si mettono a parlare e scoprono di avere entrambi grossi problemi di memoria. Non riescono più a ricordarsi le cose. Solo che l'amico dice di avere trovato un medico che, grazie al metodo associativo, è riuscito a risolvergli il problema. "E come si chiama, questo medico," chiede l'uomo, "così ci vado anch'io?" "Ecco, appunto," dice l'amico, "non me lo ricordo. Ma ora ti mostro come funziona il metodo associativo. Dimmi il nome di un fiore." L'uomo non capisce. "Quel medico l'ho associato al nome di un fiore," dice l'amico. "Trovato il fiore, trovato il medico. Su, dimmi il nome di un fiore." "Non ricordi nemmeno il fiore?" fa l'uomo. "No," risponde l'amico, "ma ricordo che è facile. Dài, aiutami, un fiore facile." "Margherita?" azzarda l'uomo. "Più facile," risponde l'amico. "Tulipano?" "Ma no, più facile! Il più facile di tutti, dài. Facile e aulentissimo..." "La rosa?" "Sììì!" esulta l'amico. Poi si volta verso la porta della cucina e grida: "Rosa! Come si chiama quel dottore della memoria?"

Questa vecchia barzelletta parla di me, dice come sono messo. Questo cartello, per esempio. Nel momento in cui lo vedo, mentre il taxi lascia l'Aurelia svoltando verso l'interno, automaticamente *lo ricordo*: Testa di Lepre. Uno di quei cartelli azzurri, blu, bordati di bianco, a freccia, degli anni sessanta: lo vedo, lo ricordo e in un baleno ricordo anche tutti i pensieri che ha provocato, negli anni, tutte le volte che ci sono passato davanti. Quando ero bambino e andavamo a Roccamare, perché la strada è questa, e anche dopo, da ragazzo, quando guidavo io, e perfino di recente, con Claudia, fino a cinque anni fa, prima di vendere la casa: pensieri che cercavano di dare un senso a questo strano nome, o che ci scherzavano sopra – magari anche qualche scambio di battute a voce alta, con Carlo, mamma, papà –, e che duravano mezzo chilometro, fin quando qualche altro segnale, o qualsiasi altra cosa sfilasse dal finestrino, li scacciava. Tutto dimenticato, alé – e rimasto tale anche dopo che quel nome mi è stato menzionato come destinazione della mia corsa in taxi. Solo la vista del cartello, di *questo* cartello, ha tirato fuori tutto. Come funziona, la memoria? La mia, perlomeno, non funziona tanto bene.

Soprattutto non funziona per le cose pratiche, e questo è un vero problema. Il PIN del bancomat, per esempio: mi sono reso conto mezz'ora fa che non me lo ricordo. Dovendo prendere un taxi, e avendo pochi euro in tasca, a parte le banconote da cinquecento praticamente inutilizzabili – che peraltro, visto che oggi sembrerebbe la mia giornata sfortunata, ho provveduto a trasferire nelle mutande –, e non potendo prenderne altri dalla cassaforte, non più per via della combinazione, perché stavolta avrei potuto chiamare Cinzia e chiederla a lei (Rosa!), ma perché è stata sigillata dalla Finanza –, sono andato alla filiale Unicredit del Tredicesimo per ritirare del contante, e non ci sono riuscito. Credevo di ricordare il PIN, ma niente: dopo due tentativi falliti ho dovuto rinunciare, altrimenti la macchinetta mi catturava la tessera. Eppure di solito me lo ricordo – ma di solito ho con me il telefonino, dove so che se non me lo ricordassi potrei ritrovarlo, memorizzato nella rubrica. Senza il telefonino invece niente.

Possibile che la mia memoria sia così emotiva? Se so di potermele scordare mi ricordo le cose, se invece devo ricordarmele per forza non ci riesco: è davvero così che funziona? Intanto il taxi s'inerpica su per le colline. Il sole sta per tramontare dietro i crinali, e bagna di una sensazionale luce dorata una campagna che non ho mai frequentato in vita mia, sorprendentemente bella: oliveti, vigne, pini, cavalli al pascolo, villette, palme, cactus, salici piangenti. Un bosco in fondovalle, già al buio. Una sequenza di cartelli che annunciano un poligono di tiro. Una casa cantoniera con un'enorme scritta sul muro a calce bianca: P⊕LIZZI⊕TT⊕ BASTARD⊕. Un branco di cani randagi. Una chiesetta.

Il taxi rallenta e si ferma.

– Questo è il 157 – dice il tassista – Il 157 bis non c'è.

In effetti, oltre il cancello chiuso di una villetta che corrisponde al numero 157, non c'è più nulla. O meglio, c'è la campagna ampia e dorata con le sue disparate bellezze, e nessun altro edificio. Almeno fino alla fine del lungo rettilineo che abbiamo davanti, dopo il quale la strada comincia a scendere senza lasciar vedere nient'altro che una solenne corona di pini.

– Prosegua – dico. È logico: il 157 bis sarà per forza il prossimo numero, e non importa quanto sia distante dal 157. Tuttavia avverto anch'io la perplessità che vedo dipinta negli occhi del tassista, riflessi nello specchietto panoramico: il fatto è che la prospettiva che abbiamo davanti, non so perché, sembra escludere questa possibilità. Come se il mondo abitato dovesse finire qui, e oltre quel crinale non dovesse esserci più nulla. Il taxi riparte, guardingo, e percorre il rettilineo molto lentamente. In effetti non c'è nulla né a destra né a sinistra: solo campi, sbuffi di alberi, lontane recinzioni, fumacchi bianchi, ma nessun edificio. Arriviamo in fondo, dove la strada comincia a scendere, e subito il panorama si riapre, più dorato che mai, mentre il sole infuoca l'orizzonte frastagliato – e il fatto che ricompaiano costruzioni e cancelli sui due lati della strada risulta misteriosamente sorprendente. I primi compaiono sull'altro lato, quello dei numeri pari: una casetta di mattoni a un piano sovrastata da un – credo – cedro del Libano; una casa più grande un centinaio di metri più avanti, a due piani, servita da una stradina privata; un'altra casa bassa subito accanto, seminascosta da un fitto oliveto. Sul lato sinistro invece proseguono i pini marittimi, alti e rigogliosi, tutti storti della stessa leggera inclinazione verso la strada, finché arriviamo a una grande tettoia – e, dietro, un basso edificio malandato dall'aria abbandonata. Sulla tettoia c'è una scritta bianca: COOPERATIVA PRODUZIONE LATTE FIUMICINO. Vicino al cancello però non c'è nessun numero civico.

– Niente – ripete il tassista, fermandosi – A meno che non sia questo.

No che non è questo, ma quel Mauro, al telefono, ha detto che il 157 bis è subito prima dell'ex consorzio del latte. Perciò siamo andati oltre, e dico al tassista di tornare indietro. Di pura logica, anche qui, poiché questo tratto l'abbiamo appena percorso e non abbiamo visto nulla, né io né lui. Il tassista obbedisce, sempre più perplesso, torna indietro lentamente, ed ecco che, dopo pochi metri, sul ciglio della strada vedo qualcosa che prima mi era sfuggito: circondato da un gruppo di cactus, un cartello di legno, basso, mezzo rovinato, con scritto: 157 bis. I PAPAVERI. Subito dopo una specie di sentiero soffocato dall'erba alta – chiamarlo strada sarebbe troppo – che se ne va perpendicolarmente verso la campagna, dritto per dritto, e in lontananza una grande costruzione rossa – anzi due, contando la strana torre tozza e cieca che le sorge accanto. Solo che la distanza dei due edifici fa pensare che non siano serviti da questa strada, che ce ne sia un'altra più in là, parallela a questa.

– Ecco – dico – È qui.

Il tassista si ferma.

– Dovrei andare lì? – fa, indicando il sentiero.

– Sì. È quella costruzione laggiù.

– Mi fotto le sospensioni. Non può scendere qui?

Ed eccoci all'ultimo problema, che fin qui ho deciso di trascurare. Il tassametro segna 34,80: troppi, per le tre banconote da dieci che ho nel portafogli. Tutto difficile, oggi.

– Potrei – rispondo – se lei può cambiarmi questa.

E tiro fuori dalle mutande una delle banconote da cinquecento dell'anticipo di Jürgen. Il tassista la guarda, sbigottito.

– Sta scherzando – fa.

– Ecco, appunto – dico – Perciò dovrebbe essere così gentile da accompagnarmi fin là, dove mi procurerò il cambio per pagarle la corsa.

– Ma spacco il semiasse – protesta lui.

– Non esageri – ribatto – È stretto, c'è l'erba alta, ma non ci sono tante buche.

– E lei che ne sa che non ci sono buche?

– Un'altra soluzione può essere questa – faccio – Lei mi fa lo sconto di quattro euro e ottanta, io le do i trenta euro che ho nel portafogli, e ognuno se ne va per la sua strada.

Il tassista ci pensa su. Sono capitato bene: molti suoi colleghi si sarebbero infuriati, perché quella di non dare il resto alle banconote di grosso taglio è una vera fissazione tra i tassisti. Non te lo danno nemmeno quando potrebbero, in virtù di un principio del quale non ho mai capito il fondamento: "Se lo do a lei non posso darlo a quello dopo" – e tu lì a chiederti che differenza ci sia tra non darlo a te e non darlo a quello dopo. Ma di solito si parla di banconote da cento euro: in questo caso è proprio impossibile che lui abbia in tasca i quattrocentosessanta e rotti che dovrebbe darmi indietro, e ciò potrebbe renderlo aggressivo. Invece si limita a riflettere: è peggio rischiare di danneggiare l'hardware o rinunciare a cinque euro?

– Naturalmente, se lei mi porta fin là le do altri quindici euro. Per il disturbo. Cinquanta tondi.

Problema risolto.

– Ok – fa il tassista, e infila il sentiero, procedendo pianissimo verso la casa. Buche, in effetti, non ce ne sono: si sente solo il rumore dell'erba che sfrega contro il pianale della macchina. Stiamo praticamente viaggiando in mezzo a un campo – che tra l'altro spiega molto chiaramente il nome della proprietà, dato che è letteralmente invaso dai papaveri: con la casa sullo sfondo e la fila di alberi sul crinale del colle, sembra di essere in un quadro di Monet.

Arriviamo in quella che sembra un'aia, al centro della quale troneggia un grande pino secolare. La casa occupa un lato, la torre ne occupa un altro e il terzo lato è delimitato da strane costruzioni basse quasi nascoste da una fitta vegetazione: sembrano di legno, non hanno nulla a che fare col contesto. Su quel lato, una mezza dozzina di macchine parcheggiate – tutte con targa straniera. Scendo e mentre il taxi fa manovra mi dirigo verso la porta d'ingresso. Da un cartello di legno attaccato al muro accanto alla porta apprendo che I Papaveri è un agriturismo fondato nel 2008, mentre un autentico sipario di adesivi sul vetro mi informa che il ristorante, qui, è una vera celebrità: Espresso, Gambero Rosso, Touring, Michelin, Repubblica, Sole 24 Ore, Accademia Italiana della Cucina, La gola a tavola, Bibenda, Spagoguida, I Ristoranti Italiani, I Ristoranti di Roma, Roma nel Piatto, ma anche Zagat, Gault&Millau, Télérama, TripAdvisor – a partire dal 2009 non hanno mancato di segnalarlo. Entro in un atrio piuttosto angusto, dove però già filtrano odori molto invitanti. C'è un desk, deserto, davanti a una parete coperta di fotografie di pietanze cucinate in teglie di alluminio: arrosti, spezzatini, frittate, paste asciutte, una foto accanto all'altra, tutte dello stesso formato e con la stessa cornice color noce, sembrano un'opera d'arte concettuale. Un casellario di legno con le chiavi delle stanze appese al chiodo. Un campanello da banco. Lo suono. Dall'interno appare immediatamente una donna, così in fretta da far pensare che se ne stesse rimpiattata dietro l'angolo a spiarmi. È giovane, bionda, sorridente, non bella – con un viso stretto e volpino e un collo troppo grosso a sostenerlo.

– Buonasera. Desidera?

Accento slavo. Dev'essere Attiminoova.

– Buonasera. Sto cercando Mauro. Sono quello della telefonata di prima.

– Un attimino – infatti, e risparisce da dove era apparsa. Sempre troppo in fretta, secondo me: è veramente rapidissima, sembra un superpotere.

Mi rimetto a guardare le foto appese al muro. Roast beef, fagioli all'uccelletto, minestrone, uova al tegamino, polpettone, patate in umido: sembra tutta roba ultracasalinga, lontana mille miglia dalla fregola dell'alta cucina che imperversa in televisione. Mi piace...

– Buonasera – fa una bella voce sonante.

Mi volto e davanti a me c'è un omone gigantesco, calvo sul cranio ma con una folta capigliatura nera sulle tempie che, sbiadendo, si spinge in basso diventando una fantastica barba grigia. È veramente grosso da mozzare il fiato – di stomaco, soprattutto, e di pancia, ma anche tutto il resto sembra più grande del normale, come se fosse un uomo e mezzo. Ha addosso una salopette di jeans e, sotto, una maglietta – probabilmente gli unici indumenti che riesca a indossare.

– Buonasera – faccio – Sono Paladini, le ho telefonato poco fa. Per via, sa...

– Dell'acqua in casa, sì – annuisce.

Mi tende la mano, gliela stringo. È grande, dura, ma la stretta è delicata.

– Mauro, piacere – sorride – Vuole venire di là a mangiare un boccone?

– Volentieri – rispondo – Ma prima avrei un favore da chiederle. C'è il taxi qui fuori che non può darmi il resto, perché ho solo questa – gli mostro la banconota da cinquecento – Mi rendo conto che così su due piedi magari uno non—

– Faccia un po' vedere – m'interrompe, corrugando la fronte. Gli passo la banconota. Lui la prende tra le dita grandi come salsicce, cava degli occhiali dalla tasca della salopette – minuscoli, con la montatura quasi invisibile – e si mette a osservarla da vicino, da lontano, in controluce.

– Permette un momento? – fa.

– Prego.

Va dietro al desk, apre una porta e sparisce. Dov'è andato? A fare cosa? Stai a vedere che è falsa. Ci mancherebbe solo questa, oggi: buggerato anche da Jürgen. In effetti non mi sono posto il problema e potrebbe benissimo essere che quel—

Rieccolo.

– È falsa? – chiedo.

– No no – risponde lui, sorridendo – È buona.

– Ah, meno male. Però c'è il problema che il tassista non ha il resto...

– *Claro* – dice l'omone – Venga, glieli anticipo io: quant'è la corsa?

Mi restituisce la banconota e torna dietro al banco.

– Cinquanta – dico.

– Cinquanta euro dal Tredicesimo a qui?

– Sì.

– Ma è un furto.

– Veramente sarebbero trentacinque, ma gli ho offerto quindici euro in più per portarmi fin qui nell'aia. Voleva lasciarmi sulla strada, aveva paura di sfasciare il semiasse.

– Ma che fesseria, il vialetto è a posto. Non si faccia fregare...

Così dicendo tira fuori dal cassetto delle banconote, prende trentacinque euro contati e me li dà.

– Trentacinque sono anche troppi, dia retta a me – sentenzia. Si toglie gli occhiali e li rimette nella tasca della salopette.

Maledizione. Sempre tutto difficile, oggi.

– Grazie – faccio, e mentre esco di nuovo nell'aia cavo due banconote da dieci dal mio portafogli e ci ficco dentro quella da cinque. Ormai ho promesso cinquanta e cinquanta darò: non ho certo le forze per discutere di una faccenda come questa con un tassista. Gli allungo i soldi dal finestrino, lo saluto, ma quando mi volto per tornare indietro l'omone è sulla porta, e mi vede rimettere in tasca il portafogli. Si è sicuramente accorto che ho aggiunto i quindici euro ma d'altra parte che problema è? Sono soldi miei, ci faccio quello che mi— e qui succede una cosa inaspettata: di colpo, in un breve piacevolissimo istante – non più di un battito di ciglia, direi, da come non riesco a organizzare la minima reazione –, mentre tuttavia faccio in tempo a rivivere in un lampo tutte le altre volte in cui mi è successa la stessa cosa – ai tempi del liceo, convalescente da quella che in seguito si sarebbe saputa essere una violenta reazione allergica a un farmaco contro le verruche di nome Tiola, mentre cerco di acciaccare una zanzara con la ciabatta contro il soffitto; nel bagno della casa di Roccamare, due volte, mentre vado a pisciare nel cuore della notte, una quando sono lì col mio amico Umberto a studiare per l'esame di maturità, l'altra molto tempo dopo, con Lara che dorme nella stanza accanto e si sveglia per il trambusto; sul bordo di una piscina, a Villasimius, in Sardegna, durante una vacanza con Lara e Claudia, per un'insolazione; fuori dall'aeroporto JFK, a New York, col display del termometro digitale che segna 23 gradi Fahrenheit, equivalenti a -5 gradi Celsius, appena tirata la prima boccata di una Marlboro rossa

145

dopo la lunga astinenza della traversata transoceanica; nella sede della circoscrizione a Gorgonzola, poche settimane dopo la morte di Lara, davanti a cento persone, nel vedere una donna che perde sangue dal naso durante la conferenza di una psicoterapeuta dal doppio cognome su come parlare ai bambini della morte; e Lara stessa, anche se non è successo a me e non l'ho nemmeno visto accadere, fulminata dall'aneurisma mentre serve in tavola il prosciutto e melone; e se questa non è la prova che le cose la mia memoria non le perde, ma fa semplicemente fatica a ritrovarle, non saprei dire cos'altro sia –, svengo.

16

Il modo migliore di scoprire se ci si può fidare di qualcuno
è fidarsene.

(Ernest Hemingway)

Un fischio. Anzi, non un fischio, un sibilo. Sottile, familiare. Il sibilo dell'aria che passa attraverso le narici di mio padre, il suo respiro faticoso di quando è concentrato a fare qualcosa di difficile.

Apro gli occhi.

Un sipario azzurro.

La salopette dell'omone, con l'omone dentro. Il sibilo è il suo respiro.

– Come va? – mi chiede, sorridendo.

Penombra. Sono sdraiato sul letto in una grande stanza. Legno. Una parete di vetro che dà sulla campagna ancora rischiarata dall'interminabile luce estiva.

– Bene – dico, perché è vero, mi sento bene.

– Posso?

L'omone ha di nuovo gli occhialini. Incombe, letteralmente, su di me – ma sorride. Intende misurarmi la pressione con uno sfigmomanometro.

– Prego.

L'omone mi arrotola la manica della camicia, mi stringe la fascia attorno al braccio e comincia a pompare. Poi smette e si concentra sullo strumento. Pompa di nuovo, forse troppo, la morsa sul mio braccio diventa insopportabile, e poi subito rismette, la morsa si allenta, il sibilo del suo respiro sembra aumentare...

– 70-120 – sentenzia – La minima è un po' bassa, ma credevo peggio. Vuole un po' d'acqua?

– No, grazie – rispondo.

– È svenuto, sa?

– Sì, lo so. Ma dove mi trovo?

Mi allarga le palpebre, mi fissa l'occhio.

– Cioè – continuo – dove sono lo ricordo, ricordo tutto quanto, ma qui dove siamo?

– È una delle nostre camere – sorride – Stia tranquillo, non gliela farò pagare.

Continua a sorridere, mentre ripone lo sfigmomanometro in una custodia. Sembra impossibile che, immenso com'è, possa maneggiare oggetti così delicati senza romperli. La pelata è rorida di sudore. I capelli neri sulle tempie, la barba grigia, i baffi imbionditi dal fumo, come papà...

– E chi mi ci ha portato? – chiedo.

– Io e il tassista – risponde – A proposito – mi allunga una banconota da venti euro – Mi ha detto di darle questi.

– Perché?

Me la mette in mano, letteralmente.

– Ha cambiato idea sul prezzo della corsa. Che dice, ce la fa a tirarsi su?

Mi sollevo a sedere, tiro un bel respiro. Tutto bene. Metto i venti euro in tasca e il polso mi fa più male di prima.

– Adagio – dice l'omone – Le gira la testa?

– No.

Faccio per alzarmi ma lui con la mano mi trattiene giù.

– Aspetti. Resti un altro po' seduto.

Ha una forza enorme. Una sola mano fa di me un paralitico.

– Senta – dice – queste cose non vanno sottovalutate. Se

vuole posso chiamare un dottore, ma non posso garantire che venga subito. Oppure posso accompagnarla a un pronto soccorso. Un'ambulanza francamente preferirei non chiamarla.

– No, macché ambulanza. Mi sento bene, davvero.

– Non sente nausea o altro?

– No, anzi – mi accorgo d'improvviso di avere una gran fame – Eravamo rimasti che dovevo mangiare qualcosa, se non sbaglio. Credo di averne bisogno.

– Davvero? Ha appetito?

– Molto, sì.

– Bene. La fame è sempre un buon segno. Faccio portare uno spuntino. Le va bene qua?

– Sì, grazie.

Un rabbino, ecco cosa sembra. Un patriarca ebreo vestito da meccanico. Solleva la cornetta del telefono della stanza, digita un numero, aspetta.

– Amore, sono io. Puoi portare qualcosa qui alla 107, per favore? – resta in ascolto un istante, poi si rivolge a me – Ha qualche desiderio particolare o lascia fare a noi?

– Lascio fare a voi.

– Allora fai te – di nuovo nella cornetta – Sì, certo. E un po' di quel rollé, magari.

Riattacca. Dunque sembra mio padre, sembra un rabbino: ma chi è?

– Cinque minuti e arriva – dice – Proviamo ad alzarci?

– Ok.

Mi tiro su. Lui è a un passo, pronto a sorreggermi, ma non ce n'è bisogno perché sono stabile e saldo sulle gambe.

– Come va?

Faccio due passi. Nessun problema.

– Come se non fosse successo nulla.

– Bene...

Una volta in piedi mi rendo conto che il soffitto della stanza è molto basso. Pareti in legno. Mobili frugali, tradizionali, senza velleità di design. Un cucinotto. Una lampada alogena a stelo in un angolo, regolata a intensità molto bassa. La grande parete vetrata con gli infissi in legno. Molto spazio. È una bella stanza. Devo trovarmi in una delle costruzioni che ho intravisto arrivando nell'aia, di fronte alla casa rossa, a fianco della torre – quelle che sembravano non avere nulla a che fare col resto.

– Dovrei chiederle una cortesia, però – dice l'omone – Il cellulare dovrebbe spegnerlo, e se possibile togliere la batteria.

Sorride, di nuovo, e di nuovo mio padre, il rabbino e tutti gli altri che si fondono nella sua fisionomia – perché quest'uomo sembra contenere una folla intera, ciò che probabilmente lo rende così grosso e anche così familiare – sorridono insieme a lui.

– Non ce l'ho, il cellulare.

– Già, è vero, me l'aveva detto. E come mai non ce l'ha, se non sono indiscreto?

– L'ho perso stamattina.

– Be', tanto meglio – mi fa l'occhiolino – Sono il nemico numero uno, quegli aggeggi.

. Apre una credenza piena di stoviglie e bicchieri, ha un momento di indecisione, come di vuoto. Guarda fuori dalla vetrata.

– Che ne dice di mangiare in giardino?

– Va bene.

Prende dalla credenza piatti, tovagliette, bicchieri, un cestino di vimini, e s'incammina verso la vetrata.

– Le dispiace aprire? Basta farla scorrere di lato.

Faccio scorrere la parete vetrata e all'istante veniamo investiti dalla calura esterna e da un ricco odore di campagna. Le braccia ingombre delle cose per apparecchiare, l'uomo accende col gomito le luci esterne ed esce. Lo seguo.

– La richiuda – dice – Sennò entrano le zanzare.

È il crepuscolo. Un nugolo di insetti e farfalle si affolla attorno ai lampioncini da giardino che sono stati appena accesi, mentre entriamo in questo – mi accorgo – bellissimo angolo del creato. C'è un grande ombrellone bianco col fusto di legno, che copre un tavolo e quattro sedie in tek. Due lettini prendisole coi materassi bianchi – più avanti, fuori dalla protezione dell'ombrellone. Erba alta piena di papaveri, qualche vecchio olivo dal tronco contorto, siepi di gelsomini sui lati e un sorprendente panorama davanti, perché il giardino sfonda direttamente sul paesaggio – senza siepi, senza reti o recinzioni – diventando, in pratica, orizzonte. Poiché siamo in alto la vista domina altri orizzonti più bassi e si spinge fino a grumi di luci lontane che, con mio stupore, poiché avrei giurato che si fosse orientati nella direzione opposta, disegnano la linea della costa. E che posti sono, allora? Fiumicino? Fregene? *Passoscuro?* L'ultimo orizzonte, laggiù, quello marino, è separato dal cielo già scuro da una stupefacente striscia purpurea.

– Mi aiuta, per piacere? – chiede l'uomo, che stringe la roba per l'apparecchiatura contro il vasto petto prominente e non ha margine di manovra. Il suo respiro si fa pesante, sotto sforzo. Prendo tovagliette e piatti e bicchieri, lasciandogli il resto, e ci mettiamo ad apparecchiare insieme, in silenzio, metodicamente, come se questa operazione la svolgessimo ogni giorno.

– E insomma lei è l'amico di Raffaele Pica – dice l'omone – Anzi, il suo socio. Giusto?

– Sì. Lei come lo sa?

– Me l'ha detto lui quando ha architettato la faccenda dell'acqua bianca e dell'acqua nera.

Frinire di grilli: era un pezzo che non lo sentivo.

– Cosa le ha detto, esattamente?

Io ho finito il mio compito, intanto, mentre lui continua ad apparecchiare, cavando oggetti dal cestino di vimini che gli pende al braccio: oliera, saliera, macinapepe, che posa sul tavolo con una certa grazia.

– Che se ci fosse stata la necessità di, diciamo così, assentarsi per un po', avrebbe fatto in modo di mandarla da me, e che la parola d'ordine sarebbe stata quella. A proposito: come gliel'ha dato, il mio numero? Non per SMS o per posta elettronica, spero...

– No. Ha usato le bozze di un account di Gmail.

– Bene, è il sistema giusto. È quello che usava Al Qaeda, sa? Non c'è modo di intercettarlo: devi torturare la gente per scoprirlo.

Accende due larghe candele arancioni, provenienti anch'esse dal cestino di vimini, e le sistema a qualche metro dal tavolo, nell'erba, mentre continua a parlare.

– Cosa che gli americani hanno fatto, naturalmente, a Guantánamo, e da quel momento hanno goduto di un vantaggio enorme, perché riuscivano a conoscere le intenzioni dei terroristi in tempo reale. Poi quel genio di Petraeus ha rovinato tutto.

– Chi?

– Il generale Petraeus, l'eroe di guerra, il direttore della CIA. Ricorda? Quello dello scandalo dell'anno scorso.

– Quello che tradiva la moglie?

– Esattamente.

– Perché ha rovinato tutto?

– Perché ha avuto la geniale idea di utilizzare lo stesso sistema per dirsi le porcherie con l'amante, per l'appunto. L'amante ha fatto casino, ha cominciato a mandare mail di minaccia a un'altra che credeva una rivale, la quale l'ha denunciata per stalking, dopodiché l'FBI si è messa a controllare i suoi indirizzi IP, suoi dell'amante intendo, la quale un bel giorno ha sbagliato, inviando il messaggio che avrebbe dovuto rimanere nelle bozze, l'FBI ha intercettato il messaggio e la tresca è venuta fuori. Petraeus si è dovuto dimettere, ma quel che è peggio è che l'Associated Press è venuta a sapere del trucco delle bozze e l'ha spifferato al mondo. Fine del vantaggio su Al Qaeda.

Si dà uno schiaffo sull'avambraccio sinistro, tosto e peloso come la zampa di un orso.

– Ma il sistema rimane buono, dico io. A noi chi ci tortura?

Quasi impercettibile, dalla stanza giunge il dindon di un campanello. L'omone mi lascia in giardino e va dentro. Dalla vetrata lo intravedo aprire la porta nella penombra, e prendere un vassoio dalle mani di Attiminoova e poi darle un bacio in fronte, prima che lei se ne vada. Non sarà bella, ma deve avere almeno trent'anni meno di lui. Ed eccolo che torna in giardino col vassoio. Lo appoggia sul tavolo. Ci sono tre piatti col coperchio e uno scoperto, con dei pomodori. Una bottiglia d'acqua e una di vino. La consapevolezza che quel vassoio è per me mi fa venire l'acquolina in bocca come quando ero bambino. L'omone alza i tre coperchi.

– Allora, vediamo cosa abbiamo qui – dice – C'è del rollé di faraona, della caponata, una frittatina coi fiori di zucca e dei— Non voleva mica la pasta, per caso? Perché quella non l'hanno portata.

– No, no, va bene così.

– Come vuole, però deve cominciare con questi – fa l'omone, indicando i pomodori – Sono una nostra specialità.

Mi siedo e metto i pomodori nel piatto. Sono normalissimi pomodori da insalata tagliati a metà, guarniti con, sembra, anche se suona un po' strano, salsa di pomodoro.

– I pomodori al pomodoro – annuncia l'omone – Li assaggi.

Li assaggio e sono meravigliosi – da non crederci. Una bontà che arriva istantaneamente al cervello, al primo contatto col primo boccone, un vero e proprio *rush*. Solo in un secondo momento ci si raccapezza di tanto improvviso piacere: pomodori e salsa sono tiepidi, di un'identica temperatura che sembra appartenere a un organismo vivo. La faccia tagliata è stata scavata per qualche millimetro all'interno per potervi alloggiare la guarnizione, che in questo modo non sembra affatto preparata a parte e poi messa lì ma piuttosto appartenere al cuore del pomodoro – come ne fosse il nucleo fondente. E poi il dosaggio dei sapori: il dolce e l'acido che si incastrano alla perfezione, qualche erba misteriosa, percettibile ma allo stesso tempo vaga come un'idea, la combinazione tra le due diverse consistenze – sodo ma anche cedevole il pomodoro, morbida e densa la salsa...

– Sono straordinari... – sentenzio.

L'omone – in piedi, piantato in terra come una quercia – sorride.

– Buoni vero? – gongola – E lo sa qual è il segreto? I pomodori devono venire direttamente dall'orto, devono essere caldi di sole. Se sono stati lontani dalla pianta per più di mezz'ora non funziona più.

Spolverata questa meraviglia passo alla frittata, e anche questa – sarà la fame, che vi devo dire – mi sembra fantastica, di una perfezione assoluta. Come non avere mai mangiato frittate prima d'ora.

– Qui c'è del vino – dice l'omone – del – mette gli occhiali e guarda la bottiglia – Cesanese di Affile. Un ottimo rosso della Ciociaria, lo conosce?

– No. Ma il vino non mi va, grazie.

Non è vero, mi andrebbe eccome. Ma non voglio confondermi ulteriormente.

– Giusto. Meglio di no. Acqua naturale va bene?

– Sì grazie.

Mi versa l'acqua nel bicchiere, come fosse un maggiordomo,

e io bevo avidamente. Avevo anche molta sete, in effetti, sebbene la fame, notoriamente più pervasiva, la tenessc nascosta. Poi per un certo tempo nessuno dice più niente, e io non faccio altro che mangiare: il rollé, la caponata, il pane caldo – tutto di una bontà sorprendente. Le luci di via di un aereo tagliano la striscia più bassa del cielo davanti a noi, ancora tinta di viola, in lontananza. Sta scendendo, sta atterrando – e allora qui davanti c'è davvero Fiumicino, e allora dietro a questo aereo devono essercene altri, più in alto e più a nord, quella fila di aerei che atterrano senza sosta e che da piccolo m'incantavo a guardare poiché mi dimostravano che Roma è una città immensa e importantissima. E infatti eccoli là, ne vedo altri due, con le lucette intermittenti...

– Va meglio? – mi chiede l'omone.

– Direi proprio di sì. Questa cena è davvero squisita – mando giù l'ultimo boccone – Tutti quegli adesivi sulla porta sono meritati.

– Grazie, molto gentile – fa lui – Ci lavoriamo con passione. Sicuro che non vuole assaggiare il vino? È buono, sa?

E insomma niente, ormai è chiaro che se non entro io nel discorso lui continua a fare l'oste e a trattarmi come un cliente che è venuto a cenare nella sua taverna.

– Senta – dico – io non so come ringraziarla per la cura che si è preso di me, ma immagino che avrà molto da fare, e non voglio farle perdere tempo. Posso chiederle che altro le ha detto, Lello?

Si siede accanto a me, e questo semplice gesto – semplice fino a un certo punto, comunque, per una mole come la sua – rende ancor più vistoso il fatto che finora, mentre il suo cibo mi rimetteva al mondo, era rimasto in piedi.

– A proposito di cosa?

– A proposito di me. Lello dice che lei deve dirmi qualcosa.

– Dirle qualcosa? Io? In che senso?

– Nel senso che non so cosa succede. Che fine ha fatto Lello? È scappato?

– Considerando che lei si trova qui, direi di sì.

– E dov'è scappato?

Non che smetta di sorridere, ma il suo sorriso cambia. Contiene qualcosa di fisso, ora, di sbagliato.

– Be', questo non posso dirglielo.

– E perché non può dirmelo?

– Perché no, perché queste cose non si dicono.

– Come non si dicono? Lello mi ha mandato qui, mi ha detto che lei mi avrebbe spiegato tutto.

– Ma tutto cosa?

– Tutto quello che devo sapere. Cos'ha fatto? Perché non risponde al telefono? *Perché io sono qui?*

Ora il sorriso sparisce proprio, e il suo volto d'un tratto si fa duro e teso come non l'avevo ancora visto.

– Scusi, ma così non c'intendiamo – fa – Lei non sa perché è venuto qui?

– Esattamente. Mi ci ha mandato Lello, ma non so il perché.

– Non è coinvolto nelle faccende per cui il suo socio è scappato?

– No. Quali faccende?

– Cioè non è venuto per scappare anche lei?

– Io? Ma sta scherzando?

E qui la faccia dell'omone s'irrigidisce in una brusca glaciazione, e la sua espressione si fa definitivamente severa, quasi minacciosa.

– Mi dispiace ma allora dev'esserci un equivoco – dice.

– Come un equivoco? Che equivoco?

Si alza in piedi: d'improvviso è diventato un'altra persona. Una persona perentoria, sospettosa e addirittura, se non suonasse ridicolo, *spaventata*.

– Guardi – sibila – questa cosa non mi piace. Non mi piace per niente. Devo chiederle la cortesia di andarsene subito da qui.

– Cosa? E perché?

– Perché c'è stato un equivoco. Se ne vada, sia gentile.

La fronte increspata di rughe. I piccoli occhi neri piantati nei miei.

– Ma perché?

– Perché lei è pericoloso. Per cortesia.

– Io pericoloso? Ma cosa le salta in mente?

– Se ne vada, la prego. Non posso aiutarla, mi dispiace. Le chiamo un taxi.

Ed ecco un'altra dimostrazione – l'ennesima, oggi – di come le cose possano cambiare da un secondo all'altro, in questo mondo assurdo: fino a un minuto fa quest'uomo stava ritto vicino a me e mi serviva in un modo talmente cordiale che avevo addirittura finito per credere di meritarmelo – come se lui sapesse che sono un brav'uomo coinvolto senza colpe in una qualche oscura faccenda che riguarda il mio socio, e il suo compito fosse di ridarmi un po' di pace spiegandomi cosa sta succedendo e rassicurandomi circa il fatto che, insomma, malgrado le ultime seccature, e magari anche qualche altra nei giorni a venire, non avendo fatto nulla di male non ho nulla da temere; ora si trova nella stessa identica posizione ma rigido come una roccia, in attesa che mi alzi dalla mia sedia, per sbattermi fuori. L'avessi inventato io, il mondo, le cose sarebbero molto più stabili, non c'è dubbio – e anzi, dato che non sono più disposto a farmi sballottare, ora lo invento e lo rendo stabile. Basta, mi sono stufato: non sono il vagoncino di un ottovolante. Se quest'uomo intende sbattermi fuori non gli manca certo la forza per farlo – ma dovrà lottare, almeno, dovrà faticare, perché io non gli obbedirò. Gli aerei continuano ad atterrare, uno dopo l'altro, e io continuo a guardarli, perché sono belli e mi ricordano l'infanzia – e anche per questo non ho nessuna intenzione di muovermi da qui. Non mi alzo nemmeno dalla sedia, succeda quel che succeda. Amen.

– Un momento – dico – Si risieda, per favore. Ho passato una giornata che lei non può nemmeno immaginare, sono stanchissimo, mi usi la cortesia di non farmi alzare in piedi...

L'omone si risiede. È sempre rigido, severo, eccetera – distante anni luce dalla fraterna cordialità che mi ha riservato fino a poco fa –, ma sta obbedendo lui a me, mentre io mi sto rifiutando di eseguire l'ordine che mi ha impartito, e questo è un buon segno. Avesse deciso di metterla sul piano fisico sarebbe tutta un'altra storia, e ora starei probabilmente volando a un metro da terra in direzione della vetrata.

– Ora le dico cosa farò se lei mi caccia da qui – proseguo, sempre guardando gli aerei – Andrò dritto dai carabinieri, ecco cosa farò, e racconterò tutto ciò che mi è successo nelle ultime ore, compresa la visita in questo posto e le modalità con cui Lello mi ci ha mandato. Io non so chi lei sia e non ho la minima idea di cosa lei sia capace, ma le dico una cosa: non mi fa paura, perché per combinazione mi ricorda mio padre, e ho imparato da giovane a non avere paura degli omoni come voi. Ora segua il mio ragionamento, per favore: per impedirmi di fare ciò che ho intenzione di fare lei ha due possibilità. Una, si fida di me, mi fa rimanere qui e mi dice quello che sa di questa storia, perché Lello è scappato, perché dovrei scappare anch'io, eccetera, e soprattutto mi aiuta, per l'amor di Dio, *mi aiuta* a ritornare padrone della mia vita, naturalmente per quanto le è possibile, dato che mi trovo in difficoltà e non c'è nessun altro, al momento, che possa aiutarmi. Due, mi ammazza, qui, seduta stante. In questo caso però la invito a considerare il fatto che qualcuno domani denuncerà la mia scomparsa, e verranno effettuate delle ricerche, e Cinzia, la mia segretaria, che presumibilmente lancerà l'allarme, è informata del fatto che non ho più la patente, perché proprio oggi mi è stata sequestrata per eccesso di velocità e svariate altre infrazioni che non sto a enumerare, e questo particolare, oltre alla mia macchina parcheggiata davanti all'ufficio, orienterà le ricerche verso una mia probabile corsa in taxi; e si dà il caso che in giro per Roma ci sia un tassista che mi ha accompagnato qui meno di un'ora fa e che si ricorderà benissimo di me dal momento che gli sono memorabilmente svenuto in faccia. Perciò scelga lei, e si prenda pure tutto il tempo che vuole, tanto io non mi muovo da qui.

Silenzio. La mia tirata ha come ripulito l'aria, che ora sembra ancora più lustra, più fiabesca. I grilli. Gli aerei che scendono. Le luci lontane. È una notte chiara e commovente come quelle della mia infanzia, in campagna, a Sacrofano, io e Carlo impegnati ad acchiappare le lucciole – ecco, mancano quelle – mentre papà e mamma si attardavano a chiacchierare con i loro amici, i Bonardi, e l'aria era così soffice da lasciare spossati. Perciò, anche se mi fossi sbagliato a sfidare quest'uomo, anche se stesse davvero per ammazzarmi – be', al diavolo: sempre meglio qui e ora, a pancia piena, mentre mi perdo in questa bellezza così semplice e arcaica, che in qualsiasi altro momento e posto.

– Le sembro così vecchio? – dice l'omone.

Mi volto, lo guardo: non sorride ma non è nemmeno teso come poco fa. Mi accorgo solo adesso che ha delle sopracciglia foltissime e nerissime, vagamente demoniache.

– Prego?

– Ha detto che somiglio a suo padre...

– Ho detto che *mi ricorda* mio padre.

– E perché?

– Perché era grande e grosso come lei, con la barba grigia come lei, col fischio al naso come lei...

Era meno grasso, certo – anzi non era affatto grasso: era solo grosso e imponente.

– Ed è morto?

– Sì. Cinque anni fa.

– Mi dispiace. Che mestiere faceva?

– L'avvocato.

– E sua madre? È ancora viva, sua madre?

Ma che domande mi fa? Cosa gli interessa? E se ora dicessi sì, è viva? Cosa cambierebbe, per lui? E soprattutto, sarebbe un po' meno morta, la mamma, se dicessi che è viva? Magari lui mi chiederebbe quanti anni ha, e allora io risponderei ottantuno, lui mi chiederebbe dove abita e io gli direi a Roma, nella vecchia casa di viale Giotto, insieme a una badante, e gli direi che vado a trovarla quasi tutti i giorni, che vado a cena da lei una sera a settimana e che la domenica la porto a mangiare in posticini come questo insieme a mia figlia, perché è in buona salute per l'età che ha, e apprezza il buon cibo e le gitarelle fuori porta come quelle che faceva con papà quando erano giovani, e che mi ha aiutato tanto, gli direi, quando è morta Lara, per dare calore e attenzione a Claudia, per proteggerla e farla sentire amata... Sarebbe un po' meno morta se dicessi tutto questo? Che poi è come sarebbero dovute andare le cose se le avessero diagnosticato in tempo quel cancro anziché scambiarlo per diverticolite: equivarrebbe a richiamarla fuori anche solo per un attimo dalla gola buia che l'ha inghiottita, servirebbe a sentirla di nuovo calda e vicina nella bellezza tutto sommato inutile che adesso mi circonda e che lei apprezzerebbe tanto, così vivida, analgesica, soverchiante?

– No – rispondo – Mia madre non c'è più. Mio padre non c'è più. Mia moglie non c'è più, è morta anche lei, otto anni fa, di un aneurisma. Il mio cane non c'è più, ho dovuto farlo sopprimere sei mesi fa. Mio fratello è come se non ci fosse più, lui sì che è dovuto scappare. Mia figlia, perché ho una figlia, di diciott'anni, è scappata di casa proprio stamattina, è andata da sua zia, non si sa perché, e quindi al momento non c'è più nemmeno lei. Avrei una donna, una *compagna*, come si dice, ma è dovuta scappare pure lei, perché il suo ex marito la perseguita, e dunque non c'è più. Il mio socio non c'è più. La mia patente non c'è più. Il mio telefonino non c'è più. Il computer del mio ufficio non c'è più. Non c'è più niente, nella mia vita.

Ecco fatto, omone. Ora sai come stanno le cose. Ammazzami pure mentre guardo le luci della costa, io mi sono fidato di te.

Silenzio.

Grilli.

Aerei.

L'omone è seduto con le mani in grembo, la testa reclinata in basso, come se stesse riflettendo.

– Mi scusi – dice – mi rendo conto che le sto facendo delle domande molto intime. La disturba?

– Nient'affatto – rispondo – Anzi, data l'alternativa che le ho offerto lo trovo abbastanza rassicurante: gli assassini tendono a non interessarsi dei fatti personali delle loro vittime.

Riecco il sorriso sul suo volto.

– Posso continuare?

– Faccia pure.

– Posso chiederle perché dice che suo fratello è dovuto scappare?

– Bancarotta fraudolenta. Ne avrà sentito parlare: mio fratello è Carlo Paladini, ha presente? Quello della Barrie.

– Lui? Davvero?

– Sì.

– E com'è successo?

– Eh, com'è successo... Era ricco sfondato, aveva negozi in tutto il mondo, un fatturato pazzesco, utili, credito dalle banche, donne... Poi di schianto è venuto giù tutto. Non ho capito bene neanch'io, pare che sia dipeso dal fatto che non si è mai voluto quotare in borsa, e che ha comprato troppi negozi nel momento della grande bolla immobiliare, quando i prezzi erano altissimi. Appena la bolla è scoppiata, mutui subprime, Lehman Brothers, l'Islanda che va a gambe all'aria, quella roba lì del 2008, le banche gli hanno chiesto di rientrare dei debiti, tutte insieme; lui ha cercato di concordare un piano ma quelle non gli hanno concesso nulla perché non essendo quotato in borsa non aveva azionisti da "tosare", come si dice. E lui allora, non so come, non ho proprio idea di come abbia fatto, ha liquidato ogni singolo fornitore, ha pagato fino all'ultimo centesimo ogni dipendente, ha chiuso baracca e burattini ed è scappato senza restituire un solo euro alle banche. Questo è quello che so io, che però coincide con quello che si sa in giro, dato che come è noto Carlo è diventato una specie di idolo degli antagonisti della grande finanza, Occupy Wall Street, No Global e compagnia bella, per come ha beffato il sistema bancario. Perché non c'è niente da fare, Carlo è un predestinato: ha successo anche quando fallisce. Ora si trova in un posto sperduto dell'Uruguay, e quelle poche volte che ci sentiamo, via Skype, mi dice che sta bene, che non devo preoccuparmi, e basta. Secondo lei uno così *c'è*?

È strano: mi accorgo soltanto adesso che *questo*, di Carlo – dove è scappato, intendo, non com'è andata che è fallito – non l'ho mai detto a nessuno, così chiaramente. Nemmeno a Claudia. Nemmeno a D. o a Marta. E dirlo mi ha fatto bene, non c'è dubbio, mi sento come ristorato. Senza contare che l'omone sembra tranquillizzato all'idea che almeno mio fratello abbia delle pendenze con la giustizia.

– Un'altra cosa che vorrei chiederle è questa – dice – Dove ha preso quella banconota da cinquecento che mi ha fatto vedere?

– Me l'ha data un cliente stamattina. Perché?

– Ne ha altre?

– Ehi. Gli assassini tendono a derubare le loro vittime.

– Sì, ma non hanno bisogno di chiedere. Prima ammazzano e poi, con tutta calma, frugano nelle tasche. È più pratico. Lo sa che quella banconota è segnata?

– Segnata? Che significa?

– Significa che la Finanza, o la polizia, ha apposto dei segni sulla banconota, nel suo caso con una penna a inchiostro fluorescente, per poterla riconoscere.

– Penna a inchiostro fluorescente?

– Un pennarello, per la precisione, come questo.

Tira fuori un pennarello dalla tasca della salopette, dove tiene anche gli occhiali, e me lo porge. Un pennarello come gli altri, all'apparenza – viola, di plastica, con un cappuccio un po' sproporzionato, magari, per peso e dimensioni, ma insomma un oggetto del tutto normale. Se lo riprende, toglie il cappuccio e lo infila sul retro del pennarello. Poi mi mostra la punta, gialla, abbastanza grossa, di quelle che mi sono sempre piaciute perché fanno segni spessi.

– È un sistema molto semplice – spiega – Si scrive qualcosa con questo pennarello sulle banconote che si intende tracciare. I segni risultano invisibili alla luce normale, ma appaiono chiaramente se esposti alla luce ultravioletta.

Gira il cappuccio. Clic. Dalla punta del cappuccio esce una luce intensa, molto concentrata, che si spinge lontano nel buio della notte, come quei laser che usano negli stadi per disturbare i portieri. Solo che quelli sono verdi, e questa è viola.

– Ne ha altre sì o no?

– Sì. Ne ho altre nove. Lo so che c'è una legge che vieta l'uso dei contanti per transazioni superiori a mille euro ma—

– Le ha qui? Con lei?

– Sì.

– Cioè, lei gira con cinquemila euro in tasca?

– Le avrei messe in cassaforte, stamattina, se mi fossi ricordato la combinazione. Ma sto perdendo la memoria.

– Faccia un po' vedere.

Mi levo le banconote dalle mutande e gliele do. Tanto ormai ho deciso di fidarmi. L'omone si infila gli occhialetti e comincia a esaminare le banconote, una per una, su entrambi i lati, puntandoci sopra il fascio ultravioletto. Il suo respiro ossidrico si fa più pesante.

– Guardi un po' – fa.

Mi alzo e mi avvicino, per vedere da dietro le sue spalle. La luce ultravioletta danza sulla parte bianca, nel lato sinistro della banconota, svelando la scritta fluorescente E0026.

– La vede?

– Sì.

Prendo la banconota e la osservo attentamente alla luce normale: niente. In controluce: niente. Sotto il raggio di luce ultravioletta: E0026.

– Perfetto – sentenzio – Ci mancavano le banconote segnate.

L'omone ripete l'operazione con le altre banconote e più o meno nello stesso punto fa emergere E0015, poi E0009, poi E0020, poi E0025 e via e via e via...

– Sono segnate tutte – dice l'omone. Spegne la luce ultravioletta – clic – infila il cappuccio sulla punta, si rimette il pennarello nella tasca della salopette e mi restituisce le banconote.

– E che significa?

– Be', significa che il cliente che gliele ha date è nei guai. Chi è?

Torno a sedermi sulla mia sedia.

– Non ci crederà, ma è un ufficiale delle guardie svizzere.

– Perché non dovrei crederci? – si leva gli occhiali – È un tale covo di serpenti, il Vaticano. Perché pensa che papa Francesco continui a vivere e soprattutto a mangiare alla Casa di Santa Marta?

– Per condurre una vita umile e frugale?

– Eh, certo... Ma soprattutto per cercare di conservarsela, la vita. Se ti servono le fettuccine alla stricnina poi diventa difficile essere frugali.

Ridacchia.

– Vabbe' – dico – ma che può avere fatto questa guardia svizzera? Perché le banconote sono segnate?

– Ah, non lo so. Di solito i soldi segnati vogliono dire che la Finanza o i carabinieri o la polizia si sono infiltrati in un traffico illecito. Di armi, per dire. O di droga. O di organi. O di scimmie.

– Scimmie?

– Se sapesse quante scimmie arrivano illegalmente ogni settimana a Fiumicino si sorprenderebbe.

– E che se ne fanno, di scimmie illegali?

– Eh, tante cose. Vivisezione, cosmetica, esperimenti scientifici...

– Le scimmie le escluderei – dico – E anche la droga e gli organi. Magari le armi...

– Oppure un'estorsione. Metta che la sua guardia svizzera abbia ricattato, che ne so, qualche cardinale, e che questo cardinale si sia rivolto alla polizia. La polizia segna i soldi, il cardinale paga, la polizia ferma la guardia svizzera, gli trova i soldi segnati ed è fatta.

– Però ora i soldi ce li ho io.

– Questi cinquemila. Ma magari i soldi sono molti di più, che ne sappiamo?

– Ne aveva almeno altrettanti – dico.

– Appunto. Basta che gli trovino anche una sola banconota ed è fregato. Sempre nel caso che abbia fatto lui l'estorsione.

– Comunque sia io devo sbarazzarmi di questi soldi, altrimenti li trovano a me.

– "Sbarazzarmi" mi pare eccessivo. Sono soldi buoni: le basta cambiarli.

– Già, e chi me li cambia? Io non ci vado in banca a farmi cambiare dieci banconote segnate.

– In banca no ma in un casinò, per dire, sarebbe abbastanza semplice.

– Pieno zeppo di casinò, da queste parti.

L'omone avvia le complicate operazioni per alzarsi, respirando faticosamente.

– Dato che ho deciso di aiutarla – dice, quando è in piedi – facciamo così: se per lei è un incomodo andare fino a Sanremo, glieli cambio io.

– Be', proprio di strada non mi viene.

Sorriso. È tornato definitivamente benevolo.

– Le costerà una cosina, è ovvio – dice.

– Quanto?

– Normalmente prenderei il venti, ma considerando che ho deciso di aiutarla, facciamo il dieci per cento.

– Cinquecento euro per cambiarmene cinquemila?

– Esattamente.

Porca troia. D'altra parte, però, se le cose stanno come stanno, non ho molta scelta: mi leva cinque piotte, ma anche una bella rogna.

– E quando potrebbe cambiarmeli? – chiedo.

– Anche adesso.

– Adesso adesso?

– Il tempo di andare a prendere il contante in cassaforte.

– Be', allora affare fatto.

Mi alzo anch'io, e per un attimo – forse sono stato troppo brusco – mi gira la testa e temo di svenire di nuovo. Ma passa subito, l'omone nemmeno se ne accorge.

– Vado a prenderli – dice – Va bene da cento e da cinquanta?

– Benissimo.

– Torno subito.

E se ne va, col passo largo degli obesi, e tuttavia maestoso, possente, soprattutto di spalle, lasciando i resti della cena sul tavolino – giustamente, poiché non è certo un cameriere, e alla fin fine non è nemmeno un ristoratore. Chi è? In che mani mi sono messo? C'era qualcosa di più prudente da fare, di più saggio? Non lo so, non ho proprio la forza per riflettere, sono veramente sfinito. Faccio qualche passo, e le gambe almeno sono salde. Vado fino al lettino prendisole e mi ci sdraio. Lo spettacolo della notte continua, è micidiale, fa sembrare tutto bello, tutto perfetto, e devo faticare anche solo per tenere a mente che così non è, che sono nei problemi fino al collo. Non so ancora un cazzo di niente e sto aspettando che l'omone mi cambi dei soldi sporchi. Se me ne fossi andato quando lui me l'ha ordinato sarei messo meglio? E se gli avessi detto che mia madre è viva? Al diavolo, al diavolo, al diavolo. Le domeniche sera a Sacrofano erano fantastiche, altro che storie. Quanti anni fa? Quaranta? Quarantadue? L'odore era lo stesso, e anche il buio, i suoni, il tepore – ma c'erano le lucciole. Per prenderle Carlo aveva escogitato una delle sue metasoluzioni: invece di rincorrerle e cercare di chiuderle tra le mani mentre volavano, le stordiva con un ceffone e poi le raccoglieva da terra con tutta calma – sistema che io trovavo sleale ma che finivo per adottare a mia volta, perché tra me e lui è sempre andata così, c'è poco da fare, e non c'è puttanata che lui abbia fatto e che alla fine, dopo averlo giudicato male, non abbia fatto anch'io...

17

*Il maestro disse: Non voglio aver nulla a che vedere
con chi non si chiede: come fare, come fare?*

(Confucio)

– Tutto bene? – all'improvviso.

L'omone, di nuovo. Grande quanto una montagna, di nuovo.
In piedi accanto al lettino.

– Sì – faccio – Scusi ma mi ero...

Quanto tempo è passato?

– No, mi scusi lei. Mi hanno trattenuto al ristorante e ci ho
messo un po'.

Ha le mani ingombre, di nuovo. In una ha una bottiglia e due
bicchieri da cognac. Nell'altra un...? Be', sì, un computer portatile. Guardarlo da sdraiato, così grosso com'è, è insostenibile.
Mi tiro su, a sedere. Come ha fatto a entrare?

– Ho usato il passepartout – dice, come se mi avesse letto nel
pensiero – Suonavo e non mi apriva. Ho avuto paura che fosse
svenuto di nuovo.

Appoggia il computer sull'altro lettino.

– Oh, no, no. Sto bene – rispondo – Mi si sono solo chiusi gli
occhi...

Faccio uno sbadiglio, a rinforzare.

– Be', tanto meglio. Avrei portato questo...

Mi mostra la bottiglia. Una di quelle che sembrano preziose
fin dalla forma, fin dall'etichetta.

– Armagnac – dice – Janneau. Doppia distillazione. Diciotto anni d'invecchiamento. Che ne dice?

Poi appoggia anche bottiglia e bicchieri sul lettino.

– Prima gli affari, però – chiosa.

Cava dalla tasca un gran fascio di banconote.

– Ecco qua, sono quattromilacinquecento. Li ho appena contati ma li riconti, per favore.

Me le mette in mano. Comincio a contare le banconote ma sono troppe, e io sono troppo distratto, troppo stupito, e mi perdo quasi subito. Tuttavia continuo, fingo di contare questo mucchio di soldi fino alla fine. Noto solamente che sono molto diseguali: le banconote da cento sono nuove di zecca, quelle da cinquanta molto consumate.

– Perfetto – dico – Grazie.

– Non vuole controllarle con la mia pennetta? Si fida?

– Mi fido.

Rimango fermo con i soldi in mano, aspettando la sua mossa. Sopraggiunge una strana stasi. Lui continua a sorridermi ma non si muove. Di colpo mi rendo conto.

– Già – dico – Se non le do le mie...

Le rintraccio nella tasca dei pantaloni, perché non le ho rimesse nelle mutande. Gliele conto sotto il naso. Sono nove. Le riconto. Nove. Il mio cuore incespica. Rimetto la mano nella tasca. Vuota. Nelle mutande. Niente.

– Cazzo – faccio.

Poi però capisco. Manca quella che gli avevo mostrato prima di svenire. La trovo nell'altra tasca e gliela allungo.

– Bene – fa lui – Ora ce lo facciamo un goccetto?

– Faccia come se avessi accettato – dico.

– Capisco. Le dispiace se io però...?

– Ci mancherebbe.

S'è alzato un po' di vento, caldo e morbido. L'omone si versa tre dita di liquore, lo culla delicatamente nel bicchiere. Lo guarda. Lo annusa. Beve un sorso, e poi manda un lungo sospiro.

– Dunque lei non sa perché il suo socio è scappato – dice, sorridendo – Non sa chi sono io e non sa perché è stato mandato qua. È così?

– Sì. *Non so niente.*

– E dunque io mi sto prendendo un bel rischio, a stare qui con lei. Lo capisce, questo?

Beve un altro sorso.

– Non proprio.

– Da me si viene per scappare, di solito, si sa quel che si è fatto e cosa si vuole. Lei invece non vuole scappare e non sa nemmeno perché è venuto: se mai qualcuno la interrogasse non potrebbe dirgli nulla d'interessante, a parte d'esser stato qui. L'ha minacciato lei stesso.

– Farò in modo che non m'interroghi nessuno, che vuole che le dica.

– Questo è rassicurante, per me. Così com'è rassicurante il fatto che abbiamo appena compiuto un reato insieme. Riciclaggio. Da quattro a dodici anni di reclusione, dato che eravamo entrambi consapevoli che si tratta di denaro segnato.

– Mi sembra un po' tantino.

Altro sorso. Più sensuale, stavolta, più languido.

– Be', parlavo in linea teorica. Poi al processo, magari in appello, dopo qualche mese di carcerazione preventiva e una condanna in primo grado, potremmo anche sfangarla con due, due e mezzo. Indulto, e siamo fuori.

– Meno male. E perciò per lei ora sono un po' meno pericoloso, giusto?

– Giusto.

– Quindi ora può anche dirmi perché Lello è scappato, e cosa sto rischiando io. Mi basterebbe questo, sa? Sparirei per sempre dalla sua vita e non sarei più una minaccia, glielo giuro.

Finisce l'armagnac con un ultimo lungo sorso e uno schiocco di lingua contro il palato, poi resta qualche secondo a godersi il cicchetto, sospirando rumorosamente. Dev'essere un etilista: l'occhio languido dopo aver mandato giù l'alcol parla chiaro.

Mi guarda.

– Senta – dice – ma perché non lo chiede direttamente al suo socio? – Non lo chiama mai Lello, a farci caso – Avete quel sistema, no? Siete in contatto.

– Infatti gliel'ho chiesto – rispondo. Non è vero, non so perché lo dico, ma ormai l'ho detto.

– Quando?

– Quando ho risposto al suo primo messaggio.

– E perché non controlla se le ha detto qualcosa, allora?

Prende il computer portatile, del quale mi ero completamente scordato, lo apre e me lo porge. È già acceso.

– Da qui? – faccio.

– Certo. C'è la connessione wireless della stanza. Dovrebbe prendere – controlla il display, allontanandolo il più possibile dagli occhi, ma non ce la fa, e deve rimettersi gli occhiali.

– Sì, c'è linea – riprende – La password è papaveri07.

Di nuovo mi porge il computer, e stavolta lo prendo. Siamo già alla home page di Google.

– Ma non è pericoloso? – chiedo

– Cosa?

– Connettersi da qui.

– Pericoloso? E perché?

– Be', se controllassero i movimenti di questa utenza non potrebbero risalire a...?

– A cosa?

– Insomma, uno prende tutte queste precauzioni, niente telefonini, parole d'ordine, cazzi, e poi si connette a Internet come se niente fosse?

– Ehi, non esageriamo con la paranoia. Siamo in un agrituri-smo, la connessione è a disposizione di qualsiasi cliente. Se anche la polizia postale stesse tenendo d'occhio questo indiriz-zo, e sono certo, ripeto, *certo*, che non è così, saprebbe solo che qualcuno, qui, in questo momento si è connesso a Google come altri ottocento milioni di persone nel mondo. Capirai che scoperta.

– Cioè non possono andare oltre questo?

– No che non possono.

– Ma allora perché usare il metodo di Al Qaeda? Se dice che non poss—

– La posta inviata possono intercettarla, come ogni scambio di informazioni, telefonate, SMS, conversazione, messaggi anche cifrati. Ma se non mandi nulla, se il testo non esce dal server, cosa mai possono intercettare? Vada pure a controllare quel-l'account. Tranquillo.

– Magari dopo, allora.

– Ci vada ora. Magari le ha risposto.

Non ne passa una, oggi. *Non ne passa una.*

– Il fatto è che le ho mentito – confesso – Non gliel'ho chie-sto.

L'omone adesso è sorpreso. Non se l'aspettava.

– Non gli ha chiesto cosa succede?

– Non ancora.

– Ma ha risposto o no al suo messaggio, mi scusi?

– Sì, ma lui diceva che mi avrebbe spiegato tutto lei, e io ero molto incazzato.

– E allora?

– E allora come risposta gli ho...

– Gli ha?

– Insomma, come risposta gli ho mandato una bestemmia.

– Una bestemmia?

– Giusto per comunicargli tutto il mio, diciamo, disappunto, ecco. Non è nel mio stile ma lì per lì mi è venuto di—

– Cioè lui le ha detto di venire da me e lei invece di chiedergli perché ha moccolato?

Pare che la cosa lo diverta.

– Come le ripeto – spiego – nel messaggio mi diceva che mi avrebbe spiegato tutto lei. Che ne sapevo che poi lei non me lo spiega?

Ma l'omone non sembra averle sentite, queste parole. Sta lì e guarda il nulla – sognante, rapito, divertito. Ora magari sono io che sono fuso, è possibilissimo, ma sembra proprio che ci sia dell'apprezzamento, nel suo sguardo. Dell'ammirazione.

– Lei è una persona strana, signor Paladini. Lo sa?

– Io, eh?

– Lei, sì – scuote il capo e ridacchia tra sé e sé, mentre si versa dell'altro armagnac nel bicchiere. Ma sì, ecco una bella scusa per dargli giù: un brindisi alla bestemmia.

– Apposta le dico che non può avermi risposto – preciso.

Beve di nuovo, e di nuovo si sdilinquisce nei versetti di degustazione. Poi si ricompone, recuperando la sua aria bonaria da rabbino-meccanico – che mio padre per essere sinceri non ha mai avuto.

– Però mi dia retta – fa – controlli lo stesso.

– Ma se le ho appena de—

– Controlli.

Ho capito. *Lui sa* che Lello mi ha scritto un messaggio per spiegarmi cosa è successo. Ma certo. Negli occhi gli balena un lampo luciferino, ora, che non è dovuto all'alcol. Non è stato trattenuto al ristorante, prima: ha un altro account come il mio per comunicare con Lello, e mentre era di là l'ha usato per ordinargli di spiegarmi tutto. Magari lo ha anche cazziato, certo, per avermi spedito da lui senza che io sapessi niente, per averlo esposto al *pericolo* – hah – che io rappresento. È chiaro. A meno che l'account non sia addirittura lo stesso, e lui abbia visto che Lello ha già... Ma no, in questo caso non si sarebbe sorpreso della bestemmia, l'avrebbe saputo, l'avrebbe vista. Non esageriamo con la paranoia, l'ha detto anche lui. In ogni caso è tutto chiaro: quest'uomo sa, ma non vuole essere lui a dirmelo.

E ora anch'io saprò.

– D'accordo – dico.

Papaveri07. Eccomi connesso. Vado su Gmail. Mi frugo in tasca per cercare il pizzino di Lello. Lo trovo. Comincio a copiare le coordinate. *Scansa—*

– Ehi, non lo tenga in tasca, però – dice l'omone.

M'interrompo. Lo guardo: testa leggermente reclinata in basso, tre rughe sulla fronte, occhi sottili. Un'aria scoraggiata, direi.

– Sennò è tutto inutile, non le pare? – aggiunge.

– E dove dovrei tenerlo?

Si tocca la pelata col ditone.

– Qui.

Che dire? Ha ragione. Come spiegargli che non mi ricordo mai nulla, specialmente questo genere di cose – password, combinazioni, numeri di telefono?

– Certo – dico – Non ho ancora avuto il tempo di memorizzarlo perché è successo tutto così in fretta, ma è ovvio che lo farò.

– Bravo – insiste – Se l'arrestano la perquisiscono, cosa crede?

E ribeve.

"Se mi arrestano": ma perché dovrebbero arrestarmi? E comunque sarà un bel casino mandare a memoria queste coordinate: *scansamose*, *lomamelda*. Che cazzo di parole si è inventato, quel deficiente? Come si fa a memorizzarle? Metodo associativo, come nella barzelletta: a cosa si possono associare? *Scansamose* a scansiamoci. Certo: scansiamoci in romanesco. Ma *lomamelda*?

Benvenuto Olindo Stupazzoni...

Nell'anteprima delle bozze non c'è più traccia della bestemmia: CARO PIETRO.... DA DUE AN...

Alzo gli occhi, l'omone mi guarda col bicchiere in mano.

Entro nelle bozze.

CARO PIETRO.... DA DUE ANNI STIAMO VENDENDO AUTO RUBATE.... NON SOLO MA SOPRATTUTTO RUBATE..... MI DISPIACE SONO ENTRATO IN UN GIRO BRUTTO..... RUMENI....GENTE PERICOLOSA.... NON SONO MAI RIUSCITO A DIRTELO E COSÌ CI SEI DI MEZZO ANCHE TU MI DISPIACE.... PENSA A PROTEGGERTI ORA.... AFFIDATI A MAURO CHE È UN AMICO..... PUÒ FARTI SCAPPARE TENERTI NASCOSTO AIUTARTI IN MOLTI MODI..... IO DI PIÙ NON POSSO FARE PER ADESSO..... MA RIMANIAMO IN CONTATTO..... SONO SEMPRE COLLEGATO.... MI DISPIACE....

Ecco fatto...

Auto rubate. *Auto rubate.* E i documenti del tribunale? E le quietanze per le banche, i libretti di circolazione – tutte le scartoffie che ci hanno sequestrato oggi? Tutto falso? E Oscar, il commercialista che non ha risposto al telefono per tutta la giornata? Scappato anche lui? Arrestato? E cosa significa "un giro brutto"? "Rumeni, gente pericolosa": che significa?

– Porca troia – dico.

L'omone ridacchia di nuovo.

– Non si rimetta a bestemmiare – fa.

Sembra proprio divertirsi un sacco. E beve. Ci sarebbe da incazzarsi pure con lui, ma ora devo rispondere a Lello, è più importante. Cancella testo. Clic. "Lello, che significa che ci sono di mezzo anch'io? Io non c'entro niente, lo sai: perché devo scappare? Che cosa hai fatto, eh? Cosa mi hai fatto? Che significa 'giro brutto', 'gente pericolosa'? Devo sparire perché sennò mi arrestano o perché sennò mi ammazzano? Dimmelo immediatamente perché altrimenti vado dai carabinieri e racconto tutto."

Mi viene voglia di aggiungere qualche "testa di cazzo" qua e là ma mi trattengo, pensando alle risate che si farebbe l'omone, qui, se venisse a saperlo. Piuttosto, ci manca un pelo che non clicchi su "invia", mandando tutto in vacca come l'amante di quel generale. Calma, ci vuole. Calma e lucidità. Esco dalle bozze, esco dall'account. Appoggio il portatile sul lettino. Mi rimetto a guardare la bellezza della notte, rimasta intatta – le luci della costa, il blu di metilene lungo l'orizzonte, gli aerei in atterraggio, la pozza di buio della campagna...

– Soddisfatto? – chiede l'omone.

Non mi volto nemmeno.

– Be', soddisfatto – dico – Più che altro fottuto.

Respiro col sibilo.

– Mi dispiace.

Eh, gli dispiace...

Silenzio.

Grilli.

Auto rubate.

Rumeni.

Giro brutto.

Quanto sarà passato? Mi avrà già risposto quel delinquente?

Riprendo il computer, torno a bomba sull'account. Scansamose e lomamelda, a memoria. Benvenuto Olindo Stupazzoni. Bozze (1). Anteprima: "Lello, che sign." Per forza, sarà passato un minuto. Riesco dall'account, rimetto il computer sul lettino.

Gente pericolosa...

L'omone continua a baloccarsi col suo nettare – composto, adesso, assorto. È un etilista di sicuro: di quelli che non lo danno a vedere, che fanno finta di essere solo dei gran mangiatori – e invece, con la scusa del mangiare si fanno fuori un litro di alcol al giorno. Eppure è rassicurante averlo qui accanto. Pensa l'angoscia se fossi proprio solo: invece almeno lui c'è, e soprattutto se non sghignazza dei miei guai, è rassicurante. Che faccio, glielo dico in che casino mi ha messo il mio amico? Tanto ormai mi sono fidato, magari può davvero aiutarmi, dato che io non riesco ancora nemmeno a concepirla, la merda nella quale mi trovo. Rumeni. Che rumeni? È pieno di rumeni, al Tredicesimo: *che rumeni*? Che poi lui lo sa già, figurati se non lo sa: fa finta di non sapere, ma sa già tutto. Fa il discreto, il professionale, e soprattutto non vuole essere lui a dirmi cosa succede – giustamente, visto che il problema non lo riguarda: ma sa. E a questo punto sa anche che io so che lui sa, perciò non c'è bisogno che gli dica nulla, posso direttamente interpellarlo. D'altra parte se se ne resta qui significa che se lo aspetta...

– Ha qualche consiglio da darmi? – chiedo.

Continuo a non guardarlo, a tenere gli occhi puntati sull'orizzonte. Ma è talmente grosso che sembra di vederlo anche così.

– Be' – risponde – Se non so di cosa si tratta sarà un po' difficile.

Ecco...

E però è chiaro che invece sa, che fa finta. Fa la commedia, è ovvio, ma sa. Vuole che glielo dica io, ma sa.

– Auto rubate – dico, sempre guardando l'orizzonte.

Un aereo che va nella direzione opposta agli altri, molto più in alto, un aereo che non sta atterrando. Dove sarà diretto? Quanta gente ci sarà, sopra? Quante probabilità ci sono che esploda in questo preciso momento?

– E poi per forza falsificazione di atti giudiziari – riprendo – e di certo anche frode fiscale, truffa, ricettazione, associazione a delinquere...

Sono parole familiari, le avrò sentite migliaia di volte, ma adesso che riguardano me suonano pazzesche.

– E però anche rumeni – continuo – Giro brutto. Gente pericolosa...

Mi volto, lui mi sta già guardando. Forse mi ha guardato per tutto questo tempo. Non sorride, non ghigna. Ha capito che questa per me è una faccenda molto seria.

– Mi faccio un goccetto anch'io, va' – dico, allungando le mani su bottiglia e bicchiere. Lui sorride.

– Prego – fa – Due dita di armagnac non hanno mai ammazzato nessuno.

– Mi son detto la stessa cosa del whisky, oggi pomeriggio – dico, versandomi il liquore – E ci ho rimesso la patente...

Beviamo insieme, lui addirittura con una timida levata di bicchiere, come un brindisi, al quale io non rispondo. L'armagnac è fuoco nella gola. Buono, ma fuoco nella gola.

– Che devo fare?

Dalla tasca della salopette l'omone cava un sigaro, stavolta. C'è tutto, lì dentro...

– Vuole?

Anche papà fumava il sigaro. Prima che la mamma si ammalasse. Poi ha smesso.

– No, grazie.

– Le dà noia se invece io...?

– No, faccia pure. Anzi, io mi fumo una sigaretta.

Mentre prendo la sigaretta, dalla tasca della salopette spunta anche l'accendino. L'omone accende prima a me, e poi si dedica al suo sigaro – un toscanello –, più laborioso. Quando finalmente è acceso tira una bella boccata, la trattiene a lungo in bocca, tanto che pare quasi che l'aspiri, e poi la ributta fuori. All'improvviso l'odore del sigaro copre tutti gli altri.

– Lei non sapeva proprio niente? – mi chiede – Non aveva sospetti, nulla?

– Non mi passava neanche per la testa.

Bevo un altro sorso di armagnac, e lo finisco.

– Però quelle macchine le ho vendute io – dico – C'è la mia firma in tutti i fogli che la Finanza ha sequestrato oggi. Perché non gliel'ho detto ma oggi pomeriggio è venuta la Finanza in ufficio, mentre io ero laggiù – indico le luci della costa, verso destra, dove ho una vaga idea che si trovi Passoscuro – a farmi sequestrare la patente.

L'omone tira una boccata di sigaro. Sembra riflettere.

– Oggi pomeriggio? – chiede.

– Sì.

– Strano – sentenzia. E beve – Di solito questi blitz li fanno di mattina.

– Non so che dirle. Sono venuti di pomeriggio.

Boccata di sigaro.

– E hanno sequestrato cosa?

– Computer, libri contabili, atti di vendita, copie degli atti giudiziari, sigilli alla cassaforte. Tutto.

Armagnac.

– Pure. Quindi lei è un uomo fortunato.

– E perché?

– Ha detto che si è portato dietro i cinquemila perché non si ricordava la combinazione della cassaforte, giusto?

– Giusto.

– Be', se se la fosse ricordata, al momento dell'apertura gli inquirenti ci avrebbero trovato dentro quelle banconote marce. Non sarebbe stata esattamente un'attenuante.

– Cazzo, è vero.

– Chissà cosa ha combinato quella guardia svizzera...

– Ok, lo ammetto, sono stato fortunato. Un fiorellino in una montagna di merda.

Ridacchia. Tira una boccata di toscanello.

– E la Finanza non ha notificato niente per lei e Pica? Non so, un mandato a comparire...

– No. La mia segretaria non mi ha dato nulla.

– E la sua segretaria non sa nulla nemmeno lei?

– No.

– Ne è sicuro?

– Sì.

– Sicuro sicuro?

– No.

Altro sorso di armagnac, che finisce. Con lentezza, ma senza la minima esitazione, l'omone prende la bottiglia e se ne versa dell'altro. Poi fa il gesto di versarne anche a me, ma io gli faccio cenno che non mi va. Riappoggia la bottiglia sul lettino. Dà un'altra boccata di sigaro.

– E poi c'è la faccenda del "giro brutto" – riprendo – Lello mi raccomanda di proteggermi, di affidarmi a lei, dopo avere nominato questi rumeni, questa gente pericolosa, come se quello fosse il vero pericolo. Che avrà fatto, quel coglione?

– Gliel'ha chiesto, stavolta?

– Gliel'ho chiesto, sì. Poi ho subito controllato se mi aveva risposto, ma era troppo presto.

– Ricontrolli...

Prendo il computer. In tre secondi sono dentro l'account. I suoi occhi mi scrutano da sopra l'orlo del bicchiere.

Nelle bozze c'è ancora il mio messaggio.

– Niente. Non ha risposto.

Sento l'impulso di bere ancora, di accendermi un'altra sigaretta, ma siccome mi conosco, e so come vanno a finire queste cose, mi faccio forza, anzi, *violenza* – e resisto.

– Non so cosa fare – lamento – Non so veramente cosa fare.

Stallo. Ora è lui che getta lo sguardo verso l'orizzonte, le mani che abbracciano l'orcio del suo ventre, il respiro sottile, il labbro inferiore che si muove impercettibilmente come Nero Wolfe quando riflette. Già, Nero Wolfe. Ecco un'altra somiglianza che lo rende familiare: il Nero Wolfe con la barba della serie TV della Paramount, quella che era stata concepita per far recitare la parte a Orson Welles, il quale però all'ultimo diede il consueto due di picche e così il ruolo fu affidato a quella specie di suo sosia, Bill Conrad, che era diventato famoso con il detective Cannon. La qual cosa, per la proprietà transitiva, significa che l'omone somiglia anche – eh sì, non ci sono dubbi – a Orson Welles.

Lui intanto continua a tacere e a riflettere, mentre io constato che tutte queste stronzate riguardo a serie e produzioni televisive, risalenti alla mia vita precedente, abbandonata e ripudiata, quando vivevo a Milano e dirigevo la pay-TV, le ricordo alla perfezione – e il numero di telefono di mia figlia no...

– A quanto pare – dice l'omone – lei ha due problemi diversi. Uno è il reato in cui è stato coinvolto, anzi, i reati, e l'inchiesta giudiziaria che ne conseguirà. Per questo il mio consiglio è banale: si rivolga a un avvocato, magari uno che abbia buone entrature negli uffici giudiziari, e gli chieda di informarsi sulla sua posizione. Se è indagato, non è indagato, quali sono i capi d'imputazione, se rischia o non rischia l'arresto, o se magari non risulta estraneo alla vicenda anche per gli investigatori, visto che lo è. Sono tutte cose che si possono venire a sapere *aumm aumm*, se si chiede all'avvocato giusto. Ce l'ha un avvocato così?

– No. Non ce l'ho proprio, un avvocato.

Mi rendo conto che si tratta di una risposta desolante, alla mia età, ma è vero. Quando cavalcavo con gli uomini potenti avevo un intero ufficio legale a disposizione; ma ora, con la vita che faccio – che facevo –, un avvocato non mi serviva, e mi sembrava addirittura che in questo ci fosse un guadagno. Ci sarebbe Giuliano – come si chiama di cognome? Satti, si chiama –, il 4.3 con cui gioco a tennis al sabato. Sembra in gamba. Ma lo conosco appena, posso affidargli un compito così delicato? E se invece fosse uno scalzacani? Che ne so? E poi niente, anche il suo numero ce l'ho nel maledettissimo telefonino, quindi...

– Io uno ce l'avevo – continua lui – ma l'ho consigliato proprio a Pica e credo che stia seguendo lui – continua a non chiamarlo Lello; allora non sono amici – e a lei non conviene rimanere legato al suo socio, a quel che capisco. Comunque un avvocato che riesca a farsi un'idea della situazione lo trova di sicuro. Mi preoccupa di più il secondo problema.

– Cioè i rumeni...

Il toscanello s'era spento. Deve riaccenderlo.

– Ora non so cosa le ha scritto – bofonchia, mentre rattizza il sigaro – ma se le ha parlato di un giro pericoloso è possibile che, insomma, abbia fatto qualche fesseria, e lì è meglio andarci cauti. Conosce dei ladri, per caso? Dei malavitosi?

Conosce dei malavitosi: che domande fioccano, stasera...

– A parte Lello, no.

– Intendiamoci – dice – è ben possibile che di lei non sappiano nulla, anzi è la cosa più ragionevole da pensare: quella è gente che non sta a fare tante indagini, se la prende direttamente con chi li ha fregati. Solo che...

– Solo che?

E niente, ormai è un corto circuito: alcol chiama sigaro, sigaro chiama alcol. Altre tre dita di armagnac nel bicchiere: speriamo non si ubriachi.

– Insomma, se il suo socio l'ha messa in guardia vuol dire che forse un pericolo c'è. Dipende da quello che ha combinato. Non vuole controllare di nuovo, casomai le avesse risposto?

Lo guardo fisso, forte. Se fin qui ha fatto la commedia è il momento che smetta.

– Davvero lei non lo sa? – chiedo, a bruciapelo.

Ma niente, non fa una piega. È a casa sua, ha il sigaro, ha

l'armagnac, ha il vantaggio che non lo conosco: ha tutto quel che serve per resistere a qualunque interrogatorio.

– No che non lo so – scandisce – Non voglio sapere mai nulla delle faccende dei miei clienti. Sto facendo un'eccezione ora, con lei, per cercare di aiutarla.

– E allora – incalzo – perché Lello mi ha detto che lei mi avrebbe spiegato tutto?

Con la mano fa un piccolo gesto perentorio che non ho mai visto fare a nessuno, e che probabilmente significa: non ne ho idea; o non ha importanza; o lo chieda a lui. Ma potrebbe anche significare: se anche sapessi non lo ammetterei mai.

– Controlli, la prego – insiste.

Un, due, tre. Olindo Stupazzoni. Bozze. Lello non ha risposto.

– Niente – bisbiglio – Che faccio? Mi aiuti, per favore.

Beve. Fuma il sigaro. Sospira.

– Quello che posso fare – dice – è fornirle documenti validi, biglietti di viaggio, appoggi, schede telefoniche, cambiarle denaro, trasferirlo in Svizzera, in Lussemburgo, e per l'appunto anche in Uruguay. Posso fare questo...

– Senta, io non posso andare in Uruguay: ho una figlia, devo ancora capire cosa le è preso, perché è scappata di casa. Quanto al denaro in Svizzera ce l'ho già, perché mio padre è morto là, dopo averci vissuto gli ultimi dieci anni della sua vita, e quello che mi ha lasciato sta in una banca di Lucerna.

L'omone si gode le mie ultime parole illuminandosi di sorpresa.

– Ha dei soldi in Svizzera? – chiede.

– Sì.

– Tanti o pochi?

– Non lo so, di preciso. Finora non li ho toccati perché non mi servivano, ma sono la mia parte di eredità.

– Neri o ufficiali?

– Neri. Mio padre era un italiano del Ventesimo secolo.

Di nuovo quell'apprezzamento nei suoi occhi. Quell'ammirazione.

– Certo che lei è proprio perfetto, per scappare. Mi creda, io ne ho visti tanti, ma lei è la persona più predisposta alla fuga che abbia mai incontrato. È pronto. Mi chiede cosa deve fare? E io le dico *scappi*. Questo deve fare: scappare, sparire, levarsi di torno. Se non la trovano nessuno può farle nulla. Tra l'altro, a quanto mi ha detto, attorno a lei sono già scappati tutti. Mi sembra un segnale abbastanza chiaro: non lo ignori...

Ed ecco l'argomento risolutivo, che rovescia finalmente la situazione, e scioglie il nodo. Tutte queste fughe, intorno a me, tutto questo smettere di esserci. Ma certo. È questo che mi stanno dicendo tutti: che devo scappare anch'io. E va bene, allora: tanto le cose che devo fare posso farle anche da scappato – forse pure meglio. Ha ragione lui, se non ti trovano non possono farti nulla di male. Poi, con calma, usando i dovuti accorgimenti arriverò a sapere come stanno le cose, cosa rischio e perché – e a quel punto valuterò il da farsi: ma intanto sarò al sicuro, e sarò io a decidere.

– Mi ha convinto – dico – Va bene a Milano?

– Va bene tutto, purché sappia dove andare e non sia allo sbando, e dove va non abbia una casa né dei parenti stretti o degli interessi. Purché non ci vada in aereo con un biglietto a suo nome, o in macchina col telepass associato a una targa riconducibile a lei, o in treno con biglietto telematico, purché là non usi telefonini, carte di credito o bancomat e non dorma in albergo fornendo le sue vere generalità e purché, questo è importante, nei limiti del possibile eviti sempre di andare due volte nello stesso posto.

Cazzo: allora Milano non va bene...

Sì, d'accordo, ma questa è la teoria. Questa va bene per gente come Carlo. Ma io non ci credo che i rumeni mi aspettino sotto casa di Marta a Milano. E nemmeno la Finanza. Là c'è Claudia, è là che è scappata lei. Dice di non ignorare i segnali, e questo è grande come una casa. Scappo, sì, ma scappo a Milano, dove è già scappata mia figlia. Tra l'altro ho ancora molti amici, a Milano: gente influente, intelligente, alla quale ho fatto del bene. Enrico Valiani. Tardioli. Avvocati a iosa...

E però siamo sempre lì: come li trovo? Come li rintraccio? Idea.

Guardo l'orologio. Le undici meno dieci. È ancora presto. Si potrebbe fare...

– Lei ce l'ha la patente? – chiedo.

L'omone mi guarda con aria interrogativa.

– Certo. Perché?

– Perché avrei bisogno di un ultimo aiuto.

– Mi dica.

È vero, sono svenuto, mi si chiudono gli occhi dal sonno, sono stanco morto – ma se lo sento così necessario, se *lo voglio*, ci sarà un motivo.

– Un altro reato da compiere insieme.

Il suo faccione meravigliato: uno spettacolo di rughe sotto la pelata fradicia di sudore.

– Che reato?

Insomma, potrei farlo anche da solo, ma voglio quest'uomo con me.

– Qua vicino. Ora, però, subito. Le do altri cinquecento euro.

– Che reato? – ripete.

Tiro fuori i soldi dalla tasca, quelli che mi ha appena dato. Conto cinquecento euro. Glieli porgo. Ne ho quanti ne voglio, di soldi – se voglio. Me ne ha lasciati tanti, papà, e non è vero che non so quanti siano. Carlo non li ha voluti, non è venuto al funerale, non gli ha mai più parlato, non l'ha perdonato nemmeno dopo morto. Io sono rimasto a mezza strada, come al solito. Sono andato su da lui quando si è aggravato, ho fatto in tempo a vederlo prima che morisse, ho partecipato al funerale, ho visto il cimitero di Lucerna in cui è stato seppellito, ho lasciato che Chantal mi dicesse dei soldi che aveva imboscato per noi – poteva non farlo, poteva tenersi tutto per sé –, che mi desse l'indirizzo della banca, i nomi dei referenti, i codici dei conti – che tra l'altro sono memorizzati sul telefonino, anche quelli, è tutto *lì* –, e però poi non li ho mai presi, perché una cosa è perdonare gratis è un'altra è farlo a pagamento. Però i soldi ci sono, e se mi trovo nel bisogno, o se butto via cinquecento euro dopo averne buttati altri cinquecento e dopo aver beccato una multa di cinquemila, tutto nello stesso giorno, ci sono ancora di più. Ecco una differenza tra me e Carlo. Per lui quei soldi non ci saranno mai.

– Violazione di domicilio – dico.

Mi fissa, l'omone, con quegli occhietti che sembrano bottoni, ora un po' smosciati dall'alcol – mi fissa e non dice nulla. E dài, rabbino, meccanico, Nero Wolfe, Orson Welles, *papà*: non tentennare, non pensare. Prendi questi soldi, su. Prendili e basta. Guardami negli occhi, te lo ordino: prendili.

18

Se si guarda bene in una direzione
si vedono anche tutte le altre.

(Yamamoto Jinuemon, padre di Tsunetomo)

Toyota Tundra color blu Palatinato del 2008 a doppia cabina versione CrewMax a 6 posti, 6 metri di lunghezza per oltre 2 di larghezza, motore 8 cilindri a V iFORCE da 5700 cc e 380 cavalli, trazione integrale con doppia alimentazione a benzina e a GPL e cambio automatico sequenziale a sei marce – cioè l'unico veicolo di serie al mondo che abbia trainato su strada una navicella spaziale, nella fattispecie lo space shuttle *Endeavour*, nell'ottobre scorso, attraverso il cavalcavia sulla San Diego Freeway chiamato Manchester Boulevard Bridge, nel tratto più critico del suo ultimo viaggio dall'aeroporto internazionale di Los Angeles al California Science Center dove riposerà per sempre. Pochi uomini al mondo sono in grado di accostarsi a questo mastodonte senza sembrare un insetto, e l'omone è uno di loro. Quando è salito sul predellino il mezzo si è addirittura abbassato sugli ammortizzatori, come un bisonte che si inchina in gesto di sottomissione, e lui s'è incastonato alla perfezione nell'abitacolo che a me sembra una piazza d'armi. È una questione di scala: un uomo e mezzo dentro un pick-up e mezzo.

Il tragitto è stato breve, siamo quasi arrivati, perché Testa di Lepre e Passoscuro sono molto vicini, cosa che fino a oggi non avrei mai detto – e soprattutto, senza oggi non avrei mai saputo: ciò mi spinge a sospettare che nel caos di questa mia giornata possano celarsi delle regole occulte, e anche se non riuscirò mai a scoprirle questo semplice sospetto mi spinge a credere che l'idea di tornare là debba essere giusta. E poi al mio fianco c'è lui: io e l'omone alla guerra contro tutti, ormai. Certo, ho dovuto faticare per convincerlo, perché secondo lui i telefoni cellulari sono veramente il diavolo; anzi, è stato lui che ha cercato di dissuadere me, perché – dice – tutto ciò che sta dentro la rubrica di un telefonino sta anche fuori e può essere recuperato, e se è importante può essere imparato a memoria, e se non lo è non c'è nessun bisogno di portarselo appresso. Io queste cose le so, maledizione, le so benissimo, ma ho bisogno *subito* delle informazioni contenute in quel cellulare, e il tempo per riprocurarmele una per una non c'è, e comunque non possiedo la pazienza, la freddezza e soprattutto la calma che sarebbero necessarie per farlo – e insomma alla fine l'ho spuntata: gli ho messo in mano i cinque bigliettoni e lui mi ha accompagnato. Ma ho dovuto promettergli che toglierò subito la scheda SIM, che copierò sotto i suoi occhi i numeri, i codici e gli indirizzi che mi servono – ci tengo anche gli indirizzi – e che poi me ne andrò lasciandolo lì dov'è, perché questi ordigni sono dei rilevatori di posizione, e tracciano i tuoi movimenti anche da spenti, e bla e bla e bla...

Ovviamente ho dovuto anche dirgli com'è andata che ho lasciato lì il telefono, e la ragione per cui sono certo che nella casa non ci sia nessuno. Sono ricorso alla stessa versione che ho dato oggi pomeriggio a Cinzia, con la variante obbligata – e veritiera – del telefonino lasciato in casa anziché perso dal taschino mentre inseguivo la fuggiasca. Rimane la migliore, secondo me: contiene abbastanza verità da risultare plausibile ma anche abbastanza disonore perché io debba vergognarmene, e alla fine produce nell'interlocutore un salubre senso di solidarietà, perché ha l'aria di essere una cazzata che potrebbe commettere chiunque. La verità sta già svanendo dalla mia mente, ed ecco un altro prodotto di questa incredibile giornata: contrariamente alla mia natura sto cominciando a sentirmi molto meglio quando mento di quando sono sincero, e mentire comincia a venirmi naturale. Non solo riguardo alla mia odierna disavventura, intendo – su tutto. Per esempio, non sono affatto sicuro che manterrò la promessa di non portarmi via il telefonino, per la semplice ragione che al momento non possiedo nemmeno la lucidità per prevedere, così su due piedi, ciò che potrebbe servirmi nei prossimi giorni, e potrei omettere di copiare numeri importanti: ma piuttosto che continuare a discutere ho preferito lasciar credere all'omone che lo accontenterò, anche se non ho intenzione di farlo. Ciò che di regola ha sempre fatto mio fratello, per inciso: mentire, accondiscendere, e poi fare come gli pare – ragion per cui, per esempio, fino allo scazzo fatale lui è andato molto più d'accordo di me con papà. Ora mi ritrovo a farlo io, con questa specie di copia ingrandita di papà...

Il quale tace e guida il suo catafalco – a braccia larghe come un camionista, e con un tasso alcolemico nel sangue sicuramente più alto di quello che a me, oggi pomeriggio, su questa stessa strada, è costato la patente. Va piano. Nell'abitacolo c'è un misto di odori che probabilmente, presi uno per uno, sarebbero cattivi – sigaro, polvere, plastica, sudore – ma che combinati insieme danno un risultato sorprendentemente gradevole. Sopra le chiome dei pini, verso nord, spuntano i cascami di remoti fuochi d'artificio – remoti e dunque silenziosi. Dallo stereo antidiluviano – *musicassette* – viene della musica country, ma io nelle orecchie ho ancora il canto dei grilli che ascoltavo fino a poco fa, e che mi parlava della mia infanzia. Un formidabile struggimento mi attanaglia. Di nuovo la bellezza. Di nuovo la sensazione che questa notte sappia tutto di me. I ritorni a casa dopo quelle famose sere a Sacrofano, con Carlo addormentato sulla mia spalla, la mamma che guarda fuori dal finestrino e papà che guida pensando ai fatti suoi. I pioppi lungo il ruscello che c'era in quel posto, il gorgoglio dell'acqua, il fruscio del fogliame agitato dal vento. Le patate arrosto di quella contadina – Lola, si chiamava –, unte e croccanti nella teglia di alluminio. Qual è l'aggettivo che definisce la mia vita di allora? Felice? Spensierata? E quello che definisce quella di ora? Liquefatta? O, al contrario, prosciugata? Vorrei rovesciare indietro la testa e scivolare nel sonno come facevo a quel tempo, ma non posso. Ecco il bivio per l'Ospedale Pediatrico. Ecco la mia Yaris abbandonata sul ciglio della strada. I fuochi d'artificio sono finiti. Tra poco sarò di nuovo davanti a quella casa, scavalcherò il cancello, attraverserò il giardino, forzerò un avvolgibile, spaccherò un vetro e andrò a riprendermi il fottuto cellulare nel quale è custodita tutta la mia vita, qualunque sia l'aggettivo che la definisce. In quello spettrale salone al primo piano. Sul mobile bar. L'ho appoggiato lì quando mi sono versato il bicchiere di whisky. Me lo ricordo bene, per adesso – in attesa che questa parte della storia venga definitivamente dimenticata.

Arrivati in paese l'omone segue le mie indicazioni in silenzio, finché arriviamo al budello che il mio socio infame e traditore ha avuto il coraggio di chiamare lungomare. Ci siamo. Ci sono vecchi in canottiera, gente col gelato in mano, motorini, il che costringe il nostro transatlantico a procedere a passo d'uomo, sfiorando gomiti e specchietti delle macchine parcheggiate. Francamente non pensavo che a quest'ora ci fosse tanto movimento, a Passoscuro: un po' troppo, in effetti, per uno che deve compiere un'effrazione. Dico all'omone di proseguire fino alla piazzola e parcheggiare lì, se ci fosse posto – ma siccome non ci sarà, gli preannuncio che dovrà fare inversione e aspettarmi col motore acceso da qualche parte qui intorno. Lui mi guarda, prende fiato e mi dice qualcosa che però io non sento, perché in un secondo vedo due cose che cambiano radicalmente la situazione. La prima: la Q3 parcheggiata davanti al cancello della villa. La seconda: le luci accese alle finestre del salone al primo piano. Istantaneamente, per uno di quei fenomeni che possono essere chiamati *illuminazioni*, la sorpresa, anziché produrre disorientamento produce il suo esatto contrario, e cioè: so esattamente cosa devo fare, perché vedo all'istante e con magistrale chiarezza ogni singola mossa da compiere nella giusta successione. Inutile perdere tempo a stupirsene: ai geni capita in continuazione, a quelli come me qualche rarissima volta in tutta la vita, e si vede che questa è una di quelle volte.

– Contrordine – annuncio – Non si viola più il domicilio.

L'omone mi guarda incuriosito.

– No?

– No.

– E che si fa?

– Si suona il campanello.

Mi fissa, non capisce.

– Come sarebbe a dire?

– Sarebbe a dire – spiego – che la ragazza è stata tanto folle da tornare qui. Vede? La casa è quella – indico le finestre illuminate, e poi la Q3 davanti al cancello – e quella lì è la macchina. Perciò noi adesso suoniamo il campanello, ci facciamo ridare il cellulare e già che ci siamo ritiriamo anche la macchina che oggi pomeriggio mi è sfuggita. Fico, no?

L'omone è scombussolato. Forse ha sonno, forse ha bisogno di bere un goccetto.

– Ma, scusi – dice – Come fa a portarla via, la macchina, senza la patente?

– Lei, per guidare fino a qui, ha usato le mani e i piedi. Non mi risulta che la patente le sia stata di una qualche utilità.

Sorride. Ogni volta che davanti a lui si accenna l'ipotesi di un reato, s'illumina.

– Se la beccano gli racconta questo?

– Non mi beccheranno. Uh, si libera un posto.

Una vecchia Mini Minor degli anni settanta, con la scritta Roma in arancione sulla targa, se ne sta andando. È tutto da dimostrare che il Tundra ci entri, ma l'omone parte subito in retromarcia per infilarsi al suo posto.

C'entra al pelo. Solo che lui, poi, come fa a—

– Devo scendere anch'io? – chiede, perché, appunto, il problema è quello.

– Sarebbe meglio, sì.

– Allora le dispiace usare il mio sportello? Devo accostare a tutta dalla sua parte, altrimenti io non esco.

– Prego.

Finisce la manovra con grande destrezza, considerando che dal mio lato alla fine si piazza a non più di due dita dalla macchina vicina – una Panda. Dal suo invece c'è abbastanza spazio perché lui riesca a scendere – con gran fatica, strizzando il ventre sconfinato contro lo sportello e probabilmente trattenendo il respiro, ma ce la fa. Nuoto nell'abitacolo e scendo a mia volta, senza sforzo.

– Ok, andiamo.

– Io che devo fare?

– Niente. Basta che non sorrida.

Ci incamminiamo. Di colpo, qui sembra che sia finita una festa: altre due, tre, quattro macchine lasciano il parcheggio, e la strada si è svuotata.

– La vedo preoccupato – faccio.

– No – risponde – È che i cambiamenti di programma, insomma...

– Stia tranquillo, non la metterò nei guai.

Tiro fuori i documenti legali del ritiro, che avevo ancora nella tasca della giacca.

– Le faccio firmare questi – dico – e finisce lì.

Ecco, siamo davanti al cancello. Le finestre al primo piano sono ancora tutte illuminate. Non si vedono figure in controluce. La Q3 ha il cofano caldo e non ha l'antifurto inserito. Mossa numero uno: cavo di tasca le chiavi della Q3 e la apro col telecomando.

– Che fa? – mi chiede l'omone.

– Mi paro il culo.

Richiudo la macchina col telecomando, ma l'antifurto non si inserisce. Allora provo a tenere premuto per qualche secondo il pulsante di chiusura e sì, la lucetta rossa dell'antifurto si accende.

– Ecco fatto – dico.

Rimetto le chiavi in tasca, sorrido. Mi sento proprio bene, adesso.

– Siccome questa è una pazza – dico – è possibile che tenti di scappare di nuovo. C'è un'altra uscita in questa casa, e lei ha la seconda chiave: è così che mi ha fregato, oggi. Ma ora ho inserito l'immobilizzatore elettronico, e la ragazza non lo sa, perciò anche se riprovasse a scappare la macchina non si metterebbe in moto.

L'omone apre la bocca, ma evidentemente non ci trova dentro le parole, e non dice nulla.

– Dopodiché – continuo – c'è la possibilità che non ci apra. La sua presenza al mio fianco mi serve per farle credere che ho un testimone. Naturalmente non la metterò mai in mezzo, stia tranquillo, ma la ragazza non sa nemmeno questo, così come probabilmente non sa che il rifiuto di consegnarmi le chiavi farebbe scattare il reato di appropriazione indebita, cosa della quale la informerò. Si fidi, andrà tutto bene.

L'aria è calda e molle, senza più un filo di vento. Il cielo è impastato di luci, le stelle si vedono a malapena. Niente luna. Prendo un bel respiro e suono.

Uno, due, tre, quattro, cinque secondi...

Una sagoma fa capolino dietro la finestra, per guardare giù: ma così al buio non può vedere altro che due uomini e mezzo ritti davanti al cancello. Non può riconoscermi. E poi non sembra nemmeno lei, sembra la sagoma di un uomo.

Suono di nuovo.

Uno, due, tre...

– Chi è? – la voce della ragazza. Dunque non è sola, e dietro la finestra c'è un uomo.

– Buonasera – dico – Sono Paladini, quello di oggi pomeriggio. Come sta Viola?

Siccome la versione che gli ho fornito, cioè ormai quella ufficiale, non contiene l'ambaradan della bambina con la mano schiacciata nella porta, l'omone s'irrigidisce dalla sorpresa. Gli faccio un gesto per tranquillizzarlo, che significa "le spiegherò".

– Se ne vada – gracchia la ragazza nel citofono – O chiamo la polizia.

La sagoma alla finestra si muove, come se si girasse verso il punto dove sta la ragazza.

– Ecco, sì, la polizia – scandisco – Se la chiama lei mi fa un favore, perché sono senza telefonino.

L'omone atterrisce, letteralmente, e comincia a fare segno di no con le mani, la polizia no, non se ne parla nemmeno eccetera. Gli faccio cenno di non agitarsi, di lasciarmi fare, e deve trattarsi di un cenno perentorio, fatto bene, perché si placa davvero.

– Mi sente? – dico nel citofono.

– Sì.

– Le spiego come stanno le cose – scandisco – La macchina parcheggiata qui davanti appartiene a una banca. Se lei firma il documento che ho in tasca e mi consegna la chiave io mi dimentico di quello che è successo oggi e chi s'è visto s'è visto. Se non lo fa, io mi prendo ugualmente la macchina, visto che mi è rimasta in tasca l'altra chiave, ma per lei scattano i reati penali di appropriazione indebita e resistenza a pubblico ufficiale, che poi sarei io, perché col mandato di cui dispongo da parte del tribunale sono assimilato a questa figura.

Faccio cenno all'omone che sto andando ad abundantiam, per mettergliela giù pesante.

– Ho portato un testimone – continuo – è qui vicino a me: sono sicuro che la persona che è lì dietro la finestra riesce a vederlo.

L'ombra dietro la finestra sparisce e io godo, perché ho il completo controllo della situazione e mi sto divertendo un sacco. Finalmente una mano in cui ho tutte le carte buone: ci voleva proprio.

– Le conviene aprirmi, mi dia retta – concludo – perché in questo contenzioso lei non c'entra nulla: il responsabile è il suo amico, che le ha regalato la macchina e poi ha smesso di pagare il leasing. Vuole fottersi la fedina penale per lui?

Basta così. Se non ha capito, non capirà mai. E poi questo citofono puzza di gas, una cosa da vomitare. Mi sposto un passo indietro.

Silenzio.

L'apricancello scatta. Faccio per entrare ma l'omone mi trattiene per un braccio, indicando col mento il cartello con scritto "Attenti al Cane... e al Padrone".

– Tranquillo – dico – Non c'è nessun cane.

L'omone si rilassa e mi viene dietro. Che cosa strana vederlo intimorito, essere io a rassicurare lui. Strana e bella: con mio padre non è mai successo, per dire, perché non ho mai avuto il comando di nulla, quando ero insieme a lui.

Attraversiamo il giardino, che al buio sembra ancor più desolato. Il portone è chiuso, ma basta spingere e si apre docilmente. Se la ragazza decidesse di scappare dall'altra uscita dovrebbe farlo adesso, mentre noi entriamo. Saliamo in fretta le scale appena rischiarate dalla luce che filtra dal piano di sopra. L'omone arranca, il suo respiro ricomincia a sibilare; ma ormai siamo arrivati, eccoci nel salone. Rosy Malaparte non è scappata, è qui ad aspettarci in mezzo alla sala.

– Buonasera – dico.

– 'Sera – fa lei. Lo sguardo è di un'intensità impressionante. Dev'essere veramente una cagna se non è riuscita a fare l'attrice con uno sguardo così – anche se mi rendo conto che il merito di questa intensità è mio: l'ho inchiodata. Di sicuro se dovesse fingerli, il furore e la frustrazione che straripano dai suoi occhi, non ci riuscirebbe.

– Il mio collega, dottor Stupazzoni – faccio, indicando l'omone, ma *non va bene*, perché questo è gigioneggiare, e io non devo gigioneggiare: sono nella merda fino al collo, non c'è niente da gigioneggiare.

L'omone muove impercettibilmente il capo, senza dir nulla. La ragazza lo ignora. Il fatto è che mi ha già rimesso in confusione, subito, alla prima occhiata, perché rifulge di una bellezza ancora più frastornante rispetto a oggi pomeriggio. Porta gli stessi shorts di jeans, ma sopra ora indossa una t-shirt nera piena di tagli e di strappi che scoprono buona parte del suo torso insolente – come se fosse appena sfuggita a un'aggressione. Capelli ancora più liquidi e neri. Profumo di aceto. E questa sconfitta stampata negli occhi...

C'è anche un uomo nella stanza. Giovane, alto, presumibilmente pronto a battersi: ma per quanto mi sforzi di tenerlo d'occhio il mio sguardo ritorna sempre su Rosy Malaparte, e così mi succede con lui quello che mi è sempre successo con Ginger Rogers, vale a dire che a furia di non riuscire a levare gli occhi da Fred Astaire e dal suo sublime frullio io non saprei dire che faccia abbia, Ginger Rogers. Lo stesso destino è riservato a quest'uomo: che faccia ha? Di che colore sono i suoi occhi? Non lo so, ma so che le orecchie di Rosy Malaparte sono piccole e perfettamente simmetriche, col lobo sodo e carnoso dal quale pendono orecchini di acciaio brunito tempestati di brillantini rosa che scintillano quando colgono la luce. E tuttavia, pur nuovamente imbambolato davanti a questa diavolessa, adesso mi sento al sicuro, perché con me c'è l'omone. Tiro fuori i fogli dalla tasca e glieli porgo, insieme a una biro.

– Due firme dove ci sono le crocette, per favore – dico – La seconda copia è per lei.

La ragazza prende i fogli e la biro, fa due passi e appoggia i fogli sul tavolo ingombro di scatole. Ci sono trolley e zaini per terra – segno che questi due se la stavano battendo –, ma più che vederli li sento, come sento la presenza di Ginger Rogers in fondo alla stanza, la mole sfingica dell'omone dietro di me, il fischio del suo respiro, il raschio della penna sul foglio. La vista – be', è tutta per il dragone ad ali spiegate tatuato nel fondo-schiena di lei, che fa capolino non appena si piega sul tavolo per firmare e l'orlo della t-shirt si solleva di qualche centimetro...

Ecco, ha fatto. Il dragone scompare.

Il ticchettio dei tacchi sul pavimento. Il tintinnio dei braccia-letti multipli. Ecco i fogli firmati, ecco la seconda chiave.

– Grazie – prendo fogli e chiave, sorrido – Tutto bene, la bambina?

– Sì.

Le tette. Oggi pomeriggio erano compresse dalla canottiera, ora sono libere di ballare sotto la maglietta.

– C'è qualcosa che deve prendere dalla macchina?

– No.

– Sicura?

– Sì.

– C'è la corona di sua figlia, sul sedile.

– Ne ha un'altra.

– Come vuole.

Era così che dovevo agire, oggi. Non dico che fosse facile, con quel mordi e pentiti conficcato in testa, ma se ci sto riuscendo la seconda volta potevo riuscirci anche la prima. Non avrei beccato quella multa assurda. Avrei ancora la patente. Sarei stato presente in ufficio quando è venuta la Finanza...

– Un'ultima cosa – dico – Oggi pomeriggio ho lasciato qui il mio cellulare – indico il mobile bar – Là, vicino alle bottiglie. Non l'ha mica trovato?

– No.

E riecco che il suo sguardo si fa sfrontato come oggi pomeriggio. Riecco il doppio legame.

– È sicura?

– Sì.

Hah. Non avevo messo in conto che potesse rubarmelo. Lancio un'occhiata all'omone, che abbassa lo sguardo per evitarla, come se fosse imbarazzato, o gli venisse da ridere.

– Posso controllare, per favore?

– Certo – fa lei, e sorride, per la prima volta.

Vado fino al mobile bar, dove sono assolutamente sicuro di averlo lasciato, ma è evidente che non lo troverò. Infatti non c'è, né sopra, né in mezzo alle bottiglie, né sotto. Guardo la ragazza: un sorcetto tenuto per la coda che tenta di dare un ultimo mozzico vendicatore. Dove l'avrà messo? Secondo me non l'ha pianificato, secondo me è solo uno spruzzo di veleno sparato così su due piedi, a improvvisare. Secondo me non l'ha spento ed è qui, da qualche parte.

Vado da Ginger Rogers, che mi osserva con aria ottusa.

– Scusi, può prestarmi il suo?

Sorpreso, scambia uno sguardo con la ragazza e poi cava di tasca un iPhone e me lo porge. Ha come sfondo una sua foto posata – tanto per dire una cosa che non ha alcuna importanza.

– Grazie.

Digito il mio numero – quello almeno lo so a memoria – e mi metto in ascolto. L'avevo silenziato, lo ricordo bene, quindi devo drizzare le orecchie per riuscire a sentire il rumore della vibrazione. Se lo ha spento o lo ha messo in un'altra stanza mi ha fregato. Ma – insisto – secondo me è acceso ed è qui, in questa sala.

È acceso, dà libero. Solo che ora io sento il tuuut nell'altoparlante di questo apparecchio con cui ho chiamato, il che mi impedisce di concentrarmi sulla vibrazione. Appoggio l'iPhone sul mobile bar e mi allontano di qualche passo, verso il baricentro della stanza.

– Shhh! – ordino.

Cala di colpo il silenzio. Da qualche parte in questa stanza il mio cellulare sta vibrando, ma io non sento nulla. Dove l'avrà messo? Calma, c'è tutto il tempo: io odio le segreterie telefoniche, le disinserisco sempre. Alzo un braccio per trattenere la stanza in questo silenzio drammatico, da film di Sergio Leone. Sento ancora il tuuut dell'iPhone alle mie spalle, molto debole. Sento il fischio nasale del respiro dell'omone. E, sì, mi sembra di sentire anche una specie di fioco gemito soffocato – regolare, elettrico, disumano, quasi subacqueo. Ma non riesco, maledizione, a distinguere da dove provenga. Di sicuro non è appoggiato su una superficie dura, perché in quel caso la vibrazione sarebbe più rumorosa. Sembra come se stesse vibrando a contatto con una sostanza densa ma anche fluida, tipo dentifricio, o yogurt, o gelatina...

Dove l'avrà messo?

Mi guardo intorno, cerco di metterci tutta l'attenzione di cui dispongo.

La borsa buttata sul divano, aperta.

Gli zaini e i trolley chiusi accuratamente e sparsi sul pavimento.

Lo zainetto di Peppa Pig, sul tavolo.

I cuscini buttati alla rinfusa sulle poltro—

– Risponda – la voce dell'omone squarcia il silenzio, come una cannonata.

– Scusi? – fa la ragazza, perché è a lei che si è rivolto.

L'omone alza il braccio, e con la mano indica il suo bacino, gli shorts sfrangiati, le cosce affusolate, a un metro da lui.

– Risponda – ripete – Le sta suonando il telefono.

Una volta ho fatto un sogno. Ero in treno, i posti a sedere erano finiti e dovevo viaggiare in piedi. Nello scompartimento di seconda classe davanti a me era seduto Berlusconi: un Berlusconi sconfitto, rovinato, finito, non più ricco né potente, del quale da tempo ormai non si sentiva più parlare. Non so dire come ma, vedendolo, avevo l'istantanea certezza che stesse viaggiando senza biglietto. Stava raccontando barzellette, le persone nello scompartimento lo ascoltavano ridendo, ma a un certo punto si sentiva la voce del controllore che chiedeva il biglietto ai passeggeri provenire dalla testa del vagone. Berlusconi allora s'interrompeva e mi guardava, poi mi sorrideva e mi diceva: "Signora, la prego, si sieda al mio posto," e si alzava in piedi. *Signora*. A me. Mi veniva davanti, mi prendeva le mani nelle sue e con dolcezza mi diceva, tutto profumato di cosmetici: "Mi scusi tanto, signora, non l'avevo vista. Si sieda, si sieda al mio posto," e mentre lo diceva sbirciava con la coda dell'occhio verso il controllore, in cima al vagone. Gli altri occupanti dello scompartimento ritiravano le gambe e mi invitavano a entrare. Una giovane donna addirittura mi sorreggeva per un braccio, come fossi davvero una vecchia inferma. Io avevo capito tutto, sapevo che era un trucco per non farsi beccare senza biglietto, ma non riuscivo a dirlo e mi comportavo esattamente come se fossi stato quella vecchia: mi lasciavo sorreggere, mi sedevo. E Berlusconi, prima di sparire, mi guardava con un'espressione trionfante, colma di fierezza e di forza, l'espressione di chi sa che non morirà mai, perché continuerà a vivere in ognuno di noi. Ecco: vedendo la faccia di bronzo di Rosy Malaparte allargarsi in un sorriso solare, vellutato, *innocente*, mentre con la mano tira fuori il mio telefonino dalla tasca anteriore degli shorts, mi torna in mente proprio quella espressione: non le centinaia di espressioni analoghe che Berlusconi ha veramente sfoderato in questi vent'anni, mi torna in mente quella del mio sogno, la *mia* espressione, quella del Berlusconi che è in me.

– Scherzetto! – dice, porgendomi il cellulare.

E davanti a quell'espressione io capisco che la mia fortuna per stasera finisce qui, e devo andarmene subito, perché qualsiasi seguito mi venisse voglia di dare a questa faccenda mi vedrebbe ritornare tra i perdenti – di nuovo argilla nelle mani di questa creatura. Ma capisco anche che se non ci fosse l'omone, qui con me, se fossi solo, pur avendo capito che è il momento di filarsela non lo farei, e le risponderei, e gigioneggerei, e così facendo mi ritroverei in balia dei suoi giochetti fino a perdere di nuovo tutto ciò che sono riuscito a riconquistare fin qui – la macchina, il cellulare, la dignità –, e lo capisco per la semplice ragione che ho già cominciato a pensare che allora la sostanza indefinibile contro la quale stava vibrando il mio telefonino non era né più né meno che – eh sì, per via del taglio obliquo che hanno le tasche anteriori dei suoi shorts – il suo inguine; e a ricordare, allora, che oggi pomeriggio, mentre ero qui a farmi manipolare da lei, quello stesso telefonino ha vibrato a lungo dentro la tasca dei miei jeans, ugualmente obliqua, contro il *mio* inguine, producendo la stimolazione esterna che, sommata al mordi e pentiti, alla raccomandazione di Lello di darle una proroga e alla malizia con cui lei mi puntava contro la sua malfamata bellezza, ha reso inevitabile che il cazzo mi venisse duro; e da questi dati di fatto arriverei alla conclusione che tra noi due, per interposta vibrazione del mio telefonino, i preliminari di un rapporto sessuale sono già stati consumati, e mi troverei esposto alla tentazione di complottare insieme a lei un piano per mandar via Ginger Rogers da questa casa e rimanere soli a consumare un atto che a quel punto potrebbe facilmente venire ammantato di una sua fatale, karmica ineluttabilità, eccetera, salvo ricevere sul più bello una sacrosanta legnata tra capo e collo a opera dello stesso Ginger Rogers, nient'affatto andato via, e da lì in poi, privo di conoscenza, venire depredato non solo dei beni appena recuperati ma anche dei quattromila euro in contanti che mi porto appresso e magari anche, per puro sfregio – perché no? –, dei pantaloni, così da ritrovarmi alla fine, metaforicamente ma anche letteralmente, in mutande...

In realtà – ci tengo a dirlo – tutta questa elucubrazione non dura che un paio di secondi, e ha luogo solo perché ho cinquant'anni e ormai conosco bene le mie debolezze – il che come è noto non significa affatto essere in grado di resistervi, ma di prevederle sì. Per fortuna al mio fianco c'è l'omone, come ho detto, e la sua presenza fa di me colui che stasera vincerà tutte le mani.

– Grazie – dico, prendendo il cellulare che continua a vibrare. Lo spengo, lo metto in tasca.

– Be', scusate il disturbo e buon proseguimento.

L'omone fa un cenno col capo, un gesto più bovino che umano. Né la ragazza né Ginger Rogers rispondono al nostro saluto e noi scendiamo le scale, poi usciamo in giardino, poi in strada, senza dire una parola. Rimangono da compiere le ultime due mosse.

– Vada pure in macchina – dico – Io levo questa da qui e la raggiungo.

Apro la Q3 col telecomando, disinserisco l'immobilizzatore, metto in moto: riparte Gianna Nannini a tutto volume – sempre la stessa canzone di oggi pomeriggio: *Non c'è nessuna grazia / è un ago dritto al cuore...* La metto in pausa e raggiungo in retromarcia la piazzola, che si è proprio svuotata. Mi sistemo vicino al Tundra, spengo il motore, lascio i fari accesi e faccio cenno all'omone di salire e sedersi al mio fianco. Anche la Q3, ovviamente, si genuflette sotto il suo peso. L'omone sorride, sembra tutto contento.

– Lei è in gamba, Paladini – dice.

– Grazie – rispondo – Ma se non ci fosse stato lei il telefonino me l'avrebbe inculato. Non avrei mai capito dov'era.

– Quello è stato facile. Si trovava esattamente nel punto in cui era concentrata la mia attenzione.

Per un attimo, l'immagine di lui che dà sfogo ai propri desideri sul corpo di lei tenta di farsi largo nella mia mente: ma è talmente enorme che, semplicemente, non riesce a entrare. Tanto meglio: è il momento dell'ultima mossa.

– Senta – faccio – il telefonino però me lo porto via. Le garantisco che copierò le cose che mi servono e poi lo butterò, ma devo farlo con calma, domani. Ora non ho la testa per—

– Faccia pure – m'interrompe – Dopo averla vista all'opera sono molto più tranquillo.

– Se mi avesse visto oggi pomeriggio la penserebbe diversamente.

– Può darsi, ma come si dice? L'importante è non ripestarla.

– Cosa?

– La merda. È un vecchio detto contadino – annuisce tra sé e sé – Una grande verità.

Sospira rumorosamente, poi mi guarda.

– Piuttosto – dice – è sicuro che questa macchina non sia rubata?

– Questa? No, questa è pulita. Lo so per certo perché ho seguito dall'inizio la pratica del recupero: so dove è stata comprata, da chi, quando, quanto è stata pagata. Il mandato di recupero è autentico, e per inciso fa di me l'unico che abbia titolo di guidarla. È come se fosse mia, insomma, e però non è mia e non c'è nulla che possa collegarla a me. È perfetta, se ci pensa, per andarmene in giro da scappato.

Il suo sguardo si fa perplesso.

– Senza patente...

– Mica sta scritto sul parabrezza che non ce l'ho.

Perplesso e gravido di umana compassione.

– Guardi che se la beccano sono guai seri.

– Andiamo – ribatto – Stavo tirando a centoquaranta sulla provinciale, mi hanno fermato per quello: così per un controllo saranno vent'anni che non mi fermano.

Storce la bocca, non è convinto.

– E poi – insisto – anche se mi fermassero? La prima volta mica c'è il penale. Un'altra supermulta e via...

Scuote il capo. Questa proprio non me la passa.

– Facciamo che non mi fermano, va' – concludo.

Mi guarda – anzi, mi fissa.

– Lei è pazzo, lo sa? – dice.

– Sarà – ribatto – ma l'ha visto anche lei in che casino mi ritrovo. Qualsiasi cosa faccia devo prendermi un rischio, e allora preferisco quello di un evento statisticamente improbabile, ed essere libero di muovermi come mi pare.

L'omone gira il capo e getta lo sguardo fuori dal finestrino, verso il suo Tundra colossale, come se lì ci fosse scritta la sua opinione al proposito.

– Forse ha ragione – dice, e lo ripete – Forse ha ragione.

Poi torna a guardarmi, e batte le mani.

– E adesso? Cosa prevede il suo piano?

– Per lei niente. Il suo compito è finito. È libero.

– Non viene a dormire su da me, per stanotte? Lì è al sicuro.

– La ringrazio ma non torno mai due volte nello stesso posto.

Annuisce, sorridendo, e il suo faccione ricomincia a risplendere di tutta la sua gloria da Antico Testamento.

– Ma non si metta a guidare a quest'ora, mi dia retta. Il suo fisico ha dato segni di stanchezza. Lei deve dormire.

– Tranquillo, dormirò. Ho un posto sicuro dove passare la notte. Non è casa mia né un hotel, e non è nemmeno lontano. Poi, domattina, fresco come una rosa...

Con le mani faccio il gesto di uno che se ne va – un gesto antichissimo, che ora non usa più, e che probabilmente non ho mai fatto in vita mia. Lo faceva mio nonno, addirittura, e l'espressione con cui lo accompagnava era "tagliare la corda".

– Be', allora grazie di tutto – dico, e gli tendo la mano. Lui me la stringe, neanche troppo energicamente, ma il polso mi manda una fitta di dolore.

– Dovere.

– Almeno su di lei Lello mi ha detto la verità, lei mi ha aiutato davvero.

– E lei mi ha pagato bene – sempre stringendo la mano.

– Arrivederci, Mauro.

– Arrivederci, Paladini – la molla, finalmente – E che l'acqua nera ridiventi bianca.

Ci metto un paio di secondi per capire il riferimento alla nostra parola d'ordine.

– L'ideale sarebbe che l'acqua non ci fosse proprio – rispondo.

– *Claro.*

Scende dalla Q3, che liberata dal suo peso sembra letteralmente rianimarsi, e rientra nel Tundra con gesti ampi e robusti, degni di quel bestione. Mette in moto – il rumore di un peschereccio –, accende i fari e se ne va. Io lo lascio andare, lo osservo allontanarsi lungo il finto lungomare senza mai rimpicciolire – un verbo, questo, che né lui né la sua macchina potranno mai coniugare –, finché sparisce nella svolta a destra che lo riporterà sulla provinciale.

Accendo una sigaretta, tiro giù il finestrino, e la fumo a lunghe boccate. Sono euforico, euforico. Mi appoggio sulla testa la corona da principessa, mi guardo nello specchietto retrovisore, rido. Quando la sigaretta è finita la butto via col dito, metto in moto e parto, bloccando subito la canzone di Gianna Nannini che da oggi pomeriggio cerca di farsi ascoltare. Tra l'altro D. è una fan della Nannini, mi ha anche portato a vedere un suo concerto, ma il fatto è che sono euforico, come dicevo, e non ho nessuna voglia di ascoltare musica, nessun bisogno di immettere in me energia altrui: al contrario, sono io semmai che dovrei cantare, urlare, sfogarmi, perché trabocco di un'energia terrificante, tanto inattesa quanto insensata – e per questo ancor più terrificante. D'un tratto mi piace essere quello che sono, mi piace aver fatto quello che ho fatto e soprattutto mi piace quello che farò d'ora in poi. Sono orgoglioso di aver così brillantemente governato la mia nave tra gli stessi scogli sui quali poche ore fa ero naufragato, e soprattutto di esser stato visto mentre lo facevo. Ciò che intimamente io so di non essere – deciso, scaltro, determinato, paziente –, improvvisamente lo sono diventato davanti a tre testimoni, e anche se si tratta di un'impostura, o forse proprio per quello, questa cosa mi regala un grande appagamento. Come nel sogno che mi è tornato in mente poco fa – a questo punto, devo pensare, non per caso –, sono diventato quello che non sono, e questo mi rende complice, sì, ma anche invisibile, e dunque invulnerabile. Sto scappando e non lo sa nessuno. L'opacità del mondo, e in particolare quella del mio paese, tante volte biasimata in una intera vita spesa dalla parte della ragione, ora che sono passato da quella del torto diventa una mano amica, e mi protegge. Chi mi troverà mai, ora che ho deciso di non esserci? Chi potrà mai condannarmi per quello che sono se nessuno sa quello che sono? E poi, a suggellare questa improvvisa fratellanza con il mio popolo, a giustificare il mio ingresso nella schiera dei bugiardi, dei fuggiaschi, dei riciclatori di denaro, dei guidatori senza patente, dei ladri, dei ricettatori, dei ricattatori, dei raccomandati, degli evasori fiscali, dei corrotti, dei corruttori, dei puttanieri, dei profittatori delle miserie altrui, delle simpatiche canaglie e di tutta la gente marcia dentro e pulita fuori che con disarmante spudoratezza continua a pretendere d'esser considerata perbene, non c'è forse il fatto che alla fin fine io non ho commesso nulla di male, che sono stato solo messo in mezzo, che sono *innocente*?

Sto bene, e questo è un fatto. E se per un assurdo statistico mi fermassero per un controllo, vorrà dire che farò come Patrick quando sfondò la vetrina della sede di Equitalia a Ostia: "Favorisca la patente" – e lui: "Ancora! Ce l'avete voi, la mia patente! Ce l'avete già, ve la siete già presa! Siete dei maniaci, siete ossessionati dalla mia patente! Dovete curarvi!" Dirò così, lo griderò. Almeno mi sfogherò, darò un po' di spettacolo, mi divertirò...

Sto bene e non sono più nemmeno stanco – ho solo un gran male al polso. È tutto il giorno che sopporto questo dolore ed è tutto il giorno che desidero il mio tutore che potrebbe lenirlo – ma il tutore è dentro la Yaris. Bene, ora lo lenirò: guardatemi, perché sto accostando lungo la strada, per l'appunto dietro alla Yaris abbandonata tra i pini. Guardatemi. Sto frugando nel vano portaoggetti di questa esosa automobile di lusso: cosa sto cercando? Sto cercando qualcosa per— ecco, questo è perfetto: il martelletto salvavita Michelin, gadget venuto di gran moda tra i concessionari, che anche noi alla Super Car diamo in omaggio ai nostri clienti. Raggruppando in un unico oggetto torcia lampeggiante, manometro digitale, tagliacinture e per l'appunto martelletto rompicristalli, potrà salvarvi la vita in particolari condizioni di pericolo – incidente, sportelli bloccati, vetri bloccati, cinture bloccate, fuoriuscita di carburante dal serbatoio, pericolo d'incendio o di esplosione –, ma potrà tornarvi utile in molti altri modi, come adesso andrò a dimostrare. Guardatemi, sto scendendo dalla Q3 con questo utensile in mano: è buio, la strada è vuota, non passa nessuno, e anche se passasse non mi vedrebbe – ma cercate di vedermi voi. Le chiavi della Yaris non le ho, sono sulla scrivania del mio ufficio – ricordate? –, in attesa che domani Virginio, il pensionato che lavora in nero per noi, le prenda e venga a recuperare il veicolo. Ma ho il martelletto salvavita Michelin – il che, dal mio attuale punto di vista, è tecnicamente la stessa cosa. Eccomi qui, accanto al fianco destro della Yaris, quello che dà sulla campagna; ecco che levo il braccio al cielo per causare danno a me stesso e rubare a me stesso nella certezza che non ne pagherò le conseguenze, dato che la vettura è assicurata contro furto, effrazioni e atti vandalici. Tutto è quieto, intorno a me, tutto riposa. Un paio di fari spuntano in lontananza, si avvicinano velocemente e mi sfrecciano accanto a una velocità assai prossima a quella per la quale io oggi pomeriggio sono stato crocifisso. La farà franca, Alonso? Affermativo: nessuno l'ha visto, la cosa fatta non è stata fatta. E credete forse che lui abbia visto me, che mi abbia notato? Negativo, non mi ha visto – e anche se mi avesse visto mi avrebbe trovato nascosto dietro me stesso: una persona ferma sul ciglio della strada, della quale non gli sarebbe importato nulla. Ecco, dunque, ecco: di nuovo il buio, di nuovo la quiete cieca della campagna. Guardate, dunque, e ammirate il formidabile valore simbolico di un uomo che leva l'arma contro se stesso per lenire il proprio dolore; guardate questo atto e ascoltate questa confessione, già che ci siete: *ho sempre desiderato sfasciare un finestrino.*

Crash!

Ecco fatto. Il mondo è un frutteto: per soddisfare il proprio appetito basta allungare la mano e cogliere il frutto. Ecco il tutore. Lo infilo, lo stringo bene con lo stretch: il polso s'irrigidisce, il sollievo è immediato. I frammenti del cristallo andato in pezzi compongono una scritta sul sedile della Yaris, un simpatico messaggio che sbrilluccica per me: *benvenuto nell'Italia invisibile.*

SECONDA PARTE

Terre rare

1

Post coitum omne animal triste est, sive gallus et mulier.

(Autore ignoto)

Dianette. Questo è il suo vero nome: Dianette. È il nome della pillola anticoncezionale che non funzionò quando sua madre rimase incinta. Per due terzi della sua vita D. se lo è portato appresso con fierezza, poi di colpo se n'è vergognata e l'ha cambiato in Diana. All'anagrafe, sui documenti, dappertutto: Diana Sallustri. Ovviamente c'è chi la chiama ancora Dianette (i genitori, Patrick, qualche vecchia amica), perché rifarsi il nome è una faccenda molto più complicata che rifarsi il naso, e il risultato è che quelle persone D. tende a vederle il meno possibile, o a non vederle più. Io, che sono arrivato nella sua vita solo quattro anni fa, dovrei chiamarla Diana senza riserve, ma da quando ho saputo la storia del suo nome non riesco più a farlo senza provare un certo imbarazzo, e allora mi traggo d'impaccio chiamandola D. – *Di'*, alla romana, quando mi rivolgo direttamente a lei.

Per esempio:

– Come va, Di'?

Perché è qui, vicino a me...

– Bene – mi risponde, senza distogliere lo sguardo dalla strada.

... al volante della Q3 lanciata a centoquaranta sulla Roma-Civitavecchia, e tace, assorta nell'ascolto del CD di Gianna Nannini sparato a tutto volume per contrastare il rombo del

213

vento che entra dal finestrino mezzo aperto e le scompiglia i riccioli biondi; e a vederla così, se solo avesse le spalle coperte, sembrerebbe in tutto e per tutto una splendida milf altoborghese, giovane, abbronzata, abituata alle macchine di lusso e a lunghe estati facoltose, al riparo di patrimoni ben protetti che nessuna crisi potrà mai scalfire. Ma ha le spalle scoperte...

– E tu, amore? – aggiunge.

... e decisamente no, D. non è una milf altoborghese, proprio no, neanche un po'. È una coatta purosangue a sedici sedicesimi, piuttosto, il che significa figlia, nipote e bisnipote di coatti della periferia romana del secolo scorso, tutti più o meno finiti male. I genitori, due nativi della Massimina, hanno deciso di tenerla malgrado il conflitto che la procreazione avrebbe prevedibilmente prodotto con i loro interessi per droghe e pirateria stradale, e con un ruggito d'orgoglio l'hanno addirittura chiamata come la pillola che a loro dire aveva fatto cilecca – anche se è molto più probabile che la madre abbia fatto casino nell'assunzione. "Erano anni fantastici a Roma, quelli," ha dichiarato il padre al proposito, l'unica volta in cui ci ho parlato; "Ce stava Bruno Conti, ce stava Falcão, ce stava er Califfo: era er momento giusto per mettere ar monno 'na creatura." Per questo, dunque, D. viene alla luce, il 29 luglio del 1981, più o meno nello stesso momento in cui la sua quasi omonima viscontessa Spencer e il principe Carlo d'Inghilterra si sposano a Londra nella cattedrale di St. Paul. Un anno e mezzo dopo nasce anche suo fratello Bruno Miguel, lui invece scientemente concepito durante la sbornia dei festeggiamenti per la vittoria dell'Italia nel Mundial dell'82, e così chiamato in onore del suddetto Bruno Conti, per parte di padre, e per parte di madre di Miguel Bosé, in omaggio alla sua canzone dalla quale, in quegli anni, tutti i coatti nati negli anni cinquanta si sentivano celebrati. All'epoca avevo decisamente sottovalutato quella canzone, che consideravo anzi abbastanza fastidiosa dato che martellava dovunque, nelle radio, alla televisione, nei juke-box, e solo da quando sto con D. mi sono trovato a considerarla per quello che è, cioè un tragico inno al martirio metropolitano che di lì a poco avrebbe consegnato quasi tutti i coatti di quei tempi alla morte, all'AIDS o alla galera. Il testo adesso lo so a memoria, dice così: *Bravi ragazzi siamo, amici miei, tutti poeti noi del '56, a spasso in un mondo che si dà via, la vita è solo acrobazia. Camminiamo, sul filo, nel cielo, a più di cento metri dall'asfalto, siamo un punto là in alto, bandiere nel vento di città. Restare in piedi è quasi una magia, tra tanti imbrogli tanta ipocrisia, andiamo avanti senza mai guardare giù, tornare indietro non si può più.* Capito? Altro che canzonetta. E poi continua: *Camminiamo, allo sbando, in un mondo che sta quasi per toccare il fondo, sospesi nel tempo, in crisi da un'eternità. Io vivo come posso, amica mia, non so chi sono né di me che sarà, il mio futuro è qualche metro più in là, seguo soltanto la mia via. Camminiamo, sul filo, nel cielo, si può cadere da un momento all'altro, sospesi nel tempo, spostati nel vento di città.* E finisce con l'apoteosi della retorica coatta, che suona veramente come una roboante profezia: *Noi siamo altrove, lontani chissà dove, venuti da un lungo inverno direttamente dall'inferno. Tutti noi bravi ragazzi, tutti noi che stiamo a pezzi, su queste strade tanta gente, strade che non portano a niente. Mezzi brilli mezzi tristi, tutti noi poveri cristi, in questi anni senza cuore, in questa vita sempre uguale, tutti noi bravi ragazzi, tutti noi che stiamo a pezzi.* E via. Andava recitata tutta perché è questo il *genius temporis* nel quale D. è cresciuta – sono questi i valori. La storia che l'ha condotta a sbocciare nella sua precoce adolescenza le ha inflitto qualunque possibile trauma, e se non posso raccontarla compiutamente, dato che non la conosco tutta, so però che contiene droghe, alcol, reati vari, padre in galera, patrigno che ne prende il posto, altre droghe, altri reati, altri arresti, incidenti stradali, incendi, sradicamenti, probabili molestie (questo secondo me, lei non lo ha mai detto) da parte del suddetto patrigno, costante conflitto con la madre, e assistenti sociali, e aggressività, e rabbia, e ribellione e fuga da casa a sedici anni in compagnia di Kocis, puledro selvaggio della borgata Ildebrando che la trascina in una galoppante storia d'amore e trasgressione. Sono gli anni in cui è ancora Dianette, dei quali so solo che li ha affrontati con spavalda incoscienza, cavalcando la propria bellezza come se fosse una motocicletta, e che non le sono stati fatali perché la natura l'ha dotata di un provvidenziale anticorpo contro le droghe. Cioè, a quanto mi ha raccontato – e io le credo –, ogni volta che si faceva qualcosa, foss'anche solo uno spinello, veniva sopraffatta da una paranoia talmente violenta e dolorosa che si è trovata *costretta* a non assumere sostanze stupefacenti. Il che le ha impedito di sprofondare nella tossicodipendenza insieme a Kocis, ma non di seguirlo nell'altra ossessione che lo animava a quel tempo, quella per gli indiani d'America, con i quali il ragazzo teorizzava una bislacca identificazione. (Del resto, il nome di battaglia che si era scelto coniugava alla perfezione le sue due passioni, poiché alludeva contemporaneamente al grande capo apache e al nomignolo a me del tutto ignoto con cui nel suo giro di allora veniva chiamata la cocaina, e cioè *Koci*.)

– Benissimo – le dico, e non è vero.

Come si può ben capire, D. non parla volentieri di quel periodo, ma non è difficile immaginarsela in compagnia di quel cazzone, bella come una pepita, trasformata in una giovane squaw suburbana che accompagna il proprio guerriero nelle sue prodezze, gli prepara il calumet senza poterne favorire e la notte, nell'intimità del tepee, lo ricompensa del coraggio dimostrato con bisonti e visi pallidi. Non piace nemmeno a me immaginare queste cose, e se lo faccio è solo perché non farlo è impossibile, dato che ne porta i segni su tutto il corpo. In particolare, in questo momento, sulle spalle, come dicevo, che la canottiera nera con la scritta VOGLIO TUTTO sul petto tiene scoperte: due spalle lisce e luminose sulle quali si spargono le appendici del maestoso tatuaggio acchiappasogni che le decora l'intera schiena. È un tatuaggio fantastico, in effetti, realizzato con l'antica dolorosissima tecnica della tradizione ojibwe da non so quale maestro tatuatore di Torpignattara. È composto di cinque grandi cerchi tenuti insieme a grappolo, due sulle scapole e tre lungo la spina dorsale, campiti al loro interno di motivi floreali e reti dalle maglie finissime e all'esterno ornati di grandi piume azzurre che ciondolano da esili cordicelle. La sua funzione, secondo la tradizione delle tribù indiane del Nordamerica, è quella di proteggere i sogni intrappolando gli incubi nelle proprie volute finché, al mattino, la luce del sole li scioglierà come neve. È veramente meraviglioso, ma mi rendo conto che cercare di descriverlo a parole è impresa vana, né gli renderebbe ragione mostrarne il disegno o anche la fotografia: è sulla pelle nuda di D. che va visto, è il tutt'uno che forma con la sua carne che lo rende indimenticabile. Quando D. me lo mostrò, la prima volta che si spogliò davanti a me, il combinato della sua schiena fiorentina con quell'incredibile ghirigoro multicolore mi mozzò letteralmente il fiato – ed è tuttora così, a dire il vero, anche un'ora fa è stato così, quando abbiamo scopato nella casa della sua amica, perché continua a essere una delle cose più belle che io abbia visto in vita mia. Tuttavia, quel tatuaggio (insieme agli altri sei, egualmente belli sebbene assai più piccoli, che ha disseminati per tutto il corpo) rappresenta anche un marchio indelebile che la trattiene negli anni balordi dai quali D. non riuscirà mai a distanziarsi come vorrebbe. Perché, come qualcuno avrà pur sospettato, Kocis altri non è che – zot – *Patrick Negretti*, cioè il relitto umano padre dei suoi figli che oggi continua a darle tormento; e il momento in cui dal suo glorioso nome di battaglia egli è ritornato a quello che risultava all'anagrafe coincide col momento in cui Dianette ha fatto il contrario, diventando Diana; e tutto questo coincide con un grave incidente stradale da lei causato e in seguito al quale scoprì di essere daltonica. Un rosso scambiato per un verde, un botto contro un furgone, e la bella coatta che camminava sul filo come Miguel Bosé, come Kocis, come sua madre e suo padre, si destò di colpo e si ritrovò consapevole – impaurita e consapevole. Invertendo la normale successione degli eventi, una lunga cicatrice ipertrofica andò a sovrapporsi al disegno del tatuatore sulla sua spalla destra – eccola, la sto accarezzando –, ma fu quella diagnosi così sorprendente, *daltonismo*, a procurarle lo shock che pose fine alle avventure di Dianette. Da come ne ha sempre parlato credo che D. abbia considerato la scoperta di quella disabilità come una specie di chiamata alla vita cosciente che fin lì aveva tanto aggressivamente disprezzato, e se rivelo che la venerazione per *Rusty il selvaggio* ha avuto un peso in questa sua conversione desidererei che nessuno si mettesse a ridere. Aveva diciannove anni: una malattia genetica che l'accomunava a Motorcycle Boy era per lei in quel momento un segnale più che sufficiente per farle capire che era tempo di cambiare il proprio destino.

La fesseria che D. ha commesso allora è stata non accontentarsi di cambiare il proprio, e incaponirsi a cambiare anche quello di Patrick. Lei sostiene che a quel tempo agiva con l'imperativo di riscattare entrambe le loro vite, perché era ancora permeata dalla paccottiglia indiana biascicata nei loro anni di strada, secondo la quale il vero guerriero non è colui che si prende la vita del nemico ma quello che si sacrifica per salvare quella del compagno: abbandonare Kocis sarebbe stato un gesto infame, per come D. vedeva le cose in quel momento, mentre la cosa giusta da fare era trasformarlo in Patrick Negretti e fare di lui un uomo che si potesse amare sul serio.

Con questi nobili presupposti, dunque, e nell'intento di conquistare per entrambi una vita normale, sviluppò a vent'anni uno sforzo lacedemone che sicuramente era doppio o triplo di quello fin lì prodotto per fuggirla. E fallì. Mentre lei centrava uno dopo l'altro tutti gli obiettivi stabiliti (cambio di nome, iscrizione alle scuole serali, conseguimento del diploma in ragioneria, lavoro precario presso una ditta di attrezzature da giardino a Casal Palocco, affitto di un bilocale all'Infernetto, nuovo lavoro con contratto a progetto in una cooperativa vivaistica di Acilia, nascita del figlio, iscrizione alla facoltà di scienze naturali dell'Università di Roma 3, lavoro a tempo indeterminato presso un grande vivaio a Castel di Guido, matrimonio, vittoriosa opera di persuasione nei confronti del patrigno affinché si trasferisse insieme a sua madre a Velletri lasciando a lei e Patrick il villino alla Residenza Aurelia dove tuttora vive, undici esami sostenuti all'università con la media del ventisette e nascita della figlia), Patrick rimase fermo. Non un po' indietro, come credeva lei, rallentato dalla battaglia contro la tossicodipendenza, ma proprio immobile, al palo, piantato, senza riuscire a fare nemmeno il primo passo. D. se ne accorse di colpo, quando una lieve depressione postpuerperale la spinse a fare una cosa che per nove anni non aveva mai fatto: le bastò andare a guardare una sola volta dove per più di tremila giorni non aveva guardato – le tasche di Patrick, il portaoggetti della sua auto, il suo telefonino –, per scoprire l'implacabile verità. Quel disgraziato non aveva mai fatto nulla di ciò che le aveva promesso di fare e poi giurato d'aver fatto: era semplicemente andato a rotoli, abbandonandosi fin dal primo giorno all'abbraccio consolatore della Grande Amica di tutti i drogati – la Menzogna. Nemmeno i tentativi andati male erano veri, nemmeno i fallimenti da lui confessati e da lei stoicamente accettati e perdonati. Nulla era vero della vita che credeva d'aver vissuto, se non che aveva messo su famiglia con un tossico spacciatore delinquente parassita ipocrita bugiardo figlio di puttana. Ora, uno potrebbe chiedersi: ma come, non lo sapeva? In nove anni non si era accorta di nulla? Non si era accorta che nella lotta quotidiana per la conquista della normalità lui non era al suo fianco, che se lo stava trascinando dietro a forza come un bidone legato allo chassis? E la risposta è no, non se n'era accorta, e non perché fosse idiota ma perché lei era rimasta integra e lui invece no, era marcito, e le mentiva, ogni giorno, sistematicamente, su tutto – e questa cosa, nella sua banalità, lei non l'aveva proprio messa in conto, e perciò era incapace di concepirla.

Lo inchiodò alla sua pochezza, e Patrick ammise tutto. Gli intimò di scegliere tra lei e la cocaina, e Patrick scelse lei. Gli ordinò di andare a disintossicarsi in comunità, e Patrick accettò. Gli fece presente che quella era l'ultima possibilità che gli concedeva, e Patrick le giurò che non l'avrebbe sprecata. Tutto ciò non le restituì nemmeno la più pallida delle speranze che erano appena andate in pezzi, ma per lo meno le fece passare la depressione post parto. E Patrick se ne andò dai preti.

Ciò che D. scoprì al suo ritorno, quattro mesi dopo, ricominciando immediatamente a ispezionare il suo telefonino, la sconvolse: Patrick adesso la tradiva – e non con una stronza qualsiasi, la tradiva con Lucy, la *zozzetta* dell'Ildebrando che aveva lasciato quindici anni prima per mettersi con lei. D. non la prese bene. Non le parve squallido, penoso e soprattutto assai prevedibile che Patrick, dal fondo del fallimento in cui lei lo aveva trascinato, andasse ad accasciarsi tra le braccia dall'ex ragazzina alla quale aveva spezzato il cuore quando era Kocis: le parve semplicemente intollerabile. Lo buttò fuori di casa a passo di carica, la bimba in collo e un coltello in mano – e glielo tirò anche dietro, il coltello, mancandolo, quando lui protestò affermando che l'ultimatum riguardava la droga e lui da quattro mesi non si drogava più. Via, cane maledetto, via, *pezzodemmerda*, via da questa casa, fuori dai coglioni – slam!

Dopo neanche un mese, con la sua roba ancora ammucchiata nello sgabuzzino, Patrick venne arrestato. Dopo un anno, mentre scontava la condanna per spaccio, D. e io ci siamo messi insieme. Dopo un altro anno Patrick è uscito grazie all'indulto ed è cominciata la rumba attuale, fatta di assedi, scenate, accuse e suppliche di perdono, per por fine alla quale sarebbe probabilmente sufficiente una nuova denuncia penale – alla quale però io sono contrario. Perché io la vedo così: essendo spuntato con la mia potentissima normalità nella vita di D. e dei suoi figli, e avendo constatato, con mia grande sorpresa, di possedere uno strano potere su di lui – di calmarlo, ammansirlo, farlo ragionare –, ritengo che la protezione del suo nido dai suoi stessi assalti sia di mia responsabilità. Non mi sono mai illuso che in futuro possa comportarsi molto meglio di come si è comportato fin qui, ma in fondo è un poveraccio, non è un violento e soprattutto è pur sempre il padre dei bambini – e un padre è un destino, e lasciarlo precipitare in fondo al burrone o addirittura dargli la spinta fatale non mi pare la cosa giusta da fare. Molto meglio cercare di tenerlo in piedi e sopportarlo e dargli il tempo di rendersi anche solo vagamente conto di quanto bisogno i suoi figli abbiano di lui, e se non succederà – perché non succederà, considerando i recenti sviluppi, e soprattutto i recentissimi, cioè quel che ha combinato la notte scorsa e che non ho ancora detto a D. –, lasciare che siano loro, semmai, una volta cresciuti, a stampargli sul culo il calcio che si merita. Ma se lo facesse D. sarebbe come se lo facessi io – e se lo facessi io sarebbe qualcosa di molto simile a un omicidio. E sono i figli che devono uccidere i padri, dico io, non gli amici della madre.

– Mi accendi una sigaretta per favore? – mi chiede D.

Gliel'accendo, gliela passo. Lei mi ringrazia, la prende, tira una profonda boccata e alza il finestrino per evitare che il vento trasformi la sigaretta in un tizzone impazzito. Mi lancia uno sguardo lucente e continua a guidare; sullo sfondo c'è il Tirreno azzurro e increspato dal vento, ed è un'altra di quelle giornate che fanno diventare tutto bellissimo: siamo a Civitavecchia e sembra di essere a Sorrento. Col finestrino chiuso la musica è diventata troppo alta, ma lei non l'abbasserà di certo: sta ascoltando *Sei nell'anima*, la sua canzone preferita.

Invece l'abbassa, e mi guarda di nuovo.

– Che hai? – mi chiede.

– Niente – rispondo, e non è vero.

– Sei preoccupato?

– No – e non è vero.

Continua a tenere la sigaretta tra le labbra anche se il fumo le sta finendo negli occhi.

– Tu hai qualcosa – mi dice – Dài, che c'è?

– Ho male al polso – le dico, e non è vero.

– Poraccio – dice – L'hai sforzato.

Cioè, ci crede. Sente che qualcosa non va, lo segnala, lo chiede, e però alla prima risposta che ottiene – quella fasulla, quella rassicurante – ci crede. Sta commettendo lo stesso errore...

Provo a mettermi nei suoi panni, provo a sentire sulla mia pelle la sua energia, il suo sprovveduto ottimismo. Sono una donna giovane e bella e sto accompagnando a Milano il mio uomo che non può guidare perché gli hanno ritirato la patente; l'ho deciso d'istinto, dopo avere avuto un orgasmo nella cameretta della casa di Fregene della mia amica. Ho agito con concretezza, rapidamente: ho telefonato a Magalì, che era già al mare con tutti i bambini, e le ho detto la verità – che si sono bevuti la patente di Pietro e che devo accompagnarlo a Milano. Le ho ricordato di mettere a Eden la crema con protezione 50, di dare a Kevin l'intruglio multivitaminico prima di cena, l'ho ringraziata affettuosamente e mi sono messa a totale disposizione del mio uomo. Ho provato un candido senso di liberazione dinanzi alla prospettiva di passare uno o due giorni sola con lui, di viaggiare in autostrada, mangiare al ristorante, scopare in albergo senza dover fare attenzione ai bambini, vedere Milano per la prima volta – ma la cosa che più mi ha eccitata è stata senz'altro l'opportunità di fare per lui quello che di solito lui fa per me, e cioè: normalizzare le cose. Lui ha insistito a dirmi che non c'era bisogno, che non lo avrebbero fermato, l'ha fatta lunga sui bambini che ci sarebbero rimasti male, ma io non l'ho nemmeno ascoltato. So come vanno, queste cose, l'ho visto succedere: si parte sottovalutando un pericolo, si comincia a violare una legge, poi un'altra, poi un'altra, e ci si ritrova sporchi, colpevoli, *dall'altra parte*. Lui è la persona più pulita con cui abbia avuto a che fare in vita mia e a quanto pare il suo socio l'ha cacciato in un bel guaio, per cui sta già correndo un grave rischio: non esiste che lo lasci solo a commettere reati, proprio lui. Ho già dato, in fatto di uomini compromessi con la legge: lo accompagno io, a Milano, è deciso, senza discussioni...

Poi, quando mi sono resa conto di che splendore di macchina avrei dovuto guidare, un'auto fantastica che io, rimasta appassionata di cavalli d'acciaio dal tempo dei miei anni selvaggi, sono in grado di apprezzare ma nemmeno lontanamente di desiderare, ho avuto un fremito di felicità, insieme alla certezza cristallina che questo tempo che mi sono presa per dedicarlo a lui è in realtà un dono che il destino offre a me, una coppa di vino buono dopo i tanti calici amari mandati giù.

Questo è ciò che sta provando lei – ciò che io credo stia provando lei –, e che la rende così raggiante e disinvolta, così gloriosamente bella. Poi c'è quello che provo io – che è molto diverso. Innanzitutto, le cose non stanno come crede lei. Le ho raccontato sì e no un quarto della storia: non le ho detto di Rosy Malaparte, non le ho detto della bambina con la mano nella porta, non le ho detto del bicchiere di whisky e dei pensieri che avevo mentre lo bevevo – e va bene, dato che ormai tutto questo *non è successo*; non le ho detto dei rumeni, della gente pericolosa, ma non le ho detto nemmeno di Jürgen, dei soldi segnati con cui mi ha pagato l'acconto, non le ho detto di averli cambiati con le banconote dell'omone né di avere cominciato a servirmene, del tutto illegittimamente visto che martedì prossimo Jürgen non potrà ritirare il Cherokee; non le ho detto di aver recuperato il cellulare; non le ho detto che Claudia è scappata e non le ho detto nemmeno che sto scappando anch'io. E non è certo per proteggerla che le ho mentito su queste cose: le ho mentito perché lei fa parte del mondo in fiamme da cui sto scappando, le ho mentito perché lei è il fiore che spunta dalla terra che mi sta franando sotto i piedi. E per come si stanno mettendo le cose, temo proprio che questo per noi significhi la fine.

Perché il discorso è questo: finché ero io a occuparmi di lei, dei suoi bambini, dei suoi guai familiari e delle sue palme da dattero infette, andava tutto bene. Andava tutto bene finché io ero quello stabile e lei quella traballante. Ma ora che i casini li ho io, l'inverso non va altrettanto bene, anzi non va bene per niente – solo che lei non lo sa, e soprattutto non sospetta che sotto questa pressione, a sorpresa, anch'io sia diventato bugiardo come il suo ex marito. Ovviamente, mentirle è stato deprecabile, da parte mia, ma altrettanto deprecabile a me sembra il fatto che lei mi creda così ciecamente, e che produca proprio ora quello sforzo che fin qui non aveva ancora prodotto per cercar di dare un po' di equilibrio alla nostra unione, un po' di stabilità, col solo risultato di dimostrare che la nostra unione non potrà mai essere stabile o equilibrata, che anzi non potrà mai essere un'unione vera e propria, come ha in mente lei, dato che nel momento in cui uno comincia a mentire l'altro non se ne accorge: il fatto che lei creda alle mie menzogne è gravissimo, perché rende me spregevole e lei patetica. È lo stesso identico meccanismo che le ha fatto buttare quindici anni di vita appresso a Patrick Negretti, a farci caso, e che fra poco le farà scoprire di averne buttati altri quattro con me: il meccanismo che fa di lei una vittima, sempre, e del suo maschio una testa di cazzo, sempre. A questo davvero non c'è rimedio.

Non doveva essere qui, ecco tutto. Il modo giusto di fidarsi di me, adesso, era lasciarmi andare allo sbaraglio e rimanere tagliata fuori, in ansia, senza notizie per giorni e giorni, ad aspettare che succeda ciò che deve succedere. Questo doveva fare – non cercare di rendersi utile. E se alla fine fossi tornato da lei – dopo aver sistemato per il meglio tutti i miei cazzi oppure dopo non esserci riuscito ed essere finito in galera, o menato a sangue, o sul lastrico, o tutte e tre le cose, e poi esserne uscito in qualche modo –, a quel punto l'unione che lei ha in testa sarebbe stata possibile, e avremmo potuto davvero stare insieme. Ma prima no. Stare insieme ora no.

Ecco cosa ho: ma come faccio a dirglielo?

E tuttavia...

E tuttavia qualcosa devo dirlo, devo farlo, poiché è fuori discussione che lei venga con me. Devo fermarla ora, e mi sono rimaste solo due possibilità: una potrebbe teoricamente ancora salvare le cose, tra noi, potrebbe ancora permetterci di spazzare la polvere sotto il tappeto e andare avanti, separati, ognuno al proprio posto, per tutto il tempo necessario, e vedere se quello che succederà ci porterà del buono oppure no. E io la tenterò, come no, ma sono sicuro che non funzionerà – perché la conosco e so che non funzionerà.

– Anzi – dico – Una cosa c'è.

– Che cosa?

– I bambini. Più ci penso e più mi convinco che non va bene lasciarli in questo modo, senza averli nemmeno avvertiti. Devi tornare da loro, dammi retta.

Si gira, mi guarda, la bocca già arricciata in un sorriso teso e difensivo ma ancora volenteroso.

– Ancora! – esclama – Stanno benissimo, Pie'. Magalì è un tesoro, li tratta come se fossero figli suoi.

Non funziona, lo sapevo. Eppure sto dicendo una cosa elementare, e vera, e lei lo sa: basterebbe un po' di docilità, una minima capacità di cambiare idea. È inutile cambiare nome se non si riesce a cambiare idea...

– Non stanno benissimo – dico – Non stanno mai benissimo, e men che meno staranno benissimo se torneranno dalla spiaggia e scopriranno che la mamma se n'è andata all'improvviso senza salutarli. Sono momenti molto difficili, per loro, vanno accuditi con estrema—

– Senti, non me lo veni' a di' a me – niente: mi interrompe, le scappa il romanesco, si è già incazzata – Che me vedi fa' i viaggi, a me? Ma manco ar cinema. Sto sempre appresso a loro.

– Non staranno bene, Di' – insisto – Devi tornare da loro, subito.

– Ma non ce penso proprio. Loro non c'hanno bisogno, mo'. Sei te che c'hai bisogno. Io non te ce faccio guida' senza patente, hai capito?

È già fallito, il tentativo. Ma siccome il fatto che lei si stia incazzando fa incazzare anche me, e visto che per adesso ho ancora ragione io, e che messa come la mette lei la sua sembra solo ragionevolezza mentre è principalmente incapacità di capire che deve lasciarmi solo, maledizione, questa sua idea di essere *necessaria* devo pur levarla di torno.

– Senti, facciamo così – dico – Tu ora esci dall'autostrada, a

Civitavecchia Nord, mi accompagni alla stazione e a Milano io ci vado in treno, tanto non mi cambia nulla – e non è vero neanche questo, cambia eccome – Ti tieni la macchina e torni a Fregene in tempo per il pranzo. Che ne dici?

Ora ho proprio ragione io: questa sarebbe la cosa giusta da fare anche per lei, molto più che lasciare i bambini con persone che conoscono appena. Quello che è successo la notte scorsa, e di cui non sono ancora riuscito a dirle niente, succederebbe stanotte, io me ne andrei incontro al mio destino mentre lei rimarrebbe operosamente al proprio posto, e non volerebbero gli stracci.

Ma è inutile. Non c'è da illudersi per il fatto che non ha ribattuto subito, e sembra che ci stia pensando su. Non ci sta pensando su. Si sta chiedendo che cazzo succede, perché insisto così. Forse sta considerando la possibilità che io abbia un'altra, forse un brivido rivelatore le sta facendo venire il dubbio che gli uomini siano veramente tutti uguali – bugiardi, maiali, traditori –, come lei stessa dice sempre, del resto, ma ridendo, con l'aria di non crederci affatto, come fosse solo uno scongiuro. O forse le è solo venuto il sospetto che io non gliel'abbia raccontata tutta. No, non farà la cosa giusta. È arrivata troppo vicina a farsi crollare di nuovo il mondo addosso, e lo farà crollare. E per aiutarla in questo non c'è niente di meglio della seconda soluzione.

2

Dov'è l'aquila? Sparita.

(Seatlh, capo della tribù Duwamish)

Il fatto è che ieri notte, quando sono arrivato a casa sua, dove avevo deciso di andare a dormire perché è un indirizzo che nessuno tranne Claudia è in grado di associare a me, ho trovato la casa svaligiata e sono sicuro che a svaligiarla sia stato Patrick, perché era tutto sottosopra, sì, e mancava il televisore grande, e quello nuovo della cucina, e il lettore DVD che le ho regalato lo scorso Natale, e in camera da letto c'erano i resti di un banchetto tra i suoi gioielli, come se il furto fosse stato commesso da un ladro occasionale, ma per esempio è sparito anche il quadro dell'ingresso che lei chiamava "Gli Interessi" (parecchi anni fa D. ha prestato qualche migliaio di euro a un amico di Patrick che aveva promesso di restituirglieli con un interesse del quattro per cento, ma quando glieli ha restituiti anziché gli interessi le ha dato quella crosta assurda, lampantemente senza valore, millantata per un Tanzio da Varallo da restaurare, e Patrick sosteneva di credergli), e il computer portatile che con chissà quali soldi lui ha regalato a Kevin l'anno scorso non è stato toccato, e soprattutto mancano tutte le fotografie dei bambini dalle cornici d'argento, mentre quelle di D. sono state sbattute in terra, il vetro spezzato, le stampe strappate, e insomma è stato lui, ci ha lasciato proprio la firma, è passato in modalità aggressiva e ha fatto quel macello, senonché io ieri notte non potevo

229

certo denunciare l'effrazione – sarebbe stato il colmo, uno non decide di scappare e poi come prima cosa chiama il 113 dal suo nascondiglio per denunciare un furto –, anche se a essere sincero non lo avrei fatto comunque perché ero veramente sfinito, e non ne avrei avuto la forza, e ho agito come un animale in fuga, quell'animale che avevo appena deciso di diventare, e cioè per pura necessità, e poiché l'animale aveva sonno ho dormito, sì, in quello sfacelo, mi sono addormentato sul letto squassato in mezzo a tutta la roba buttata per aria, e ho dormito sette ore filate, e stamattina quando mi sono svegliato ho pensato di telefonarle per dirglielo e poi partire per Milano, e l'ho anche fatto, cioè le ho effettivamente telefonato, ma D. era così eccitata all'idea di vedermi, e anch'io di vedere lei, per la verità, che ho deciso di passare da Fregene per dirglielo a voce, e a quel punto il piano si è inclinato di colpo, e quando sono arrivato a Fregene la casa era già vuota, e lei mi è immediatamente saltata addosso come mi aveva promesso, e mi ha trascinato in camera da letto, e mi sono detto vabbe', glielo dico dopo, e però dopo avere scopato mi sono sentito una merda e non gliel'ho detto nemmeno allora, perché la conosco e so che si sarebbe arrabbiata e in quel momento ero convinto che fosse l'ultima volta che ci vedevamo per, chissà, magari anche dei mesi e non volevo che finisse in caciara, e – be', sì – anche perché quell'ennesima cazzata di Patrick rappresentava la prova definitiva che io avevo torto a dire di lasciarlo fare, di non denunciarlo, a garantire per lui che non avrebbe commesso spropositi, e insomma per venirne fuori ho concepito un'*enormità*, lo ammetto, che però in quel momento mi è parsa una cosa addirittura ragionevole, a dimostrazione che ho già passato il confine e sono già dall'altra parte, ho pensato che Rita, la signora che va a fare i lavori di casa da D., oggi non andrà, essendo giovedì, perché lei il giovedì non ci va mai, e che quindi bastava lasciar passare un'altra notte e domani lei sarebbe andata e avrebbe trovato la casa svaligiata e avrebbe telefonato a D. per avvertirla e tutto sarebbe slittato di un giorno e alla fin fine non sarebbe cambiato niente, salvo che io sarei già stato a Milano, fuggito, irraggiungibile, e almeno quella faccenda me la sarei risparmiata, e mi rendo conto che si tratta di un ragionamento da irresponsabile, anzi da drogato, di un tipico modo di ragionare da Patrick Negretti, ma avevo perso il tempo giusto per dire questa cosa e non riuscivo più a dirla, capita, cazzo, può capitare, soprattutto con la pressione che ho addosso, e però all'improvviso è successo quello che è successo, e cioè che D. ha deciso, così su due piedi, lì su quel letto caldo, ancora nuda e sudata e affannata, che non aveva nessuna intenzione di lasciarmi guidare la macchina senza patente e dunque che mi avrebbe accompagnato: dove dovevo andare? A Milano? Sarebbe venuta a Milano con me e avrebbe guidato lei – spazzando via d'un colpo tutte le ragioni che di solito rendono così complicato anche solo andare a cena fuori, per noi, perché quello che ha detto è vero, lei coi bambini ci sta sempre, e li accudisce molto più di quanto facciano le altre mamme, e proprio per questo io non avevo nemmeno preso in considerazione l'ipotesi che potesse concepire di piantarli lì per mettere in atto un proposito simile, e dunque adesso un'altra emergenza si sovrapponeva alla precedente, perché di ciò che ormai avevo deciso di fare sapevo due cose soltanto, sapevo che si chiamava fuga e che dovevo essere solo, e mi sono concentrato nel tentativo di dissuaderla senza pensare che quello, cazzo, *quello* era l'ultimo momento utile per dirle della casa svaligiata, dato che fin lì la mia omissione in fondo era ancora spiegabile, veniale, era ancora giustificata dal mio desiderio di dirglielo a voce e poi dalla foia con cui ci eravamo avvinghiati senza nemmeno dirci ciao come va, ma non l'ho fatto, ho combattuto la sua decisione di accompagnarmi e ho perso, e siamo partiti insieme, e lei era così bella, così serena e così fuorviata che ho continuato a non riuscire a dirglielo, chilometro dopo chilometro, sull'autostrada, mentre per contro la necessità di fermarla e di farla tornàre indietro si faceva sempre più tassativa, finché ho dovuto dirglielo per forza, qui, nel parcheggio dell'area di servizio di Tolfa Est, ecco, gliel'ho appena detto, e naturalmente lei s'incazza all'istante, ma di brutto, perché è fatta così, le si chiude la vena, e sei uno stronzo e che cazzo ti dice il cervello eccetera, il meccanismo si è rimesso in moto, lei è la vittima e il suo uomo un figlio di puttana, e hai voglia a dirle andiamo, su, non esagerare, non te l'ho mica svaligiata io, la casa, in questo modo s'incazza ancora di più, e giù insulti, improperi, romanesco, la sua anima coatta che riemerge tutta insieme, e *nun esagerare 'sto cazzo*, e *me capitano tutti a me*, e *'n ce se crede*, è il déjà vu, l'amor vacui, il cupio dissolvi, e d'ora in avanti farà tutto lei, incendierà tutto, non ci sarà bisogno nemmeno di soffiare sul fuoco, farà la scenata fino in fondo e darà di sé lo spettacolo peggiore, cioè il migliore per separarsi da lei, perché questo è un addio, c'è poco da fare, e tra tutte le possibili scene d'addio questa è la più scadente, cioè la migliore, ripeto, per non lasciare rimpianti, senti come mi rinfaccia tutto, la mia cautela con Patrick, che del tutto a torto definisce *strizza*, le resistenze di Claudia a intrattenere rapporti con lei, che sarebbero colpa mia, il fatto che io faccio *er frocio cor culo dell'artri*, senti come mi attacca, e non sa ancora niente, non sa quante balle le ho sparato, ma non fa differenza perché ormai il meccanismo è partito e una sola menzogna vale mille menzogne, e dunque ha ragione e torto insieme, e io non riesco a stare zitto e a lasciarla sfogare come volevo, perché non mi va giù che abbia ragione senza nemmeno saperlo, e allora ecco che m'incazzo anch'io, mi metto a urlare anch'io, e le faccio notare quanto d'un tratto il furto di quattro carabattole sia diventato più importante dei miei guai e dei suoi figli abbandonati a quella Magalì che lei – glielo ricordo con tutta la malignità che possiedo – una volta ha definito una *bora de quarta*, e ora le affida due bambini traumatizzati, e come pronuncio questa parola, *traumatizzati*, lei perde la testa e mi tira un ceffone, un manrovescio, addirittura, in faccia, molto forte, e mi fa male, e devo bloccarle le braccia perché altrimenti me ne darà altri, e lottiamo, e lei urla come un'ossessa, lasciami, *nun me tocca'*, lei a me, e mi guarda ansimando con la fiamma ossidrica negli occhi e però si blocca di colpo, cioè è ancora furibonda, ha il fiatone eccetera ma smette di divincolarsi e di fare forza per colpirmi, e mi guarda fissa, e mi rendo conto che sanguino dal labbro perché con quel brillocchetto del cazzo me l'ha spaccato, ed è questa la ragione per cui si è fermata, *sanguino*, e allora la lascio, e lei probabilmente capisce di avere esagerato, e forse si pente, e rimane immobile, ma è un errore perché ora il suo bel viso incazzato è a mia disposizione, e ho un intero attimo lucente per fare una cosa che non ho mai fatto, né concepito, né mai minimamente sospettato di essere capace di fare, e che ho sempre considerato gravissima, vile, barbara, imperdonabile e via discorrendo, cioè le lascio andare un violento sganassone – un *pizzone*, lo chiamerebbe lei – in faccia a tutto braccio, e durante la sua corsa la mia mano che sibila nell'aria è come se recuperasse tutti gli impulsi violenti che ho represso nella mia vita, gli impulsi orrendi che io, il mite, pacifico vedovo padre di famiglia ho pur provato, in passato, e li ho repressi, e li ho rimossi, e infatti fino a un momento fa non avrei nemmeno ammesso di averli provati, e invece li ho provati, impulsi violenti e orrendi nei confronti di esseri indifesi, tipo Claudia, quando nei primi sei mesi della sua vita la notte non dormiva mai e piangeva e io la portavo in giro per la casa nella carrozzina e lei continuava a piangere e non smetteva e allora la prendevo in braccio e la cullavo e le cantavo la canzoncina e per qualche minuto sembrava che si fosse calmata ma all'improvviso ricominciava a piangere e a urlare daccapo senza ragione e in quel momento mi veniva l'impulso di sbatterla contro il muro, oppure Dylan, il mio cane, vecchio, cieco e incontinente per un tumore all'intestino, quando lo portavo fuori e se n era il numero dei sacchetti per la raccolta degli escrementi che mi ero portato dietro lui riusciva sempre a cacare $n + 1$ volte sul marciapiede, e io dovevo fare uno sforzo per non sferrargli un calcio nel culo, per poi sorbirmi il predicozzo del rompicoglioni di turno che vedeva il mio cane cacare e me non raccogliere la merda e mi guardava con ribrezzo, a volte anche apostrofandomi, magari dandomi del tu, bravo, se tutti qui facessero come te, cose così, e a quel punto dovevo reprimere anche l'impulso di infilargli in bocca i due, tre, quattro sacchetti pieni di merda che mi ciondolavano dalla mano, e ora questi e tutti gli altri atti violenti che non ho commesso nella mia vita non violenta rispuntano nel ceffone violentissimo che invece si abbatte sul volto di D. con un sordo rumore da macelleria (tipo quando il macellaio prende il pezzo di carne dalla vetrina refrigerata per tagliarti le fettine e invece di appoggiarlo sul tagliere ce lo lascia cadere, e la carne cade sul legno, e fa questo rumore), a mano aperta, che investe insieme labbra naso e guancia, talmente forte che malgrado il tutore sento molto male anch'io, al polso, e D. se lo becca tutto intero perché non se lo aspettava, e fino a un secondo fa non immaginava che avrei potuto picchiarla, men che meno in maniera così sleale, e invece l'ho fatto, sì, l'ho fatto, sono un uomo che picchia le donne, sono passato dall'altra parte anche in questo, e il viso le si rovescia all'indietro, e lei si porta la mano sulla bocca, e lì la tiene, per il dolore, certo, ma soprattutto per lo stupore, e mi guarda in una posa sbigottita, la mano premuta contro la bocca, gli occhi esterrefatti che tra poco piangeranno, l'espressione sgomenta di chi si trova di fronte all'irreparabile, perché malgrado gli insulti lei non aveva nessuna intenzione di lasciarmi, e nemmeno di farmi male, malgrado lo schiaffo, aveva solo perso il controllo, come le succede quando s'incazza, e mi stava rinfacciando delle cose gravi, sì, ma non così gravi da separarci per sempre, mentre adesso che io l'ho colpita si rende conto che tra noi è finita, è chiarissimo, è inevitabile, ed è sconvolta, e sono sconvolto anch'io, artigliato da un istantaneo lancinante rimorso, perché questo non volevo farlo, non so che mi è preso, e darei tutto il poco che mi è rimasto per non averlo fatto ma ormai l'ho fatto, l'ho *picchiata*, a mezzogiorno, nel piazzale della stazione di servizio di Tolfa Est, ed è davvero il peggiore degli addii, allora, molto peggiore di quanto credessi poco fa quando dicevo che in realtà era il migliore, perché l'ho picchiata e le ho fatto male, e allora sì che ci sarà rimpianto, e rimorso, e senso di colpa e disgusto di me, per sempre, ed ecco che lei abbassa la mano, e la sua bocca è già gonfia, cazzo, è tutta rossa, viola, addirittura, cosa ho fatto, cosa cazzo ho fatto, e ora vorrei abbracciarla, vorrei stringerla, accarezzarla, *proteggerla* – hah –, e sono fermo davanti a lei, con le braccia abbassate, senza difesa, e vorrei tanto essere colpito di nuovo, e colpito e colpito, ma lei non lo fa, perché è troppo tardi, perché è tutto finito, e mi lancia un'ultima occhiata al mercurio e scarta di lato, e apre lo sportello della Q3, e tira fuori la sua borsa, e se ne va, e io non la vedrò più – addio –, già non la vedo più, è solo una schiena perfetta che si allontana di corsa, e addio Diana mia, addio bocca fondente che ho appena oltraggiato, addio voce roca che fa sembrare tutto divertente, addio capelli colore del grano, neri occhi senza fondo, corpo imperioso che domina lo spazio, tette che spezzano il cuore, la sinistra più grossa della destra, addio al meraviglioso tatuaggio acchiappasogni sparso sulla schiena, e anche agli altri, il mio preferito è la piccola testa d'aquila sotto l'orecchio, addio sella del collo morbida come una torta dove i miei denti non affonderanno mai più, addio passato che non dà tregua, durezza, orgoglio, ardore, gelosia, addio sbornie di vino bianco, e risate, e sconforto e abbandoni tra le mie braccia, addio poveri bambini che mi volevate bene, Kevin il placido, Eden l'intrepida, addio Patrick, testa di cazzo, l'unico che non rimpiangerò, finisce tutto nel peggiore dei modi, nella colpa e nel rimorso, e cosa fa, adesso, la pazza? Scavalca il guardrail? E dove va? *Attraversa l'autostrada?* Diana! Che cazzo fai? Fermati! –, ma niente, quattro balzi tra le macchine che sfrecciano ed è dall'altra parte, perché è pur sempre la squaw di Kocis, è pur sempre la creatura selvaggia che non vorrebbe essere più, e queste prodezze le vengono facili, ce le ha nel sangue, eccola che tra noi ha già messo quattro corsie d'autostrada, e scavalca l'altro guardrail, e dopo c'è un avvallamento, e scompare – addio –, ma dopo qualche secondo ricompare, lontana, eccola che corre nel piazzale dell'altra stazione di servizio, Tamoil, mentre questa è Erg, e va dritta verso una Volvo nera che sta facendo benzina, anzi verso l'uomo che sta pagando, in piedi, accanto allo sportello aperto, e non sembra neanche che gli rivolga la parola, o che gli chieda il permesso, gira intorno al cofano e sale a bordo, e subito dopo sale anche lui ed è incredibile quanto poco ci metta a ripartire – addio –, neanche il tempo di una domanda, cazzo, di una spiegazione, parte e via, con lei accanto, se la porta via, come se fossero già d'accordo, come se fosse lui il suo uomo, e non io – addio –, come se a fuggire fosse lei, e non io – addio, addio, addio.

3

Oh come to me again as once in May.

(Malcolm Lowry)

Mamma...

Quando hai conosciuto papà eri una bella ragazza dai capelli rossi appena laureata in lingua e letteratura inglese e insegnavi in un liceo di Genova, la tua città, con l'intenzione di dedicarti agli studi e alla carriera universitaria. Poi però ti sei sposata, ti sei trasferita a Roma e le tue priorità sono cambiate. Saltando direttamente alla fine della storia, sei stata sposata con papà per trentanove anni, lo hai amato, aiutato, capito, sostenuto, e da quando è nato il primo figlio, cioè io, hai smesso di lavorare e come tante donne della tua generazione ti sei completamente dedicata alla famiglia, vivendo all'ombra del tuo uomo senza mai dare l'impressione che si trattasse di un sacrificio. È anche vero che papà ti ha ricambiata: ti ha amata teneramente, ti è stato fedele, ti ha divertita, ascoltata, lusingata, e anche se lui era *quello che portava i soldi a casa* non ti ha mai lasciata indietro, calandosi per intero nel ruolo di marito e di padre previsto dal modello delle famiglie del boom economico italiano, il che significa che alla fine è stato addirittura lui, secondo la versione ufficiale che tu stessa hai sempre avvalorato, a sacrificare per noi una parte della sua carriera – ma poiché stiamo parlando degli anni sessanta, settanta, ottanta e novanta, significa anche che ha comunque guadagnato molti più soldi di qualsiasi avvocato che

237

oggi sgobbi per sedici ore al giorno sacrificando tutto il resto. In ogni caso, come si vede anche adesso che sto parlando di te, sei stata una di quelle donne la cui vita non può essere raccontata senza dover necessariamente raccontare anche quella di suo marito. Questa tua scelta ha però prodotto i risultati che desideravi, e quando sei morta, prematuramente, nel 1999, a sessantasette anni, la nostra famiglia era come l'avevi voluta tu. Se anziché una famiglia fossimo stati un titolo in borsa si potrebbe dire che nel 1999 avevamo raggiunto il massimo storico della quotazione, ed è per questo che il tuo destino è stato davvero strano: te ne sei andata nel momento migliore, rimpiangendo insieme a tutti noi le soddisfazioni future che la morte ti negava, e invece ti sei solo risparmiata la rovina che senza di te si è immediatamente abbattuta su di noi. Della quale rovina ormai è simbolo questa tua tomba, davanti alla quale sono inginocchiato, concepita in origine come un simbolo del contrario – della riuscita, dell'unione, della felicità.

Assai prima che ti ammalassi, infatti, tu e papà avevate deciso di farvi seppellire uno accanto all'altro in questo piccolo cimitero di paese, in Maremma, a pochi chilometri dalla casa al mare che avevate comprato alla fine degli anni sessanta. Ricordo perfettamente quando a noi due figli fu comunicata questa vostra decisione. Tu e papà avevate più o meno l'età che ho io adesso, e io quella che adesso ha Claudia. Estate dopo estate, la casa di Roccamare era diventata il simbolo del successo della vostra unione, e per questo avevate deciso di stabilire qui il vostro ultimo domicilio di sposi felici, nel piccolo cimitero di Castiglione della Pescaia. Un punto del mondo del tutto nuovo, estraneo alla tradizione di entrambi i rami della famiglia, e tra l'altro – ma era un caso – vagamente equidistante dai due cimiteri nei quali essa si era fin lì concentrata, cioè Staglieno a Genova e il Verano a Roma. Quel giorno – era l'estate dell'83 –

ci portaste qui, dove non avevamo mai messo piede, ci comunicaste la decisione di esser sepolti insieme in questo cimitero e ci mostraste il pezzo di terra che avevate scelto nella parte alta e panoramica, un punto dal quale si vede il Tirreno con tutte le isole dell'arcipelago toscano poggiate sull'orizzonte – le sto guardando in questo momento: l'Elba, Montecristo, il Giglio, il promontorio dell'Argentario che sembra un'isola anch'esso per via dell'istmo invisibile che lo collega alla terraferma, e a volte, ma non oggi, anche la Corsica, là dietro, con le vette bluastre delle sue montagne selvagge. Dall'altra parte, egualmente bella, si vede la campagna bonificata del Padule piena di stagni e di frutteti, e campi di girasole e vigne e allevamenti di cavalli. *Un posticino incantevole*, come lo definisti tu. Avevate già pagato la concessione trentennale, e poiché godevate entrambi di ottima salute e vi auguravate di morire vecchissimi, eravate sicuri che sarebbe scaduta prima della vostra morte: ma vi raccomandaste che non tradissimo questa vostra volontà, e che rinnovassimo noi la concessione, nel caso voi non poteste farlo per una qualsiasi ragione. Ottenuta la nostra promessa, e fantasticato foscolianamente sul piacere che figli e nipoti avrebbero provato nel venire a visitare la vostra tomba in un posto così bello, tornaste a casa e smetteste per sempre di parlarne – con una sola eccezione, circa due anni dopo, quando Italo Calvino fu colto da ictus nella sua casa a duecento metri dalla nostra, morì all'ospedale di Siena e venne seppellito qui accanto, in questa tomba semplice con la lapide di marmo bianco immersa in un'aiuola di rosmarino profumato. Allora fu inevitabile tornarci sopra, ma da quel momento in poi l'ombra della morte venne di nuovo allontanata dalle nostre vite, e quel punto del mondo – *questo* punto del mondo – fu lasciato dov'era e mai più frequentato, come un gruzzolo messo da parte per i tempi grami che, malgrado il passare degli anni, continuavano a rimanere lontani.

Sei morta nel 1999, come ho detto, molti anni prima che scadesse la concessione. Eri già malata da un bel po', solo che i medici non erano riusciti a capire che avevi un tumore. Una serie di ipotesi strampalate si erano susseguite per spiegare la tua febbriciattola, i tuoi dolori addominali e il tuo costante dimagrimento, fino a quella che venne concordemente ritenuta la diagnosi corretta: diverticolite. Ti fu curata per molti mesi questa malattia (antibiotici, dieta a base di fibre insolubili), ma le tue condizioni continuarono a peggiorare finché i due medici che ti avevano in cura, la dottoressa di base e l'internista specializzato, si decisero a ricorrere agli accertamenti strumentali, cioè TAC e risonanza magnetica. L'esito rivelò che nel fondo del tuo utero, là dove io e Carlo eccetera eccetera, c'era una palla tumida delle dimensioni di un melone e dell'aspetto di un sarcoma. Biopsia. Sarcoma. Solo che così grande com'era non si poteva più asportarlo insieme a tutto l'utero che lo conteneva: era inoperabile, e dunque incurabile. E però, così grande com'era, doveva trovarsi lì da almeno due anni, forse anche tre – e com'è possibile, mi scusi, professore, che nessuno se ne sia accorto, considerando che la mamma ha sempre, ogni anno, disciplinatamente effettuato il pap-test, il cui esito ha sempre escluso qualsiasi problema? Eh, ma il pap-test individua le infezioni al *collo* dell'utero, e purtroppo sua madre è stata colpita al *corpo* dell'utero. Le faccio un disegno, così capisce meglio: questo è l'utero; questo è il collo, detto anche cervice; e questo qui è il corpo. Il pap-test copre solo questa zona superiore, non si spinge fino al corpo. Ha capito? Ho capito, ma allora cosa si fa a fare, il pap-test? Che razza di prevenzione è? Vede, il fatto è che la corretta prevenzione dei tumori all'utero prevede di affiancare al pap-test un'indagine ecografica transvaginale, con la quale il sarcoma di sua madre sarebbe stato scoperto molto tempo fa, quando il problema si sarebbe potuto risolvere con l'asportazione dell'utero stesso. Le faccio un disegno, così capisce: si infila una sonda nella vagina e si esegue un'ecografia mediante l'emissione di onde sonore. E si tratta di un esame molto complesso, professore, o doloroso, o costoso? Necessita di apparecchiature molto sofisticate? No, è una banalissima ecografia: ormai la fanno tutte le donne in gravidanza, entro i primi due mesi. E allora perché mia madre non l'ha mai fatta, e non solo, non ha mai nemmeno saputo dell'esistenza di questa ecografia transvaginale? Ah, non ne ho idea, deve chiederlo al suo medico di base. Dottoressa, il pap-test che faceva mia madre non era sufficiente: perché non faceva anche l'ecografia transvaginale? Ah, non lo so, bisogna chiederlo al suo ginecologo. Signor ginecologo, perché non ha mai fatto l'ecografia transvaginale a mia madre, insieme al pap-test? Perché non c'era la prescrizione. Ma non spettava a lei, mi scusi, la prevenzione ginecologica per mia madre? Sì, ma la prescrizione degli esami diagnostici spetta al medico di base: le veniva prescritto il pap-test e io le facevo il pap-test. Se le fosse stata prescritta anche la TVS le avrei fatto anche la TVS...

E via. Fatto sta che dalla scoperta del sarcoma alla tua morte sono passati solo quattro mesi – durante i quali abbiamo lottato, come no, ti abbiamo bombardata di chemio e ci siamo sorbiti una gran quantità di disegni, così capivamo: ma in realtà c'era poco da capire, eri spacciata. Tu, per la verità, sei stata docile e stoica, e hai accettato senza opporre resistenza la danza macabra che io e Carlo ti abbiamo inflitto, a Roma, poi a Milano, poi di nuovo a Roma, così come hai accettato senza chiedere spiegazioni anche il brusco cambiamento quando ci siamo rassegnati e siamo passati alle cure palliative. Il problema in quei mesi fu papà, che aveva semplicemente rifiutato tutta la faccenda fin dal principio, si era trasferito in un'altra stanza e si aggirava per la casa come un lupo in gabbia, rabbioso, inconsolabile, pieno di rancore e di frustrazione, ma soprattutto di paura – tanto che Chantal, l'infermiera svizzera ingaggiata per assisterti, passava molto più tempo con lui, a cercare di consolarlo, che con te, che a causa del trattamento antalgico dormivi quasi tutto il tempo. Fu allora, negli ultimi momenti di lucidità che ti rimanevano, quando il dolore ti dava tregua e il protocollo a base di morfina solfato poteva essere alleggerito, che si ricominciò a parlare di questa tomba. Tranquillizzata dal fatto che il posticino incantevole fosse lassù ad aspettarti, ti esercitavi su un vecchio quaderno alla ricerca delle parole da far scrivere sulla lapide, finché, aggiustando un po' un passo di *Sotto il vulcano*, uno dei tuoi libri preferiti (e confessandolo – per dire quanto eri leale –, anche se nessuno di noi sarebbe mai stato in grado di accorgersene), decidesti per la frase che ora ho davanti agli occhi: "Torna da me come quel giorno di aprile." Volesti discuterne con me e con Carlo, volesti essere rassicurata che papà non l'avrebbe presa come una frase di malaugurio, rimanendo fino all'ultimo incrollabilmente fiduciosa che le cose sarebbero andate come era stato stabilito – mentre io e mio fratello avevamo già cominciato a percepire che qualcosa non quadrava.

Quando ti seppellimmo, la lapide non era ancora pronta, e papà non la vide – e dunque non l'ha mai vista, poiché lui qui non è più venuto. Per uno di quei prodigi di cattivo gusto di cui è capace la psiche umana sotto pressione, si mise insieme a Chantal: nel giro di due mesi chiuse lo studio legale, vendette la casa di Roma e si trasferì a Lucerna insieme a lei. Mio fratello ruppe definitivamente i rapporti con lui, mentre io continuavo a vagare per ospedali e centri diagnostici perché nel frattempo si erano ammalati anche i genitori di Lara e io ero stato risucchiato di nuovo nella rumba di esami, trattamenti e disegnini che avrebbe condotto anche loro a morire di cancro, a venti giorni di distanza l'uno dall'altro, nel giro dei sei mesi successi-

vi. Così, quando tutto fu finito, e finiva anche quell'anno maledetto, e insieme finivano anche il secolo e il millennio, la famiglia Paladini non esisteva più. Mio fratello indignato a far miliardi in giro per il mondo, io a Milano con Lara, scioccati dal triplo lutto, papà in Svizzera affidato alle cure di Chantal mentre una compassionevole forma di Alzheimer cominciava lentamente a incasinargli il cervello, e tu qui, nel tuo posticino incantevole, sotto questo patetico richiamo d'amore scolpito nella pietra.

Per anni abbiamo continuato a fare le vacanze nella casa di Roccamare, io con la mia famiglia e Carlo con le sue fidanzate sempre diverse, ma quassù a trovarti ci venivamo di nascosto, da soli, senza nemmeno dircelo, tanta era la pena che ci faceva il tuo richiamo inascoltato. Per paura di litigarci sopra non abbiamo mai affrontato la situazione, non abbiamo discusso nemmeno una volta se fosse o no il caso di far rimuovere la scritta, per esempio, o magari spostare le tue spoglie a Genova, o fare qualsiasi altra cosa che somigliasse anche solo vagamente a una soluzione del problema: questo punto del mondo era diventato una vergogna e noi ce lo siamo tenuti così com'era. Ne abbiamo parlato solo l'ultima volta che ci siamo visti, proprio qui, tre anni e mezzo fa, il giorno prima che Carlo lasciasse l'Italia, quando era già tecnicamente scappato ma non ancora ricercato, e ci demmo appuntamento in questo cimitero, a due ore e mezzo da Roma, perché avremmo potuto parlare con meno rischi di essere visti o sentiti. La casa di Roccamare era già stata venduta da un pezzo e noi avevamo continuato a venire a visitare questa tomba separatamente, senza dircelo, come sempre, da Roma, senza mai fare nemmeno una volta il viaggio insieme, riscontrando ognuno il passaggio dell'altro dal cambio dei fiori nel vaso di plastica: io trovavo le sue tuberose bianche, ormai secche, e le sostituivo con un mazzo di fiori di campo, e quando ritornavo, non importa se un anno o un mese dopo, ci ritrovavo di nuovo le tuberose bianche, e di nuovo le sostituivo coi fiori di campo. Così, senza mai dirci niente.

Quel giorno invece ne parlammo – e fu la prima e unica volta, dopo l'interramento, in cui ci ritrovammo insieme in questo posto. Dopo che Carlo mi ebbe detto le poche cose che poteva dirmi riguardo alla sua fuga dell'indomani (non aveva ancora un piano definitivo, e comunque era meglio che io ne sapessi il meno possibile), parlammo finalmente di questa tomba, affrontammo il problema, e a renderlo inevitabile fu proprio la differenza tra i fiori che ci avevamo portato in tutti quegli anni. Naturalmente sapevamo benissimo cosa significava quella differenza, ma col fatto che non ci saremmo visti per chissà quanto tempo, quel giorno ne parlammo, ci dicemmo le cose – e le cose stavano così: io portavo i fiori di campo perché il giorno di aprile di cui parla la scritta è quello del primo appuntamento tra te e papà, a Genova, nel 1959, al quale lui si era presentato per l'appunto con un mazzo di fiori di campo. I dettagli non ce li avete mai raccontati, né noi ve li abbiamo mai chiesti (perché papà era a Genova, quanto tempo prima vi eravate conosciuti, tramite chi eccetera), ma sta di fatto che ogni anno il 28 di aprile papà ti portava un mazzo di fiori di campo e che quello, e non la data del matrimonio, che infatti nemmeno ricordo, era il vostro vero anniversario. Il senso dei miei fiori di campo era dunque chiaro: tanto con papà ancora vivo, che però stava in Svizzera con l'infermiera ed era chiaro che qui non sarebbe venuto mai più, quanto, in seguito, con papà morto e assurdamente sepolto nel cimitero di Lucerna, io non ti concepivo fuori dalla storia che ti aveva legata a lui, e il simbolo di questa storia erano per l'appunto i fiori di campo. Carlo invece portava le tuberose bianche perché erano il tuo fiore preferito, e anche il loro senso era chiaro: niente più papà, niente più storia che ti aveva legata a lui, niente più simboli, per Carlo eri semplicemente una donna da corteggiare, sedurre, amare e proteggere *meglio* di come aveva fatto nostro padre.

Come dicevo, tutto questo io e Carlo lo sapevamo benissimo, così come sapevamo che nella differenza tra i fiori che portavamo alla mamma era concentrata tutta intera la vecchia, incallita e anche pericolosa differenza tra noi due, che negli anni della nostra giovinezza ci aveva condotto a scazzi memorabili e che, per non generarne altri, giustificava la rimozione che avevamo riservato al problema della tomba: ma quel giorno ce lo dicemmo. E poi ci dicemmo quello che volevamo fare per risolverlo – quello che volevamo veramente. Io gli confessai che non avevo mai abbandonato l'idea di andare a prendere la salma di papà, un giorno, in quel fottuto cimitero svizzero, e portarla qui, in quello che per me continuava a essere il suo posto – cioè di rimettervi insieme a forza, cazzo, qui, come avevate deciso che doveva essere quando eravate giovani e lucidi e vivi e ogni 28 aprile festeggiavate il vostro primo appuntamento con un mazzo di fiori di campo. E Carlo mi pregò di giurargli che non avrei approfittato della sua assenza per farlo, dato che aveva trovato un'altra soluzione: *lui* si sarebbe fatto seppellire qui, accanto a te, occupando il posto che papà aveva tanto ignobilmente deciso di lasciare vuoto. Le tuberose, dunque, non erano che l'annuncio del suo arrivo. Sottinteso era il fatto che eravamo entrambi sempre stati innamorati persi di te, e che dunque alla fine le cose stavano al contrario rispetto a come le avevamo sempre percepite, cioè che a vivere di luce riflessa non eri tu, era papà. Non solo: era sottinteso anche che papà, prima con il suo ingombro e poi con la sua assenza, cioè con tutto il bene e tutto il male che aveva fatto, aveva attirato su di sé i nostri sentimenti più estremi, ma soprattutto ci aveva distratto da quello più estremo di tutti, cioè il nostro amore per la sua donna, e l'annessa tentazione di scannarci l'un l'altro nell'intento di portargliela via. Questo non ce lo dicemmo solo perché una cosa del genere non può essere detta, ma sono sicuro che la pensammo entrambi, chiaramente, e simultaneamente, qui, durante quel nostro ultimo incontro. Io mi limitai a fargli notare che, anche con quella sua decisione di farsi seppellire al posto di papà, la scritta sulla lapide avrebbe continuato a sanguinare, visto che lui era nato in giugno e con aprile non aveva niente a che fare; lui si limitò a rispondermi che non gliene fregava nulla. Il giorno dopo lasciò l'Italia e due mesi dopo mi fece sapere di essere al sicuro in una piccola cittadina dell'Uruguay, e da allora ci siamo sentiti molto poco, via Skype, per il timore che gli inquirenti mi stessero controllando per scoprire dove si era nascosto. Ma la cosa veramente curiosa, che dice di me molto più di qualsiasi confessione, è che da allora, visto che se n'è andato anche lui e non può più venire qui a sostituire i miei fiori di campo con le sue tuberose bianche, questa operazione la svolgo io – cioè ho preso l'abitudine di portare una volta fiori di campo e la successiva tuberose bianche. Oggi, per esempio, toccava alle tuberose, che ho appena sistemato nel vaso al posto del mazzo di fiori di campo ormai secchi lasciato l'ultima volta. Perché lo faccio, *per chi*, che senso abbia, se significhi o no che sono malato, pazzo, deficiente, sono domande che non mi pongo. Svolgo un compito, ed è tutto – e non significa niente, per me, il fatto che non si tratti del mio.

Oggi però è diverso. Oggi non era previsto che fossi qui, e non sono venuto per svolgere il compito, anche se l'ho appena svolto: oggi è il giorno in cui tu, mamma, ti saresti vergognata di me, perché ho picchiato una donna che mi voleva bene e che cercava di aiutarmi nel mare di merda in cui mi ritrovo, senza nemmeno sapere quanto è grande dato che non gliel'ho detto. Oggi sono venuto per chiedere perdono, e infatti sono in ginocchio; sono venuto per decidere cosa devo fare, e ho bisogno della tua saggezza, della tua mitezza, della tua indulgenza. Cosa faresti tu, se fossi al mio posto? No, impossibile: tu non ti saresti mai trovata in questa situazione. Meglio chiedersi: cosa mi consiglieresti di fare? Se fossi viva come avresti dovuto essere e io fossi venuto da te e ti avessi raccontato tutto quello che mi sta succedendo, tutto quello che ho fatto e che non ho fatto per arrivare fin qui – senza mentire, maledizione, senza omettere o nascondere o rimuovere nulla –, cosa mi *ordineresti* di fare? Di correre indietro da D. a scusarmi, a farle toccare il mio pentimento e raccontarle come stanno veramente le cose e chiederle quell'aiuto che due ore fa ho rifiutato, e supplicarla di ripartire insieme a me, e di starmi vicino, perché l'idea che devo essere solo forse è sbagliata, forse è soltanto vanità, è superbia, è soltanto la manfrina che ho messo su quando è morta Lara, di farcela da solo, di resistere da solo, sempre, e guarda con che risultati, mi tocca scappare come papà, come Carlo – mi ordineresti questo? E magari, dopo avere chiesto perdono a D., dopo averle detto che non desidero più essere solo e che lei è importante per me, e che non voglio perderla, dopo averla abbracciata e stretta e forse per la prima volta averla fatta sentire la mia donna, andare dai carabinieri a raccontare tutto, interrompendo la mia fuga finché sono in tempo, visto che il male ho cominciato a compierlo *dopo* che ho deciso di fuggire, e non prima? Mi ordineresti questo? O mi ordineresti di pensare a Claudia, piuttosto, di correre a Milano da lei, e parlarle, e ascoltarla, e capirla, senza più pensare a D. e a quello che le ho fatto, perché non è la donna giusta per me e se sono arrivato a compiere un'azione così turpe la vera ragione è quella, e ormai che l'ho compiuta tornare indietro sarebbe soltanto l'ennesimo sbaglio? Mi ordineresti di proseguire, dunque, di sopportare il male che ho commesso e abbandonare per sempre l'illusione di essere buono, innocente, solo e senza colpe, e andare avanti, e copiare sul quaderno i numeri importanti della rubrica e poi lasciare qui il cellulare, sulla tua tomba, tra le tuberose bianche, e continuare a fuggire, e lottare, e cercar di salvare quello che si può ancora salvare? Qual è la cosa giusta? Qual è il mio dovere? Cosa mi risponderesti, tu? Cosa mi diresti?

Abbasso il capo e mi metto a pensare. Mi concentro. Mi raccolgo in me stesso. Se qualcuno mi vedesse penserebbe che sto pregando. Ma non c'è nessuno, non mi vede nessuno, e io non sto pregando.

Sto ricordando.

Io e Carlo ci dicemmo anche un'altra cosa, quel giorno, prima di separarci. Tu, mi disse Carlo, ed era un'accusa, hai sempre venerato papà, hai sempre desiderato essere lui. E tu invece, gli dissi io, ed era un'accusa anche la mia, l'hai sempre odiato, e hai sempre desiderato prendere il suo posto.

Ce lo dicemmo. Quel giorno. Qui.

Alzo lo sguardo senza alzare la testa, guardo per l'ennesima volta la scritta sulla lapide: "Torna da me come quel giorno di aprile."

Ci sono le cicale, in questo cimitero. Il silenzio non è altro che un gran frinire di cicale. La tomba di Calvino, qui accanto, è quasi soffocata dal rosmarino. Ci sono anche le zanzare, e tutto un fermento di altri insetti. Il sole è così forte e caldo che sembra di esserci sopra.

Quando io e Carlo ci dicemmo le cose, quell'ultima volta, era un pomeriggio d'autunno buio e strappato dal vento, di quelli in cui sembra che il mondo stia per finire.

Sii sincero con te stesso: questo mi diresti – solo questo. Sii sincero con te stesso come quel giorno di ottobre.

4

Così, passin passino, tutte le cose concorrono al solo possibile.

(Samuel Beckett)

– Pronto?

– Ciao Cinzia.

– Oh, meno male. Dove sei?

– Sono fuori. Come va?

– Hai visto che casino?

– No. Che casino?

– Si sono bevuti Oscar.

– Quando?

– Ieri mattina. L'hanno arrestato insieme ad altri due commercialisti e una paccata di rumeni.

– E perché?

– Associazione a delinquere, ricettazione, riciclaggio. "Il Messaggero" parla di un giro internazionale di auto rubate, e fa il nome di Oscar come una delle menti della banda.

– Fatico a credere che Oscar possa essere la mente di qualcosa.

– Anch'io. Però intanto sta a Regina Coeli. E poi c'è il problema Lello.

– Cioè?

– Non è andato a operarsi, Pietro. L'ho cercato alla clinica di Treviso e mi hanno detto che non è ricoverato e che non era prevista nessuna operazione. A casa squilla a vuoto, e il telefonino della moglie è staccato come il suo. Che sta succedendo?

– Non ne ho idea, Cinzia.

– Quel bigliettino di ieri, Pietro. Non dirmi che non c'entra con questa storia perché non ci credo.

– C'entra, ma Lello mi diceva solo che scappava senza spiegarmi cosa succede.

– Cioè s'è dato.

– Sì.

– Allora ci siamo in mezzo anche noi.

– Mah, bisogna vedere. Cosa dicono i giornali? Fanno il suo nome?

– No. Li ho guardati tutti e dicono sempre le stesse cose. Il più dettagliato è "il Sole 24 Ore" online, ma il nome di Lello non c'è. Però c'è un'altra cosa che è strana...

– Cosa?

– L'operazione si chiama "Supercar".

– Come dici?

– Sai che alle operazioni di polizia vengono dati dei nomi, no? Be', questa l'hanno chiamata "Supercar", come noi. Che vorrà dire?

– Eh, non lo so. Magari è un caso. Attaccato o staccato?

– Cosa?

– Supercar tutto attaccato o Super Car, staccato, come noi?

– Non me lo ricordo, e ora non posso controllare, perché qui i computer non ci sono più.

– Cioè, sei in ufficio?

– Sì. Ho chiamato il tecnico per far riparare i ventilatori. Ma che differenza fa se è attaccato o staccato?

– Se è tutto attaccato è sicuramente un caso, perché è il titolo della serie TV. Se invece è staccato...

– Se è staccato? Perché mi sa che è staccato...

– Non so. Magari è un caso comunque.

– È strano, però.

– Sì, è strano.

– Ma noi che dobbiamo fare, Pietro? Io che devo fare?

– Senti, chiudi tutto, metti le chiavi delle macchine in cassa... Ok, portatele via. Portati via le chiavi delle macchine del piazzale, tutte, prenditi le ferie e non tornare in ufficio finché non si è capito di che morte si muore. D'accordo?

– Tutte le chiavi? Pure dei camion?

– Tutte, Cinzia. Tienile a casa tua. E di' a Virginio di passare a dare un'occhiata al piazzale tutti i giorni, finché non torniamo.

– Ah, a proposito. Siccome Virginio oggi non è venuto, e al telefonino non rispondeva, sono andata io a recuperare la Yaris e, indovina? Aveva il vetro spaccato.

– Perfetto.

– Non manca nulla, però. A parte il tuo tutore, che hai detto di aver lasciato lì e invece non c'era. Ma la carta di circolazione, il bollo, l'assicurazione ci sono, e anche la tessera Viacard. Hanno rotto il vetro per fregarti il tutore.

– Be', tanto meglio. Il tutore lo ricompro.

– Allora io vado via? E domani non torno?

– No, no. Stai a casa, fai quello che ti pare.

– E tu?

– Io ho da fare con mia figlia, sarei rimasto fuori comunque fino a lunedì.

– E dove sei?

– A Napoli.

– Ah. E come fai, senza patente?

– Treno e taxi.

– Giusto. Oh, telefonami, però, fammi sapere. Mi raccomando.

– Tranquilla. Appena so qualcosa te lo dico.

– Ma se vengono a cercarmi che je dico?

– E che vuoi dire? Che non sai niente.

– Non è che m'arrestano pure a me?

– E allora ti arrestavano ieri.

– Hai ragione.

– Stai tranquilla, Cinzia. Tutto si aggiusterà.

– Speriamo bene.

– Ciao.

– Ciao.

* * *

– Pronto?

– Ciao, Marta.

– Ehi, Pietro. Come va?

– Bene, bene. Voi?

– Bene. Siamo a Gattico, al fresco. Non l'hai recuperato, il telefonino? Dice ancora numero sconosciuto.

– Non ho avuto tempo. Dov'è che siete?

– A Gattico, sulle Prealpi, vicino al lago d'Orta, a casa di una mia amica. A Milano faceva troppo caldo.

– Anche Claudia?

– Tutti. Tranne Marietto che è al mare col padre.

– Ah. E quando tornate?

– Non lo so. Si sta bene, qui. C'è un bel fresco. Facciamo delle gran colazioni, delle gran cene.

– No perché io sarei a Milano.

– Cosa?

– Sono a Milano.

– Ah. E volevi vedere Claudia?

– Be', sì.

– Sei venuto apposta?

– No, apposta no. Ho delle cose da fare. Ma vorrei approfittarne per vederla, questo sì. Per capire cosa le è preso.

– Non le è preso nulla, Pietro.

– Ah no? Una scappa di casa e non le è preso nulla?

– Non è scappata di casa. È venuta a trovare i suoi cugini.

– Ci hai parlato?

– Non ancora.

– Cazzo.

– Non c'è stata l'occasione, Pietro, e io non voglio starle addosso.

– Già. E insomma siete lì. Quanto ci restate?

– Non lo so. Qualche giorno.

– Ho capito. Allora io faccio le mie cose e prima di ripartire ti richiamo. Magari riusciamo a vederci. Io e te, intendo. Almeno io e te.

– Va bene. Io intanto cerco di parlarci, ma tu non preoccuparti: è una ragazza d'oro, e se è un po' confusa non bisogna farne una tragedia. Di me si fida; fidati anche tu.

– Non ho scelta.

– Carino.

– Scherzavo. Ti ringrazio per quello che stai facendo. E mi fido di te.

– Bravo.

– Da' un bacio ai ragazzi.

– Va bene. Ciao, Pietro.

– Ciao.

* * *

– Pronto?

– Enrico?

– Sì. Chi è?

– Sono Pietro Paladini.

– Non ci credo! Come stai?

– Bene. Tu?

– Benissimo. E ora che ti sento, ancora meglio. Che fai?

– Oh, il solito.

– Sempre a Roma a vendere macchine rubate?

– Come dici?

– Quella roba lì dei leasing non pagati: è un po' come rubare, no?

– Be', insomma: c'è la sua differenza. E tu? Continui con quella pazzia del triathlon?

– Viaggio che è un piacere, Pietro. Meglio di quindici anni fa.

– Fantastico. E Chiara? I ragazzi?

– Bene, sì. Forse però non sai gli ultimi sviluppi.

– No. Che sviluppi?

– Ci siamo separati.

– Oh. Mi dispiace.

– Eh, è la vita, Pietro.

– Da quanto stavate insieme?

– Ventidue anni. Pazzesco, vero? Ma insomma, che vuoi fare, così va il mondo.

– Già.

– E noi due non ci vediamo più, perché tu non vieni mai a trovare i vecchi amici.

– Eh, è vero. Ma per l'appunto ora sono a Milano e se sei in studio pensavo di farti una visita, anche perché dovrei chiederti un consiglio su una—

– Nooo, pazzesco! Pietro Paladini riemerge dal passato per chiedermi un consiglio e io non ci sono!

– Non ci sei?

– No. Sono in Sardegna. Mi sono preso una vacanza. Troppo stress, Pietro, una pressione pazzesca. Dovevo staccare un po'.

– Hai fatto bene.

– Sai, ho avuto un bambino, tre mesi fa, e mi sono detto: al diavolo, queste sono le cose preziose, alla mia età. Così sono venuto a passare qualche giorno con lui e la madre.

– Ma va', un altro figlio. Congratulazioni! Un maschio?

– Un maschio, sì.

– E come si chiama?

– Lucifero.

– Prego?

– Lucifero.

– Oh. Originale.

– Significa portatore di luce.

– Giusto. E la madre? Chi è? La conosco?

– Non credo. È una giovane avvocatessa del mio studio, si chiama Lucilla Giustiniani. Forse hai sentito parlare della sua famiglia.

– Giustiniani Giustiniani?

– Sì.

– *Dosio Dosio, cazzi cazzi.*

– Come dici?

– No, niente. Lo dice Mastroianni in quel film.

– Quale film?

– Non mi ricordo: mi ricordo che dice— ma non ha importanza, era una battuta. E quindi sei al mare e ti godi il pupo. Bravo. È tranquillo?

– Un angioletto. Mangia e dorme, roba che lo metti lì e ti scordi che c'è. E poi qui, insomma, si sta d'incanto: Lucilla ha una casa pazzesca proprio sul mare, a Liscia di Vacca, hai presente? Dietro Porto Cervo. Fuori stagione è veramente un paradiso. Andiamo a pescare, ristorantini, tramonti sul mare...

– Magnifico.

– Penso di meritarmelo, Pietro. Penso proprio di meritarmelo.

– Non c'è dubbio.

– Quanto ti trattieni a Milano?

– Poco. Un paio di giorni...

– Oh, peccato. Io rientro a metà luglio. Ma insomma mi farebbe piacere vederti. Ne ho, di cose da raccontarti. Il tuo numero è sempre quello? Perché qui sul display mi è uscito numero sconosciuto.

– Eh, no. Ho cambiato numero, ma proprio ieri ho perso il telefonino, perciò ora sono senza. Ma ti chiamo io.

– Mi raccomando, Pietro. Non stare altri tre anni senza farti sentire.

– No, no. Ti chiamo.

– Idea! Potresti venire qui un weekend con Claudia, in luglio. Lucilla sta tutto il mese e io farò su e giù. È un posto pazzesco, credimi.

– Ti credo. Ho un po' da lavorare ma se mi organizzo...

– Guarda, ci conto. Piuttosto, quel consiglio che dovevi chiedermi, è una grana? È urgente?

– No, no, no, non è niente di urgente. Era solo una—

– No perché se è urgente in studio c'è Gianluca, il mio socio. Lui è un martello, sta sempre al chiodo, non stacca mai. Gli telefono e ti prendo un appuntamento.

– No, no, Enrico, grazie. Non importa.

– Non fare complimenti, davvero. Non ci metto niente. Gianluca è pazzesco, molto più bravo di me.

– No, davvero, non vale la pena. Più che altro era un pretesto per rivederti. Sarà per un'altra volta.

– Non sai quanto mi dispiace. Ma insomma ci vediamo presto, promesso?

– Promesso, sì.

– E appena hai il telefonino mandami il nuovo numero, per favore.

– Certo.

– Così ti chiamo anch'io. Ogni tanto ci vengo, a Roma.

– D'accordo. Ciao, Enrico.

– Ah, senti, una cosa...

– Sì?

– Niente, se lì a Milano vedessi Chiara non dirle che, insomma, che sono in Sardegna. Non dirle nemmeno che ci siamo parlati. Sai, non sta molto bene, da quando ci siamo separati.

– Mi dispiace.

– Il che mi obbliga a tenerle nascosta la storia con Lucilla.

– Cosa? Chiara non sa che hai un'altra donna?

– No che non lo sa.

– E nemmeno che hai un altro figlio?

– Sì, figuriamoci. Impazzirebbe definitivamente. Perciò ti chiedo di non dirle nulla, se la vedi.

– Ma non la vedrò. Perché dovrei vederla?

– Non so, per caso...

– Come per caso?

– Per strada, che ne so. Uno cammina, parla al telefonino, pensa ai fatti suoi e zac: Chiara.

– Be', mi pare abbastanza improba—

– Pietro, quando si tratta di Chiara il caso sa essere molto feroce. Apposta dico che ho delle cose pazzesche da raccontarti: non hai idea di quello che mi è successo, per colpa del caso. Un romanzo.

– Allora sta' tranquillo. Non credo che la incontrerò, ma se la incontrerò non le dirò nulla.

– No perché lei ha un potere speciale per generare coincidenzè. Basta che pensi intensamente a qualcosa di brutto e va a finire che lo evoca.

– E in questo caso io sarei il qualcosa di brutto?

– No, scemo, tu no. Ma se camminando per strada ti capitasse d'incontrarla, e parlando ti scappasse detto che ci siamo sentiti e che sono in Sardegna, questo, Pietro, per lei sarebbe brutto eccome. Capisci?

– Capisco.

– Insomma quando ci vediamo ti racconto tutto, perché è davvero una storia pazzesca, ma per ora ti dico solo di non sottovalutare la possibilità che vi incontriate per caso.

– Va bene, Enrico. Non la sottovaluterò.

– Grazie. Allora ci vediamo presto.

– Presto, sì.

– Ciao, Pietro.

– Ciao.

* * *

– Pronto?

– Buonasera...

– Buonasera. Chi è all'apparecchio?

– No, ecco, appunto. Stavo cercando un mio amico, Marco Tardioli. Avevo questo numero di cellulare ma evidentemente non è più—

– Il numero è corretto, io sono la sua assistente. Il dottor Tardioli è un attimo impegnato, ma appena si libera la faccio richiamare. Lei è il signor?

– Paladini. Pietro Paladini. Solo che non può richiamarmi perché sto telefonando da un apparecchio pubblico. Se fosse così gentile da dirmi quando posso ri—

– Eccolo, signor Paladini. Si è liberato, glielo passo. Buonasera.

– Buonasera. E grazie.

– Pronto?

– Marco? Sono Pietro.

– Pietro! Che piacere! Come stai?

– Eh, come sto... Scusa se salto i convenevoli ma ho un problema.

– Un problema? Che problema?

– Sono a Milano, e ho bisogno di un avvocato. Un penalista, bravo possibilmente. Poi ci vediamo e ti spiego tutto. Ho chiamato Enrico Valiani, ti ricordi? Quel mio amico che aveva la casa accanto alla mia a Roccamare, quello che ha visto Lara morire. Vi siete conosciuti là, quella volta che sei venuto, con Irma, tantissimi anni fa.

– Me lo ricordo eccome. Il triatleta. Ha negoziato la tua buonuscita.

– Giusto. Lui, sì. È un vecchio amico. Gli ho appena telefonato ma a parte che è in vacanza l'ho sentito un po' stonato, non so, e non mi è parso il caso di parlargli del mio problema.

– Be', hai fatto bene.

– Perché? Che gli è successo?

– Be', diciamo che ultimamente si è un po' disunito.

– In che senso?

– Ha combinato dei bei casini.

– Con la moglie, eh?

– Con la moglie ma anche col lavoro. È stato sospeso dall'Ordine per infedele patrocinio. Pare si sia bevuto il cervello con quella roba che prendono i fanatici della prestazione: steroidi, amfetamine.

– Ma senti... In effetti mi pareva un po' strano. Avrà detto "pazzesco" venti volte.

– Eh, è bello svalvolato, sì. Lascialo fare. Ma tu che problema hai? Serio?

– Eh, insomma. Magari, come ti dicevo, in questi giorni che sono a Milano vengo a trovarti e ti racconto tutto, ma ora mi serve un avvocato con una certa urgenza. Non so, magari sei rimasto in contatto con quelli dell'ufficio legale, ti ricordi? Come si chiamavano? Innaco, Pieralisi: magari uno di loro...

– No, io quelli non li ho più sentiti da quando ho lasciato la società. E poi non sono penalisti.

– Infatti, mi pareva. Però magari potevano mandarmi da qualche collega, che ne so. Oppure nella società dove stai ora avete un ufficio legale che mi può orientare.

– No, qui no. Siamo piccoli, per fortuna: niente ufficio legale, niente beghe legali. Però, scusa, perché non chiedi ad Annalisa?

– Annalisa chi?

– Annalisa, la tua ex segretaria. Meglio che lei...

– Come meglio che lei? Perché?

– Non dirmi che non lo sai.

– Che dovrei sapere?

– Scusa, ma non siete rimasti in contatto? Non veniva a Roma a trovarti, via via?

– Sì, il primo anno. Veniva per aiutarmi a sistemare le faccende dopo il trasferimento. Poi però ci siamo persi, sai come succede. Saranno cinque o sei anni che non la sento. Che ha fatto?

– Niente. Solo che ora sta con la Falk Belgrado. Per questo dicevo "meglio che lei".

– *Quella* Falk Belgrado?

– Quella Falk Belgrado. Non ti va bene, come avvocato?

– Va bene sì, ma insomma, Annalisa è una segretaria, e la mia è una faccenda piuttosto urgente, oltre che delicata. Avrei bisogno di un appuntamento domani, stasera, subito, e non penso proprio che—

– Pietro, non ho detto che Annalisa lavora dalla Falk Belgrado. Ho detto che *sta* con la Falk Belgrado.

– In che senso, *sta*?

– Ma davvero non lo sai?

– Ma cosa dovrei sapere?

– La tua ex segretaria si è messa insieme all'avvocatessa più potente d'Italia, la quale ha mollato il compagno e i figli per lei: ecco cosa dovresti sapere.

– Che cazzo mi stai dicendo? Annalisa?

– Annalisa, sì.

– Ma quando è successo?

– Eh, un annetto fa.

– Non ci posso credere. Ma sei sicuro?

– Son sicuro sì. È stato lo scandalo dell'anno.

– Annalisa...

– Annalisa.

– Ma, scusa, quanti anni ha la Falk Belgrado?

– Più di sessanta di sicuro.

– Porca troia.

– Annalisa ne avrà trentacinque, giusto? Trentasei?

– Anche meno. Quando l'ho presa con me era giovanissima. Ma com'è successo?

– Eh, questo non lo so. So che qualche anno fa è stata assunta nel suo studio e da lì, piano piano...

– Già! Me n'ero scordato, ma le ho anche fatto la lettera di referenze. Quando sarà stato? Quattro anni fa?

– Sì.

– Non mi ha detto per quale posto, mi ha detto solo che aveva trovato una bella occasione e che aveva bisogno di una lettera di referenze. Le ho fatto una lettera entusiastica, perché effettivamente è una segretaria bravissima. Lei non la finiva più di ringraziarmi. È stata l'ultima volta che l'ho sentita.

– Be', allora sei a cavallo. Chiamala e chiedile di procurarti un appuntamento con la vecchia, urgente. Pare che penda dalle sue labbra.

– Ma non è possibile, dài. Saranno pettegolezzi.

– Pietro, vivono insieme in un appartamento di nove stanze in corso Como. Vanno insieme alle cene, alla Scala, *in tribunale*. La

Falk Belgrado non muove un dito senza Annalisa, lo sanno tutti. E questi non sono pettegolezzi, è la realtà. Se vuoi i pettegolezzi, be', si dice che quest'inverno si siano sposate a New York, e che la vecchia le abbia intestato uno chalet a Crans-Montana.

– Messa così sembra che si sia bevuta il cervello anche lei.

– Ed è vero, solo che a differenza di Valiani la cosa non ha compromesso il suo lavoro, se è questo che ti preoccupa. Anzi, è diventata ancora più brava e cazzuta. Io non so perché ti serva un penalista, ma più culo di così non avresti potuto averlo, credi a me. Chiama Annalisa, dammi retta.

– Ok, grazie. Lo farò. Lo farò eccome.

– Poi però ti prendi mezza giornata e mi racconti cosa ti è successo, ok?

– Ok.

– Giochi a golf, per caso?

– Golf? No.

– Io invece ci sono andato in fissa: ho resistito fino all'anno scorso ma poi alla fine ho ceduto. Vabbe', andiamo a farci un giro, qualcosa, ma non azzardarti a tornare a Roma senza avermi raccontato cosa ti succede. Non potrò mai ricambiare quello che hai fatto per me, ma se posso aiutarti a risolvere anche solo mezzo problema...

– Capirai cosa ho fatto: ho preso a fare uno stage il candidato migliore. Questo ho fatto. A proposito, ma non fu proprio Annalisa a procurarti quel colloquio? Non eravate mezzi parenti, ora che mi ci fai pensare?

– Parenti no. Annalisa è tipo la cugina del padre di un mio amico di Firenze. Uno che non vedo da anni, tra l'altro, come del resto anche te, sebbene con quel colloquio mi abbiate praticamente salvato la vita.

– Dammi retta, Marco: nessuno ti ha salvato la vita. Eri semplicemente bravo, tutto qui.

– Va bene, Pietro. Pensala come vuoi. Quello che conta è che io nel weekend non mi muovo, perché mia figlia deve fare un concorso ippico: trova un'ora e chiamami, voglio sapere cosa ti succede. Se può servire, ti dirò che sono preoccupato. Sei in qualche guaio?

– No, un guaio guaio no. Diciamo una situazione poco chiara, ma se riuscirò a parlare con la Falk Belgrado avrò fatto un gran passo avanti.

– Be', speriamo.

– Ora che ci penso però il numero di Annalisa non ce l'ho più. Puoi darmelo?

– Certo. Ce l'ho in rubrica. Aspetta che cerco di dartelo al volo. Solo che non sono sicuro di riuscirci mentre sto al telefono: se dovesse cadere la linea richiamami.

– Vai.

– Sto aprendo la rubrica. Mi senti?

– Sì.

– Annalisa, Annalisa. Eccolo. Annalisa. Ci sei?

– Ci sono.

– Hai da scrivere?

– Sì.

– 348...

– Sì...

– 8704...

– Ok...

– 087. Ripetimelo.

– 348 8704087.

– Perfetto.

– Allora ti ringrazio, Marco. Mi faccio vivo in questi giorni.

– Mi raccomando. Ciao.

– Ciao.

* * *

– Pronto?

– Annalisa?

– Sì. Chi è?

– Sono Pietro, Annalisa.

– Pietro *Paladini*?

– Sì. Come stai?

– Oh, che sorpresa! Io sto bene. Lei?

– Bene, bene. È passato un po' di tempo, eh?

– Eh sì. Un sacco di tempo. Claudia come sta? Chissà com'è diventata grande. Quanti anni ha?

– Ha diciott'anni e sta benone.

– Siete sempre a Roma?

– Sì. Cioè no. Ma insomma sì, in linea di massima siamo a Roma. Solo che...

– Sì?

– Solo che ora sono a Milano, e ho un problema. Scusa se vado dritto al punto, ma avrei bisogno di parlare con l'avvocatessa Falk Belgrado.

– È urgente?

– Annalisa, è molto urgente. Sono nei guai.

– Nei guai lei? Com'è possibile?

– Ancora non lo so, non ho capito bene. Ma prima di fare qualsiasi cosa ho bisogno di parlare con un penalista, e ho pensato, be', di chiederti questo favore. Se puoi.

– È urgente tipo *subito*?

– Prima è, meglio è.

– Senta, se mi dice che è così urgente la cosa migliore è che venga qui in studio, e appena si libera la faccio ricevere. Solo che forse ci sarà un po' da aspettare. Può andar bene?

– Annalisa, sei rimasta l'angelo che eri. Dove devo venire?

– Via Monte di Pietà 1A. All'angolo con via Brera.

– Perfetto. Tra mezz'ora sono lì.

– L'aspetto.
– Volo.

* * *

– Pronto?
– Marco, mi ha detto di andare subito!
– Visto? Comanda lei, te l'ho detto.
– È una vera svolta: fino a un quarto d'ora fa non sapevo dove sbattere la testa e ora ho la Falk Belgrado. Non so come ringraziarti.
– E di che? Ringrazia Annalisa.
– Ringrazierò anche lei, ma intanto se non ci fossi stata...
– È il minimo, Pietro. Con tutto quello che hai fatto per me.
– Daje! Ma che ho fatto? Facciamo che ora siamo pari, va bene?
– Naaa, pari non saremo mai.
– Vabbe' io ti ringrazio lo stesso, posso?
– Sì, puoi. Ma soprattutto chiamami, d'accordo?
– Ti chiamo, sì.
– Ciao, Pietro.
– Ciao.

5

Così, se tutto cambia, che io cambi non è strano.

(Julio Numhauser)

Parquet, boiserie, luci alogene, cornici e rosoni al soffitto, stampe antiche alle pareti. Due segretarie dietro al bancone in palissandro: una, più anziana con degli occhiali viola, assorta nella lettura di un faldone; una più giovane, con gli occhi chiari e i capelli sottilissimi, che si occupa di me.

– Ho un appuntamento con Annalisa—

Ed ecco che non mi ricordo il cognome. Mi viene in mente Peluso ma non c'entra niente.

– Si accomodi – dice la segretaria, senza chiedermi chi sono, segno che è stata avvertita del mio arrivo. Mi viene incontro e mi fa cenno di sedermi in un'improvvisa sala d'aspetto che si apre alla mia destra, dove non avevo ancora guardato. Poi torna dietro al bancone e solleva il telefono.

– Dottoressa Calone? – fa, e infatti il cognome è Calone – Sì, è qui.

La notizia è che Annalisa è diventata dottoressa.

– Può attendere un momento?

– Certo. Grazie.

Mi siedo. Osservo le riviste sparse sul tavolino. Quando Annalisa lavorava per me aveva il preciso mandato di controllare che le riviste nella mia sala d'aspetto non fossero scadute, perché se c'era una cosa che non sopportavo delle sale d'aspetto era

267

trovarci quelle pile di riviste marce, vecchie di mesi, sbrindellate e bisunte, le cui copertine gridavano di scandali e intrighi nel frattempo del tutto superati. Fatemi capire, pensavo, illustri titolari di centri diagnostici, studi medici, dentistici, legali: voi comprate tutte queste riviste, *le portate a casa*, le leggete al cesso, le fate leggere ai vostri familiari e poi, quando sono consumate, strappate, stropicciate, e le notizie che contengono sono vecchie, le portate in studio per me? Oppure non le comprate proprio, e andate a rifornirvi direttamente nelle campane di raccolta della carta? Ero fissato, e Annalisa era il terminale della mia fissazione. Ora, anche se di questa faccenda non mi importa più niente, e nell'ufficio del Tredicesimo non solo non teniamo riviste ma non abbiamo nemmeno la sala d'aspetto, noto con piacere che Annalisa continua a combattere la mia vecchia battaglia, poiché sui tavolini ci sono "l'Espresso", "Vanity Fair", "Internazionale", "Focus", "Io Donna", "Sette", "il Venerdì", "Marie Claire" – tutte regolarmente con il numero in edicola.

– Dottor Paladini!

Ed eccola, Annalisa, che mi viene incontro. Mi chiama ancora dottor Paladini, ma è davvero l'unica cosa di lei che non sia cambiata. Il colpo d'occhio è radicalmente diverso. Tanto prima era anale, timida, ossuta e quasi invisibile nella propria insicurezza, quanto adesso appare cospicua, padrona di sé e anche bella, sì – di quella bellezza rotonda e rassicurante che quando lavorava con me le mancava completamente.

– Annalisa – dico – Come stai?

– Bene, grazie. Lei? Ma che le è successo?

– Niente di grave – agito il polso stretto nel tutore – Una tendinite che mi trascino.

– No, al labbro...

Già, il labbro. Maledizione, non me lo ricordavo. Quant'è che non mi vedo allo specchio?

– Oh – farfuglio – Ho sbattuto. Mi sono voltato di scatto e...
È ancora gonfio?

– Un po'...

A parte quando è morta Lara, nella camera ardente, dove
tutti mi abbracciavano, non ci siamo mai abbracciati. Sempre
un rapporto fisico bloccato, tra noi, severo, rigido, anche quando veniva a passare i fine settimana da me dopo che me n'ero
andato a Roma, per aiutarmi a sistemare tutte le faccende pratiche di cui si era sempre occupata lei – e io ero convinto che fosse
lei a irrigidire tutto, a rifiutarsi di dare al nostro rapporto un po'
più di calore. Ma ora c'è mancato un pelo, davvero, che ci
abbracciassimo, e stavolta a fare resistenza sono stato io. Ci
stringiamo la mano, e d'altra parte anche la stretta di mano è
cambiata: prima sembrava di stringere un pesceto e ora, malgrado la cautela che ci mette per via del tutore, c'è del calore nella
sua stretta, c'è dell'energia...

– Ma non mi fa più male, sta' tranquilla.

Sorride, e il sorriso splende. Anche il profumo è diverso: sa
di mare, questo, di vento di mare, come quello che aveva Lara.
Ha messo su qualche chilo, cosa che le dona molto. Indossa un
vestito blu elettrico di quel cachemire finissimo, e freschissimo,
e costosissimo – come si chiama quella marca? A Lara piaceva
tanto – che sui fianchi e sui seni diventa aderente. E i seni
sembrano – be' sì – decisamente più grossi.

– Andiamo nel mio ufficio. Le faccio strada.

La seguo lungo un corridoio elegante, largo e ben illuminato.
Mi sembra anche che cammini in modo diverso: dondola le
braccia, muove il corpo – prima pareva semplicemente traslarsi
da un punto a un altro come una particella eterodiretta. Del
resto, ogni passo che compie descrive la distanza che è riuscita
a mettere tra sé e il desk delle segretarie: ogni suo movimento,
almeno qui dentro, è puro riscatto sociale, pura economia.

Entriamo nel suo ufficio, che è ampio, lussuoso, molto milanese. Un parquet prezioso, lucidissimo, color ambra. Una grande scrivania in palissandro a doghe, con un iMac sopra. Un divano e due poltrone Frau, un tavolino di cristallo, una libreria in legno piena di tomi rilegati. Aria condizionata regolata alla temperatura perfetta. Piante, luci alogene, uno schermo piatto attaccato alla parete. Un'altra porta che dà sicuramente sull'ufficio di...

– Si accomodi – indica il divano – Vuole un caffè, un tè, o preferisce qualcosa di fresco?

Sorride, padrona dello spazio che la circonda, apparentemente immemore dell'insulsaggine che quando era con me la faceva sempre sembrare a disagio. Questa donna non è solo cambiata: è riuscita a dimenticarsi com'era.

– Magari un bicchier d'acqua, grazie – rispondo, non tanto perché ne abbia davvero voglia ma per darle la soddisfazione di alzare il telefono e ordinarlo alla segretaria, come io facevo con lei. Cosa che fa con estrema naturalezza, come se lo facesse da sempre. La sua segretaria si chiama Debora.

Mi siedo sul divano, lei si siede sulla poltrona. Forse dovrei dirle qualcosa riguardo a questo suo cambiamento, mostrarmi sorpreso o ammirato – cosa che farei senz'altro se Tardioli non mi avesse detto quello che mi ha detto: ma me l'ha detto, e non riesco a spiccicare parola. Il che rivela automaticamente che *so*, per inciso, il che non è poi un male.

– Ha un cliente – fa Annalisa, indicando col mento la porta chiusa – Ma è dentro da un bel po'. Appena se ne va la porto da lei.

– Grazie, Annalisa – faccio – Sai, mi sono accorto che il mio socio ha combinato dei gran casini, e temo di esserci dentro anch'io. Non ti avrei disturbato se non ci fosse...

E qui, Dio sa perché, mi fermo. Forse è perché mi sono

improvvisamente ricordato come si chiama la ditta che fa questi vestiti bellissimi: Annapurna. O forse è per via del fatto che Annalisa ha accavallato le gambe e il movimento le ha scoperto un tratto di pelle della coscia – alabastrina, luminosa, scioccante.

– Si rilassi – mi fa – La professoressa l'aiuterà.

Già, la *professoressa*. Mi chiedevo come l'avrebbe chiamata, se avvocato, avvocatessa, dottoressa, Miriam. Professoressa taglia la testa al toro, dato che insegna tipo alla Bocconi.

Bussano, ed è la segretaria – Debora – con l'acqua minerale. Annalisa me ne versa un bicchiere, me lo porge, e io bevo. *Si rilassi*: dunque si vede che sono agitato. Ma come faccio a rilassarmi? E perché non mi chiede niente? Non ha voglia di sapere cosa mi è successo? Io ho voglia di raccontarglielo, ma se non mi aiuta non ci riesco.

– Ha bisogno di qualcosa, mentre aspetta?

Dopodiché – doppio legame, anche lei –, così completamente diversa com'è mi tratta ancora come se fossi il suo principale. E questo potrebbe anche essere l'aiuto di cui ho bisogno per parlarle del mio guaio, per raccontarle come sto messo. Ma è chiaro che quando ne parlerò con la *professoressa* lei sarà presente, e quindi non ne vale la pena. Piuttosto, quel computer...

– Una cosa, sì – dico, posando il bicchiere sul tavolino – Posso usare il tuo computer un momento? Dovrei controllare delle cose su Internet.

– Ma certo – si alza – Si accomodi.

Mi scorta fino al suo posto. L'iMac ha un display enorme, il più grande che abbia mai visto. Il salvaschermo ritrae un gatto certosino grigio con gli occhi gialli e la lingua fuori dalla bocca. Apre il browser, poi si ritrae e mi fa cenno di sedermi sulla sua sedia, che poi non è una sedia ma una poltrona direzionale in pelle nera con dispositivo per massaggiare la schiena – e infatti ecco qui il telecomando –, di quelle che costano un botto.

Mi siedo. Annalisa mi lascia e torna sulla poltrona. Il suo profumo però rimane.

– Grazie – dico – Faccio in fretta.

– Non si preoccupi.

Dunque. Cinzia ha detto che l'articolo migliore era sul "Sole 24 Ore" online. Digito Oscar + Sbriccoli + Sole 24 Ore ed ecco qua, *Auto rubate: sgominata banda italo-rumena*, di otto ore fa. Il cuore ricomincia a battermi forte. Alzo gli occhi e incrocio lo sguardo vellutato di Annalisa, che mi osserva dalla poltrona. Le sorrido e apro il file:

Auto rubate: sgominata banda italo-rumena

Roma. Ci sono la Co.Pi., società leader nel settore del recupero crediti, e la catena di autosaloni Cheap & Safe che gestisce la vendita di auto a km 0 in Lazio, in Emilia-Romagna e in Veneto, nell'elenco delle società sequestrate ieri dalla Guardia di Finanza di Roma nell'ambito dell'operazione denominata "Supercar" contro il traffico internazionale di auto rubate. Sedici le ordinanze di custodia cautelare (7 in carcere, 6 ai domiciliari e 3 obblighi di firma) firmate dal GIP Maria Luisa Pireddu, che hanno raggiunto organizzatori, promotori e sodali di un'organizzazione criminale specializzata in traffico di auto rubate con l'accusa di associazione a delinquere, furto d'auto, ricettazione, riciclaggio e falsificazione di atti giudiziari. Circa 15 milioni di euro il giro d'affari della banda, che dall'inizio del 2012 è accusata di avere venduto in Italia oltre cinquecento vetture rubate provenienti da Germania e Slovenia. Le indagini, coordinate dal procuratore aggiunto Marzio Di Molfetta e condotte dal sostituto Anna Barbara Savino, hanno preso avvio dalle dichiarazioni fornite da Nicodim Rotariu, già in carcere per estorsione, considerato il capo della costola rumena dell'organizzazione. Dalle sue dichiarazioni gli inquirenti sono risaliti ai tre professionisti romani che sono ritenuti le menti della banda, l'avvocato Giangiacomo Trane e i due commercialisti Nereo Faiella e Oscar Sbriccoli. I tre sarebbero gli ideatori della complessa architettura basata su plurime trasformazioni societarie e cambi di denominazione sociale che nascondeva l'importazione e la vendita di auto di lusso rubate mediante il ricorso a un gruppo consolidato di criminali rumeni e di prestanome. Le vetture rubate in Germania e in Slovenia venivano reimmatricolate in Romania come nuove o smerciate in Italia come auto aziendali o a km 0 da venditori e concessionari compiacenti. Tra essi il patron della catena di rivendite Cheap & Safe, Germano Provoleri, agli arresti domiciliari. L'inchiesta è ancora in corso.

Mamma mia. *Mamma mia.* Mi tremano le mani, mi manca il respiro. E Cinzia ha ragione: leggere che l'operazione si chiama come noi fa un bruttissimo effetto, anche se si tratta certamente di una coincidenza perché "Supercar" è scritto tutto attaccato. Anzi, potrebbe addirittura essere un buon segno: logica suggerisce che se la nostra Super Car fosse coinvolta avrebbero scelto un altro nome, no? Ma, del resto, chi diavolo li sceglie, i nomi delle operazioni di polizia? E chi lo sa che logica segue? E qual è la logica per cui le operazioni di polizia devono avere dei nomi? Che bisogno c'è di dare un nome all'operazione che porta al gabbio il mio commercialista? Perché a parte tutto Oscar è anche il mio commercialista personale, mi ha appena fatto la dichiarazione dei redditi. E perché ho preso lui, perché non sono rimasto con Bussa qui a Milano? Perché era più comodo, maledizione: era quello che seguiva la società, Lello si fidava di lui, era più comodo che mi fidassi di lui anch'io. E a proposito di Lello: il suo nome non c'è, d'accordo, ma qui di nomi ne fanno quanti? Tre, quattro, cinque col rumeno – fanno solo cinque nomi, mentre si parla di sedici ordinanze cautelari. È coinvolto per forza: perché sarebbe scappato in quel modo se non fosse coinvolto? E se è coinvolto lui, come faccio a non essere coinvolto io? Mamma mia...

L'inchiesta è ancora in corso.

Annalisa sta smanettando col telefonino. La luce alogena della stanza le accarezza il corpo morbido, conferisce lucentezza ai suoi capelli. È veramente diventata un'altra persona. Era una di quelle ragazze invernali cui si arrossa subito la punta del naso, che si tengono sempre l'orlo delle maniche stretto nel pugno; la sua era quella pelle lattea che bastava sfiorare perché ci rimanesse il segno: era una ragazza spenta. Ora è radiosa: e se la pelle è rimasta bianchissima – perché è bianchissima, anche se siamo in estate –, ora è di un pallore luminoso, vitale. Le sue ginocchia sono lampade. Ecco che alza gli occhi, vede che la sto guardando, sorride...

– Ancora un minuto – dico.

– Faccia con comodo – risponde.

Già. Con comodo. Gmail. Scansamose. Lomamelda. Benvenuto Olindo Stupazzoni. Bozze (1).

"SIGNIFICA CHE HAI VENDUTO MACCHINE RUBATE PIETRO.... E ORA È SCOPPIATO IL BUBBONE.... NON ANDARE AI CARABINIERI DAMMI RETTA.... NON ORA PERCHÉ ORA C'È UNA PROBLEMATICA...."

Suona il telefono sulla scrivania. C'è un altro apparecchio vicino al divano, e Annalisa risponde a quello.

– Sì? – fa.

".... E LA PROBLEMATICA È CHE HO FATTO UNA CAZZATA.... È DI QUE—"

– È libera – dice.

– Arrivo.

– Finisca pure.

– No, no, arrivo.

"…. È DI QUESTO SOPRATTUTTO CHE DEVI ESSERE INFORMATO…"

Dio sa quanta voglia avrei di finire, ma non posso fare aspettare la professoressa. Finirò dopo, lì, con lei – con loro.

Esci.

Torna su Google.

– Eccomi…

Ha fatto una cazzata, dice. Ma va'…

6

Vergognarsi fa bene, perché rende umili.

(Papa Francesco)

– Annalisa, facciamo una visura – dice l'avvocatessa.

Ha la voce smerigliata della fumatrice, e quel difetto della fonazione – credo si chiami blesità – che le fa pronunciare la "l" e la "r" allo stesso modo, con un suono gutturale e selvaggio che non è erre moscia, sembra piuttosto una *gi* moscia. *Annaghisa*, facciamo una *visugha*. Non dev'essere stato un handicap da poco, all'inizio della carriera: *Vostgho onoghe, vogghei integgho-gaghe gh'imputato*. Eppure non le ha impedito di arrivare dove è arrivata. D'altronde, è il ritratto della determinazione: bassa, tarchiata, sulla sessantina, naso camuso, volto dignitosamente pieno di rughe, capelli corti sul collo di un indefinibile color ruggine intonato alla carnagione che sembra fatta di ferro; filo di perle, anello con brillante, occhi bruni saettanti e un'aria sempre temibile, felina, come se ogni cosa che la circonda fosse cibo – si capisce subito che è meglio evitare di trovarsela contro, difetto o non difetto.

Le ho raccontato tutto, con calma – una calma che era proprio lei a suggerirmi, con la sua aria da guerriero –, mentre mi ascoltava attentamente e di tanto in tanto prendeva appunti su un foglio con una stilografica Montblanc. Le ho raccontato tutto il raccontabile, beninteso, cioè tutto ciò che deve sapere per aiutarmi: abbastanza per farmi vergognare dinanzi ad

Annalisa, che mi ricorda saggio e potente, e tuttavia ben poco in confronto a ciò che ho combinato nelle ultime trentasei ore. In realtà mi accorgo che il guaio in cui mi ha cacciato Lello, di per sé, è addirittura poca cosa rispetto alle meschinità e ai reati che ho compiuto per conto mio negli ultimi due giorni, e che qui ho taciuto. Non sono una vittima, questo voglio dire: fino a ieri mattina avrei potuto esserlo, o almeno sostenere di esserlo, ma da ieri mattina in avanti ho inanellato una serie di atti talmente scellerati che mi hanno fatto diventare un... una specie di...

Annalisa arriva con un computer portatile, lo appoggia davanti alla Falk Belgrado e rimane in piedi accanto a lei, chinata in avanti per manovrarlo. La sua posizione è un improvviso invito a sbirciare nella scollatura, laddove in cinque anni non avevo mai gettato lo sguardo, nemmeno una volta, malgrado situazioni come queste si presentassero ogni giorno: per correttezza, credevo, rispetto, probità – ma evidentemente era facile non guardare dove non c'era nulla da guardare: ora che il suo seno è aumentato di un paio di misure l'occhio mi ci casca eccome. E comunque ho capito cos'è che mi imbarazza di questa situazione, che mi irrigidisce: è esattamente quello che irrigidiva lei quando era la mia segretaria, cioè una micidiale sensazione di inadeguatezza, l'impressione che i fatti siano al di là delle mie possibilità di comprensione. Perché questa cosa che loro due stanno insieme io non riesco ad accettarla. Cioè, è chiaro che tutta questa femminilità evidentemente Annalisa la possedeva anche quando non la coltivava, e arrivo a capire che a un certo punto, un giorno, cambiando, realizzandosi, possa averla tirata fuori. Ma che l'abbia tirata fuori per questa donna, *spontaneamente*, mi sembra davvero una cosa più grande di me. E perciò scopro di avere anche dei pregiudizi sessuali maschilisti e piccoloborghesi – ci mancava solo questa. Però dev'essere così, *è* così: io che questa metamorfosi di Annalisa sia sincera e spontanea non arrivo a concepirlo. In realtà la conosco bene, so che è una persona pulita, integra, e tuttavia non riesco a non pensare che stia fingendo, maledizione, cioè che abbia semplicemente colto l'unica occasione che l'ambiente sociale nel quale era destinata a rimanere subalterna per il resto della sua vita fosse in grado di offrirle: sedurre una persona molto più anziana e ricca e potente di lei, assoggettarla a una specie di dipendenza sessuale, e spiccare il volo. Se così fosse, il fatto che non si tratti di un uomo ma di una donna sarebbe solo un dettaglio insignificante: quello che conta è che sia abbastanza forte da reggere lo scandalo ma anche abbastanza debole da non poter tornare indietro – requisiti, questi, che Miriam Falk Belgrado, qui, sembra possedere. Perciò, sebbene intimamente sappia che Annalisa non è un'arrampicatrice manipolatrice profittatrice, mi riesce più facile concepire questo che una naturale unione tra una ragazza dalla sessualità effettivamente un po' enigmatica e una donna matura che libera la propria dopo anni di silenziosa repressione.

La quale nel frattempo si è messa a digitare personalmente, in silenzio, copiando dai suoi appunti.

– Ha il codice fiscale di questo Pica? – chiede Annalisa.

Sì, buonanotte.

– No – rispondo – Mi ricordo a malapena il mio.

Annalisa e l'avvocatessa si guardano. Annalisa annuisce e riprende il controllo della tastiera.

– La denominazione esatta della società?

– Super Car srl – dico – Staccato, Super Car.

Digita, scruta lo schermo.

– Roma... – dice senza guardarmi, come fra sé.

– Sì.

Digita di nuovo.

– Eccola.

Entrambe fissano lo schermo senza dire nulla. Annalisa

armeggia col touchpad. L'avvocatessa continua a copiare cose sul suo foglio.

– Pica Ghaffaeghe o Ghaffaeggho? – dice.

– Prego?

– Il nome di battesimo del suo socio – interviene Annalisa – è Raffaele o Raffaello?

– Raffaele. Perché?

– Qui risulta che si chiama Raffaello. Nato a Roma il 10/07/1964? Residente in via Licio Giorgieri 28 bis?

– È lui. E si chiama Raffaello?

– Sì. Pica Raffaello.

– Non lo sapevo. Io sapevo Raffaele.

Silenzio. Annalisa scrolla di tanto in tanto lo schermo, entrambe lo fissano con attenzione. Di nuovo Annalisa che tocca il touchpad, di nuovo la Falk Belgrado che scrive. Che diavolo stanno facendo? Da questa parte della scrivania sono tagliato fuori.

– Gaiano Vighginio chi è? – fa l'avvocatessa.

– Chi?

– Gaiano Virginio – scandisce Annalisa – Nato a Monte Porzio Catone il 27/01/1939, residente in via Pantaleo Carabellese 53/a.

– Chi è? – incalza la vecchia.

Virginio...

– È... – farfuglio – è il pensionato che viene al piazzale e ci fa dei lavoretti. Lava le macchine, accompagna a casa la gente... Che c'entra?

– È l'amministratore della società – sono le sorprendenti parole di Annalisa.

– Della Super Car?

– Sì. Dal... – scrolla lo schermo. La Falk Belgrado continua a prendere appunti – Dal 10 giugno 2011. Venga a vedere...

Finalmente. Non mi azzardavo a chiederlo, ma stavo bruciando la sedia. Giro intorno alla scrivania, mi piazzo alla destra dell'avvocatessa, abbastanza vicino per sentire il suo profumo dolciastro e stucchevole – al lampone, sembra –, e mi metto a guardare lo schermo.

– Vede? – fa Annalisa.

Evidenzia col touchpad il punto della schermata con lo storico della società – ecco cosa faceva –, e la Falk Belgrado scrive.

– Fino al 10 giugno 2011 – continua – l'amministratore era Sbriccoli Oscar. Poi è stato sostituito da Gaiano Virginio.

Di nuovo la tremarella alle mani. Di nuovo il cuore che mi batte in gola.

– Porca troia... – mormoro.

Virginio amministratore, un nullatenente. Mi hanno messo in mezzo. Da due anni. Cioè, in quei verbali che firmavo senza leggerli, perché credevo riportassero solo i bilanci che avevo già visionato insieme a Cinzia, deliberavo nomine e chissà che altro senza nemmeno saperlo. Mi hanno fatto proprio il trappolone. E Cinzia? Lei doveva saperlo per forza che Virginio era diventato amministratore: non le è sembrato strano? Perché non ha detto mai nulla? Perché non dice nulla neanche adesso? È d'accordo anche lei? E Virginio, che oggi non è passato dall'autosalone: arrestato pure lui?

Annalisa intanto ha cominciato un'altra visura, relativa a Lello. Ecco la risposta.

– Pica Raffaello risulta partecipare in altre due società. Lo sapeva?

Eccole, infatti: Tecnomeccanica srl e Long John srl.

– La Tecnomeccanica è l'officina, questo lo sapevo: è con suo cugino, preparano auto da rally. Dell'altra non so nulla.

Annalisa evidenzia, la Falk Belgrado copia sul foglio.

– L'altra è stata costituita nel giugno 2011, vede?

Vedo, sì, 6 giugno 2011. Quattro giorni prima del cambio Oscar-Virginio...

– E si può vedere anche chi sono gli altri soci?

– Come no.

Un clic e appare la schermata di questa Long John srl. Denominazione, forma giuridica, sede, atto costitutivo... Solo che sono troppo confuso per vedere, troppo sconvolto per capire.

– Guagdhi gha sede – sibila la Falk Belgrado.

Annalisa evidenzia la sede legale col touchpad: ROMA (RM), VIA PANTALEO CARABELLESE 53/a, CAP 00166.

– L'indirizzo di Virginio...

– Già.

Annalisa scrolla verso il basso, fino all'elenco degli amministratori, e poi evidenzia: Consiglio di amministrazione. Numero amministratori in carica: 1. Consigliere delegato presidente consiglio amministrazione: Gaiano Virginio, nato a Monte Porzio Catone il 27/01/1939, codice fiscale GNA VGN 39A27 F590M, RESIDENZA ROMA (RM), VIA PANTALEO CARABELLESE 53/a, CAP 00166.

– E i soci? – chiedo.

Annalisa risale fino alla lista dei soci. C'è Lello. C'è Oscar. E poi – eccoli, i rumeni – Dare Molitor, Inolau Costea, Iovan Costea, Nicodim Rotariu. *Nicodim Rotariu.*

– Porca troia – e due, ma non riesco a controllarmi – Questo Nicodim Rotariu è citato nell'articolo che leggevo poco fa.

Dico ad Annalisa di aprire un'altra pagina e di cercare l'articolo del "Sole 24 Ore" online.

Eccolo.

– Vedete? Nicodim Rotariu.

Le due donne si mettono a leggere l'articolo, dall'inizio, in silenzio, sempre con la stessa modalità, cioè Annalisa evidenzia i nomi e la Falk Belgrado li copia sul foglio. Lo rileggo anch'io. La coincidenza tra il nome dell'operazione e quello della nostra società mi appare più assurda che mai.

– Vedete? – dico – L'operazione è stata chiamata con lo stesso nome della nostra società, Supercar, però tutto attaccato. Può voler dire qualcosa?

Le due donne si guardano, e ho l'impressione che così più concentrate e fredde di me, così più produttive, non ci avessero fatto caso. La Falk Belgrado copia "Supercar" sul suo foglio.

– Non sapghei – fa – Magaghi è sogho una coincidenza.

Ricomincia a leggere, perché l'ho interrotta, e quando ha finito mi fissa senza parlare. Mi accorgo che da quando sono entrato in questa stanza non ha ancora sorriso – eppure preferisco guardare lei, il suo grugno duro e spigoloso, piuttosto che Annalisa, dinanzi alla quale provo un senso di vergogna sempre più soffocante. A parte quello che penso di questa sua metamorfosi, a parte il socio marcio che mi sono preso, per la prima volta mi vergogno anche di come mi sono ridotto, di quello che mi sono messo a fare, della periferia dove sono andato a farlo, della modestia della mia vita – se paragonata a quella che vivevo quando lei lavorava per me. Sebbene siano tutte cose che ho scelto, intendiamoci, d'un tratto non posso fare a meno di provare un brivido di pena per me stesso, quello che sta probabilmente provando lei.

– C'è un'altra cosa che stavo guardando – dico alla Falk Belgrado – Prima, quando lei si è liberata e sono entrato qui. Un nuovo messaggio del mio socio, nelle bozze di quell'account di cui le ho detto. Non ho fatto in tempo a leggerlo, ma sembrava che mi stesse dicendo delle cose importanti.

Le due donne si guardano di nuovo, di nuovo s'intendono al volo su chissà cosa. Annalisa apre una terza pagina di Google.

– Prego, dottore – dice, spostando il portatile davanti a me.

Entro nell'account. Vado nelle bozze.

"SIGNIFICA CHE HAI VENDUTO MACCHINE RUBATE PIETRO.... E ORA È SCOPPIATO IL BUBBONE.... NON ANDARE AI CARABINIERI DAMMI RETTA.... NON ORA PERCHÉ ORA C'È UNA PROBLEMATICA.... E LA PROBLEMATICA È CHE HO FATTO UNA CAZZATA... È DI QUESTO SOPRATTUTTO CHE DEVI ESSERE INFORMATO.... HO RUBATO DEI SOLDI AI RUMENI PIETRO.... QUELLI CON CUI MI ERO MESSO... GLI HO TENUTO NASCOSTO DI AVERE VENDUTO DELLE MACCHINE CHE MI AVEVANO PROCURATO... CIOÈ TU LE HAI VENDUTE... MI DISPIACE SONO STATO UN DEFICIENTE.... SPERO CHE MAURO TI METTA AL SICURO FIDATI DI LUI.... SII PRUDENTE.... NON ANDARE DAI CARABINIERI PERCHÉ POTREBBERO ARRESTARTI.... REGINA COELI È IL POSTO MENO SICURO DI TUTTI PERCHÉ I RUMENI SONO GIÀ TUTTI DENTRO.... MA CI SONO PERICOLI ANCHE FUORI..... AMICI E PARENTI.... IO STO CERCANDO DI SISTEMARE LA FACCENDA CHIUDERLA DEFINITIVAMENTE... MA CI VUOLE UN PO' DI TEMPO.... L'UNICA COSA VALIDA CHE POSSO FARE ADESSO È METTERTI IN GUARDIA E AFFIDARTI A MAURO.... STAI IN CAMPANA.... NON FARTI PRENDERE RESTA DA LUI.... FINO A QUANDO NON AVRÒ RISOLTO IL PROBLEMA.... E RESTA IN CONTATTO CON ME."

È la risposta alle mie domande di ieri sera – ma siccome dice che i rumeni sono tutti dentro dev'essere stato scritto oggi. O già ieri lui sapeva degli arresti? E perché allora non me l'aveva detto negli altri messaggi?

Silenzio.

Le due donne stanno ancora leggendo. Il senso di vergogna ora si estende anche all'avvocatessa. Chissà cosa le ha detto Annalisa di me, quali belle cose, e io mi presento con una rogna del genere: cosa penserà?

Ecco, hanno finito di leggere. Alzano entrambe gli occhi dallo schermo.

– C'è aghtgho? – chiede l'avvocatessa.

– No – dico – Che faccio, gli rispondo?

– No – dice la Falk Belgrado – Si dimentichi di questo account. Non si fidi di quest'uomo.

Annalisa mi guarda, mi sorride.

– Si accomodi pure, allora – dice, indicandomi la mia sedia, perché in effetti restare qui stecchito come un baccalà non mi aiuta a controllare l'ansia. Giro intorno alla scrivania, mi siedo. Le due donne si guardano.

– Stampiamogha, questa – dice l'avvocatessa.

Annalisa digita sulla tastiera, e una stampante nell'angolo dell'ufficio, sotto la finestra, si mette in funzione.

– Ci pensavo anch'io – dico, più che altro perché il silenzio non riesco a sopportarlo – Ma non è inutilizzabile, come prova? Insomma, potrei averlo scritto io stesso, no? Per come funziona questo sistema non c'è modo di dimostrare che a scriverla sia stato—

– Megghio teneghe memoghia – sentenzia l'avvocatessa.

Annalisa recupera la stampata, la deposita sulla scrivania e poi torna indietro, per sedersi vicino a me.

Ci siamo. Miriam Falk Belgrado sta per applicare la sua scienza a questo lurido caso di cronaca, qualcosa che probabilmente non ha mai fatto in vita sua, nemmeno all'inizio della carriera, e che adesso si trova costretta a fare perché la sua fidanzata – o moglie, addirittura – le ha raccomandato di prendersi cura del suo ex principale senza sospettare che fosse coinvolto in una simile cialtronata.

– Cominciamo dicendo – attacca – che lei è stato molto incauto. Molto incauto. Io capisco che si fidava del suo socio, e che il suo socio l'ha ingannata, ma in questo caso...

E qui – fermi tutti – succede una cosa strana, una specie di magia: una di quelle cose che quando gioca Roger Federer vengono chiamate "Federer moments", e improvvisamente la logica del tennis si apre a un evento impossibile che invece accade, *ha luogo*, perché il colpo di Federer lo rende possibile. Allo stesso modo, ecco che la blesità della Falk Belgrado è scomparsa – o meglio non è scomparsa la blesità ma la percezione che si tratti di un difetto, così com'è scomparsa ogni difficoltà nel comprendere quello che dice e ogni necessità che Annalisa accorra in suo soccorso. Non è che d'un tratto lei parli in un altro modo, più pulito e più corretto: è piuttosto una faccenda di attenzione e di concentrazione che la sua voce e il suo sguardo fiammeggiante e tutta la sua piccola figura appollaiata dietro la scrivania riescono a suscitare. Carisma. Magnetismo. Attitudine al comando. Un Falk Belgrado moment. Ecco come fa a essere quello che è...

– ... ma in questo caso lei ha trascurato doveri propri della sua condizione, e questo non può essere imputato ad altri che a lei stesso. Ha evidentemente firmato verbali senza leggerli, non ha vigilato sul comportamento del suo socio, e la presenza di quel pensionato nel ruolo di amministratore mi fa pensare che anche i bilanci della società non siano regolari, e lei questo non ha il diritto di non saperlo. Quello che voglio dire è che con ogni probabilità di queste leggerezze dovrà comunque rispondere in sede penale. Detto ciò, le dico cosa posso fare per lei: posso procurarmi informazioni riservate riguardo alla sua posizione nell'inchiesta, cioè se nei suoi confronti è stata presa una qualche misura cautelare, o se è solo indagato, o se l'inchiesta non è arrivata a toccarla in nessun modo, sebbene questo mi sembri poco probabile. Inoltre conto di ottenere informazioni anche sulla questione che qui sembra più grave, cioè su quale sia l'attitudine di questi cittadini rumeni nei suoi confronti: non posso garantirglielo ma le ripeto che ci conto. Posso inoltre assicurarle che m'impegnerò a raccogliere queste informazioni con la massima urgenza, cioè nel corso del fine settimana o più probabilmente entro lunedì prossimo. Dopodiché, se le informazioni saranno positive tanto meglio, mentre se saranno negative metterò in campo tutte le mie capacità di persuasione presso la Procura di Roma affinché le misure adottate nei suoi confronti siano le meno restrittive possibili e soprattutto non la espongano a pericoli di alcun genere. Pericoli che non mancherò di esporre al magistrato, perché potrebbe ignorarli. Nel frattempo le consiglio di restare al coperto: ha un posto dove può passare i prossimi giorni senza esporsi a rischi?

– Sì – rispondo, a botta sicura, anche se Marta è in quel paese sul lago e dunque in realtà non ce l'ho. Non so nemmeno dove passare la notte, a dire il vero.

– Bene, allora ci vada e ci resti. Per comunicare con me può chiamare Annalisa, visto che ha il suo numero di cellulare. Ma le consiglio di chiamarla comunque ogni giorno, nel caso sia io a dover comunicare con lei. È tutto.

Silenzio. Avrei molte domande da farle, molte ansie da placare, ma man mano che parlava io diventavo una cosetta sempre più piccola, e il suo tono è stato troppo inequivocabilmente conclusivo per osare contrastarlo. Meglio tenersele, domande e ansie, e uscire di scena con un minimo di contegno.

– Professoressa – borbotto – Non so davvero come ringraziarla.

– Non importa che mi ringrazi – dice lei – Basta che mi paghi.

E qui, finalmente, sorride. Si tratta sicuramente del sorriso più costoso che mi sia mai stato rivolto, ma almeno la morsa della vergogna si allenta. Anzi, da come abbassa gli occhi e per un istante torna a essere la ragazza timida e impacciata che conoscevo io, ora sembra che sia Annalisa a vergognarsi – non a torto, direi, dato che per quanto mi riguarda era ovvio che l'avrei pagata, e il fatto che la Falk Belgrado abbia voluto metterlo in chiaro in modo così sfacciato sembra più che altro un messaggio rivolto a lei, tipo *non sognarti nemmeno che questo favore al tuo ex principale io lo faccia gratis*. Una schermaglia tra loro due, un punto di debolezza, una crepa nel granitico tutt'uno che hanno fin qui rappresentato – il che mi dà il coraggio di confessare anche l'onta che fin qui avevo taciuto, e liberarmi.

– A proposito di soldi – faccio – c'è un'altra cosa che non le ho ancora detto, e che potrebbe complicare la situazione. Ieri mattina ho venduto una macchina a un cliente...

E le racconto dritto per dritto di Jürgen e delle sue banconote da cinquecento, della scoperta che erano segnate, del cambio che l'omone mi ha proposto e che io ho accettato, di quanto mi è costato – tutto. Annalisa e la Falk Belgrado si guardano costernate.

– Ho commesso un reato, vero? – chiedo.

– Dighei pghopghio di sì – risponde. Il Falk Belgrado moment è passato.

– Riciclaggio, vero?

– Un caso di scuogha.

– E può complicare la mia posizione?

– Dipende. Gha macchina che ha venduto egha una di quegghe ghubate?

– Non ne ho idea.

– E aggha domanda se questa guaghdia svizzegha possa esseghe ghegata in quaghche modo agh suo socio che ghisposta si è dato?

– Non mi è nemmeno passata per il cervello, se devo essere sincero.

– E come mai?

– Perché non c'entra niente. È stato un mese a fare su e giù prima di decidersi, ha cercato di trattare sul prezzo, è stato sul punto di rinunciare all'acquisto. Se aveva delle banconote segnate sarà senz'altro un delinquente pure lui, ma le assicuro che quella macchina la desiderava ardentemente. Ora tutto può essere, per carità, ma se lo avesse mandato Lello per incastrarmi coi soldi segnati non avrebbe nessun senso che poi proprio Lello mi abbia mandato dall'uomo che era in grado di cambiarmi quei soldi. No?

La Falk Belgrado tace, riflette.

– Può dighmi igh suo nome?

– Jürgen...

Eh, e il cognome chi se lo ricorda? Ma, un momento: l'ho copiato insieme al numero di telefono...

– Aspetti un attimo – dico, e cavo di tasca il blocchetto sul quale ho copiato i numeri di telefono dalla rubrica del telefonino – cinque ore fa, sulla tomba di mia madre.

Eccolo qui...

– Capitano Jürgen Bùcheli, o Buchèli – annuncio.

La Falk Belgrado si mette a scrivere anche questo sul suo foglio. Si ferma.

– Bi u ci acca e egghe i? – chiede.

– Sì.

Finisce di scrivere il nome. Poi si alza.

– Bene, dottogh Paghadini – dice – Stia più tghanquiggho che può, vedghà che gha sistemiamo.

Mi tende la mano ossuta e piena di efelidi. Gliela stringo.

– Grazie ancora, professoressa – dico – Allora mi tengo in contatto con Annalisa.

La stretta di mano è energica, sicura, molto simile a quella di Annalisa – come se fosse stata lei a insegnargliela. Mi produce una fitta al polso che fatico a dissimulare. E penso, visto che sono arrivato fin qui, che forse è il caso di bere il calice fino in fondo.

– Ci sarebbe un'ultima cosa – dico, ritirando la mano – Ieri mattina mi hanno beccato mentre andavo un po' troppo forte, in una situazione che non sto a raccontarle, e mi hanno ritirato la patente. Può essere una complicazione?

La sorpresa stavolta è evidente, anche in un volto sfingico come il suo. Ci scappa anche un'occhiata sgomenta verso Annalisa.

– Compghicazione? – fa – In che senso?

– No, mi chiedevo se, nell'ottica diciamo di un eventuale processo questa faccenda della patente ritirata possa, che ne so, ripercuotersi sulla mia fedina penale...

L'ho sconcertata. Non è una gran consolazione – sempre più sciagurato le devo apparire – ma almeno l'ho sconcertata.

– No – dice – È una sanzione amministghativa, la fedina penaghe non c'entgha.

– Ah, meno male. Scusi se gliel'ho chiesto ma non volevo tenermi il dubbio. Arrivederci, allora.

– Agghivedeghci.

Si risiede, e Annalisa mi scorta fuori dall'ufficio, oltre la porta che lo separa dal suo. Chiude la porta con attenzione, lentamente, come se in questi tre secondi l'avvocatessa si fosse addormentata e lei si sforzasse di non fare rumore per non svegliarla. Infine si volta verso di me.

La guardo, nel suo bel vestitino Annapurna: è diventata proprio una bella donna, c'è poco da fare, circondata da un potente campo di forza sessuale – e di nuovo, mi pare inconcepibile che a suscitarlo sia stata quella specie di pitbull che siede nella stanza accanto. Dove l'ha presa, quella forza? *A chi* l'ha presa? Ho come un flash, di colpo mi ricordo che una volta mandai lei in non so quale negozio per ritirare un vestito per mia moglie molto simile a quello che ora ha addosso; e altrettanto di colpo, saltando a piè pari tutti i passaggi, eccomi arrivato alla suggestiva conclusione che Annalisa stia *copiando* Lara, cioè che sia proprio Lara la fonte della femminilità che ha sfoderato. Non dico che le somigli, perché non le somiglia affatto, dico che è come se si sforzasse di somigliarle. I movimenti, i vestiti, il profumo, il tipo di bellezza che, tra tanti possibili, è andata a sceglersi: è tutto come proveniente dal baule di Lara. Del resto si vedevano, all'epoca, si frequentavano. Lara non era affatto gelosa di lei, e se nel fondo del mio avido cuore di maschio io ho pensato che fosse segretamente innamorata di me – perché l'ho pensato – è solo perché preferivo credere al luogo comune secondo il quale le segretarie si innamorano sempre del proprio principale piuttosto che rendermi conto di non figurare affatto sull'orizzonte delle sue inclinazioni sessuali. (Lo stesso identico errore che ho commesso con Cinzia, ora che ci penso, credendola innamorata di Lello piuttosto che, come ha sempre sostenuto lui, lesbica.) Ma ora, qui, nel più sbagliato dei momenti, mi sembra di aver capito tutto: Annalisa non era innamorata di me, era innamorata di Lara. Ma certo. Finché Lara era in vita e splendeva della propria bellezza sotto i suoi occhi, lei si è trattenuta nella terra di nessuno in cui l'ho sempre vista io: morta Lara, andato via io, l'ha eletta a proprio modello di femminilità, se l'è letteralmente trasferita addosso. L'unico modo che aveva per possederla...

Ah, se l'universo girasse intorno a me! Se l'universo girasse intorno a me, se io ne fossi il centro esatto, questa sarebbe un'intuizione molto brillante. Un'intuizione molto brillante, sì. Ma siccome in questo momento io sono sconvolto, smarrito e addirittura ignoto a me stesso, e soprattutto l'universo non gira intorno a me, la realtà è di certo più semplice di così. Semplicemente non mi ero reso conto che Annalisa fosse lesbica, e semplicemente gli eventi che ne hanno fatto la donna che ora ho davanti agli occhi non mi riguardano e non li conoscerò mai. D'altronde, non sono forse cambiato anch'io? Non sto forse vergognandomi di quello che sono diventato? Non sto forse cercando le parole per scusarmi, giustificarmi e accomiatarmi con un briciolo di dignità?

– Annalisa... – farfuglio.

– Sì? – fa lei.

– Io volevo solo una vita semplice – dico – Pensavo che fosse possibile, che fosse solo una questione di...

– Lo so – dice Annalisa.

– Pensavo che lasciando questa città, e dedicandomi a una vita semplice, fosse possibile tornare a credere a quello che vedevo, dato che qui non si poteva più. E, come uno scemo, ho effettivamente creduto a—

– Lo so, dottor Paladini – ripete lei, con dolcezza – Lo so.

Mi stringe un braccio con la mano, e tanto basta per farmi venire voglia di piangere. Ma questo no – piangere no. Respiro. Resisto.

– Lei è una brava persona – dice.

Smette di stringermi il braccio, e la sua stretta già mi manca.

– Mi dispiace, Annalisa – dico – Mi dispiace di avere i problemi che ho, e di averli portati fin qui, in questo studio, facendoti fare brutta figura...

– Ma che dice, dottor Paladini? Quale brutta figura? Allora lei si è dimenticato che razza di gente si rivolge agli avvocati in questa città. Lei si è solo fidato della persona sbagliata, tutto qui; ma stia tranquillo che la professoressa l'aiuterà, e l'aiuterà davvero. Non gliel'ha detto perché è sempre sbrigativa, ma ora glielo dico io quello che farà. Appena sarò tornata nel suo ufficio mi chiederà di contattare un paio di suoi domiciliatari di Roma, avvocati che le devono molto e che hanno un'etica professionale diciamo così piuttosto elastica. A loro chiederà di procurarsi le informazioni che le servono, loro si attiveranno immediatamente e se le procureranno. Come faranno, esattamente, con quali mezzi e compiendo quali atti, la professoressa non vorrà nemmeno saperlo: quello che conta è che domani, o sabato, o lunedì, saprà quello che c'è da sapere, e a quel punto saprà anche quello che si dovrà fare. E non si preoccupi dei soldi, non faccia caso a quello che ha detto: in realtà è una donna molto generosa, anche se ha il vezzo di apparire avida.

– Ma i soldi non sono un problema, Annalisa. Non sono andato in rovina, sto solo navigando in un mare di fango. Anzi, sarò orgoglioso di saldarle la parcella, visto che posso ancora permettermelo: solo che se non c'eri tu non avrei mai ricevuto un'attenzione del genere, perché non me la merito più.

– Qui si sbaglia, dottor Paladini. Se non se la fosse meritata, quell'attenzione non l'avrebbe avuta. Sono sicura che riesce a immaginare il modo in cui questa città ha preso quello che è successo tra me e la professoressa, e le assicuro che certe esperienze aprono gli occhi su quanto siano rare le persone come lei. Io le sono molto affezionata, mi creda, com'ero affezionata a sua moglie. Sono felice di darle una mano.

Vabbe', ora basta, altrimenti piango davvero.

– Grazie – dico.

E stavolta ci abbracciamo. Sento il suo corpo sodo modellarsi contro il mio, le sue mani stringersi contro la mia schiena, il cachemire extrafine del suo vestito accarezzare la mia pelle, il suo profumo di mare spandersi nel mio cervello. A parte tutto, sembra quasi di abbracciare Lara. Dura – non so – dieci, quindici secondi, poi ci stacchiamo. Pare anche più alta, Annalisa, sebbene questo sia dovuto agli stivali col tacco.

– Mi fa la cortesia di dare un bacio a Claudia da parte mia? – dice – Sempre che si ricordi di me...

– Certo che si ricorda di te.

– Che tipo di ragazza è diventata? Sa che non riesco a immaginarmelo?

– È bella. È tosta, ma è ancora acerba. Ha la miccia lunga.

– Somiglia ancora a sua madre?

– Sì. A sua madre e a sua zia. È una Siciliano, decisamente.

Annalisa tace, lo sguardo fisso verso un punto indefinito alla mia destra. Sarebbe bellissimo, adesso, leggere nella sua mente e vedere come se la sta immaginando.

– Allora ti chiamo domani – faccio.

– D'accordo.

– Grazie ancora, Annalisa.

– Di niente, dottore.

E qui fa un'ultima cosa sorprendente – ma sorprendente per davvero: mi porge il pugno e mi fa capire che vuole salutarmi così, col pound, come fa Obama. Non l'ho mai fatto, sono sempre stato goffo anche solo a battere il cinque, eppure rispondo al suo invito come se lo facessi da sempre, e il pound viene bene, naturale, sbarazzino, anche col tutore che m'irrigidisce il polso. Annalisa sorride e sorrido anch'io, senza più vergogna: ho appena fatto una piccola cosa bella che non avevo mai fatto. Poi mi accompagna fino all'uscita, ed è di nuovo una faccenda di fianchi che ondeggiano e movimenti armoniosi delle braccia. Dietro al desk delle segretarie non c'è più nessuno. Sulla porta ci salutiamo di nuovo – Ciao, arrivederci –, ma è evidente che il vero saluto è stato quel pound venuto così bene.

Scendo in strada e non saprei dire come mi sento. D'altronde è sempre così: io non credo che le persone sappiano esattamente come si sentono. Mi vergogno ancora, sono ancora nei guai, ho ancora il problema di dove passare la notte, ma c'è anche della leggerezza, ora, in me, della grazia. D'altronde, è l'ora più bella del giorno più bello dell'anno: il sole è calato, il cielo è ancora acceso di una luce prodigiosa. C'è perfino un venticello assurdo, per Milano, che allenta la morsa del caldo. Una ragazza biondissima mi passa accanto, in shorts e canottiera, trascinando un enorme trolley che traballa sul basolato irregolare. La Q3 è proprio qui davanti, oltre l'incrocio, dove prima, per puro miracolo, ho trovato parcheggio: un posto regolare, libero, in via Verdi, che sembrava aspettare me. Spingo il tasto del telecomando mentre attraverso l'incrocio, poi non so perché mi volto e guardo in alto verso il palazzo ottocentesco dal quale sono appena uscito: a una finestra d'angolo del primo piano, appoggiata al parapetto, sovrastata dal sontuoso timpano in pietra, c'è Annalisa. Sta fumando – non fumava – ma soprattutto mi sta guardando e mi saluta con la mano. E ora? Le ho appena detto che mi hanno ritirato la patente: mi avrà visto aprire la macchina col telecomando? No, perché l'ho azionato da dentro la tasca della giacca. Eppure riecco la vergogna, riecco l'ansia. Non posso farmi vedere mentre me ne vado via in macchina, bel bello, senza patente. Non adesso, non da lei. Perciò passo accanto alla Q3 e tiro dritto – non senza richiuderla, però, con un altro colpo di telecomando. C'è un bar, qui davanti, un bar tabacchi, e mi ci dirigo. Prima di entrare guardo di nuovo il palazzo e Annalisa è sempre lassù alla finestra, a guardarmi. La saluto di nuovo, entro. Ci sono parecchie persone in coda alla cassa – tutti maschi soli, che a quest'ora, a Milano, con tutto questo alluminio anodizzato, tutti questi tramezzini avanzati, suscitano una tristezza degna dei gialli di Scerbanenco. Mi guardo nel riflesso del refrigeratore di cristallo, e in effetti il labbro è bello gonfio, anche se per fortuna non mi sembra di vedere sangue. Quando arriva il mio turno ordino un pacchetto di sigarette e una coca-cola. Invece di prendermela calma, come dovrei, per guadagnare tempo, bevo in fretta e me ne vado lasciando la bibita a metà, col risultato che quando esco Annalisa è ancora alla finestra. Ma che fa? Ormai la sigaretta sarà finita, perché butta il tempo così? Non doveva chiamare gli schiavetti romani della Falk Belgrado, che le faranno sapere tutte quelle cose su di me? Me l'accendo io, una sigaretta, ed è l'ultima risorsa che mi resta per sperare che nel frattempo lei torni dentro e io possa salire in macchina. Ma non lo fa, rimane lì, e allora non ho che da tirare un paio di boccate e incamminarmi lungo la via, come lei si aspetta che faccia, verso la Scala. E va bene, maledizione: girerò intorno all'isolato e me ne starò nascosto dietro un angolo finché non sarà tornata dentro: non c'è più nulla di facile nella mia vita, bisogna che mi ci rassegni.

D'altronde devo anche trovare un telefono pubblico, perché un'idea su dove andare a dormire mi è venuta.

7

Non è vero che la vita ti sorprende.
Quello che fa, soprattutto, è confermarti al tuo posto.

(Diego De Silva)

– Hallo?

– Chantal?

– *Ja?*

– Ciao. Sono Pietro.

– Oh, Pietro. Ciao. Scusa, non ti avevo riconosciuto. Come stai?

– Bene. Tu?

– Bene. Sei a Roma?

– Ecco, appunto, no, non sono a Roma. Sono qua vicino, in Svizzera, e pensavo di passare, se non ti disturbo.

– Ma quale disturbo? È un piacere.

– Sul serio, Chantal. Se disturbo dimmelo, passo un'altra volta.

– Ma no, Pietro, figurati. Non immagini che regalo mi fai. Un conto è una telefonata, e un altro è venire a passarlo qui.

– Cosa?

– L'anniversario. È pur sempre un giorno difficile, per me, come di certo sarà anche per te: che tu venga a passarlo qui è un regalo.

– ...

– ...

– ...

– Pietro? Ci sei?

– Sì. Ma la linea va e viene e ti ho un po' perso. Non ho capito quello che hai detto.

– Ho detto che l'anniversario, domani... Mi senti?

– Sì, ora sì.

– ... L'anniversario, dicevo, è sempre un giorno difficile, anche dopo cinque anni.

– Ah, certo...

– E che tu venga a passarlo qua è una sorpresa bellissima che mi fai, altro che disturbare. Sei solo o con Claudia?

– No, sono solo. Claudia è rimasta a Milano da sua zia.

– Peccato, mi sarebbe piaciuto vederla. Come sta?

– Sta molto bene.

– Quello è l'importante. E insomma mi fai proprio un gran regalo. Quando arrivi?

– Senti, in realtà non sono proprio vicino vicino: arriverò un po' tardi, rischio di svegliarti. Magari è meglio che vada in albergo.

– Non dirlo nemmeno per scherzo. In realtà non sarò in casa, perché faccio la notte dalla signora Roggen-Dalpiaz, proprio qui di fronte. Quando arrivi mi chiami, io scendo e ti do le chiavi. Sei in macchina?

– Sì.

– Ti ricordi l'indirizzo? Adligenswilerstrasse 31. Dal centro segui le indicazioni per l'Hotel Montana e da lì sono cinquanta metri.

– Ho il navigatore. Non c'è problema.

– Ti preparo la camera degli ospiti. Ti fai una bella dormita e domattina, quando torno, facciamo colazione e ce ne andiamo insieme al cimitero. D'accordo?

– D'accordo.

– Compriamo dei bei fiori, eh? Non i soliti crisantemi che porto sempre io.

– Certo, Chantal.

– Qualcosa di speciale, d'accordo?

– Qualcosa di speciale, sì. Solo che stasera quando arrivo non posso chiamarti perché ho perso il telefonino.

– Oh, mi dispiace. Ma puoi suonare il campanello. Roggen-Dalpiaz. Al numero 26. Proprio qui di fronte. Tanto ci sarò solo io, oltre alla signora Roggen-Dalpiaz che è malata di Alzheimer.

– Va bene, allora. Arriverò tra un paio d'ore.

– Non preoccuparti. Va' piano.

– Grazie, Chantal.

– Grazie a te, Pietro.

8

E allora perdonami l'ho fatta un po' grossa
ti ho tinto di nero per non ricordarti.

(Gatti Mézzi)

Elenco delle piccole cose belle che non ho mai fatto:
Tirare una pietra di curling
Giocare a tennis su un campo in erba
Celebrare una messa
Pescare un tonno
Andare in giro col kilt
Toccare una pepita d'oro
Staccare l'etichetta dalla confezione di un medicinale con quel-
la specie di coltellino da farmacisti
Fare un castello con gli stecchi del Mottarello
Falciare il grano
All'arrivo in aeroporto avvicinare l'autista col cartello Sigma
Tau, fargli credere di essere il conferenziere che sta aspettando e
farmi accompagnare a casa
Decorare una torta con la tasca da pasticciere
Bucare un soufflé

Una volta facevo gli elenchi. Mi rassicurava. Prendevo un
tema e passavo il tempo a spremermi il cervello per compilare
l'elenco; poi lo rileggevo e, per quanto possa sembrare strano,
ridotta a una di quelle liste (di donne che avevo baciato, di
compagnie aeree con cui avevo volato, di case in cui avevo abita-

to eccetera) la mia vita sembrava meno sprecata, se capite cosa intendo. Poi ho smesso di sentirne il bisogno e non l'ho fatto più, ma stanotte l'ho fatto di nuovo. Stanchissimo, e tuttavia incapace di dormire, agitato, preoccupato, seduto sulla poltrona davanti al bovindo, nel soggiorno di questa casa dove mio padre ha vissuto gli ultimi dieci anni della sua vita, ho fatto questo elenco per cercare di calmarmi un po' – ma non ha funzionato. Probabilmente ho sbagliato tema: l'agitazione è addirittura cresciuta e non sono riuscito a chiudere occhio fin quasi all'alba; e anche adesso, per la verità, a rileggerle una di seguito all'altra, queste piccole cose belle che non ho mai fatto non mi dicono niente di rassicurante riguardo a me stesso, non mi rilassano affatto – anzi, mi agitano ancora di più. Non sono desideri. Non descrivono nessun progetto di vita, nessuna identità. Non significano nulla.

Se le facessi, penso, se una dopo l'altra facessi tutte queste cose, sarei soddisfatto? Sarei al sicuro? O, almeno, sarei più me stesso – più di quanto lo sia ora? Quello che fa scivolare la pietra di curling sul ghiaccio, che guarnisce la torta, o che, vestito da prete, ripesca il blocco miracolosamente intatto dei suoi ricordi di chierichetto per recitare la *Praefatio* dello Spirito Santo, sarebbe per caso un Pietro Paladini migliore?

È ridicola, questa domanda – no? È semplicemente ridicola.

E invece non dovrebbe essere ridicola, dovrebbe essere sensata – e la risposta dovrebbe essere "sì". Almeno era così che funzionava, quando facevo i miei elenchi terapeutici; quello che riceveva uno dopo l'altro tutti quei baci, o che saliva e scendeva da quegli aerei, o che traslocava dall'una all'altra di quelle case, era una persona migliore, libera e leggera, e ritrovarla dentro di me nei momenti di difficoltà mi dava coraggio; e se l'elenco non riguardava le cose fatte ma quelle desiderate o ancora da fare, alla fine somigliava a una Via Crucis al contrario, lungo la quale a ogni stazione mi sarei liberato di un peso o di un disagio, fino a ritrovarmi ugualmente migliore, all'inizio di qualcosa. Per esempio anche quando ho lasciato Milano, otto anni fa, e me ne sono tornato a Roma con in mente l'idea di un vago, luminoso rimpicciolimento – restringimento degli orizzonti, diminuzione di guadagno e potere, dissolvenza quotidiana in mansioni banali e ordinarie che in quel momento consideravo più autentiche –, ho compilato un elenco di piccole cose belle che avrei voluto fare nella mia nuova vita. Era abbastanza simile a quello che ho fatto stanotte, come concetto, e tuttavia radicalmente diverso. Non ricordo tutto quello che c'era scritto, ma posso dire che quasi tutti i desideri che lo componevano sono stati esauditi – e diversamente da quelli che ho elencato stanotte, erano desideri sensati, concreti, in grado di dare identità, tipo ricominciare a giocare a tennis, mangiare polli ruspanti, bere l'acqua del rubinetto o andare a visitare i monumenti. Ora lasciamo perdere i casini nei quali quella nuova vita mi ha catapultato, non guardiamo il fatto che evidentemente mi sbagliavo e la soluzione non era così facile e anche nelle vite più semplici trova posto quello stesso disordine da cui allora, lasciando Milano, m'illudevo di distanziarmi: in quel momento, e negli otto anni successivi, praticamente fino a due giorni fa, spuntando uno dopo l'altro i propositi contenuti in quella lista io mi sono effettivamente sentito meglio, al punto che, pur alle prese con situazioni anche dure o problematiche – la fuga di Carlo, gli assalti di Patrick, i rapporti con Claudia –, non ho più provato ansia, ed è proprio per questo che ho smesso di fare gli elenchi. Ora scopro che non riesco più nemmeno a farli, perché l'ansia che ne viene fuori è anche peggio di quella che dovrebbe essere lenita – il che somiglia a una delle tante morti che ci tocca sopportare prima di morire del tutto.

Guardo questo pezzo di lago, oltre i tetti, il tratto di costa che mio padre ha guardato ogni giorno da quando ha lasciato Roma, l'Italia, noi, per venire a morire in questa città bella e malinconica. C'è una bruma che impasta l'orizzonte: l'estate italiana è sparita ieri sera, appena passato il traforo del San Gottardo, con l'aria che si è improvvisamente affumicata di foschia, così restando fino a qui, fino a stamattina. I pensieri che intendevo tacitare mentre mi scervellavo a compilare l'elenco sono ancora tutti attivi, minacciosi e sconcertanti, e fluttuano nell'aria insieme all'odore del pane tostato e del caffè. Il più sconcertante di tutti rimane quello di essermi dimenticato che oggi, 28 giugno, è l'anniversario della sua morte – e che tuttavia, rimbalzando da un accidente all'altro, nel corso di questa ridicola fuga della quale nessuno si è ancora accorto, macinando in due giorni tante cazzate quante non ne ho fatte nella mia intera vita, oggi mi ritrovo qui a celebrarlo. È il quinto anniversario: degli altri quattro mi ero sempre ricordato, avevo sempre telefonato a Chantal per salutarla e mandarle un abbraccio – ma l'idea di venire fino a Lucerna per passare la giornata insieme a lei non mi ha mai nemmeno sfiorato: quest'anno, dopo che le emergenze degli ultimi giorni hanno completamente cancellato il ricordo di questa ricorrenza, eccomi seduto al posto di mio padre, a guardare quello che guardava lui, in procinto di accompagnare Chantal sulla sua tomba.

C'è anche mancato un pelo che la mia fuga finisse di colpo, ieri sera, ingloriosamente, alla stazione di servizio di Bellinzona, a causa di una delle suddette cazzate. Il fatto è che per circolare sulle autostrade svizzere bisogna pagare un pedaggio una tantum per l'intero anno solare – la famosa *vignetta*, da acquistare e attaccare al parabrezza. Dico famosa perché quando stavo a Milano lo sapevo benissimo, capitandomi piuttosto spesso di passare il confine con la Svizzera; ed è vero che materialmente era Annalisa che si occupava di comprarmi ogni anno la vignetta, e che io dovevo solo appiccicarla al vetro, ma insomma lo sapevo, lo sapevo bene. Così come sapevo che alla frontiera i doganieri mica te lo dicono – che c'è, sì, un cartello che lo prescrive, ma che è un cartello come tanti, tra i tanti, e spesso passa inosservato, e infatti quelli che non lo sanno non lo vedono mai e vengono beccati e multati dalla polizia cantonale. Sapevo tutto. E tuttavia ieri sera, agitato com'ero dalla paura che alla frontiera italiana un qualche ispirato doganiere decidesse di bloccare il flusso delle macchine che gli sfilavano davanti per controllare proprio me, e nei miei confronti fosse attivo un mandato d'arresto, e il mio nominativo fosse segnalato sui terminali, e che dunque a causa di questo azzardo di passare la frontiera potessi ritrovarmi in prigione con l'aggravante del tentato espatrio – con questa paura piantata nel cervello mi sono completamente scordato della vignetta. Sollevato dal fatto che il doganiere italiano non ha nemmeno fatto il cenno di interessarsi a me, e mi ha salutato con la mano come fa con tutti, ho guidato tranquillo per quaranta chilometri prima di fermarmi a una stazione di servizio per mettere qualcosa sotto i denti. Ho parcheggiato la macchina nello spiazzo accanto al distributore di benzina – sbagliando, perché il ristorante era cento metri più avanti, e aveva il suo bel parcheggio proprio di fronte; sono entrato nell'emporio al piano terra, ho seguito le indicazioni fino al ristorante al piano superiore, ho preso il vassoio, l'ho riempito di insalata e macedonia preconfezionate più un salsicciotto caldo con la senape, ho pagato in euro e sono andato a sistemarmi accanto alla vetrata che dava sul parcheggio. Il clima ancora mediterraneo, la sera calda e frizzante, le montagne possenti, il cielo rosa e blu, tutto intorno a me suggeriva sollievo e bellezza – e mentre ero lì che consumavo la mia cena incellophanata osservavo una discussione che si era accesa nel parcheggio, sotto di me, tra un uomo corpulento dai capelli gialli e due

agenti della polizia cantonale. L'uomo gesticolava drammatica-
mente, voltava le spalle, faceva qualche passo per andare via,
tornava indietro, ricominciava a discutere, si agitava, si metteva
le mani nei capelli, mentre i due agenti se ne stavano impassibi-
li di fronte a lui, uno con dei documenti in mano, che ogni tanto
controllava, l'altro con le mani sui fianchi e la testa alta come il
personaggio di un videogioco. Accanto a loro due auto: la BMW
serie 1 cinque porte bianca e arancione in dotazione alla polizia
svizzera e una Mercedes Classe B bianca con tettuccio nero e
targa italiana. Non ho minimamente sospettato che quanto
stava accadendo riguardasse anche me, perciò ho continuato a
seguire quella muta discussione senza affrettarmi, aspettando
che la cameriera mi portasse un mediocre caffè. Poi mi sono
alzato dal tavolo, sono sceso nel piazzale e i tre erano sempre lì
a discutere. Mi sono avvicinato. L'uomo continuava ad agitarsi,
la zazzera color consommé che si agitava insieme a lui come un
campo di grano al vento; i due poliziotti che lo inchiodavano
parevano sempre più rigidi e disumani. Visti da vicino mi sono
sorpreso a scoprirli tutti e tre molto più vecchi di quanto m'era
sembrato dal ristorante: due cinquantenni i poliziotti, un
quarantenne l'uomo che da lontano, per via dei capelli gialli,
sembrava avere meno di trent'anni. Evidentemente l'azione
languiva nello stesso punto da molto tempo, perché non è stato
difficile capire quali fossero i termini della questione: i poliziotti avevano contestato all'uomo la mancanza della vignetta sul
parabrezza, l'uomo si era giustificato dichiarando di non essere
al corrente di questa prescrizione e i poliziotti sarebbero stati
anche disposti a chiudere un occhio (dopotutto eravamo ancora
nella Svizzera Italiana) se l'uomo avesse comprato il contrasse-
gno e lo avesse apposto al parabrezza seduta stante; senonché,
al controllo di routine, la sua patente era risultata scaduta, cosa
che faceva scattare la denuncia penale e il sequestro del mezzo

– misure riguardo alle quali i due poliziotti, malgrado le suppliche dell'uomo, si mostravano assolutamente irremovibili. Mi sono subito precipitato dentro l'emporio per comprare la vignetta, dopodiché mi sono fiondato alla Q3, che come ho detto avevo lasciato per errore nel parcheggio del distributore, cioè per mia fortuna lontano da quello del ristorante dove nel frattempo uno dei due poliziotti si era messo a controllare che le macchine avessero la vignetta attaccata al parabrezza, mentre l'altro sembrava avere domato gli ultimi spasmi dell'uomo dai capelli gialli e lo teneva semplicemente d'occhio, vinto, sconsolato e appoggiato al cofano della Classe B nell'atto di fare una telefonata. Infine sono ripartito, di nuovo in preda a quel tremore adrenalinico che negli ultimi due giorni è stata la mia prevalente condizione psicofisica, mentre a contrasto con la mia agitazione constatavo che tutto attorno a me rimaneva normale, plausibile e perfino giusto: stavo andando a Lucerna per celebrare il quinto anniversario della morte di mio padre, e il fatto che guidassi un'automobile rendeva ovvio che avessi in tasca la patente. Facendo un minimo di attenzione l'illegalità rimaneva comoda e accogliente anche per me, ma il problema era che io quel minimo di attenzione non riuscivo a produrlo, e c'era voluto il sacrificio di quel disgraziato per evitarmi un guaio grosso come una casa. E così è ancora, il che mi fa sentire uno di quegli alberi sradicati dall'alluvione che si ritrovano in mezzo al mare, sballottati da onde e correnti, rosi dall'acqua salata. Nella mia vita ormai tutto sembra accadere per puro caso (se non avessi telefonato a, se non fossi passato per, se non mi fossi fermato in, se non avessi parcheggiato nel), e non riesco nemmeno a immaginare cosa potrebbe essere di me, adesso, se la fortuna non mi avesse aiutato. Non so più chi sono, ecco il punto, se mi dimentico le ricorrenze private e le regole di civiltà che non ho mai mancato di osservare, e alla fine non mi riconosco più nemmeno in un elenco di desideri che ho appena compilato. Ad aggravare questa confusione, poi, senza nemmeno spingersi a considerare i casini assurdi nei quali mi trovo, c'è il fatto che gli altri invece sono convinti di saperlo benissimo, chi sono, perché hanno in mente quello che sono stato per tanto tempo, e la tentazione di tranquillizzarmi specchiandomi nella loro ingenuità è molto forte.

Prendiamo Chantal, che proprio adesso spunta dalla cucina spingendo un carrello portavivande colmo di manicaretti per la prima colazione: per lei è normale che oggi io sia qui. Dal suo punto di vista è forse la cosa più normale che potessi fare – di sicuro più normale che farle la consueta telefonata. Anzi, sebbene sia una donna dolce e priva di acredine nei confronti del mondo, c'è il caso che intimamente, gli anni scorsi, abbia giudicato un po' arido il segnale che le mandavo nel giorno della morte di mio padre, e mi abbia giustificato soltanto perché mi immaginava lontano, solo con mia figlia e pieno fino ai capelli di cose da fare; e se le raccontassi quello che ho combinato nelle ultime quarantott'ore sono convinto che sarebbe in grado di scusarmi su tutto tranne che sul fatto di essermi dimenticato di papà: quello non riuscirebbe proprio a perdonarmelo, le parrebbe molto più mostruoso del fatto che abbia riciclato soldi sporchi, picchiato una donna, guidato senza patente e mentito sistematicamente a tutti quelli cui ho rivolto la parola. Per lei non è nemmeno concepibile, ecco, che oggi io mi trovi qui per puro caso – ed è solo grazie a questa sua convinzione, mi rendo conto, che riesco a sopportare di esserci arrivato per puro caso.

– Che meraviglia! – dico, dinanzi alla cornucopia di vivande che Chantal sta mettendo a tavola.

– Non faccio mai colazione così, perché sono a dieta – dice lei – Ma oggi ne vale la pena.

Ci sono uova strapazzate, pancake alla Nutella, pane tostato, marmellata, Emmental, succhi d'arancia e di pompelmo, caffè, latte, miele, albicocche, ciliegie, banane, perfino dell'uva. Sarà anche a dieta, penso, ma tutto questo ben di Dio l'aveva in dispensa, perché si è messa a spignattare appena rientrata dal suo servizio notturno a casa della signora Roggen-Dalpiaz.

In effetti è un po' troppo in carne. Dall'ultima volta in cui l'ho vista – cinque anni fa, per l'appunto, quando è morto papà – deve aver messo su sei o sette chili, che le danno un'aria paffuta che non ricordavo. A ingrassare sembra esser stata soprattutto la sua faccia, che ricordavo sfilata, ovale, e ora è tonda e lustra come una caciotta. Ha sessantatré anni, questo lo so per certo, perché quando si è portata via papà, alla morte della mamma, cioè nel 1999, ne aveva quarantanove – e a me e a Carlo sembrò osceno soprattutto quello, che non avesse nemmeno cinquant'anni.

Mangio i pancake caldi con la Nutella. Sono buonissimi. Era un sacco di tempo che non ne mangiavo. I primi anni dopo il trasferimento a Roma li facevo anch'io, tre volte a settimana, per rendere più allettanti le colazioni con Claudia – alle sette del mattino, appena svegli, quando l'assenza di Lara era più palpabile. Ero diventato bravo, usavo una padellina piccola e un filo di olio di semi, e li facevo tutti uguali, spessi e spugnosi come devono essere. Poi le mie analisi del colesterolo hanno cominciato a peggiorare e queste leccornie non ho più potuto mangiarle. Ho continuato a fare i pancake solo per Claudia ma non era più la stessa cosa, e infatti Claudia non li ha più voluti perché diceva che facevano male anche a lei. Poiché non ho mai trovato niente che non mi facesse male con cui sostituirli per mantenere desiderabile il momento della colazione (niente più uova, per me, pane fresco, latte, cacao), è andata a finire che quell'abitudine così intima e bella è stata rimpiazzata da due differenti abitudini ben poco sensuali: Claudia ingollava un paio di fette biscottate e un succo di pera sul divano guardando *Zack e Cody al Grand*

Hotel su Disney Channel, mentre io bevevo il caffè controllando sul computer com'erano andate il giorno prima le cose in borsa, dove avevo messo i miei risparmi per potermi permettere di non lavorare. E il bello è che ci adattammo subito a quella che in realtà era una perdita immensa: siccome era prima della crisi del 2008, le cose in borsa erano quasi sempre andate bene; siccome a Claudia quella serie piaceva molto, si divertiva; e così, a pochi metri di distanza l'uno dall'altra, ci abituammo a iniziare la giornata in due modi completamente diversi, che si escludevano a vicenda – cosa che poi è proseguita negli anni successivi facendosi sempre più irreversibile, fino a oggi, 28 giugno 2013, quando ci ritroviamo di nuovo a fare una colazione calorica e sensuale ma separati, io qui a Lucerna con Chantal e lei in quel posto sul lago con sua zia e i suoi cugini. Forse è stato lì che abbiamo cominciato a perderci: quando ho smesso di fare i pancake...

– Non ti hanno mai detto di mangiare più lentamente? – fa Chantal.

– Sì – rispondo – Ma questa roba è buonissima, e ho una gran fame.

– Sei vorace come tuo padre – dice, guardandomi con tenerezza.

Bene. È arrivata dove voleva arrivare. D'altronde ci sarebbe arrivata comunque, partendo da qualunque argomento, perché siamo qui per lui ed è logico che si parli di lui.

– Papà era vorace? – chiedo.

– Un pescecane – dichiara, con tale fermezza da farmi capire che se per caso intendessi contraddirla lei avrebbe tutti gli elementi per farmi cambiare idea. In realtà non intendevo confutare nulla: semplicemente non mi sono mai posto il problema se mio padre fosse vorace o no. Non è una cosa che un figlio tende a notare del proprio genitore.

– E non gli faceva bene – continua – Bisogna mangiare adagio e masticare con cura se non si vuole soffrire di stomaco. Ma tuo padre non ci riusciva, era più forte di lui.

Ed ecco la ragione per cui in questi anni ho sempre evitato di venire a trovarla: non mi piace per niente che lei mi parli di mio padre in tono così materno, che mi dica com'era e come non era. Il fatto che l'abbia conosciuto intimamente e che sappia di lui tante cose che avrebbe dovuto sapere solo la mamma mi dà molto più fastidio del fatto che si sia beccata i suoi soldi, che ci abbia fatto sesso e via discorrendo.

– Ascolta – dico, trangugiando il caffè – Devi essere molto stanca. Non preferisci dormire un po', e andare al cimitero più tardi?

Anche lei sta bevendo il caffè. I suoi occhi, resi penetranti dallo stigma della vedovanza, mi guardano da sopra l'orlo della tazza.

– No, non ho sonno. Andiamo subito. La signora Roggen-Dalpiaz ha dormito bene, stanotte, e così ho potuto dormire un po' anch'io. Magari faccio un sonnellino nel pomeriggio.

Vorrei chiederle perché continua a fare un lavoro così pesante, dato che papà le ha lasciato più che abbastanza per tenere i fiocchi di neve lontani dalle sue spalle, come diceva lui. Ma so già che, qualunque possa essere la risposta, coglierebbe immediatamente l'occasione per ribaltare di nuovo il discorso su papà. E questo io—

Suona il telefono, nel soggiorno. Meglio, penso. L'interruzione troncherà questo strazio, e dopo andremo al cimitero.

– Scusa – fa Chantal – Rispondo.

Si alza, va nell'altra stanza a rispondere. Cammina benissimo, come se avesse fatto dei corsi di portamento. Dev'essere stata molto bella, da ragazza.

– *Ja?* – sento la sua voce senza vederla, perché è nascosta da un'anta della porta scorrevole.

Silenzio.

– Oh, ciao Carlo! – sento – Come stai?

Come Carlo? Carlo chi?

Silenzio.

– Io bene – sento – Grazie, sei molto caro.

E ci risiamo con l'adrenalina, col tremore, col cuore in gola: Molto caro chi? *Carlo chi?*

– Scommetto che non immagini chi c'è di là.

Ma non aveva, ma non era, ma non diceva...

– Sorpresa. Aspetta in linea, per favore.

Ed eccola che spunta dalla porta scorrevole. Mi viene vicino.

– È Carlo – fa, sottovoce – Non gli ho detto che sei tu, così gli fai una sorpresa.

È eccitata come una bambina per questo corto circuito – che però dovrà sembrarle anch'esso normale, dopotutto, visto che per lei è normale che io sia qui ed è normale che Carlo le telefoni. Io cerco di dissimulare l'immane, invece, martellante e non so perché adesso anche mortificante stupore che mi batte nelle tempie, rispondo come posso al suo sorriso e vado a fare questa sorpresa a mio fratello.

Che poi posso essere solo io, che cazzo di sorpresa è?

9

Può darsi che siamo fratelli, dopotutto. Vedremo.

(Capriolo Zoppo)

– Pronto.
– Pietro?
– Ciao, Carlo.
– Ciao. Che ci fai lì?
– Passavo da queste parti. Come stai?
– Bene.
– Che fai? Dove sei?
– Il solito.
– Il solito cosa?
– Il solito, Pietro. Siamo al telefono.
– Ah, già. E da quando in qua telefoni a Chantal per l'anniversario della morte di papà?
– Il solito.
– Non si può dire nemmeno questo?
– No, Pietro.
– E vabbe', qua è tutto secretato.
– Fattelo dire da lei.
– Ok. E cosa si può dire?
– Come stai tu, si può dire. Come sta Claudia.
– Claudia è scappata di casa e io sono in un mare di merda.
– Come scappata? Che merda?
– Il solito.

– Non fare lo scemo.

– Non faccio lo scemo. Non si può dire neanche questo.

– Devo preoccuparmi?

– No. Claudia è da Marta e io me la caverò.

– Ma sei nella merda.

– Più o meno.

– Ed è per via di questa merda che ti trovi lì.

– Più o meno.

– Se è una questione di soldi, sei nel posto giusto.

– Non è una questione di soldi.

– E di cosa, allora?

– Il solito.

– Ok. Allora senti quello che ti dico: scaricati un'app che si chiama Telegram. È nuova nuova, è uguale a Whatsapp ma non può essere intercettata. D'ora in poi comunichiamo con quella.

– Perché, Skype non è più sicuro?

– Non lo so, pare di no. Ma Telegram sì: l'hanno fatta i russi, le conversazioni sono criptate e si autocancellano. Lì possiamo chattare tranquilli.

– Chattare? Ma come parli?

– Parlo come cazzo mi pare. Scaricati Telegram sul telefonino.

– Non ce l'ho più il telefonino.

– Come non ce l'hai più? E perché?

– L'ho perso.

– Ma, scusa, l'altro giorno non mi hai mandato quel messaggino?

– L'ho perso subito dopo.

– E come hai fatto?

– Il solito.

– Oh. Perché mi hai chiesto di Ernesto, a proposito?

– Mi era venuto in mente ma non ricordavo più il suo nome.

– Sei tornato a Roccamare?

– No.

– E allora perché ti era venuto in mente Ernesto?

– Non me lo ricordo più.

– E insomma sei senza telefonino.

– Già.

– E tu ricompralo. Lì, già che ci sei: scheda svizzera, che è pure meglio. Così ti scarichi Telegram e noi possiamo raccontarci tutto.

– Ora non ho tempo.

– E che ti ci vuole?

– Mi ci vuole che non ho tempo. Sono nel pieno di una rumba micidiale, non ho un momento per rifiatare, e devo anche trovare il modo di capire cosa succede a Claudia.

– Ma perché è scappata? Avete litigato?

– Non lo so, Carlo, non ci ho ancora parlato. Pare che abbiamo litigato, sì, anche se a me non sembrava. L'altro ieri ha preso il treno ed è andata da sua zia, a Milano, senza dirmi nulla. Con Marta parla appena, a me attacca il cellulare in faccia.

– Lasciale fare quello che vuole, Pietro.

– E chi le ha mai vietato nulla?

– Lasciala andare. È in gamba.

– Più che altro è maggiorenne.

– Già! E non le ho neanche fatto gli auguri! Dille che scarichi Telegram, almeno lei.

– Ok. Glielo dirò. Se riesco a vederla.

– E abbracciala forte da parte mia. Dille che la penso sempre. Va bene?

– Va bene.

– E insomma ora vai al cimitero con Chantal.

– Sì.

– Ci sono andato anch'io, sai.

– Ma quando?

– Il solito.

– E che cazzo, Carlo...

– Chiedi a Chantal, ti dirà tutto lei.

– Senti me, ce l'ho io un sistema sicuro per parlare.

– Sì? E quale?

– Te lo dirò su Telegram, quando potrò.

– Quando avrai Telegram, *quello* sarà il sistema sicuro.

– No. Il mio è molto meglio.

– Meglio dei russi?

– Il mio è di Al Qaeda.

– Ma va'. E come lo conosci?

– Il solito.

– Ok, capito. Allora fatti vivo appena puoi.

– D'accordo.

– Mi raccomando. Stai in gamba.

– Anche tu.

– Ci sentiamo su Telegram.

– Su Telegram.

– Ciao.

– Ciao.

10

*Wittgenstein non riusciva a capire quali danni
potesse mai produrre una contraddizione.*

(Benjamin Woolley)

A sinistra:

JOSEF
SCHÖNGART
1921
2009

ERNA
SPINDLER
1920
2012

A destra:

ERNST
ROGGEN-DALPIAZ
1918
1998

E in mezzo, lui.

LUIGI
PALADINI
1929
2008

La prima cosa che noto è che il nome di papà, sulla lapide, è
scritto come quello di Josef Schöngart, tutto spostato a sinistra,

evidentemente per lasciare spazio a quello della donna che sarà seppellita insieme a lui. Non lo ricordavo. Erna Spindler ha raggiunto il suo uomo appena tre anni dopo, Chantal ci sta mettendo più tempo, dato che è molto più giovane, ma è lì che finirà. La seconda cosa che noto è che il nome del defunto sull'altra lapide è invece scritto al centro, come se non fosse previsto aggiungervene altri. La terza cosa che noto è che il suo doppio cognome, Roggen-Dalpiaz, è lo stesso della signora malata di Alzheimer presso la quale Chantal ha passato la notte. Siamo nel punto più bello del cimitero, quello panoramico, dal quale si ammira una lingua di lago che s'insinua tra i colli pettinati a prati e conifere: sono solo tre le tombe in questa posizione, e anche se non lo decido – cioè in maniera del tutto indipendente dalla mia volontà –, ecco che mi trovo a capire di colpo com'è andata che papà sia seppellito proprio qui. Insomma, lui era straniero, era arrivato in questa città da vecchio, non ci ha lavorato, non ci conosceva nessuno, e Chantal è un'infermiera originaria di un altro cantone: come ha fatto ad avere uno dei tre posti migliori? Secondo me è andata così: come con la mamma nel 1983, un giorno è venuto qui con Chantal per scegliere il punto in cui farsi seppellire insieme a lei; ha visto che Chantal era rimasta colpita da questo *posticino incantevole* e ha deciso che la loro tomba doveva essere qui. C'erano ancora due posti liberi, del resto – questo e quello accanto; è andato per comprarli e ha scoperto che non erano liberi, che erano già stati acquistati pre-morte come anche lui aveva fatto al cimitero di Castiglione. A questo punto un'altra persona si sarebbe arresa e si sarebbe messa a cercare un altro posticino incantevole sull'altro versante, che dà sulle colline – ma non papà: lui ha chiesto chi li avesse comprati, quegli ultimi due posti panoramici rimasti, e ha saputo che il primo era stato acquistato dai coniugi Schöngart, entrambi ancora vivi, per se medesimi, e il secondo dal signor Ernst Roggen-Dalpiaz, lì accanto tumulato nel 1998, per l'amata sorella che lo aveva accudito fino alla morte.

Esclusi immediatamente i coniugi Schöngart, papà ha messo nel mirino la signora Roggen-Dalpiaz, che aveva l'aria di essere la gazzella ferita della situazione. Questo il suo ragionamento: se alla sua sepoltura aveva provveduto il fratello, era probabile che fosse sola al mondo; sempre se a lei aveva pensato il fratello, era probabile anche che non navigasse nell'oro. Assistito da Chantal, l'ha cercata, trovata e contattata, e si è procurato un appuntamento. Come aveva dedotto, era sola: nessun marito, nessun altro fratello, nessun figlio. Rispetto alle sue aspettative era soltanto più ricca, poiché viveva in una casa di proprietà in una delle strade più belle di Lucerna, Adligenswilerstrasse, a pochi metri dall'Hotel Montana, con una magnifica vista sul lago; e non era ancora malata, né era una sprovveduta, poiché all'incontro organizzato a casa sua ha procurato che fosse presente un avvocato, amico del fratello: ma papà non aveva minimamente fatto conto che fosse malata o sprovveduta, giacché non provava nessun gusto a manipolare gli incapaci, mentre ne provava tantissimo a farlo con le persone accorte.

Erano in due avvocati, dunque, quel giorno, in quella casa: uno un po' più giovane, che assisteva la signora Roggen-Dalpiaz; l'altro più vecchio e a suo dire in procinto di morire, nell'atto di esprimere le sue ultime volontà – papà. Ma c'era anche il morto, il vecchio Ernst, ed era lui l'osso duro da superare, perché era chiaro che quell'uomo non intendeva riposare in eterno nella stessa tomba insieme alla sorella – che la voleva accanto a sé, sì, ma non mescolata a sé. Era dunque essenziale che il suo punto di vista non venisse preso in considerazione e perciò, prima che il discorso investisse lui, la sua storia, il legame che lo univa alla sorella, senza nessun imbarazzo papà ha esposto la sua idea: se lei, signora Roggen-Dalpiaz, mi vende la concessione per quel posto ancora libero, così che io possa, quando Dio vorrà, farmici seppellire in attesa d'esser raggiunto, sempre quando Dio vorrà, speriamo il più tardi possibile, dalla mia amata consorte qui presente, io morirò felice e lei potrà sempre farsi tumulare insieme al suo amato fratello – e mentre pronunciava queste ultime parole scriveva su un foglio la cifra che le offriva, come faceva sempre, senza passare per la volgarità di pronunciarla. Naturalmente quella cifra risultava ben superiore a quanto fosse lecito attendersi in una circostanza del genere, così che l'avvocato di fiducia fosse costretto a farlo presente alla propria assistita, consapevole anche di potervi ritagliare una generosa provvigione. A quel punto l'affare era già fatto, ma siccome si tratta di papà, anzi, dell'ultimo affare messo a segno da papà prima del suo definitivo declino, la conversazione dev'essersi allargata abbastanza da includere un cenno all'altro appartamento di proprietà della signora Roggen-Dalpiaz, nella stessa strada, al secondo piano del palazzo di fronte, probabilmente sfitto, o forse occupato da qualche irrilevante inquilino. Già, perché tutto questo deve avvenire nel 2001, 2002, massimo 2003, quando papà abitava ancora nell'altra casa, più piccola, vicino all'ospedale, e il suo Alzheimer era ancora più che altro una scusa per farsi perdonare la propria imperdonabile reazione alla morte della mamma. (Cosa che io ho fatto, per inciso, e mio fratello, almeno per quel che ha sempre detto a me, no.)

Ma torniamo nel salotto della signora Roggen-Dalpiaz, dove papà ha tenuto per l'ultima volta la propria accademia. Nella conversazione da lui governata è senz'altro risultato chiaro che quell'appartamento sarebbe andato del tutto sprecato dopo la morte della proprietaria, trasmesso in eredità insieme a quello in cui abitava a qualche lontano parente che non si faceva vivo da anni e che li avrebbe venduti entrambi all'istante non appena ne fosse entrato in possesso, senza nessuna remora famigliare – e soprattutto dietro assistenza di qualche altro avvocato di fiducia. Dopodiché la sua offerta di comprarlo, formulata a sorpresa, su due piedi, col libretto degli assegni ancora fumante per il colpo appena sparato sul posto al cimitero, e pronto a spararne un altro quattro volte più potente a titolo di acconto, dev'essere sembrata quasi un favore che papà faceva alla signora, la soluzione a un problema che fino a quel momento lei aveva trascurato. Diversamente da quella per il posto al cimitero, stavolta si trattava di un'offerta inferiore – ci scommetto – al valore di mercato dell'immobile, ma presentava il vantaggio del pagamento immediato e del risparmio per l'assenza di commissioni di agenzia, e soprattutto una gran convenienza per l'avvocato di fiducia, uscito di casa quel pomeriggio con l'idea di consacrare un paio d'ore del proprio tempo all'amicizia che lo legava al vecchio Ernst, e all'improvviso alle prese con la prospettiva di un inatteso e consistente guadagno.

Così, l'esito di quell'incontro fu che la signora Roggen-Dalpiaz si decise a impilare il proprio cadavere nello stesso pezzo di terra dove si era dissolto quello di suo fratello, col risultato che chiunque si troverà in questo punto del mondo dopo che anche lei sarà morta, cioè fra poco, leggendo i due nomi uno sopra l'altro (vicini ormai non potranno esserlo più, poiché quello del fratello è scritto al centro della lapide) penserà esattamente quello che il vecchio Ernst non voleva che si pensasse, e cioè che si tratti di marito e moglie – mentre mio padre e Chantal si trasferivano a vivere in una casa più bella. Va da sé che alla fine di tutta l'operazione, comprensiva anche della vendita della casa dove abitavano prima, papà ha certamente e ampiamente recuperato i franchi investiti nella propria tomba panoramica.

È sicuramente andata così, e se ho aggiunto dei dettagli a invenzione è perché vedo in modo talmente nitido mio padre mettere a segno questo colpo che i particolari sono sorti da soli: e anche se nessuno di essi fosse vicino al vero resta il fatto che solo una manovra di questo genere può tenere insieme papà con gli indizi che mi circondano. Senza contare che almeno due domande che galleggiavano senza risposta nella mia mente, una remota e una recentissima, in questo modo la ottengono di colpo: perché (domanda remota) tre anni dopo essersi trasferiti a Lucerna, papà e Chantal cambiarono casa? Parve allora l'ennesima assurdità commessa da un uomo ormai definitivamente uscito di sé – non di senno, a quello avrebbe pensato la malattia negli anni successivi: *di sé*, cioè un uomo che abbandonava ogni atteggiamento, sentimento, abitudine e perfino luogo che gli erano stati propri fino a un certo momento della sua vita: ora capisco che probabilmente era l'esatto contrario, era il suo ritorno in sé, il suo ritrovar se stesso nell'esilio che si era così brutalmente inflitto. E perché Chantal (domanda recentissima), infermiera in pensione e benestante ereditiera, passa le notti ad asciugare la bava alla signora Roggen-Dalpiaz? È tipico di chi stava accanto a papà questo ritrovarsi alle prese con la compensazione karmica, chiamiamola così, dei benefici goduti grazie alla sua spregiudicata energia. È stato per decenni il compito di mamma. A volte è toccato a me. Più di rado, anche a Carlo...

E siamo al dunque: Carlo. Se davvero devo chiedere di lui a Chantal meglio farlo qui, davanti alla lapide di nostro padre. Tanto ormai l'ho capito che io non so mai un cazzo dei membri della mia famiglia, che devo umiliarmi a chiedere a chi dovrebbe saperne meno di me: tanto vale che questa umiliazione diventi il mio modo di onorare papà, oltre a immaginarlo mentre manipola il prossimo per l'ultima volta prima di scivolare nella demenza.

– Chantal – dico – Stai pregando?

– No. Perché?

È in silenzio davanti a una tomba: magari pregava.

– Volevo chiederti una cosa – dico, continuando a guardare la lapide.

– Dimmi.

Potrei anche non chiedere niente, perché le cose che non si sanno è quasi sempre meglio continuare a non saperle; ma ultimamente le cose che non so sono diventate un po' troppe, e questa, in particolare, sembra essere piuttosto grossa. Perciò:

– Quand'è che si è fatto vivo, Carlo? – chiedo.

Chantal rimane in silenzio qualche secondo di troppo: come se dovesse pensarci su, prima di rispondere.

– Con me? – fa, e l'impressione è che stia prendendo tempo.

– Sì – dico – Mi ha detto che è stato qui anche lui. Al telefono non poteva parlare. Mi ha detto di chiedere a te.

Mi volto, la guardo. È *decisamente* ingrassata: ha le braccia piene di carne, le fossette sui gomiti.

– Al primo anniversario – risponde, senza ricambiare il mio sguardo – Qualche mese prima di partire.

Anche qui, in queste parole, c'è una naturalezza disarmante. Carlo non aveva più voluto vedere né lei né papà da quando se n'erano venuti qui, nel 1999; il primo anniversario della sua morte è stato nel 2009, dieci anni dopo; e "partire" è un modo molto benevolo per dire "scappare". Non c'è niente di naturale in tutto questo, e mi domando se Chantal ne sia consapevole o se la sua maniera di mettere le cose non sia un tantino superficiale.

– E cos'è stato a fargli cambiare idea?

Del resto, anche l'enormità di mettersi con papà, lei, ingaggiata come infermiera per la mamma, portarselo qui e – ok, d'accordo – prendersi amorevolmente cura di lui assistendolo fino alla morte come né io né Carlo avremmo mai potuto fare, ho sempre avuto l'impressione che lei l'abbia sottovalutata.

– Il bisogno – risponde.

Si volta, mi guarda, finalmente. Sorride, e i suoi denti brillano.

– Senza i soldi che gli aveva lasciato vostro padre non sarebbe potuto andare via.

Altra enormità. Lo sa o no che effetto mi fa questa rivelazione? Lo capisce o no?

– Ti sorprende?

– Be', un po'.

– Ha sorpreso anche me, al tempo. Ma non avrebbe sorpreso vostro padre. Lui era sicuro che quei soldi vi sarebbero serviti, prima o poi.

– E com'è andata? Ti ha telefonato, è venuto direttamente qui, come ha fatto?

– Ha fatto esattamente come te. Ha telefonato la sera prima, è venuto a dormire a casa, e l'indomani mi ha accompagnato qui.

– Se vuoi mortificare un uomo digli che fa le cose esattamente come suo fratello.

– E perché? Che c'è di male?

– Niente, scherzavo. E poi com'è andata? Mentre eravate qui ti ha detto che progettava di fare un buco di svariati milioni e scappare in Sudamerica coi soldi di papà?

– Mi ha raccontato in che situazione si trovava, che intendeva pagare i creditori e poi sì, che voleva abbandonare l'Italia coi soldi che gli aveva lasciato vostro padre senza farsi mettere in croce dalle banche.

– Equivale a rubare, Chantal.

– Rubare alle banche non è rubare. È le—

– Legittima difesa, sì: bel discorso. Fatto da una svizzera, poi.

Mi guarda, disorientata. Pare che non abbia capito il sarcasmo.

– Non è giusto quello che gli hanno fatto – dice – Non era in difficoltà.

– Lo so.

– Non c'era ragione di farlo fallire.

– Lo so.

– L'hanno fatto fallire apposta – insiste – perché si era rifiutato di cedere il marchio a quegli spagnoli...

Questo invece non lo so. Quali spagnoli?

– ... Se non avesse avuto quei soldi avrebbe dovuto piegarsi, umiliarsi e farsi ugualmente portar via tutto, oppure andare in prigione.

– Lo so, lo so. E siccome è stato trattato ingiustamente se n'è andato a bere daiquiri sulla spiaggia di una specie di paradiso fiscale, celebre per dare ospitalità ai nazisti e ai farabutti di tutto il mondo...

Niente, il sarcasmo non fa per lei. Mi guarda in un modo che mi fa pensare che si sia offesa – addirittura.

– No, non lo sai – dice – Questo non lo sai. Non è andato laggiù per quello.

– Ah no? E perché c'è andato, allora?

– C'è andato perché laggiù vostro padre aveva comprato della terra. Uno dei suoi affari da visionario. L'ha sempre tenuta lì ed è morto senza averci fatto nulla.

Come se fosse stata attivata dal mio stupore, una motosega si mette improvvisamente ad abbaiare, facendomi sobbalzare. Un inserviente che pota una siepe dietro di noi – proprio ora, proprio qui.

– Papà aveva della terra in Uruguay? – devo alzare la voce.

– Te lo sto dicendo.

– Quanta terra?

– Un centinaio di ettari.

– E dove?

– Al confine col Brasile, sul mare.

Lei invece la voce non la alza, continua a parlare con lo stesso tono, la stessa naturalezza – col risultato che ora faccio anche una certa fatica a sentirla.

– E quando l'aveva comprata?

– Questo non lo so. Quando l'ho conosciuto io... (motosega)... da un pezzo, ma come ti ho detto non... (motosega)... perché per farci qualcosa bisognava andare là... (motosega) ... non poteva più, ormai, e voi due figli... (motosega)... Alla fine l'ha lasciata a me, figurati: non era riuscito lui... (motosega)... riuscirci io.

Cioè: faccio una maledetta fatica a capire quello che mi sta dicendo, dopodiché ne faccio ancora di più ad accettarlo. Per fortuna la motosega si ferma.

Silenzio.

Chantal esita, come se non si fidasse. Ma la motosega tace e bisogna approfittarne.

– Continua – dico.

– Combinazione – riattacca – pochi mesi dopo la sua morte mio fratello gemello, Jean-François, è finito sul lastrico. Lavorava per il gruppo UBP, a Ginevra, faceva il promotore finanziario e tutto andava bene. Poi un giorno si scoprì che il gruppo aveva investito un sacco di soldi nei fondi di quel truffatore americano, come si chiama?

– Madoff?

– Lui, sì. Fu una strage, migliaia di investitori persero tutto, tra cui Jean-François stesso, tra l'altro, il che prova la sua buona fede. Ma niente: ovviamente la colpa non era sua, lui era un pesce piccolo, un esecutore, e però fu sbattuto fuori su due piedi. A sessant'anni, senza più un franco e con quella referenza, tu capisci, trovare un altro impiego non era possibile. E allora ho pensato a quella terra, e gli ho proposto di andare laggiù, per vedere se riusciva a farla fruttare. Così ha preso la famiglia e si è trasferito laggiù. Era disperato, capisci? Era—

Ecco che la motosega riparte, più forte e fastidiosa di prima. Infatti l'inserviente ora è più vicino. Chantal scuote la testa, contrariata.

– Dicevi?

– Dicevo che insomma Jean-François si è trasferito laggiù. Siccome è in gamba, ha fatto fare delle indagini geologiche e ha scoperto... (motosega) ... di minerali preziosi. Non preziosi tipo oro o... (motosega) ... minerali dai quali si ottengono degli elementi... (motosega) ... servono alle industrie di elettronica, delle automobili... (motosega) ... Terre rare, si chiamano.

La motosega tace di nuovo.

– Come si chiamano? – chiedo.

– Terre rare – risponde Chantal, scandendo – ma non chiedermi di più perché non lo so. Quello che so è che sono preziose e che Jean-François ha cominciato a estrarle da quel terreno. Perciò, quando Carlo è venuto qui a prendersi i suoi soldi per scappare ma non sapeva dove andare, gli ho—

– Cioè l'hai mandato tu in Uruguay?

– Gli ho detto come stavano le cose, Pietro. In fondo quella terra è anche vostra: voi nemmeno sapevate che c'era, ma vostro padre l'aveva comprata pensando a voi. Ho suggerito a Carlo che avrebbe potuto andare là a lavorare con Jean-François, e investire quei soldi nell'attività di estrazione. E lui ha deciso di farlo. Perciò non è là a bere aperitivi, è là a lavorare...

– Ma è *ricercato*, Chantal. Condannato in contumacia. Come fa a lavorare?

– Ha cambiato nome. Là non è difficile ottenere nuove generalità.

– Ah sì? Ha cambiato nome? E come si chiama ora?

– Michele Campovecchio.

– Michele Campovecchio? E che cavolo di nome è?

– Dice che è il nome italianizzato del suo cantante preferito di quando era ragazzo. Io non me ne intendo...

Mike Oldfield...

– E no, fermi tutti! – sbotto – No, no, no! Mike Oldfield è mio, non è suo! E non è un cantante, va bene? È un polistrumentista, di cui *io* ero un fan, non Carlo! A Carlo *Tubular Bells* gli faceva "due palle così", lo diceva sempre, davanti a tutti, e tutti a ridere – la motosega riparte – Non l'ha mai ascoltato per intero, nemmeno una volta: per lui era solo la colonna sonora dell'*Esorcista*. Lui ascoltava i Culture Club, gli Wham!, quella roba da discoteca che piaceva alle ragazze. Lui doveva chiamarsi Ragazzo Giorgio, capisci? Perché non si è chiamato Ragazzo Giorgio? O Giorgio Michele? O Bambino Creolo? O Simone Lo Bono, o— La vogliamo piantare con questa motosega, per cortesia?

Vado deciso verso l'inserviente, perché mi sono rotto i coglioni. Gli arrivo proprio davanti, lo affronto.

– Ferma un po'! – gli ordino.

Lui spegne la motosega.

– Siamo in un cimitero, santoddio! – gli dico, in italiano, senza curarmi che capisca o no, perché tanto il concetto è chiaro – Stiamo onorando un defunto. E che cazzo, un po' di rispetto! Possibile che ci sia da potare solo qui?

Mi guarda. È giovane. Tutto bardato col caschetto, la tuta, la visiera, i guanti. Non dice nulla, ma non è possibile che non abbia capito. Arriva anche Chantal, calma, sorridente, che intavola con lui una fugace conversazione in tedesco: Dringhe. Dranghe. Dringhete. Dranghete. Danke. Bitte – e l'inserviente se ne va...

Ed eccoci tornati davanti alla tomba di papà, come se potessimo parlare solo qui. Senza il raglio di quell'arnese sembra che la natura si sia risvegliata, riconoscente. Cinguettio di uccelli. Fruscio di foglie. Cani che abbaiano in lontananza...

– Mike Oldfield a lui non piaceva, capisci? – riprendo – Ero io che facevo i nastri, perché a quel tempo c'erano i nastri, le musicassette, ed ero io che le registravo e le regalavo a tutti, BASF C90, cioè novanta minuti: sul lato A mettevo *Tubular Bells* ma purtroppo non c'entrava tutto perché restavano fuori quattro minuti col finale; allora li mettevo nel lato B insieme a *Hergest Ridge*, che invece è più corto e ci stava tutto e che nella seconda metà, quello sì, presenta anche una parte cantata, in quella lingua che non si è mai capito quale fosse, *Borla Di Ena Labato Oncota*...

Ma, purtroppo, ora c'è qualcosa che non va...

– Mike Oldfield era mio – continuo – *è* mio. Perché mi ha portato via anche quello?

Sì, senza più la motosega sono improvvisamente moscio. Avevo una rabbia meravigliosa, poco fa, una furiosa ispirazione: dove sono finite? Ora parlo sottovoce, e il mio tono è diventato implorante. Ora sembra solo che mi stia lamentando.

– Non dire "anche", Pietro – fa Chantal – Che altro ti ha portato via? Ha scelto quel nome perché suonava meglio, ma non ti ha portato via nulla. I soldi di tuo padre li ha divisi al centesimo.

– Chi se ne importa dei soldi.

E invece me ne importava eccome. Ero venuto per quelli anch'io. Ero venuto per prenderli e infilarmeli addosso e riportarli in Italia. Solo che ora:

– Chi se ne strafotte di quei soldi – ripeto.

Mi rimetto a fissare la tomba. Le tombe. Josef Schöngart. Erna Spindler. Luigi Paladini. Ernst Roggen-Dalpiaz.

– D'accordo – dico – il *mio* suonava meglio. Ok. Ma perché non mi ha detto la verità? Perché a te sì e a me no? Sono suo fratello, cazzarola: perché tempestarmi di stronzate in quel modo, su tutto, sempre, fino all'ultimo? Aveva paura che lo denunciassi? Quale pericolo rappresentavo, per lui? Gliel'ho detto anch'io, sai, quando mi ha informato della situazione, gli ho detto per fortuna ci sono i soldi di papà, in Svizzera, ora ti fanno comodo. Apriti cielo: non voleva nemmeno sentirne parlare...

Torno a guardarla dritta in faccia. La motosega riparte, ma ora non disturba perché è molto molto più lontana – vedi che c'era un'altra siepe da potare?

– Perché il giorno prima di scappare – continuo – *il giorno prima*, Chantal, quando tutta quella tresca della miniera l'avevate già organizzata da mesi, perché mi ha ripetuto che non avrebbe mai perdonato papà e che dopo morto voleva addirittura essere—

No, questo no.

– Lasciamo perdere, va'...

Chantal mi guarda con tenerezza, e anche questo non va bene. Tenerezza di che? Chi la conosce, questa? Chi è? *Carlo* la conosce, io no: che glielo dica lui dove vuol farsi seppellire... Ed ecco, oltre alla gelosia – la vecchia cara gelosia nei confronti di mio fratello – che sento salire anche una specie di animosità verso di lei, sì, Chantal, per tutto ciò che di lei ha lasciato che io ignorassi, e che invece mio padre e anche Carlo hanno conosciuto – l'uno per lo meno sbattendomelo in faccia, dolorosamente; l'altro invece di nascosto, mentendo, occultando, millantando, come sempre...

Elenco delle balle che mi ha raccontato Carlo:
Quella donna per me non esiste nemmeno, è chiaro?

Che ti devo dire, aprirò un ristorantino sulla spiaggia.
Quei soldi non li toccherò mai.
Vacci tu, io con lui ho chiuso.

– Si vergognava – dice Chantal – Ha sempre avuto soggezione di te. Non sto tirando a indovinare, Pietro, me l'ha proprio detto. Tu sei integro, non sgarri mai. Sei stato capace di tirar su una figlia da sola, sei passato attraverso problemi enormi senza mai sporcarti le mani. Tu sei un puro, come vostra madre.

Tutto bene, Pietro. Tutto a meraviglia.
Stavolta ho smesso davvero. Giuro.
Questa me la sposo, Pietro.

– Lui invece è come vostro padre: generosissimo, geniale, ma debole, scorretto, imperfetto. Ha cambiato idea, per bisogno, e si vergognava a dirtelo.

Ho smesso, te lo giuro.
Ma così, Pietro, qualche volta, con gli amici.
Solo una volta, te lo giuro.
Solo canne, te lo giuro.

– Ci sta molto male, Pietro. Ha paura del tuo giudizio, si sente inferiore a te e se ne vergogna. Se non ci vuoi credere non crederci, ma tu sei il suo mito.

Non lo sapevo che piaceva anche a te, giuro.

Deve aver finito perché tace, finalmente, tace, tace. Così lontano, il rumore della motosega si incastona alla perfezione in tutti gli altri rumori che compongono questo silenzio svizzero.

Fa già caldo, l'aria è umida peggio di ieri, il cielo è offuscato da una micidiale caligine.

Deve avere finito, Chantal, di dirmi quello che avrebbe dovuto dirmi mia madre, semmai, ma non lei.

– Andiamo – dico – s'è fatto tardi.

I soldi li ho persi e il pallone l'ho trovato.

11

Siamo macchine da rimozione.

(Douglas Coupland o Massimiliano Governi)

Riaggancio.

E ora?

Sono le cinque di pomeriggio e per la prima volta da non so quanti anni devo solo far passare il tempo. Da otto anni, per la precisione – da quando trascorrevo le giornate ad aspettare che Claudia uscisse da scuola, subito dopo la morte di Lara. Allora era davvero la mia unica occupazione quotidiana – far passare il tempo e nient'altro. Durò tre mesi. Poi finì. E dopo non è più accaduto, fino a ora. Davanti a una scuola, allora; in una camera d'albergo oggi – il che è già un bel passo avanti, intendiamoci, considerando come stavo messo fino a stamattina: una camera d'albergo significa aver potuto dare i documenti alla reception senza il timore di essere segnalato e arrestato. Il primo vero passo avanti da quando la mia vita ha subito la torsione che l'ha deformata, la prima buona notizia – arrivata stamattina, quando ho chiamato Annalisa da casa di Chantal, più per la comodità di avere un telefono a disposizione che per la reale speranza di poterla ricevere, e invece una prima fondamentale informazione erano riuscite a ottenerla: non c'è nessun mandato d'arresto per me, non sono ricercato, posso andare dove mi pare. Ad Annalisa non ho detto che mi trovavo in Svizzera – l'avrà capito dal prefisso –, ma soprattutto non le ho detto che c'ero andato in macchina senza patente; le ho solo annunciato che l'avrei richiamata non appena mi fossi sistemato in un albergo, a Milano, per lasciarle il numero dove cercarmi quando fossero arrivate le altre informazioni – cosa che ho appena fatto, per l'appunto. Nel mezzo, un'altra telefonata a Marta, giusto per sentirmi dire che sono ancora tutti a Gattico e che torneranno domenica, e quando poi Chantal è andata a dormire, verso l'una, perché stanotte ci risiamo con la bava della signora Roggen-Dalpiaz, un tranquillo ritorno a Milano con la Q3, il rientro nella rovente estate italiana, la sistemazione in questo albergo.

La stanza è ampia, luminosa, ma gelida d'aria condizionata e quasi insopportabile nella sua fregola di design. Un tipo di ambiente che per un bel po' di tempo ho frequentato anch'io – sempre uguale, che mi trovassi a Parigi, a New York o a Londra –, ma che ora, dopo sette anni di Tredicesimo, mi sembra veramente alieno, quasi indecente. Davvero la gente continua a spendere centinaia di euro per stanze come questa? O a farle spendere alla propria azienda? Davvero le cose sono rimaste così, mentre la mia vita cambiava? E, soprattutto: è poi cambiata davvero, la mia vita, visto che sono di nuovo qui?

Pago 161 euro al giorno, ma solo per una fortunata combinazione che ha liberato una singola all'ultimo momento; le altre camere costavano 209 e 259 euro, la junior suite 339, la suite superior 449 e quella con vista sul Duomo 499. Prima colazione inclusa. Parcheggio non incluso. Con tutto questo avevo dimestichezza finché abitavo qui, ma dopo gli anni romani, peraltro non duri, per me, tranquilli, e tuttavia molto distanti da questa costosa paccottiglia, dopo aver frequentato persone come D., con la loro vita – quella sì – dura e accidentata, sempre in salita, o lo stesso Lello, farabutto, certo, disgraziato traditore bugiardo ladro ma mai, almeno davanti a me, attratto dallo stucchevole stile di vita che qui appare quasi obbligatorio – dopo questa

immersione nella vita vera della gente vera, per la quale spendere cinquecento euro per una notte in albergo è semplicemente
inconcepibile, credevo che non sarei più tornato indietro. Invece,
nell'atto di scegliermi un hotel dove aspettare una telefonata,
ecco che ho scelto questo: NH President, in largo Augusto, a
pochi passi da San Babila, perfetto esempio del lusso standardiz-
zato che ha trasformato la classe dirigente di tutto il mondo in
una colonia di viziati parassiti incapaci di vivere senza una SPA
nelle vicinanze. Perché l'ho fatto? Io lo odio, questo lusso: perché
sono qui? E la risposta è patetica: perché è vicino a casa mia – a
quella che per undici anni è stata casa mia; ragion per cui, 1) devo
riconoscere che per quanto potessi illudermi d'essermene allon-
tanato, tutto questo mi è ancora oscenamente familiare, e 2) ecco
che sono uscito nell'afa del pomeriggio per andare a rivederla, la
mia casa, dal di fuori, come un cretino, dopo sette anni. Tanto
Annalisa non può richiamarmi adesso, mi ha appena detto che la
professoressa aspetta informazioni in serata, o domani, o domenica, o lunedì.

È proprio qui accanto, del resto, la mia vecchia casa, appena
attraversata via Cavallotti – che è sgombra, quasi deserta, perché
non c'è già più nessuno, ormai, nel centro di Milano, a quest'o-
ra del pomeriggio di un venerdì di fine giugno. Ed ecco infatti
che— un momento, che succede? C'è un cantiere, davanti alla
mia casa. Un castello di tubi Innocenti che si arrampica su per
la facciata, e una protezione di rete rossa che la occulta. Sul
marciapiede un casotto di legno ricoperto di cartelli di pericolo
sembra rendere impossibile arrivare al portone d'ingresso. Già,
e il ristorante come fa? Perché c'è un ristorante, sotto casa mia,
un famoso ristorante – Peppino, dove ho mangiato non si sa
quante volte, e non solo per lavoro, sebbene i conti finissero
sempre in nota spese: come fanno i clienti a raggiungerlo? Ah,
ecco, c'è un pertugio, che però io mi guardo bene dall'attraver-

sare, perché mi ritroverei per l'appunto sulla porta del locale, e conosco bene il proprietario, e anche i camerieri, se non sono cambiati, e non ho nessuna voglia di farmi riconoscere mentre ronzo intorno alla casa che ho lasciato sette anni fa. Attraverso la strada ma è inutile, perché anche dall'altro marciapiede non riesco a veder nulla. La mia vecchia casa è completamente coperta dal ponteggio. E nemmeno qui di fronte, del resto, ho voglia di farmi vedere, dato che c'è il negozio di B&B dove ho comprato un bel po' di roba, negli anni, e potrebbero riconoscermi anche loro, e attaccar discorso, in questo pomeriggio vuoto e incandescente.

Torno indietro. Quella di rivedere la mia casa era un'idea del cazzo, ecco la verità – una romanticheria che non combina con la situazione in cui mi trovo. Sto vivendo una pericolosa sospensione e devo passare ore e forse giorni in attesa di una telefonata, o perlomeno del ritorno in città di mia figlia: l'unica cosa di cui non ho bisogno è logorarmi nei ricordi. Devo tornare in albergo e aspettare, e pensare il meno possibile. Devo trovare un'occupazione che mi permetta di stare fermo nella mia stanza senza farmi sopraffare dall'ansia. Che mi possieda, che mi soverchi, come il sonno, o anche solo come la gragnuola di enormità che si sono—

Ho trovato.

Leggerò un libro.

Ma certo. Sempre a dirmi che mi piacerebbe leggere come quando ero ragazzo ma non ho il tempo, non ho il tempo, non ho mai il tempo: ora ce l'ho, il tempo. Ci sono le bancarelle, qua dietro, in fondo a via Battisti, davanti alla chiesa di comesichiama, non me lo ricordo, di fronte al tribunale: le bancarelle dei libri usati, anzi le edicole, si chiamano così. Ci ho comprato un sacco di libri, nel tempo, edizioni vecchie, non preziose ma spesso coi nomi dei proprietari scritti in bella calligrafia, a penna stilografica, con date, dediche, frasi d'amore, svolazzi – tutti segni di un'intimità che non era previsto dovesse finire nelle mani del primo che passa per strada, e invece... Eccole laggiù. Una volta ci ho comprato un libro di Tommaso Landolfi autografato dall'autore. *In società*, si chiamava: non l'ho mai letto ma ce l'ho ancora, a Roma, e se ora potessi leggerei quello – ma siccome non posso ne comprerò un altro e andrò a leggermelo in albergo. Un bel libro, che mi prenda, che mi entusiasmi. Un classico, magari. Una storia possente, piena di destino – e il tempo volerà. Eccole qua, le edicole. Sono due – ne ricordavo di più –, verdi, di legno, con le rotelle e il tettuccio di ondulit. La chiesa si chiama San Pietro in Gessate, per inciso – lo leggo nel cartello che c'è davanti alla facciata e nel momento esatto in cui lo leggo, come al solito, lo ricordo: mica per nulla, è la chiesa dove abbiamo battezzato Claudia, per quel conformismo ipocrita che spinge molti non credenti come eravamo io e Lara a battezzare ugualmente i loro figli. Ricordo un turbinio di cose, adesso, all'improvviso, di quel giorno e di questa chiesa: i parenti radunati sull'acciottolato davanti al portone, il ventaccio che c'era, raro per Milano, il prete con la tonaca svolazzante, la zia di Lara, Isotta, che fa da madrina in quanto unica vera credente in forza a entrambe le famiglie, mia madre che osservando questa facciata di mattoni nota la somiglianza con quella di Santa Maria delle Grazie dov'era stata giusto il giorno prima a vedere l'*Ultima cena*...

Basta, via di qua – ho detto che non ho voglia di ricordare, ho detto che non posso permettermelo. Le edicole, ho detto. Mi avvicino alla prima: il libraio è seduto su una sedia e sta a sua volta leggendo un libro. Non mi guarda nemmeno, sembra molto preso. Cosa sta leggendo? Non riesco a capirlo. Sarà sempre lo stesso? E se sì, si ricorderà di me? E sarà questa la bancarella dove compravo i libri o quella dopo? Dio, che trappola: se ricordo non va bene, se non ricordo non va bene. Basta, ho detto, basta: devo solo scegliere il libro e andarmene in albergo. Nient'altro.

Comincio a scorrere i titoli: *Allegri, gioventù* di Manlio Cancogni, *Come vivono i morti* di Derek Raymond, *Esame di coscienza di un letterato* di Renato Serra, *Ilona* di Hans Habe, il *Diario* di Anna Frank, *Antologia della Storia e della Critica letteraria* Vol. 1 di Natalino Sapegno, *Romanzi e Novelle* di Grazia Deledda, *Savoir Vivre International, Avventure e disavventure della famosa Moll Flanders* di Daniel Defoe, *Cocinas Regionales Peruanas* Vol. 3, *Con gli occhi chiusi* di Federigo Tozzi, *Caro amico ti scrivo dalla* TV di Federico Scianò, *Cyrano de Bergerac* di Edmond Rostand, *Le braci* di Sándor Márai – l'unico che abbia letto, fin qui, e mi è anche piaciuto, ma che non mi sembra proprio il caso di rileggere: fratellanza tradita, segreti inconfessabili, odio che convive con l'amore, è esattamente ciò da cui devo tenermi lontano. No, mi serve un—

Sbucando dal nulla, un pischello su uno skateboard color peperoncino mi arriva addosso e mi prende in pieno, e d'un tratto sono sdraiato sul marciapiede. Il ragazzino non cade, mi lancia uno sguardo da scoiattolo e scappa via, come se avesse semplicemente compiuto una missione. Faccio per rialzarmi ma vengo trafitto da un dolore lancinante al polso – il tutore l'ho lasciato in albergo. Il libraio mi viene vicino mentre a fatica mi sollevo a sedere per terra, mi chiede come sto. Bene, rispondo: a parte il polso, di cui non gli dico, mi par di non avere riportato danni. Il libraio mi aiuta a rialzarmi, commentando l'accaduto: non si vive più, è diventato pericoloso anche camminare sul marciapiede, la città è in mano a questa gente qua, eccetera. Cadendo devo essermi sorretto un istante alla bancarella, perché i libri sono tutti mescolati. Uno è caduto per terra, l'uomo lo raccoglie, e io capisco immediatamente che è quello il libro che leggerò.

Bel Ami.

Bumbumbum, il cuore riprende a battermi forte nel petto: *Bel Ami*, cioè Marta, giovanissima, bellissima e anche piuttosto aggressiva, dato che ho appena fatto una di quelle cose che una ragazza tende a non apprezzare, cioè mi sono messo con sua sorella dopo essere stato con lei. Il suo volto oltraggiato, il suo sorriso ostile, quasi un ghigno, peraltro incapace di allontanarla dalla sua luminescente somiglianza con Natalie Wood, mentre mi porge il pacchetto e aspetta che io l'abbia ringraziata, ignaro, e l'abbia aperto, e sia rimasto interdetto, per dirmi che è il libro perfetto per me, e che ci troverò dentro degli ottimi suggerimenti per il mio futuro...

Sapendo di quel libro il poco che non potevo non sapere, non mi sfuggì che regalarmelo era il suo modo di darmi della carogna, e per questo non l'ho mai letto, anzi l'ho perso credo quel giorno stesso, e in seguito sempre scrupolosamente evitato; e da lì in poi, mentre mi fidanzavo con Lara e poi andavo a viverci insieme e ci facevo una figlia, e Marta carambolava da una relazione burrascosa all'altra e rimaneva incinta sempre nel momento in cui la sua carriera sembrava arrivata a una svolta, sempre di uomini diversi, per giunta, e sempre tenendo il bambino senza che nessuno dei padri decidesse di prendersene cura – o lei impedendo loro di farlo, non s'è mai capito –, e dunque rimanendo io l'unico maschio adulto con cui avesse a che fare e si occupasse di lei e dei suoi figli e dei suoi bisogni borghesi con un minimo di continuità e di intimità, e d'altra parte mai più mestando nel torbido di quel nostro – come chiamarlo? – amore mancato, né tantomeno mai sognandoci di *chiarire le cose*, come si suol dire, anno dopo anno la nostra innocua vita di cognati ha finito per coprire la brace, in una rimozione quasi perfetta.

Quasi...

Prendo in mano il libro, lo osservo. *Bel-Ami*, il titolo, col trattino. Solo Maupassant, senza il nome, l'autore. Garzanti per tutti. "I grandi libri". Lire 350. Versione di Giorgio Caproni. L'immagine di copertina è il ritratto stilizzato di un giovane con baffi e cappello che sul retro leggo essere una litografia a colori di Toulouse-Lautrec conservata nel museo di Albi.

Lo apro. Niente nomi, né date, né dediche. Comincio a sfogliarlo. Una biografia di Maupassant che salto a piè pari e poi, dopo il frontespizio interno e la scritta "Prima edizione agosto 1965", attacco a leggere il primo capitolo:

> Avuto dalla cassiera il resto della sua moneta da cinque franchi, George Duroy uscì di trattoria.
> Sfoggiando il suo bel portamento, naturale in parte e in parte posa d'ex sottufficiale, spinse in fuori il petto, s'arricciò i baffi con gesto militaresco divenutogli abituale, e lanciò su quanti erano ancora a tavola una rapida occhiata avvolgente, una di quelle occhiate da bel giovanottone, gittate a tondo come il giacchio in mare.
> Le donne avevan sollevato il capo per guardarlo, tre ragazze di fabbrica, una maestra di pianoforte di mezza età, spettinata, trasandata, sempre col solito cappellino eternamente polveroso e il solito abito sbilenco, e due borghesucce con relativi mariti, abituali clienti della gargotta a prezzo fisso.
> Sul marciapiede sostò un attimo, immobile, chiedendosi come si sarebbe regolato. S'era al ventotto di giugno, e gli restavan giusti giusti in tasca tre franchi e quaranta per arrivare alla fine del mese.

Cosa?
Rileggo l'ultima frase:

> S'era al ventotto di giugno, e gli restavan giusti giusti in tasca tre franchi e quaranta...

Il ventotto di giugno. *Oggi*. Il libro che ho scansato come il diavolo negli ultimi quindici anni comincia nel giorno in cui ho finalmente deciso di leggerlo.

Sul marciapiede sostò un attimo, immobile, chiedendosi come si sarebbe regolato.

Comincia su un marciapiede, e io mi trovo su un marciapiede. Quel pischello era davvero in missione.

12

L'empio fugge anche se nessuno lo insegue.

(*Proverbi*, 28)

Annalisa lascia che mi sieda sulla poltrona Frau, poi gira attorno al tavolino di cristallo e si siede sull'altra. Accavalla le gambe lisce come alabastro.

Io non sono come Bel Ami.

– Allora – dice, e apre la cartellina di pelle con le cifre MFB stampate in oro. Ma poi si mette a leggere i fogli che contiene e non dice più niente.

È il crepuscolo – "l'ora in cui annaffiano i giardini in tutta Europa", mi viene in mente, anche se non ricordo chi l'ha detto. Due giorni fa ero qui a questa stessa ora, roso dall'ansia, col labbro gonfio, e mi stupivo della metamorfosi di Annalisa; Debora, la segretaria, mi portava dell'acqua da bere; l'avvocatessa si intratteneva nella stanza accanto con un cliente; il ricordo di *Bel Ami* era sepolto dentro di me. Oggi è sabato, il mio labbro va molto meglio e lo studio è vuoto: niente Falk Belgrado, e nemmeno segretarie o galoppini; solo io e Annalisa, come ai vecchi tempi, e la sua disinvolta femminilità non mi stupisce più della goffaggine di allora; e soprattutto l'ansia non c'è più – o meglio, *quell'ansia* non c'è più, visto che ce n'è un'altra che ha a che fare col libro che sto leggendo e non c'entra nulla con quello che Annalisa sta per dirmi.

E invece per Marta io ero come Bel Ami.

E comunque se la vecchia non è nemmeno venuta è evidente che la situazione non è grave: "Sbghigategha te," le avrà detto, disgustata dalla pochezza del mio caso.

– Allora – ripete Annalisa, ma seguita a leggere e a non dire nient'altro.

È così, non sono impaziente di sapere: l'unica cosa che non vedo l'ora di fare è tornarmene in albergo a leggere le ultime pagine di *Bel Ami*. George – con cui io non ho niente a che vedere – l'ha appena combinata grossa, anzi enorme: ha appena trombato la signora Walter...

– Le dico subito che le notizie sono molto buone – annuncia Annalisa, e di nuovo s'interrompe, per sistemare i fogli dentro la cartellina.

– Lei non ha nulla da temere – aggiunge.

– Davvero? – faccio, ma non provo sollievo. Non quel sollievo che speravo di provare.

– Sì – conferma Annalisa – Può stare tranquillo.

E sorride. Oggi è vestita più leggera, segno che non è rimasta tutto il giorno nel bozzolo dell'aria condizionata, che è stata esposta al caldo. Indossa un abitino sbracciato di seta, grigio perla, col collo tondo, che cade in larghe pieghe verticali dal seno nascondendo le sue forme: *da passeggio*, mi viene da dire, imbevuto come sono delle descrizioni di Maupassant. Magari è davvero andata a fare una gita con la professoressa, stamattina, o ha pranzato al circolo del golf. La pelle però rimane invernale, come se non fosse mai stata toccata da un raggio di sole.

– In realtà siamo stati fortunati – continua – Il nostro uomo a Roma, anzi i nostri uomini, perché in realtà erano due, hanno avuto accesso a informazioni certe, direttamente alla fonte.

– Cioè la Procura? – chiedo.

– Guardi, è meglio non saperlo.

E invece sapere come quel mastino è riuscita a procurarsele, queste informazioni, sarebbe interessante. Ma lasciamo stare.

– Quello che conta – prosegue – è che si tratta di informazioni assolutamente certe. Perciò dico che siamo stati fortunati, e che può stare tranquillo.

Accavalla le gambe dall'altra parte. Anche le scarpe sono da passeggio: grigie come il vestito, col mezzo tacco, scollate, comode.

– Dunque – riattacca – la situazione è questa: la Procura di Roma, nelle persone del – abbassa gli occhi, legge – procuratore aggiunto Di Molfetta e del sostituto Savino, che conducono l'inchiesta – rialza gli occhi –, sa benissimo che lei è estraneo alla vicenda. L'indagine si basa su una gran quantità di intercettazioni ambientali e telefoniche – di nuovo gli occhi sul foglio – centoquarantuno, per la precisione – di nuovo su di me – dalle quali per sua fortuna emerge chiaramente che lei non era al corrente dell'attività criminale gestita dal suo socio.

– Ma come fa a emergere chiaramente? Insomma, io quelle macchine le vendevo...

– Infatti lei risulta indagato per concorso in ricettazione, ma solo—

– Ah, ecco. Sono indagato. Mica tanto estraneo, allora.

– Sì, ma l'iscrizione tra gli indagati è un atto dovuto, in questo caso, proprio perché lei vendeva quelle macchine. L'imputazione non ha nulla a che fare con quelle contestate agli altri, e comunque la professoressa è convinta che all'udienza preliminare lei verrà prosciolto anche da quella.

– Ma come fa a esserne convinta, scusa?

– Per esperienza, immagino.

– Ma sulla base di che?

– Sulla base di questi documenti che siamo riusciti ad avere, nei quali è la Procura stessa a dirsi convinta che lei è estraneo alla faccenda.

– Ecco, è questo che mi sembra strano. Di solito i giudici

sono dei cagnacci che quando ti annusano non riesci più a levar-teli di torno, e questi si convincono da soli che io non c'entro: mi sembra troppo semplice.

– Se lo dicono proprio – fa Annalisa, agitando leggermente la cartellina – il suo socio, il commercialista e i rumeni, nelle intercettazioni: se lo dicono tra loro che lei è all'oscuro di tutto.

– Ah sì? E cosa dicono?

– Fanno esplicitamente affidamento sul fatto che lei non sa nulla e continuerà a fare il suo lavoro in buona fede.

– Ci sono le copie delle intercettazioni, lì dentro? Posso vederle?

S'irrigidisce. Quando lavorava con me era sempre rigida di suo e non avrei potuto accorgermene – ma ora è così distesa e morbida che si vede benissimo. S'è irrigidita.

– No – risponde – non sono le copie delle intercettazioni.

– E cosa sono?

Esita: un'esitazione minima, ma pur sempre un'esitazione.

– Sono i passaggi dell'istruttoria in cui la Procura valuta la sua posizione.

– Ah. E posso vederli, per piacere?

Tendo la mano verso di lei. Un lampo di costernazione le attraversa gli occhi grigioverdi, leggermente truccati. Stira le labbra in una smorfia che potrebbe significare tutto, di per sé, ma che in questo caso significa abbastanza chiaramente imba-razzo, e mi allunga la cartellina. La quale cartellina contiene una mezza dozzina di fogli, non di più. Anzi, sono cinque – cinque fogli. I primi due sono gli appunti presi dalla Falk Belgrado due giorni fa con la sua Montblanc, tutti i nomi e le informazioni provenienti dai miei racconti e dall'articolo del "Sole 24 Ore" online – la calligrafia è piccola, rognosa, diseguale –, ai quali sono state fatte delle aggiunte con un pennarello, evidentemen-te successive. Mi casca l'occhio su "Gaiano Virginio – pensiona-

to – nullatenente – prestanome" a penna stilografica, e "ARRE-
STATO" a pennarello.

– Hanno arrestato anche Virginio... – bisbiglio, quasi tra me
e me.

– Sì – dice Annalisa.

Sotto questi due fogli ci sono le fotocopie dei documenti
provenienti dal fascicolo della Procura di Roma – col protocollo, il timbro e tutto il resto. Altri tre fogli. Due passaggi del
primo sono campiti con l'evidenziatore giallo.

Alzo gli occhi, e Annalisa mi sta fissando.

– Le parti evidenziate sono quelle che riguardano me? –
domando.

– Sì.

Il primo dice così:

> ... e a Roma, oltre che dalla suddetta concessionaria Easy
> & Safe di proprietà del Provoleri, venivano vendute
> presso l'autosalone della srl denominata Super Car inte-
> stata al Pica e al suo socio Paladini Pietro, specializzata
> nel recupero di autoveicoli provenienti da contenziosi di
> leasing e nella successiva loro immissione sul mercato
> dell'usato...

L'altro, così:

> ... secondo una prassi che divide il lavoro tra i due soci e
> che appare consolidata: il Pica provvede al "recupero"
> dei veicoli e alle formalità con istituti bancari e tribunale,
> mentre il Paladini si occupa della loro vendita...

Nel secondo foglio ci sono altri due passaggi evidenziati.

> ... risulta chiaro che la responsabilità del Paladini non è
> da ritenersi rilevante in quanto per tre volte, nelle conver-

sazioni tra il Pica, lo Sbriccoli e i fratelli Costea, definito all'oscuro di tutte le fattispecie di reato...

e, poche righe dopo:

... nonché in ventisette altri casi indicato con l'appellativo di "il minchione", talora storpiato in "mincione" e anche "micione" nelle conversazioni in lingua rumena.

Ecco fatto.
Altro che sollievo. Altro che Bel Ami.
Il minchione.
Non posso alzare lo sguardo, ora, non riuscirei a sostenere quello di Annalisa. Posso far finta di non esserci ancora arrivato, e continuare a leggere – ma d'altra parte non posso nemmeno trattenerlo su questo foglio. Posso gettarlo a terra, ecco, è veramente l'unica cosa che posso fare, gettare lo sguardo sul parquet tirato a lucido, chiaro, di frassino o forse di acero canadese, sì, come quello che abbiamo messo in via Durini quando l'abbiamo rifatto, sul quale dev'essere stata passata la cera da poco tanto è rilucente. Posatura all'ungherese, con tanto di fascia e bindello nella zona perimetrale, sembra proprio identico a quello del mio ex salotto – il che mi fornisce un appiglio, una speranza quantomeno, di poter rialzare lo sguardo su questa ragazza che ho di fronte.
– Era già così – chiedo – o l'hai fatto fare tu quando sei entrata qui?
– Cosa?
– Il parquet.
Continuo a tenere lo sguardo sul pavimento. Alcuni listelli sono color caffè, per via di nodi e venature, ma il resto è di un luminoso color del frumento – e soprattutto sembra veramente nuovo.

– L'ho fatto fare io.

A-ha! L'ha fatto fare lei. Questa è una grande notizia per il minchione. E dunque? Dillo, figliola. Non esitare così: confessa tutto, liberati, non costringermi a inchiodarti con la domanda che ho già pronta in canna – "Quand'è stato che abbiamo rifatto il pavimento in via Durini?" –, come tu hai inchiodato questo parquet anziché ricorrere alla più pratica posatura flottante, senza sapere che la ragione che ha suggerito questa decisione, a casa mia, così come il concetto stesso del parquet di cui qui possiamo ammirare la tua scrupolosa riproduzione, e cioè il colore ambrato, la verniciatura lucida, la geometria, la posa ungherese, il bindello più scuro – tutto questo si radicava nella nostalgia di Lara per un remoto pavimento della casa sul lago di Como, a Bellagio, per più di un secolo appartenuta al ramo paterno della sua—

– Mi sono ispirata a quello che ha scelto lei per il salotto di casa sua – aggiunge.

Brava, figliola. Questa confessione ti fa onore – benché "ispirata" sia un termine che definirei eufemistico, dato che a me sembra proprio copiato pari pari. E grazie, comunque, perché pur così alleggerita, essa alleggerisce anche me, adesso, dell'immane vergogna appena piovutami addosso, e ne trasferisce una parte su di te, dato che – ormai è chiaro – ti sei sgraffignata il ricordo di Lara che io ho, per ragioni mie, deciso di lasciare diciamo così vacante, insieme a quel po' della mia vita passata che vi è rimasto attaccato, e soprattutto ti sei sgraffignata le loro forme – di Lara e della mia vita con lei. Questo il tuo ragionamento: il dottore ha lasciato tutto per andarsene a Roma tra i coatti – l'hai visto con i tuoi occhi quando sei venuta a Roma ad aiutarmi con le scartoffie: i vestiti ordinari, i mobili dell'Ikea, il linoleum in cucina, le sedie spaiate, niente mobili di pregio o altre reliquie, nessuna continuità – e dunque quel bendidio di

349

eleganza milanese tu non lo rubavi a nessuno, era lì, strutturato, inutilizzato, e te lo sei preso, dato che il balzo che hai compiuto ti ha costretta a mutare in fretta tutte le tue forme in altre più adeguate, e l'hai imitato, replicato, riprodotto, l'hai indossato, te lo sei spruzzato addosso, l'hai sparso intorno a te e te lo sei inchiodato sotto i piedi – il bindello a due listelli affiancati, quelli all'interno più sottili e più scuri, quelli all'esterno più larghi e chiari, la capocchia di alcuni chiodi che sta già pericolosamente emergendo dall'impiantito, com'è successo anche a casa mia, d'altra parte, ma tu non hai fatto in tempo a saperlo, poiché il problema della chiodatura del parquet è proprio che i chiodi col tempo tendono a risalirsene su, sotto la spinta dei sincretismi e degli assestamenti del sottostante massetto di cemento...

Alzo gli occhi – ora posso farlo –, e trovo il volto della mia ex segretaria visibilmente arrossito.

– Non scelsi nulla, io – dico – scelse tutto Lara. Lo concepì così e lo ordinò in quella ditta storica di parquet che stava per chiudere, dove una volta l'accompagnasti anche tu. Come si chiamava? A Porta Vittoria, anzi, a Porta Tosa, come insisteva a chiamarla il proprietario...

– Zavattari.

– Zavattari, sì. Lo pagò anche poco perché per l'appunto stava chiudendo.

– Non ha chiuso, l'ho preso lì anch'io.

– Ma va'? Zavattari non ha chiuso? Ma il vecchio non si lamentava che il figlio si era laureato e non intendeva proseguire l'attività che durava da un secolo, tramandata di generazione in generazione?

– Sì, ma poi il figlio ha cambiato idea e ha continuato a lavorare con lui.

– Be', questa sì che è una bella notizia. Zavattari non ha chiuso. La vecchia Milano sopravvive. È proprio una bella notizia...

Mi sento un po' meglio, in effetti. Non per Zavattari, intendiamoci, ma perché è una fortuna che questo incontro con Annalisa sia avvenuto qui, nel suo studio, e non in un qualunque altro posto dove lei avrebbe ben potuto darmi appuntamento e io mi sarei ugualmente precipitato piantando a metà la lettura di *Bel Ami* per ritrovarmi a fissare un tombino, o uno zoccolino, o l'erba che spunta da una fessura nel marciapiede senza poter rialzare gli occhi sul mondo.

– Annalisa – le restituisco la cartellina – Che ti devo dire, sei stata un angelo.

Mi batto le mani sulle cosce, in quel gesto un po' affettato con cui si annuncia che si sta per alzarsi – di solito lo si accompagna con una battuta leggermente sospirata, tipo "e va bene", o "e insomma" –, ma prima che mi alzi per davvero Annalisa mi trattiene a sedere.

– C'è dell'altro, dottore – dice – la cosa più importante. Uno dei nostri uomini è riuscito a contattare il difensore di Rotariu Nicodim, che era già in carcere per altri reati, e ha ricevuto assicurazione che i rumeni non hanno nulla contro di lei, mentre invece il suo socio e lo Sbriccoli sono nei guai.

Di nuovo il parquet, attraverso il cristallo del tavolino.

– Già – mormoro – Perché prendersela col *micione*?

La linea del bordo del tavolino fatta coincidere con quella di congiunzione dei listelli.

– Ringrazi il cielo che l'hanno chiamata così, dottore – fa Annalisa – La professoressa dice che le tre volte in cui viene detto che lei non sa nulla non sarebbero state sufficienti, da sole, per tenerla fuori, se non ci fosse l'insistenza di quel soprannome.

Già. "Ghassicughagho te, igh minchione."

Rialzo gli occhi su di lei, sul suo sguardo ancillare e compassionevole, e imbarazzato, e saggio, e trionfante.

– È stata una vera fortuna, sì – dico.

Mi alzo. Sono un uomo libero, incensurato e destinato a rimanere tale – ed è questo che conta. Come mi chiamavano quei bastardi non conta nulla.

– Invece sulla guardia svizzera non abbiamo saputo nulla.

– Già. Il vecchio Jürgen. Speriamo che non sia nei guai.

– Ma se c'è qualcosa lo sapremo.

– Certo – faccio – Be', ora ti saluto davvero. Chiamerò la professoressa nei prossimi giorni per ringraziarla personalmente e chiederle come muovermi.

E l'abbraccio.

– Grazie – le sussurro nell'orecchio, attraverso i capelli profumati, col mento che le sfiora la sella del collo.

– Si figuri...

Sono l'ex principale di questa ragazza che ha fatto strada ma mi è rimasta devota perché me lo sono meritato. Guardate come mi abbraccia: è questo che conta.

– Grazie di cuore – ripeto, mentre le sue mani stringono contro la mia schiena.

Peccato che quei bastardi fossero praticamente i miei unici amici. Peccato che mia cognata mi consideri un figlio di puttana.

– Dottore – dice Annalisa appena mi sono staccato – Mi rendo conto che è un po' tardi per dirglielo, ma stasera abbiamo un po' di gente a cena. Ci farebbe molto piacere se potesse venire anche lei.

Che, tradotto, vuole dire: la professoressa non poteva invitarla prima di aver saputo che lei è effettivamente estraneo a quel verminaio, ma ora che è sicura di non compromettersi, è lieta di farlo. Oppure, sempre tradotto, da una lingua però più intima: vede dottore come io ho tenuto alta la sua reputazione, mentre lei si dedicava a persone che la chiamavano il minchione? Vede com'è ancora rispettato, grazie a me, e questo senza nemmeno mettere nel conto l'aiuto che le ho dato? Non le sembra che in questo modo io mi sia meritata tutto ciò che lei aveva lasciato qui, e che io ho preso? O anche: visto che ormai ha scoperto il mio gioco, vorrei mostrarle che ho recuperato, ricomprandoli a prezzi piuttosto salati, tre dei mobili che all'epoca della sua partenza da Milano la aiutai a vendere agli antiquari, dato che lei non voleva portarsi dietro niente: la credenza liberty siciliana in noce della cucina, il bureau neoclassico intarsiato e il divano olandese Biedermeier che aveva nel salotto. O infine: caro dottore, se la invito a casa mia – è ovvio che a deciderlo sono stata io, Miriam è cera nelle mie mani – è anche perché desidero che lei veda com'è questa mia vita tanto chiacchierata, che la pianti di scandalizzarsene e che la accetti una buona volta, e per davvero, visto che fin qui è chiaro che non l'ha ancora fatto. Grazie.

In ogni caso, io sono Pietro Paladini: la carogna, il minchione, il fuggitivo – figlio e fratello, oltretutto, e perfino padre di fuggitivi. Mi dispiace, angelo mio, ma non posso venire alle cene eleganti. Devo continuare a scappare.

13

Non è facile essere verdi.

(Kermit la Rana)

– Ciao, papà.
– Ciao stellina. Come stai?
– Bene. Tu come stai?
– Bene.
– Il polso? È peggiorato?
– No, no. È solo per precauzione. Sai, a guidare...
– E il labbro?
– Oh, niente. Una botta. Ma ormai è guarito.
Mia figlia è una donna. Dire "ragazza" attutirebbe un po' il colpo, ma sarebbe fuorviante: certo, ha diciott'anni, il che ovviamente ne fa a tutti gli effetti una ragazza – ma ha appena compiuto quel passo irreversibile che la rende una donna: ha spezzato la catena che faceva di me l'unico suo tramite col mondo vero, là fuori, oltre il confine tremolante dei social network, dove le cose sono reali e costano soldi che non si hanno, e funzionano o non funzionano secondo leggi che non si conoscono e il male ne può zampillare in ogni momento senza nemmeno che se ne capisca il perché. Ci sono persone che non riescono a farlo mai, e passano da una dipendenza all'altra senza nemmeno concepire di rinunciare al controllo o alla protezione degli altri: e invece lei l'ha fatto, e sebbene si tratti senza dubbio di una mossa contro di me, e io non arrivi a capire cosa ci fosse d'insopporta-

bile nella vita che le offrivo, tanto da catapultarla in un'altra città costringendomi a chiedere l'intercessione di sua zia anche solo per incontrarla – qui, seduti sui suoi divani sgarrupati coperti di tessuti indiani, in una casa resa disponibile da una sua strategica uscita a cena con i due figli più piccoli mentre quello maggiore, Giacomo, coetaneo di Claudia, l'aspetta in una certa pizzeria vicino a Porta Ticinese –, devo riconoscere che scoprirla così decisa e temeraria mi fa piacere. Lei non subirà mai, penso, i ricatti e le vessazioni di un Patrick Negretti come ha fatto D. per tutti quegli anni...

– Anche tu a Milano... – dice.

Sembra perfino sarcastica.

– Avevo degli affari da sbrigare.

– Che coincidenza.

È sarcastica, decisamente – e se è sarcastica la colpa è mia. Io sono sarcastico. Sua madre non lo era certo. Marta invece sì, ma non ha avuto né il tempo né l'occasione di darle l'esempio. Io le ho dato l'esempio, e ora lei è costretta a seguire quello. Ma il sarcasmo è una debolezza.

– Già – dico – Ma non sono arrivato oggi, e lo sapevo che non c'eri. Tua zia mi aveva detto che eravate in quel posto, come si chiama?

– Gattico.

È più magra. Indossa una canottiera elastica azzurra e un paio di shorts di jeans. È scalza. Un orecchino solo, il destro, che cattura la luce della stanza. Niente anelli. Niente smalto. Niente che le abbia regalato io.

– In realtà sono arrivato venerdì pomeriggio – proseguo – Sono stato a Lucerna, prima, da Chantal, per l'anniversario della morte del nonno, e poi sono venuto a Milano per delle beghe che avevo.

Cerco di essere calmo, conciliante. Se nel suo atteggiamento c'è una sfida, io non devo raccoglierla. È tardi per darle il buon esempio, lo so, ma è ugualmente l'ultima occasione che ho di farlo. Devo mettermi in testa la cosa più difficile per un padre: non è più *mia*, il che significa che non lo è mai stata.

– Risolte? – chiede.

– Sì.

Del resto, la sua bellezza è impressionante, e mi mette in soggezione. La bocca è impressionante, le labbra sono di un rosso impressionante, e anche la fronte così ampia, con l'attaccatura dei capelli così alta, che a rigor di geometria sarebbe un difetto – l'unico difetto fisico di sua madre e di sua zia –, anche la fronte diventa bella per come sembra fare spazio a quegli occhi enormi, tagliati verso il basso e azzurri come la Terra vista dalla luna.

– D'accordo – fa – Cosa mi devi dire?

– Io? Niente.

– Non devi dirmi niente?

– No.

I capelli neri, fini e docili, raccolti all'indietro in un'elaborata crocchia lucente. La schiena resa maestosa da nove anni di ginnastica artistica e le spalle ammorbidite da quattro anni di non più ginnastica artistica. Le braccia affusolate, le mani che non stanno mai ferme...

– Sei venuto a trovare zia Marta, così, un salutino. E già che c'eri...

– Non essere così sarcastica, stellina. Non c'è ragione.

– E tu non chiamarmi stellina, per favore.

– Ok, d'accordo.

Ma anche lasciando da parte la soggezione che mi mette la sua bellezza, questi ultimi giorni mi hanno mostrato che non ho niente da insegnarle, perché nemmeno io so come funzionano le cose, nemmeno io sono in grado di prevenire lo scoppio del

male – e di conseguenza, anche se è triste ammetterlo, di proteggerla. Foss'anche solo per questo ha fatto la cosa giusta, a
mollarmi.

– Pensavo che tu dovessi dire qualcosa a me – aggiungo –
questo sì.

– Be' – fa, bruscamente – allora ti dico che io a Roma non ci
torno. A Roma ci sto male. Ci sono sempre stata male.

È sicuramente molto difficile, per lei, trovare il tono per
dirmi quello che deve dirmi senza umiliarmi, e io devo lasciarmi
umiliare. Devo sforzarmi di pensare che mi ha appena detto
questo: nella città in cui tu sei conosciuto con l'appellativo di "il
minchione", in rumeno "mincione" o "micione", io ci sto male.

– Io resto qui – aggiunge.

Ma ecco che scatta, e devo sforzarmi per reprimerlo, l'impulso a reagire, a dirle "ehi ragazzina", eccetera – a difendere il mio
stagionato ego di padre, e sicuramente anche di maschio, umiliato, appunto, da questo indicativo presente, da questo verde libe-
rarsi dell'obbligo o anche solo del garbo di chiedere – cazzo – il
mio consenso.

– Va bene – odo me stesso dire.

E non aggiungo nulla. In fondo è questa l'umiltà: essere umili
con chi ci umilia.

– Non intendo oggi, papà – incalza – o questa settimana, o
quest'estate. Voglio trasferirmi qui. Voglio vivere qui. Sempre.

– Qui da zia Marta?

– Sì. Lei mi ha detto che posso.

– Oh. Allora siamo a posto.

Questo invece non va bene: c'è per l'appunto del sarcasmo
in questa risposta, del disperato sarcasmo – perché non è che io
abbia un modello a cui ispirarmi per farmi umiliare senza sfode-
rare le mie fottute buone ragioni. Non mi rimane che stare zitto,
dunque. Non c'è che il silenzio.

Silenzio.

Silenzio.

Claudia mi fissa mentre taccio, e forse è la prima volta che succede. Tante volte è successo l'opposto, io che la guardavo mentre lei taceva, e se qualcosa si è rotto tra noi non può non avere a che fare con—

– Cioè non hai nulla in contrario? – mi chiede.

D'altra parte, i suoi lineamenti hanno abbandonato l'infanzia da così poco tempo che ancora tradiscono gli stati d'animo, come quando era piccola. Quello che succede ai suoi occhi e alla sua bocca dice chiaramente che è stupita.

– Che ti devo dire – rispondo, pacatamente – Insomma, sei maggiorenne. Mi dispiace che tu sia stata male tutti questi anni, ma se pensi che tornare a Milano ti farà star bene allora no, non ho nulla in contrario.

Ecco, lo stupore disperde il cipiglio che si era ammucchiato sul suo volto – lavato via come da uno zampillo d'acqua fresca. È commovente quanto sarebbe ancora facile ingannarla.

– Dico sul serio – concludo.

E finalmente, ecco i denti. Un sorriso minuscolo, subito ritrattato, ma per un istante l'ovale del suo volto emana un lampo di luce che è in grado di stordire qualsiasi essere umano. Ora mi sembra quasi che mi guardi con tenerezza, addirittura, con amore. Ma forse è solo una mia impressione, la ricompensa che mi concedo per essermi lasciato umiliare.

– Qui a Milano dove stai? – chiede.

Questa domanda invece sorprende me.

– Intendi a dormire?

– Sì.

– In albergo.

– Quale albergo?

Anche qui, l'impulso è quello di chiederle perché mi fa

questa domanda – che logica ha, quale ragionamento l'ha detta-
ta. Vuole telefonare per controllare? Ha paura che intenda
dormire qui anch'io, imponendole la mia presenza anche dopo
che ha compiuto lo sforzo di eliminarla? Che non intenda
lasciarla andare, come promesso, appena consumato il nostro
incontro, a raggiungere suo cugino in pizzeria? Ma, anche qui,
riesco a controllarmi e a rispondere con calma.

– NH President. In largo Augusto. Vicino alla nostra vecchia
casa.

Se è sospettosa, ha il diritto di esserlo. E io ho il dovere di
accettarlo, e se non riesco a farlo con le parole, vuol dire che
devo stare zitto.

Dunque silenzio. Di nuovo.

Claudia tira fuori dalla borsetta un pacchetto di Marlboro
Lights da dieci e si accende una sigaretta. Cioè: *fuma*. Ma come,
ma da quando, ma non dicevi sempre, non mi rompevi le palle
perché e percome – no: niente di tutto questo. Claudia fuma, e
io, che le ho fumato sotto il naso per diciott'anni, sono l'ultima
persona che deve sorprendersene. Fuma ma aspira poco, per la
verità, come fanno quelli che hanno appena cominciato. Due
boccate brevi, trattenute, subito espulse attraverso le labbra
quasi chiuse. E tuttavia sembra già più distesa, come se avesse
bisogno di queste due boccate per calmarsi. Ciò che servirebbe
anche a me.

– Posso? – chiedo, e al suo assenso – un delizioso "Hmm-hmm"
mentre sta dando la terza boccata –, artiglio una sigaretta dal
suo pacchetto e me l'accendo.

Il mondo all'incontrario. Padri che scroccano sigarette alle
figlie.

Si alza, prende un posacenere già pieno di mozziconi dal
tavolino e se lo mette vicino, sul divano.

– Senti, papà – dice – ora ti racconto una cosa. Ti va? Una
cosa importante.

– Certo che mi va.

Aspiro profondamente la mia sigaretta, mi sento meglio.

– Tu lo sai perché sono stata rimandata in fisica? – chiede – La ragione vera?

– Perché hai toppato l'ultima interrogazione.

– Questo è quello che dice la Marchegiano.

– Veramente è quello che mi hai detto tu.

– Sì, d'accordo. Ma tu lo sai com'è andata quell'interrogazione?

– E come faccio a saperlo?

Siccome per me buttare la cenere è scomodo – devo alzarmi per raggiungere il posacenere vicino a lei –, e di stare seduti più vicini non se ne parla, ne prende un altro dal davanzale della finestra e me lo porge.

– Grazie.

– Io avevo studiato – dice – Lo sai, sono andata a ripetizioni, ho preso quei tre sei di fila nel secondo quadrimestre, che poi meritavo di più ma la prof mi dava solo sei. L'insufficienza l'avevo rimediata. E a quell'interrogazione sono andata preparata.

– E allora?

– E allora la professoressa mi ha chiesto di parlare di un argomento a piacere, e lì mi sono allargata, come dite a Roma.

– Cioè?

– Cioè, visto che mi chiedeva un argomento a mia scelta, ho scelto di fidarmi di lei, di aprirmi, di parlarle di me.

– In un'interrogazione di fisica?

– Sì.

– E come si fa a parlare di sé in un'interrogazione di fisica?

– Ho scelto di parlare delle terre rare. Tu lo sai cosa sono?

Eccoci. Maledizione, non posso rilassarmi un momento che subito arriva una nuova legnata. Le *terre rare*. Ma cosa sta succedendo? A me sembra di procedere a casaccio e invece tutto è legato insieme? Cos'è, un complotto? Il *Paladini Show*? Tutti sanno le cose tranne me?

– No – rispondo.

Claudia prende fiato e fa schioccare leggermente la lingua sul palato, come quando era piccola – segno che è sicura di quello che sta per dire.

– Sono degli elementi chimici della tavola periodica che si trovano all'interno di minerali abbastanza frequenti sulla crosta terrestre: le argille e altri che ora non ricordo ma all'interrogazione me li ricordavo tutti. La monazite, per dire. Ma ce ne sono molti altri. Sono detti terre rare solo perché la loro concentrazione nei minerali che li contengono è molto bassa, e perché la loro estrazione è complicata e costosa. Questo per dirti che cosa sono, grosso modo, ma io sapevo tutto, anche le cose che dopo un mese e mezzo mi sono già dimenticata: i loro nomi, disprosio, lantanio, le sottocategorie, i numeri atomici, i minerali di provenienza, le tecniche di estrazione. Tutto...

– E allora perché è andata male, l'interrogazione?

– Perché la prof, quando le ho detto l'argomento di cui volevo parlare, con quel suo tono arrogante mi ha chiesto: "Guavda un po'. E pevché pvopvio delle tevve vave, Paladini?" Cioè, dato che ha l'erre moscia, ha subito pensato che le avessi scelte per prenderla in giro, capisci?

– Vabbe', forse esageri – obietto – Non può averti rimandato per questo.

Spegne la sigaretta (io l'ho già spenta da un bel po'). Fatica ad aver ragione del mozzicone acceso, è inesperta.

– No, infatti – dice – Ma era per dire com'era prevenuta. La risposta da dare alla sua domanda era semplice. Sta scritta sul libro. Perché da trent'anni a questa parte il loro impiego ha permesso uno sviluppo enorme nella produzione di magneti, motori ibridi, pannelli fotovoltaici, turbine eoliche, fibre ottiche, laser, schermi di computer e smartphone, cioè nelle tecnologie più redditizie. Ma sebbene si trovino un po' ovunque, in Brasile, California, Sudafrica, Russia, India e perfino in Italia, il 95 per cento delle terre rare viene prodotto in Cina, che le utilizza come arma strategica per condizionare la politica industriale di tutti i paesi del mondo. Mi segui?

– Sì.

– Questa era la risposta che voleva la prof.

– E tu non gliel'hai data?

Alza le sopracciglia a ponticello, come fa lei – il che, in combinazione con gli occhi spioventi che ha, genera un'espressione torbida, molto sensuale. Invece, anche questo l'ha sempre fatto, fin da bambina, e significa che è a suo agio con ciò che sta dicendo. Se fosse il *Paladini Show*, non credo le sarebbe venuto di farlo.

– No.

È una donna, sì, e come donna si è allontanata da me, ma io conosco la bambina che è stata, e quella bambina continuerà sempre a mandare segnali che solo io saprò leggere: non sta per dirmi *quello*, si tratta di una coincidenza.

– E perché?

– Perché le ho detto la verità, la vera ragione per cui avevo scelto di parlare delle terre rare. La ragione personale, dato che c'era una ragione personale.

Oh, cazzo. Invece è vero. Quale potrà mai essere questa ragione personale, se non quella? Allora io sono veramente l'unico minchione all'oscuro di tutto.

– E qual era? – bisbiglio.

– Le ho risposto: "Perché studiando le terre rare ho trovato un insegnamento molto importante che mi porterò dietro per tutta la vita."

Oppure no, è veramente un'altra coincidenza.

– E lei?

– E lei, sempre con quel suo tono arrogante: "E quale saveb-be, questo insegnamento?" Io allora gliel'ho detto, e mi sono fidata di lei, davanti a tutta la classe, e alla fine lei ha deciso che la stavo prendendo per il culo e mi ha dato quattro senza nemmeno farmi una domanda. Ecco com'è andata.

Una coincidenza assurda, certo, l'ennesima, la più assurda di tutte, che farebbe di me il campione mondiale di coincidenze assurde – ma insomma, è possibile: è possibile, sì, che non sappia nulla di Carlo, e allora ci sarebbe ancora un po' di speranza...

– Sì, ma tu che le hai detto? – chiedo, vedendo che non dice altro – Qual è questa ragione vera?

Si scuote i capelli dal viso – quando li aveva sciolti? –, se li porta tutti da una parte dietro la nuca.

– Ecco, appunto. Io l'ho detta una volta ed è stato un disa-stro. Ora, se la ridico, non vorrei che producesse qualche altro guaio.

Però ci gira troppo intorno. Forse non riesce a dirlo, forse è davvero lo show.

– Cioè non me la dici? Tutto questo racconto e poi non mi dici la cosa più importante?

– No, no, te la dico – risponde – Solo che devo farla un po' lunga, perché tu mica sei la Marchegiano. Tu devi sapere delle cose che non sai.

Ecco, appunto. Magari le telecamere sono proprio nei posa-cenere. I microfoni nei filtri delle sigarette...

– E tu raccontamele.

"Allora: anni fa io, lo zio, la zia, Chantal, il suo fratello gemel-lo, il tuo socio, il tuo commercialista, Virginio, la tua segretaria e la tua ex segretaria siamo stati convocati da un produttore televisivo che ci ha proposto di..."

– Sì però tu devi promettere di lasciarmi parlare. Siccome

dirò delle cose che non ti andranno bene, ti prego di non interrompermi. Credo di essere pronta a parlare con te, dopo tutto il lavoro che ho fatto con la Chianese, ma di certo non a discutere. E sono sicura che se mi fermo, per qualsiasi ragione, in qualsiasi momento, poi non mi riesce più di andare avanti. Prometti?

– Prometto.

Al diavolo. *Paladini Show* o coincidenza assurda cambia poco: sempre zitto devo stare. Anche se...

– Una cosa però te la chiedo subito – dico – per non interromperti dopo. La Chianese lo sa della decisione che hai preso? Lo sa che vuoi stare a Milano con zia Marta?

– Sì.

– Da quanto tempo?

– Eh, da un bel po'.

E andiamo. Eccone un'altra che fa parte dello show. La Chianese. E io la pago, anche, e vado ai colloqui di supporto una volta al mese, e mentre mia figlia trama di scappare di casa mi parla di doppio legame e discorsi emozionali. Mi avesse accennato qualcosa, mortacci sua...

– Non prendertela con lei, però – aggiunge – Non poteva dirtelo. Ha il segreto professionale.

– E chi ha detto niente? Era una curiosità. Dài, racconta: ti prometto che ti ascolterò senza aprire bocca.

E senza pensare, se possibile, senza interpretare, elucubrare, sviscerare. È giunto il tempo di tacitare questa maledetta voce che mi accompagna ovunque, e copre tutto, e tutto distorce e deforma, sempre, solo per scoprire che alla fine è tutto diverso da quello che racconta...

– Allora...

Accavalla le gambe. Le sue lunghe gambe da fenicottero, ancora adolescenti.

– Insomma, tutto parte da quando è morta la mamma, naturalmente. Io ero una bambina e non capivo bene nemmeno cosa
fosse la morte. Cioè nel senso... avevo capito che la mamma non
ci sarebbe stata più, quello sì, ma c'erano anche tutte quelle
storie che era andata in cielo, che ci guardava dal cielo, che mi
consolavano molto. Insomma, io non vedevo più lei ma lei vedeva me, questo avevo capito. Lo so che tu non me l'hai mai detto,
che sono stati gli altri, quella tua zia che non mi ricordo come si
chiama, le maestre di catechismo, le madri delle mie compagne,
ma a me questa cosa che la mamma mi guardava dal cielo mi
piaceva, ecco, e ci ho costruito sopra una specie di fantasia. Ora
non ricordo quando l'ho costruita, di preciso, se una settimana
dopo, un mese o tre mesi, perché il tempo a ridosso di quel fatto
io l'ho vissuto in maniera molto strana, come se fossi dentro una
bolla, ma per come lo ricordo io è successo subito, cioè nel senso
che è la prima cosa che ricordo di avere pensato dopo la morte
della mamma, e questa cosa è: ok, la mamma è morta e ci guarda
dal cielo, *e noi faremo tutta una famiglia con la zia Marta e i cugi-
netti.* Non so dirti perché abbia pensato questo, ma ti assicuro
che è stato un pensiero naturale, cioè mi sembrava ovvio che le
cose sarebbero andate così.

Le suona il telefonino. La stessa suoneria di Rosy Malaparte,
che il demonio la inghiotta. Guarda il display, risponde.

– Pronto? – aggrotta le sopracciglia – Pronto? Non sento
nulla. Pronto?

Guarda di nuovo il display, chiude la comunicazione, sospira.

– Insomma – riprende – tu non avevi la moglie, la zia Marta
non aveva il marito, io non avevo la mamma, Giacomo e
Giovanni non avevano il papà, cioè nel senso... ce l'avevano, ma
tanto per cominciare erano due papà diversi, e poi quando loro
stavano col papà sparivano, io non li vedevo più, e non vedevo
nemmeno i papà, né loro vedevano—

Di nuovo il telefonino. Stavolta Claudia stacca direttamente la comunicazione, senza rispondere, e lo butta sul tavolo continuando a parlare.

– Per me il papà era uno come te, che stavi sempre con me, mi accompagnavi a scuola, a ginnastica eccetera, e tutti ti vedevano. E a loro un papà così mancava. Insomma davo per scontato che ci saremmo riuniti tutti insieme in una famigliona. Anche lo zio Carlo, naturalmente, che però andava e veniva. La famigliona sarebbe stata la vera conseguenza della morte della mamma, ed era una conseguenza che mi piaceva. La sentivo come una cosa allegra.

Plin. Le arriva un SMS. Lei non lo guarda nemmeno e continua. La sua espressione si fa più cupa.

– Puoi immaginare quanta fatica ho fatto ad ammettere con la Chianese di avere avuto un pensiero così allegro dopo la morte della mamma. Per il primo anno e mezzo di terapia non abbiamo nemmeno toccato l'argomento, perché io lo evitavo: le parlavo dei cappuccini che prendevo, dello zucchero in sospensione nella schiuma, della temperatura del latte. Non collaboravo, non mi riusciva proprio. Cioè nel senso... dentro di me capivo che partiva tutto da lì, ma non riuscivo proprio ad ammetterlo.

Fa una pausa. Ci vuole uno sforzo enorme a lasciar fuori i pensieri e le domande suscitate da quello che ha appena detto, ma io lo sto compiendo.

– In ogni caso – riprende – quando mi hai chiesto se ero d'accordo a vendere la casa di via Durini mi sono sentita sollevata. Finalmente, ho pensato. Mi sembrava un passo necessario, dato che la casa di via Durini era troppo piccola per starci tutti quanti insieme. E ti ho detto che ero d'accordo.

E a lasciar fuori anche i ricordi, lo struggimento, la tenerezza...

– Poi, dopo un po', mi hai chiesto se ero d'accordo a trasferirci a Roma, e lì sono rimasta sorpresa. Non me l'aspettavo. Di Roma sapevo solo che era la città dove tu eri nato e dove abitava lo zio Carlo, e questo me la rendeva familiare. L'avevo associata a una parola che mi piaceva molto, la parola "romantico": credevo che il nome Roma venisse da lì, da romantico, o viceversa, e così, pensando questa cosa, ti ho detto che ero d'accordo anche di trasferirci a Roma. Ma ho continuato a credere alla famigliona, capito? Cioè nel senso che ho continuato a dare per scontato che ci saremmo trasferiti *tutti* a Roma: noi due, la zia Marta, i cugini, e che forse era meglio perché così ci sarebbe rientrato anche lo zio Carlo. Tutti nella stessa casa, a Roma, con la mamma che ci guardava dal cielo.

Abbassa lo sguardo, e fa un'altra pausa, come se rivedesse tutto quanto proiettato sul tappeto. La sua espressione si fa terribilmente malinconica. Poi alza gli occhi e mi fissa.

– Ora comincia la parte più difficile, papà. Spero di farcela. Ma anche se m'inceppo o scoppio a piangere tu non m'interrompere, va bene? Non intervenire, non abbracciarmi, non fare nulla. D'accordo?

Ora è veramente bellissima, da levare il fiato. Purtroppo, sembra nata per essere malinconica.

– D'accordo – sibilo.

Respira, stringe leggermente i pugni e ricomincia.

– Una volta a Roma ci ho messo tipo due anni prima di capire come stavano le cose. Cioè per due anni ho continuato ad aspettare che anche la zia Marta e i cugini ci raggiungessero, compreso Marietto, a quel punto, che era appena nato. Mi pareva ancora un po' piccola, la nostra casa, ma la certezza che ci saremmo riuniti era così forte che non me ne facevo un problema. Pensavo che al momento giusto avremmo preso la casa giusta, oppure che ci saremmo arrangiati, e la mia fantasia sopravviveva. E poi era vero che a Roma lo zio Carlo stava molto più tempo con noi, e questo concordava col mio progetto. Siccome avevo imparato che tutto succedeva in settembre, perché la scuola comincia in settembre, la mamma era morta in settembre, noi ci eravamo trasferiti in settembre, ogni settembre mi aspettavo di vedere arrivare la zia Marta a Roma. Ma non arrivava. Ora tu ti chiederai: perché non te l'ho detto, tutto questo, in quei due anni? E la ragione è sempre la stessa, nel senso che quella per me era una certezza, lo era sempre stata, e dunque era come se te l'avessi già chiesto e tu mi avessi detto di sì.

Esita. Sembra che si stia sforzando per non piangere.

– Non ho mai dubitato, capisci? Ho solo aspettato che succedesse. Fino al giorno in cui, di colpo, ho capito che non sarebbe successo. E quel giorno è stato quando lo zio mi ha detto che se ne sarebbe andato. Era settembre anche lì, mi sembra, o forse no, forse era ottobre, perché faceva già freddo, ed eravamo al parco di Villa Borghese sul risciò a motore, e ci eravamo fermati a guardare i pattinatori che facevano le acrobazie tra i birilli, e di punto in bianco lo zio mi ha detto che se ne sarebbe andato dall'Italia e non ci saremmo visti per un po'. Non mi ha detto che era nei guai, e che *non l'avrei visto più*, quello me l'hai detto tu dopo, ma in quel momento ho capito di colpo che ciò che avevo continuato ad aspettare per tutto quel tempo non sarebbe mai successo. Anzi, ho capito che era già successo il contrario, che ci eravamo persi, tutti. Infatti la zia Marta e i cugini non li vedevamo quasi più, nemmeno in estate, ormai, dopo che avevate venduto la casa di Roccamare. Ora non avrei visto nemmeno lo zio Carlo. Altro che famigliona. Che anno era? Mi ricordo quel pomeriggio come fosse ieri, ma non mi ricordo che anno era. Che anno era quando lo zio se n'è andato?

Eccoci: gli occhi si piegano in giù, le labbra cominciano a tremare...

– Duemilanove – rispondo.

– Duemilanove – ripete, guardando di nuovo verso il basso – Avevo quattordici anni...

E, guardando in basso, si mette a piangere. Non è uno scoppio, ma piuttosto uno scivolamento, come se avesse deciso di mollare un po' adesso per non essere sopraffatta dopo.

– E siamo arrivati al problema, papà – dice – Il mio problema. Quello attorno al quale ho girato per tutti questi anni.

Alza gli occhi, coraggiosamente, e mi fissa col suo sguardo ancora così azzurro e fiero e senza fondo, ma ora anche curvo e sfocato dietro al velo delle lacrime.

– Io quel giorno ho provato il dolore più grande della mia vita, capisci?

Piange più forte, e come quando era bambina il pianto non la deforma: solo gli occhi piegati verso il basso, sempre di più, ma il viso rimane composto. Continua a fissarmi, come se su di me cercasse la forza per resistere.

– Non è stato quando è morta la mamma, capisci? È stato quando è morta la fantasia con cui l'avevo sostituita.

E tuttavia la voce si è rotta, le lacrime di colpo traboccano e le scendono sulle guance, veloci, pesanti. Non è solo straziante, per me, è qualcosa di più, e sono costretto a distogliere lo sguardo per non scoppiare a piangere insieme a lei. Guardo in basso io, adesso, l'orlo di questo tappeto sfilacciato, perché il pianto di mia figlia diventi meno intollerabile, una mera faccenda di singhiozzi strozzati, il semplice suono del suo dolore.

– Io da quel giorno ho cominciato a stare male e non ho smesso più. Te ne sei accorto anche tu, ricordi?

Azzardo a rialzare lo sguardo. Tira su col naso e con le mani si porta i capelli dietro la testa. Non piange già più.

– E infatti è spuntata la dottoressa Chianese, anche se tu metti sempre il silenziatore alle cose e non sei mai arrivato nemmeno a sospettare *quanto* stavo male. Stavo malissimo, papà, e la cosa più dolorosa era che la ragione per cui soffrivo non era affatto la ragione per cui tutti si aspettavano che soffrissi. Mi sentivo un mostro.

Ecco, a me viene da piangere qui, a sentirle pronunciare la parola "mostro", e devo deglutire e stringere gli occhi per non farlo. E invece a lei questa affermazione fa l'effetto contrario, a quanto pare, la rafforza.

– Devo dire che la Chianese è stata brava ad avere pazienza, perché se avesse tentato di forzare le cose, durante tutte quelle sedute nelle quali le parlavo del cappuccino, io non ci sarei più tornata e ora non sarei stata certo in grado di prendere decisioni né di raccontarti queste cose. E invece ha aspettato, e alla fine, tipo due anni fa, sono riuscita a dirglielo. Era grossa, per me, ma stavo così male che sono riuscita a dirlo. Io non soffro per la morte di mia madre, le ho detto, soffro perché dopo la sua morte le cose non sono andate come volevo io.

Scuote la testa, si sforza di abbozzare un fantasma di sorriso – la raffigurazione stessa del dolore.

– E anche se lei mi spiegava che non c'era nessuna differenza, e io capivo cosa intendeva, per me invece ce n'era, e anche tanta.

Di nuovo con le mani si porta i capelli dietro la testa, e di nuovo io non mi ero accorto che fossero tornati a caderle sulle spalle. Cosa sto guardando, in realtà?

– Poi, proprio in quel periodo, ecco che spunta Diana, cioè la prospettiva sì di una famigliona, ma non certo quella che avevo sognato.

Si asciuga gli occhi con la mano. Tira su col naso. S'indurisce.

– Ora io ti prego di non offenderti, papà, anche perché come vedi fin qui sono stata sincera, ho ammesso che tutto prende il via da un errore mio, da una mia *distorsione cognitiva*, come la chiama la Chianese. L'ho ammesso, lo ammetto. E però quando è spuntata Diana, cioè intendo proprio lei, non un'altra donna, ma lei, Diana, mi sono sentita perduta. Scusa la franchezza, papà, ma come potesse piacerti una donna così non arrivavo a capirlo. Credimi, non era gelosia: quella fantasia con cui ti avevo appioppato la zia Marta, così ingenua, significava che in qualche modo io me l'aspettavo di vederti insieme a un'altra donna. Ma certo non insieme a una donna così... qual è la parola? Piena di tatuaggi, che parlava in quel modo, *carammelle*, *borzetta*, che aveva chiamato i suoi figli Kevin e Eden: qual è la parola?

Mi fissa, come se aspettasse davvero la mia risposta.

– Me lo stai chiedendo?

– Sì.

– E perché?

– Perché non mi viene. Qual è la parola?

E anche qui ci sarebbe da ridire, perché c'è della violenza in questa domanda, della cattiveria. Ci sarebbe da dirle vacci piano, stellina, stai parlando di un essere umano. Un essere umano che però io ho picchiato, e allora potrei dirle questo, che l'ho picchiata e che ci siamo lasciati, e sbalordirla. Ma è esattamente ciò che ho promesso di non fare, perché lo sbalordimento l'ammutolirebbe, mentre si sta sforzando di essere all'altezza del problema che la fa soffrire, e questo problema sono io, che mi piaccia o no.

– Coatta – rispondo, cercando almeno di metterci un minimo di quella fierezza che ci metterebbe D., come se si trattasse di una patria, di un'identità. Che poi è pure vero.

– No – dice Claudia – non è quella la parola, ma non importa. Quello che importa è che mi venne il terrore che la famigliona che avevo aspettato per tanti anni avremmo dovuto farla con lei. Che ci saremmo trasferiti a vivere da lei, in quella sua casa assurda, in quel posto assurdo, con quei due bambini dai nomi assurdi... E a proposito, papà, Eden è un nome maschile, non femminile, ed era inconcepibile, per me, che tu, che sparavi agli attimini, non ci trovassi nulla di strano. Vedevo che ti facevi un culo come un secchio per occuparti di lei e di quei due bambini e pensavo ora mi dirà che *da settembre* ci trasferiremo là, e io sarò perduta. Risultato: ho cominciato a soffrire per l'assenza della mamma.

Fa una pausa, come per sincerarsi che quest'ultima affermazione sia andata a segno. Poi prosegue.

– Di colpo, dopo non so, cinque anni? Di colpo, al solo pensiero che stavi con una donna così diversa da lei, la mamma mi mancava in ogni singolo momento della giornata, mi mancava terribilmente... E però anche *finalmente*, come ha detto la Chianese. Per lei infatti quella cosa era positiva, liberatoria, e aveva ragione, perché almeno ora soffrivo per il motivo giusto. Solo che si creava un nuovo problema, una nuova distorsione: cominciavo a odiare te, e a risentirmi in colpa.

Alé. Che espressione avrò, adesso? Sento che qualcosa è accaduto alla mia faccia, ma non ho idea di quale possa essere il risultato. Ho l'impressione che stia crollando. Nulla che impressioni Claudia, comunque, dato che continua a parlare senza problemi.

– Perché, vedi, io lo so che quello che dico è ingiusto, so che sei un uomo buono e che hai il diritto di stare con chi ti pare, e so anche che devi avere passato degli anni durissimi, dopo la morte della mamma, mentre io aspettavo la famigliona: solo, tutto rivolto a me, sempre a fare il tuo dovere senza mai pensare a te stesso e senza sapere che poi avresti... Cioè nel senso che non sapevi come sarebbe andata a finire, no? Stavi lì e ti occupavi di me senza sapere che ti saresti... insomma, rifatto una vita, scusa il luogo comune ma non mi viene in mente nient'altro. Tutto questo io lo so, e purtroppo lo sapevo anche mentre ti odiavo, e mentre ti odiavo tornavo a sentirmi un mostro. E ho cominciato a pensare di scappare di casa.

Superato il momento di crisi, evidentemente Claudia è approdata a una specie di *disclosing euphoria*, perché non usa più nessuna cautela nel dire certe cose, non sembra nemmeno preoccuparsi dell'effetto che possono fare su di me: "terrore", "odiarti", "scappare di casa", sono frustate a tutto braccio che mi sforzo d'incassare senza interromperla ma, insomma, fanno male.

– Lo dicevo alla Chianese, perché ormai mi fidavo di lei, ed è solo perché lei mi consigliava di non farlo che non sono scappata. Mi faceva ragionare. Mi spiegava che non potevo scappare dato che ero minorenne e tu non mi stavi facendo niente di male e ovunque fossi andata mi avrebbero riportato da te. Mi spingeva a parlarti, piuttosto, a dirtele, queste cose, ma io non ci riuscivo, perché ogni volta che parlavamo, da quel giorno con lo zio a Villa Borghese, avevo paura che mi avresti ingannata di nuovo, e dico di nuovo ben sapendo che non mi hai mai ingannata una prima volta, che mi sono ingannata da sola...

Oh, com'è dura ascoltare queste cose. Ed è ancor più dura perché, come ho detto, per farmi umiliare io non ho modelli. Insomma, io non mi sarei mai azzardato a dire queste cose a mio padre, ma se appena appena ci avessi provato lui non sarebbe mai stato zitto, nemmeno se avesse giurato su Dio, e avremmo litigato furiosamente. Tutto quello che tra noi non funzionava, del resto, è sempre stato trasformato in carburante per litigare, e litigare era un buon modo di restarsene lontani da queste rivelazioni – tanto che se ora dovessi dire cos'è che non funzionava, di preciso, tra me e lui, nemmeno saprei dirlo. Litigavamo, ecco cosa non funzionava: il problema era quello. Qui invece c'è una sincerità che annichilisce.

– Ho resistito due anni. Ho aspettato di diventare maggiorenne. Nel frattempo però di andare a vivere con Diana non ne hai mai nemmeno parlato, e hai continuato a farti quel culo mostruoso per star dietro a me e anche a loro senza mai mescolare le cose. Perciò, anche se stavo male e mi mancava la mamma, mi sentivo sempre più in colpa verso di te. Era un circolo vizioso. Stavo male e volevo scappare, ma appena pensavo di scappare mi sentivo in colpa perché pensavo che ti avrei piantato lì da solo per venire qui a farmi i comodi miei. Ammesso poi che la zia Marta mi prendesse, ovviamente, perché vorrei che fosse chiaro che lei non ha mai saputo niente, né delle mie fantasie su di lei né dei miei propositi di fuga, d'accordo? Non prendertela con lei per favore perché lei ha saputo tutto l'altro ieri sera. Ma insomma stavo sempre peggio.

Mi accendo un'altra sigaretta, qualcosa devo fare. Claudia – brava – non mi imita. Continua a mettersi i capelli dietro la testa, e io continuo a non ricordare quando li aveva riportati davanti.

– E arriviamo all'interrogazione di fisica, perché è lì che dobbiamo arrivare, giusto? Ad aprile sono diventata maggiorenne, e da quel momento per legge potevo fare quello che volevo, ma ovviamente l'anno scolastico volevo finirlo, e volevo finirlo bene, senza prendermi nessuna materia. Perciò ho studiato, per rimediare quell'insufficienza, passare in quinta e andare via pulita, avendo fatto il mio dovere fino in fondo. Renditi conto, papà: per lasciarti avevo deciso di comportarmi come ti saresti comportato tu. Sei l'unico esempio che ho su come fare le cose, e ti prendo a esempio anche su come fare per abbandonarti.

Di colpo scoppia a piangere di nuovo. Un accesso violento, stavolta, improvviso: singhiozzi veri, che la costringono ad abbassare la testa e mettersi le mani tra i capelli. Penso: se al solo pronunciare la parola "abbandonarti" le viene da piangere in questo modo, significa che mi ha abbandonato sul serio – cioè che non tornerà mai a stare con me, che la nostra vita insieme è finita. Ma la cosa più atroce non è nemmeno questa: la cosa più atroce è la sua mano che si solleva e, mentre piange senza controllo, a testa bassa, mi fa cenno di non fare nulla, di lasciarla stare. Io obbedisco, schiaccio la sigaretta nel posacenere e la guardo pian piano smettere di piangere, calmarsi, ricomporsi, asciugarsi gli occhi, tirare su col naso.

– Scusa – sussurra.

Respira profondamente, tira di nuovo su col naso e si sforza di sorridere, in un modo però che risulta quasi più penoso di quando piangeva. È tenace, non molla, e si rimette a parlare.

– Tu ti rendevi conto che non stavo bene, e anche se come al solito minimizzavi e non avevi la più pallida idea di come stavo messa, e mi sembravi patetico, però venivi in camera mia e mi parlavi, ti impegnavi, mi davi consigli. Mi dicevi che ero troppo chiusa, giusto? Che dovevo aprirmi, fidarmi degli altri, essere meno sospettosa, dicevi, usavi questo termine, *sospettosa*, e in un certo senso quelle cose erano tutte giuste, e coincidevano con quelle che mi diceva la Chianese. Così, ed ecco perché ti ho chiesto di non dire nulla, oggi, di ascoltare e basta, pur con quelle cose semplici semplici che mi dicevi, così inadeguate, così lontane dal problema, sei riuscito lo stesso a mettermi dei dubbi, e io ho cominciato a pensare che dopotutto avrei anche potuto finire il liceo a Roma e poi andarmene l'anno prossimo a fare l'università a Milano, o all'estero, come ti aspettavi tu.

Dice queste cose come se fossero le più tristi tra quelle che ha detto fin qui. Come se questo fosse il punto più basso della storia che sta raccontando.

– Non solo – continua – Ho effettivamente provato ad aprirmi un po' di più. L'ho fatto con le mie amiche, e perfino con quel ragazzo, Fredy, che tu hai immediatamente battezzato come il mio fidanzato mentre ci sono semplicemente uscita qualche volta. Ma insomma, in quelle poche volte mi sono un po' aperta, e mi ha fatto anche bene. E quell'interrogazione è stato uno dei miei tentativi di aprirmi, con la persona più sbagliata di tutte, la professoressa Marchegiano, che mi odiava come odia praticamente tutte le ragazze che non siano dei cessi a rotelle. Non che lo avessi pianificato, sia chiaro: io avevo studiato bene, comprese le terre rare che erano l'argomento più tosto di tutti, l'ultimo del programma, che quelli che non dovevano rimediare brutti voti non hanno nemmeno guardato. Ero pronta per prendere sette, cioè sei perché lei mi dava sempre un voto in meno, e comunque passare a giugno. Ah, tengo a precisare che non era un'interrogazione programmata: io ero pronta da dieci giorni, sapevo che mi avrebbe interrogato prima o poi, ma non è che sapessi quando. E quel giorno mi chiama. A sorpresa, dato che non lo fa mai, mi chiede di scegliere l'argomento, e io scelgo le terre rare ma a quel punto non è che ho intenzione di aprirmi con la prof di fisica, capisci? Voglio solo fare una bella interrogazione e stop. Solo che lei mi chiede pevché pvopvio le tevve vave e in quel momento, un attimo prima di risponderle, decido di dirle la verità. Non solo: in quella frazione di secondo, così carica come sono, così piena di nozioni ma anche di sentimenti contrastanti, perché mi sento preparata ma sto ancora male e però sono anche sollevata perché sto per scappare ma mi sento anche in colpa come se l'avessi già fatto e ho ancora il terrore di ritrovarmi a vivere con Diana ma sono anche consapevole che quella cosa non è mai stata nemmeno accennata, in quel momento, dicevo, mi è venuta un'idea folle, e per come la vedo io, romantica, e ho fatto un gioco. Mi sono detta: io ora le rispondo la verità vera, e perciò mi apro, con questa stronza, qui, davanti a tutti, e se va bene, se lei apprezza, e oltre a rimediare l'insufficienza mi ritrovo ad avere finalmente creato un rapporto con lei, di cui non m'importa nulla, sia ben chiaro, ma che significherebbe che davvero io ci metto un po' troppo del mio a stare male, allora io non scapperò; affronterò papà, piuttosto, mi aprirò anche con lui, ci parlerò, gli racconterò tutto, tutto quello che ti sto raccontando adesso, e decideremo insieme. Perché magari, ho pensato, tra lui e Diana le cose non vanno poi così bene, visto che ancora non parlano di vivere insieme, magari sotto sotto anche lui ci sta male in questa situazione, e alla fine, magari, *a settembre*, ce ne torniamo a Milano insieme. Questo ho pensato, in quella frazione di secondo prima di rispondere. E poi ho risposto.

– E che le hai detto?

– Le ho detto che le terre rare mi interessavano perché la loro estrazione comporta la distruzione dei minerali che le contengono. Abbiamo un cristallo di monazite, le ho detto, che in sé non è raro ma contiene una terra rara che si chiama disprosio. In greco, le ho detto, monazite significa "essere solitario" e disprosio significa "difficile arrivarci" (cosa che lei non ci aveva detto, tra parentesi, e che non dice nemmeno il libro, ma l'ho trovata su Wikipedia). Perciò, le ho detto, si parte da un essere solitario, che di per sé è abbastanza comune, per ottenere qualcosa invece di raro e difficile da raggiungere; be', per ottenere questa rarità l'essere solitario viene distrutto, in quanto i procedimenti di estrazione delle terre rare comportano l'eliminazione di tutte le altre componenti mediante acidi o altre sostanze molto aggressive. Perciò quando si arriva ad avere la cosa difficile da raggiungere, l'essere solitario non c'è più. E questa, le ho detto, è più o meno la stessa cosa che accade anche alle persone quando passano attraverso un'esperienza che rende unica la loro vita, come l'amore, o l'arte, o la terapia, o, immagino, la fede. Ecco perché mi interessano le terre rare, le ho detto: perché mi insegnano che se voglio arrivare a una cosa difficile da raggiungere devo distruggere l'essere solitario che la contiene.

Sono annichilito. Non avevo mai ascoltato nessuno con tanta attenzione, e mi accorgo che ascoltare è infinitamente più faticoso che parlare. Ma come mi sento io a questo punto non conta. Non conta più. Quello che conta è che mi sembra davvero di essere lei, ora, ed era da tanti anni che non mi succedeva più: da quando era bambina e ci abbracciavamo e ci baciavamo e ci toccavamo tutti i giorni, e dunque questa consustanzialità era qualcosa di fisico, innanzitutto, di naturale. Ora, senza il minimo contatto, anzi, nel punto di massima lontananza tra noi, ecco che succede di nuovo: tanto sono stato zitto ad ascoltarla che mi sembra d'esser stato io a raccontarle il mio dolore, a piangere, e a illuminarmi.

– E la Marchegiano? – chiedo.

Sorride. E stavolta è un sorriso vero, franco, abbacinante.

– Mi ha detto che avrebbe riferito al prof di filosofia, ma che in fisica mi dava quattro. Fottuta. Il che, visto ciò che avevo associato a quella mia risposta, anche se di sicuro a te parrà stupido, mi ha convinto che dovevo scappare senza dirti nulla, metterti davanti al fatto compiuto.

Si gratta la testa come una bambina. Sono ancora tanti i movimenti e i gesti infantili che sopravvivono in lei.

– Poi la scuola è finita, io ho cominciato a dire domani scappo, domani scappo, ma non riuscivo a decidermi, mi sono ritrovata a fare i corsi di recupero, e ho pensato ecco, ora si scopre che non ho le palle e che questa malaria durerà per sempre. Poi abbiamo avuto quella discussione, l'altra sera, perché tu volevi portarmi a cena fuori con Diana, ed eri così lontano anche solo dal sospettare cosa avevo in testa che la situazione mi è sembrata insopportabile, e sono scappata. Sono venuta qui dalla zia, le ho detto che avevamo litigato e che avevo bisogno di stare un po' da lei. Non le ho detto nient'altro, e lei è stata molto fica: non mi ha fatto domande, mi ha solo detto resta quanto vuoi e si è pure accollata il compito di avvertire te. È davvero l'unica persona che mi faccia sentire vicina alla mamma, lei, forse perché le somiglia così tanto. Poi siamo andati a Gattico con i cugini e lì, l'altra sera, abbiamo parlato e le ho raccontato tutto: era la prima volta che queste cose uscivano dalla mia bocca davanti a una persona che non fosse la dottoressa Chianese, e mi sono sentita subito meglio. Alla fine la zia mi ha detto che mi avrebbe presa con lei anche senza il tuo consenso, a patto che ti dicessi quello che avevo detto a lei, senza sfuggirti o riattaccarti il telefono in faccia come ho fatto l'altro giorno e ti chiedo scusa. E questo è tutto.

Sono stordito. Sono commosso. Sono, sono, sono... Di nuovo, però, non ha nessuna importanza come sono io, perché ormai la prima e la terza persona si confondono, e dunque quello che sento traboccare da me in realtà sta traboccando da lei. Odio con tutte le mie forze la professoressa Marchegiano, per esempio: bella zappa, bocciare una ragazza dopo un discorso del genere. Ho voglia di tornare a vivere a Milano, per esempio. Vorrei abbracciarla, ed è bello, perché significa che lei vorrebbe abbracciare me – ma non ne ho il tempo, dato che Claudia non ha finito.

– Anzi no, papà – dice – Non è tutto.

Non abbiamo finito.

– C'è un'altra cosa. Una cosa che è successa prima, mentre parlavamo, e già che ci sono voglio dirti anche questa. Solo che devi farmi un'altra promessa.

– Che promessa?

– Devi promettermi di dire la verità. Io l'ho fatto, e ora devi farlo anche tu. Prometti?

– Prometto.

Mi metto una mano sul petto, come un fottuto attore di teatro, in un gesto che non ho mai fatto in vita mia e del quale non c'era nessun bisogno. Non sono più io, forse. Magari. Finalmente.

– Prima – dice – quando mi hai detto che stai in un albergo, io ti ho chiesto in quale, ti ricordi?

– Sì.

– Era una domanda un po' strana, in effetti, ma il fatto è che l'altra mattina, prima di prendere il treno per venire a Milano, io non sapevo ancora se la zia Marta mi avrebbe tenuta qui o no. Poteva anche rifiutarsi, per quel che ne sapevo, schierarsi dalla parte tua. Non sapevo nemmeno se c'era, a dir la verità, perché non le avevo telefonato per avvertirla, per paura che cercasse di dissuadermi. Perciò, prima di partire non ero sicura che sarei davvero potuta stare qui da lei, e mi sono messa a guardare qualche albergo su Internet. Sono andata su Google e ho digitato "Milano Hotel Via Durini", e sulla mappa che è venuta fuori il *primo* hotel della lista, quello più vicino a casa nostra, era proprio l'NH President di largo Augusto. Quello dove sei andato tu. Solo che poi ho visto i prezzi e, cazzo, ho capito che non avrei potuto permettermelo: ma quanto ti costa una camera, lì?

I suoi occhi sono arrossati dal pianto, ora, ma sembrano più sereni, più liberi.

– Centosessantuno a notte.

– Be', è ancora tantissimo, ma a me era venuto fuori che le camere, anche le singole, in quell'albergo costavano tutte più di duecento euro a notte.

– Ho avuto fortuna: s'era liberata una singola all'ultimo momento e me l'hanno messa a meno.

– Ah, ecco. Ma insomma, quando mi hai detto che eri in albergo mi è venuta l'idea pazzesca che... cioè, nel senso... avevi avuto il mio stesso problema, no? Con che criterio si sceglie un albergo quando si torna in una città dopo averci abitato per tanti anni? Io ho scoperto che non potevo permettermelo, ma per me il criterio era semplice: il più vicino che c'è alla casa dove abitavo. E così prima, quando mi hai detto che eri in un albergo, mi è balenato per la testa che tu invece potevi permettertelo, e anche se era una cosa assurda – quanti alberghi ci saranno, a

Milano? –, ci ho rifatto sopra il mio giochetto romantico: non sarà, ho pensato, ma se fosse che è andato proprio in quello, allora si potrebbe dire... eccetera eccetera.

Abbassa lo sguardo. O l'ho abbassato io?

– Che significa eccetera eccetera?

Arrossisce. O sono arrossito io?

– Mah, non lo so. Non ho fatto in tempo a rimuginarci sopra. Sarebbe comunque un segno, no? Un segno positivo.

Siamo in piedi, adesso. Quando ci siamo alzati?

– Ora, magari è veramente solo una coincidenza, oppure non lo è, e questo lo sai solo tu. Apposta ti ho detto che devi essere sincero.

Prende fiato. Lo prendo anch'io.

– Perché sei andato proprio in quell'albergo?

Quando Claudia è venuta al mondo io ero lì. Il travaglio fu molto lungo, durò tutto il pomeriggio e tutta la sera, finché, quando mancava un minuto a mezzanotte, Claudia si decise a uscire. L'ostetrica la prese, tagliò il cordone ombelicale, la pulì dal sangue e l'appoggiò sulla pancia di Lara, che però era stravolta e nemmeno se ne accorse. Perciò la riprese e la diede a me, e così me la ritrovai in braccio. La guardai: era lunga, tranquilla, aveva la pelle grigia raggrinzita e gli occhi chiusi. L'ostetrica me la lasciò contemplare per qualche secondo poi mi disse di seguirla nella stanza accanto e s'incamminò. Io le andai dietro, continuando a guardare la bambina, ma quando fummo sulla porta Claudia aprì gli occhi: un raggio blu si sprigionò dalla fessura che le si apriva tra le palpebre, come un lampo di luce aliena, minerale, di un'intensità impressionante, e io ne rimasi talmente meravigliato che mi fermai di colpo. Un secondo dopo, al centro del corridoio che avrei dovuto percorrere, esattamente nel punto in cui mi sarei trovato se non mi fossi fermato a guardare mia figlia aprire gli occhi, un'ampia porzione di controsoffitto crollò con un botto pazzesco, e un potente scroscio d'acqua si rovesciò a terra. Mentre tutt'intorno si spargeva il panico io rimasi fermo: sbalordito, illeso, invulnerabile, era su di me che Claudia puntava quel suo primo sguardo color del cobalto. La sua espressione era sfingica, severa, nient'affatto da neonato. Non aveva ancora emesso un gemito, e già sembrava che mi stesse giudicando.

In seguito mi fu detto che il peso del materiale caduto dal soffitto superava i venticinque chili. Chi ha salvato chi, ditemi, in quel nostro primo incontro?

– Eccetera eccetera – dico, dice, diciamo.

L'abbraccio, finalmente. O è lei che abbraccia me?

14

Quello che nascondi nel cuore uccidilo o bacialo forte.

(Attila József)

Leche
Pan Bauleto
Riso
Riso indio
Spagueti n. 12
Spaguetini n. 11
Tortilloni
Cornfleix
Biscoti
Te e Camomila
Azucar de cana
Azucar tóxico
Nutela
Fete
Olio frito
Amburguesas
Sale
Pulpa de pomidoro
Jugos
Pepsi
Cerveza
Dixan lavadora

Lisoform bagno e parké
Fairi piatti
Scotecasa
Carta igienica
Bolsas de la ruera
Swiffer
Transparente
Almonium

Al Pam. Questa mia specie di egira alla fine mi ha portato nel luogo per me più inospitale e disturbante della Terra. Sono anni che la spesa grossa la faccio online e quella quotidiana nelle botteghe solo per evitare l'ansia che mi mettono i supermercati: ma non c'era altro modo di parlare con Marta, oggi – e a quanto pare è a lei che conduce la mia fuga.

Ma Marta è diventata una donna molto occupata. Da quando ha raddrizzato la propria vita non ha più tempo per quella che sembrava essere la sua principale occupazione e cioè: parlare, per l'appunto, anzi *discutere*, accanitamente, estenuantemente, sempre – e nonostante questo alla fine prendere decisioni avventate e poi essere costretta a tornare sui suoi passi. E che l'abbia raddrizzata non ci sono dubbi: ora è una donna occupata, organizzata, e parlare con lei è diventato un lusso. Stamattina per esempio aveva solo questo intervallo: prima doveva portare Marietto al campo estivo, alle undici deve andare al lavoro e dopo il lavoro deve andare a riprendere Marietto, portarlo a casa e occuparsi della cena – e in questo intervallo doveva per forza fare la spesa. (Anche il lavoro, per inciso, il primo vero lavoro ordinario e non precario della sua vita, dice tanto di questa sua metamorfosi: fa l'operatrice di ripresa a Telelombardia, cioè è fisicamente passata dall'altra parte della telecamera.)

Perciò eccomi qui, al Pam, con in mano la lista compilata da

Piedad, la sua domestica dominicana: frastornato dalla raffica di bip proveniente dalle casse, smarrito in questa valanga di merci senza odore, la seguo aggrappato al carrello, con la paura di perdermi, senza ancora essere riuscito a scambiarci una parola. Lei invece è a suo agio, si muove con eleganza in questo spazio per me insensato – pratica, rilassata, produttiva: confronta i prezzi, considera le offerte, controlla le date di scadenza, senza insofferenza, senza stare attaccata al telefonino. Più che una metamorfosi sembra una rivoluzione biopsichica. Al momento sta vagliando le varie confezioni di corn flakes – integrali, alle fragole, al cioccolato, classici – e si vede benissimo che prova piacere a perdere tutto questo tempo per scegliere quella giusta e metterla nel carrello.

– Ma tu ci capisci in questa lista? – faccio, giusto per dire qualcosa.

– Certo.

– *Fete*: che è?

– Fette biscottate.

– Oh. E *azucar tóxico*?

– Lo zucchero bianco. Prima di venire in Italia Piedad ha lavorato in una raffineria e dice che lo zucchero raffinato è veleno. Lo dicono anche i diabetologi...

– E tu perché lo compri?

– Perché ai ragazzi quello di canna non c'è verso di farglielo piacere.

– Come a me – dico – E cosa vuol dire *almonium*?

– La carta d'alluminio.

– Eh vabbe', ma è proprio un'altra lingua. Un gergo tra voi.

Marta si apre in un'espressione sbarazzina, da ragazza – quella ragazza solare e spontanea che non è mai stata.

– E dài che si capisce! Mischia, inventa, ma alla fine si fa capire. Basta un po' di fantasia.

– Tipo che *olio frito* significa olio per friggere?

– Esattamente.

– E *bolsas de la ruera* sono i sacchi dell'immondizia?

– Vedi che si capisce?

– Cioè ci mette dentro anche il dialetto?

– E certo. La *ruera*: suona anche un po' spagnolo.

Sorride. Lo stesso sorriso luminoso, raro, e perciò prezioso di Claudia – una specie di marchio tribale.

– Una pazza – dico.

– Che Dio la benedica, guarda. Senza di lei non so come farei.

E la sua bellezza: come ha fatto a trasformarla in questo modo, a depurarla? Sembra uno squarcio d'azzurro che ha trovato un varco tra le nuvole. È sempre stata di una bellezza caotica, Marta, surriscaldata, ostentata, uno spasmodico invito a mordere e pentirsi, per l'appunto, anzi, a mordere e fuggire, secondo un copione che io stesso ho inaugurato e che si è poi ripetuto con tutti gli uomini che ha avuto. Ora invece è veramente un'altra cosa: ancora snella, nonostante i figli, e tuttavia non più tirata come un guerriero, non più scattante, provocante, pronta al combattimento, ma lieve, tranquillizzante e addirittura cedevole – ciò che Marta non è certo mai stata –, potrebbe perfino passare inosservata.

– Ce la dividiamo con altre due famiglie del palazzo – aggiunge – Alla fine a noi costa poco e lei guadagna bene. Ma è proprio come fa le cose che ti cambia la vita, l'allegria che ci mette. E come cucina...

Riparte. Sfila velocemente lungo lo scaffale dei pani confezionati, e io dietro...

– Ma a soldi come stai messa? – chiedo.

– Bene – risponde, e butta nel carrello due confezioni di pan carré più una di cracker e di pane da hamburger che non sono segnati nella lista – Con un lavoro fisso è tutta un'altra cosa.

Non una parola sulla rivoluzione, anche qui, di manovrare telecamere, eseguire ordini, faticare, dopo avere fatto per anni la conduttrice e poi le ospitate in TV e poi essersi messa a studiare teatro e avere recitato, in ruoli medi, piccoli, piccolissimi, con speranze, senza più speranze, e avere sempre, alla fine, fallito. Un lavoro fisso, adesso, è ciò che la soddisfa.

– E i padri dei ragazzi? Come si comportano?

– Al solito. Fanno quello che possono.

– Ma soldi te ne danno? Ci stanno coi figli?

– C'è un po' tutto il repertorio. Leonardo mi dà abbastanza soldi ma sta a Parigi, per cui—

– Leonardo sarebbe il padre di...?

– Di Giacomo. Il coreografo. Ha una moglie francese, un altro figlio, guadagna bene ma si è trasferito a Parigi e Giacomo non lo vede mai. Cesare vive in campagna vicino a Monza con la sua compagna e una figlia piccola: mi dà un po' meno soldi ma con Giovanni ci sta un po' di più. Lorenzo – ride – fa, anzi vorrebbe fare il pittore: non mi dà nulla perché guadagna zero, vive ancora coi genitori ma sta molto con Marietto, il che è una specie di miracolo, considerando com'era cominciata.

– Quanti anni ha, ora?

Si ferma davanti ai biscotti.

– Trentadue? Sì, trentadue.

– Cazzo, ma quanti anni aveva quando...?

– Ventitré – prende in mano una confezione di Pavesini, la osserva – Che biscotti piacciono a Claudia?

– I Pan di Stelle – rispondo – Almeno credo. Li compravo, io non li mangiavo mai e finivano sempre, per cui...

Parlo al passato, ormai, su Claudia. Marta rimette a posto i Pavesini e prende i Pan di Stelle.

– I wafer le piacciono? È un po' dimagrita, mi sa che ha bisogno di calorie...

– Al cioccolato sì – rispondo.

Mette nel carrello anche due confezioni di wafer al cioccolato e – niente – riparte: devo rassegnarmi a parlarle mentre le corro dietro.

– Senti ma... – faccio – Ci hai parlato, stamattina?

– No. Dormiva.

Si ferma di nuovo. Fruga in borsa, tira fuori il telefonino, si mette a smanettare.

– Però stanotte mi ha mandato questo – dice.

Mi passa il telefonino. Ha il vetro del display rotto e tenuto insieme con lo scotch. Leggo il messaggio. Da Claudia, inviato alle due e un quarto di notte – mentre io stavo rigirandomi tra le lenzuola, tramortito dal senso di colpa, nella mia camera d'albergo dimostratasi così risolutiva. Senza punteggiatura, e andando a capo dopo ogni frase, sembra un haiku:

> zia grazie
> avevi ragione
> sono felice
> molto felice

– Addirittura... – dico.

Restituisco il telefonino a Marta, che lo prende e lo ficca di nuovo in borsa.

– Mi dai un attimo la lista – fa – per favore?

Le porgo la lista. Lei la guarda, me la rende e si sposta verso il banco delle carni – interminabile. E io dietro...

– E che le hai detto per farla così felice? – chiede, senza fermarsi.

– Io? Io niente. Ha parlato solo lei.

– Ti ha raccontato tutto?

– Credo di sì.

Si ferma e comincia a valutare le confezioni di hamburger. Da due, da quattro, di bovino adulto, di pollo, di maiale, di tacchino, con le olive, con i carciofi. D'un tratto però alza gli occhi, mi guarda fissa – e io non me l'aspettavo.

– E che effetto ti ha fatto? – chiede.

– Be' – rispondo – mi ha sfondato.

Siccome però non riesco a continuare, e lei non smette di fissarmi, mi metto io a guardare gli hamburger. Immediatamente mi cade l'occhio su una confezione di salsicce che però porta il nome di "Chianina hamburger x 2 (250 g, 3,09 €, prezzo al kg 14,40 €)". Accanto, altre confezioni con la stessa dicitura, che però contengono davvero due hamburger. Poco lontano, invece, le salsicce con l'etichetta corretta, "Salsiccia di chianina e suino toscano (600 g, 6,54 €, prezzo al kg 10,90 €)".

– Hei – dico – qui hanno sbagliato.

Faccio vedere a Marta lo scambio di etichette.

– Vedi? Salsicce al prezzo di hamburger. Ci sono quasi quattro euro di differenza.

Indico i prezzi, il peso, tutto.

– Bisogna avvertirli – aggiungo – Da chi bisogna andare? Ci sarà un responsabile, un direttore...

Marta mi guarda con tenerezza, con *pazienza* – ed ecco un'altra parola che non aveva nulla a che fare con lei, prima: pazienza.

– Perciò sei d'accordo che venga a vivere da me? – chiede.

Mi guarda ancora come mi guardava in passato, cioè come se mi conoscesse meglio di chiunque altro – ma non mi turba, questo è strano, non mi inquieta, non mi mette in difficoltà. Mi tratta ancora come se fossi suo, ma non mi fa venire voglia di scappare nel bosco come una volpe braccata dai cani.

– Sì, certo.

Mette nel carrello tre confezioni di hamburger e anche due di salsicce, già che c'è – prezzate giuste, però.

– Allora la iscrivo a scuola. Vuole andare al liceo di Giacomo. È un buon istituto. Magari li mettono in classe insieme.

– Be', prima dovrà dare l'esame di riparazione.

Una confezione di pancetta tagliata a dadini. Due di arrosticini di agnello. Una di carne macinata. Che se la porta a fare la lista, se poi improvvisa in questo modo? E che fine hanno fatto il salutismo, i prodotti dietetici, i prodotti biologici? Andati distrutti durante l'estrazione di questa sua nuova bellezza?

– Mi sono informata – dice – si può fare comunque l'iscrizione. Dà l'esame a Roma e se passa la mettono in quinta, sennò ripete la quarta. Ma passa di sicuro: ha una testa così, quella ragazza.

Fine della carne, si riparte. Pasta, ora. Marta mi prende la lista dalla mano e si mette a leggere. Trova subito gli spaghetti, gli spaghettini, i tortiglioni, più avanti il riso, più avanti il riso basmati – cioè, ipotizzo, il *riso indio* della lista. Poi, sempre lungo lo stesso scaffale, lo zucchero di canna, quello "tossico", la Nutella, il sale, la farina, il lievito per dolci – molto in fretta, adesso, come se di colpo si fosse accorta d'essere in ritardo. E riparte, senza darmi modo di continuare il discorso, bordeggiando lungo gli articoli per la casa (swiffer, detersivi, rotoli di carta assorbente, zampironi), fino alle acque minerali. Potrei non dirle nulla, a questo punto, e non sarebbe colpa mia. "Io volevo dirtelo" – sul letto di morte – "quel giorno, al supermercato, ricordi? Ma tu scappavi di qua e di là per fare la spesa..."

Si mette a esaminare le etichette delle bottiglie dell'acqua. "Io volevo dirtelo, ma tu ti sei messa a controllare il residuo fisso..."

– Marta, ascoltami – dico – Lascia stare quella bottiglia, per favore. Guardami.

Le afferro il polso, senza stringere, e lo lascio appena mi guarda.

– Sì?

È un po' sorpresa.

– Ho deciso di tornare a Milano anch'io – dico.

Molto sorpresa.

– A Milano? Tu? E quando?

– Quando torno o quando l'ho deciso?

– Tutt'e due...

– L'ho deciso stanotte. E potrei tornare già da settembre.

– Ma come? E il lavoro?

– Il lavoro non c'è più. Finito.

– Come finito?

– Finito, chiuso. È una lunga storia ma insomma il mio socio ha combinato dei casini e io devo solo cercare di venirne fuori col minimo danno, dopodiché non ho più ragione di restare a Roma.

– Ma, scusa, e come fai con—

– Con Diana faccio che non stiamo più insieme.

– E da quando?

– È una cosa recente.

– Ma se Claudia mi ha detto che volevi portarla a cena con lei, l'altro giorno.

– È una cosa molto recente.

– Vabbe', avrete litigato. Magari fate pace.

– No. Non facciamo pace. L'ho menata.

– Tu? Come menata?

– Menata, Marta. Picchiata. Le ho fatto una bocca così. Da queste cose non si torna indietro.

Guarda immediatamente il mio labbro gonfio e si porta una mano alla bocca – sbalordita, certo, ma anche visibilmente divertita. Sembra addirittura che stia per scoppiare a ridere, che si sforzi di trattenersi.

– Ma allora anche quello è per via di...? – indica la mia bocca col mento.

– Già – dico – È finita a botte.

Stira le labbra, accentuando lo stupore, visto che si fa scrupolo di mostrare l'ilarità – e io taccio, anzi, faccio una lunga pausa per prendere coraggio, che è diverso: sono arrivato dove dovevo arrivare, adesso si fa dura.

– Dicevo che ho deciso di tornare a Milano – riprendo – per due motivi. A parte il fatto che ci sarà Claudia, che di per sé è già un buon motivo. Ma non credere che abbia intenzione di sottovalutare la sua fuga: non ho deciso di tornare a Milano per riprenderla con me. Diciamo che interpreto la sua decisione come un suggerimento, ok? Un'indicazione del punto del mondo dove è meglio che io stia. Lei vuole stare con te e con te starà. Io starò per conto mio. L'unica condizione che pongo è che tu accetti dei soldi da me, e intendo proprio tu, personalmente, regolarmente, a prescindere dai bisogni di Claudia, perché non voglio che questa faccenda gravi anche solo infinitesimamente sulle tue spalle. Anzi, sempre secondo il suggerimento di Claudia, desidero che migliori la condizione di tutta la famigliona, come la chiama lei. Accetti?

Mi guarda con un'espressione un po' confusa – che le dona parecchio, tra l'altro, la fa sembrare disarmata.

– Scusa – dice – non ho capito. Cosa mi stai chiedendo?

– Non sto chiedendo, sto ponendo una condizione. Affinché io acconsenta che mia figlia venga a vivere con te, accetti tu, Marta Siciliano, che io contribuisca in misura sensibile alle tue spese generali, tipo bollette, vitto, pulizie e affitto di casa?

Marta scuote la testa, e una ciocca di capelli le cala fin sopra la bocca. La soffia via.

– Ma cosa stai dicendo? – fa – Che affitto? La casa è mia...

– Perfetto. Lo prendo come un sì. Poi stabiliremo a quanto ammonterà questo mio contributo. Detto ciò, ho deciso di tornare a Milano per altre due buone ragioni. Le vuoi conoscere?

– Sì.

Prendo fiato.

– La prima è che qui mi vogliono tutti un gran bene. È incredibile, ma tutti mi trattano ancora come mi trattavano prima, come se non avessi fatto altro, in questi anni, che continuare a meritarmi la stima e il rispetto della gente. Mi considerano una bella persona, capisci? E mi riesce più facile immaginare il mio futuro in un posto dove la gente mi rispetta anziché tirare a fregarmi o trattarmi come un coglione.

Faccio un'altra pausa. La prima ragione era facile da dire. Ora viene quella difficile.

– La seconda ragione è che qui ci sei tu, e tu sei l'unica al mondo a sapere che non è vero.

– Non è vero cosa?

– Che sono una bella persona. Tu sai che sono un miserabile. E io voglio vederti, d'ora in poi, frequentarti e occuparmi di te e dei tuoi figli non solo perché vi voglio bene, ma soprattutto per non distanziarmi mai più da quello che sono davvero e da tutto il male che ho causato.

Ecco, l'ho detto. Quanti anni sono che Marta aspettava questo momento? Anche se magari ha smesso di aspettarlo da un pezzo, quanti anni sono passati senza che io le abbia concesso anche solo mezza occasione di sentirselo dire?

Mi guarda fissa, ora, mi guarda forte: i suoi occhi color nocciola, da quieti che erano si sono fatti di nuovo ardenti e aggressivi, com'erano prima, quando mi mettevano in fuga.

– E qual è il male che hai causato?

Il fatto è che non mi sento tanto bene. Cerco di prendere di nuovo fiato, ma in questo posto non c'è abbastanza aria.

– Marta, lo sai – dico – Che me lo chiedi a fare? Ti ho detto che sono un miserabile: devo proprio dire anche il perché?

Abbassa il capo, con un lieve movimento del collo che chiunque, qua dentro, se ci osservasse, se non ci ignorassero tutti, perché i supermercati sono luoghi disumani, dove ci si urta, ci si pesta i piedi, ci si ruba l'aria l'uno con l'altro ma ci si ignora – *chiunque* interpreterebbe come un gesto di resa. Ora lei si rimette a controllare il residuo fisso dell'acqua minerale, penserebbe, ed è finita. E invece:

– Credo che non serva a nulla, sai, se non lo dici.

Cioè, uno passa la vita a dissimulare, a dimenticare, a rimuovere le proprie colpe, e all'improvviso non solo deve accollarsele tutte insieme, ma deve anche specificare quali sono, *fare l'elenco* – nel reparto acque minerali di un supermercato.

– Non so se ci riesco, Marta – sibilo.

Che, per l'appunto, non è proprio il luogo ideale, almeno per me. Con quest'aria vuota, questi vecchi in calzoni corti che riempiono i carrelli con i soldi della pensione, questa mitragliata incessante di bip proveniente dalle casse.

– Provaci – dice, e rialza il capo, e mi guarda.

Al diavolo. Si tratta solo di dire la verità, dopotutto. Uno, due, tre:

– Lara è morta a trentasette anni senza essere mai stata felice. Era bella, simpatica, intelligente, tutto quello che sappiamo, aveva *il diritto* di essere felice: ma non lo è mai stata, e tu sai perché. Sai che io non l'amavo, che non l'ho mai amata, che ho solo fatto finta di amarla, perché sono un vigliacco e anche perché era facile fingere di amare una donna come lei, e così facendo fingere di essere la bella persona che non sono mai stato. Era il mio nascondiglio. Tutto questo lo sapevi tu ma, parliamoci chiaro, lo sapeva anche lei, non può non essersene accorta, e nessuno potrà mai togliermi dalla testa che—

Ecco, mi sento male. Lo sapevo. In questi posti io non devo venirci. Soprattutto non devo venirci a disseppellire ciò che per anni mi sono sforzato di tenere nascosto. Ecco, mi gira la testa, il sangue mi crolla nelle vene come fosse sabbia, le tempie si mettono a battere come tamburi, mi tremano le mani, le gambe, le palpebre, mi fischiano le orecchie. Niente, non riesco più a stare in piedi. Devo mettermi a sedere.

– Che hai? – la voce di Marta, allarmata.

Le faccio un gesto con la mano per dirle che non è nulla, ma devo mettermi a sedere per terra. Mi sforzo di respirare, ma è come se l'aria non entrasse. Sto per svenire. E già: svenire per me è sempre stata la via di fuga per cavarmela quando la situazione si fa insostenibile, e scansare le mie colpe. "Poveretto, è svenuto..."

– Pietro, che hai? Il cuore?

– No, che cuore...

Marta è chinata su di me, ma io la vedo e non la vedo. Vedo la mamma, piuttosto, il suo viso schizzato di farina mentre fa la sfoglia e intanto guarda la commedia di Gilberto Govi in televisione. Una bolla mi si sta gonfiando nel cervello, un elefante mi sta premendo sul petto. Se chiudo gli occhi è fatta: svengo – o magari muoio, perché potrebbe davvero essere anche un infartino – e tutto finisce. Ma stavolta non voglio che tutto finisca, maledizione – non così, di nuovo, come sempre, spazzato sotto al tappeto.

– Siediti qui vicino, per piacere – bisbiglio.

Marta obbedisce e si siede in terra, accanto a me. Siamo sormontati da un cumulo di bottiglie di acqua minerale – da tutte queste più, sembra a me, quelle stoccate in magazzino più quelle che stanno arrivando nei camion più quelle contenute in tutti i supermercati del mondo: siamo gli unici pezzi di carne viva in un oceano di plastica impacchettata. Respiro con affanno, a bocca aperta, come il mio povero Dylan quando ha cominciato a soffrire, e ho dovuto portarlo dal veterinario perché gli facesse la puntura. Le tempie continuano a battere sempre più forte, e ora sta montando anche la nausea. Se solo chiudessi gli occhi e mi lasciassi andare tutto questo finirebbe.

– Non è niente – dico – Solo, non lasciarmi svenire.

– E cosa devo fare?

– Non lo so, inventa.

Marta si mette a frugare nella borsa. Gli gnocchi, ecco cosa sta facendo la mamma: non la sfoglia, gli gnocchi – anzi, come diceva lei, col vezzo dell'insegnante che si concede qualche risonanza dialettale che sicuramente le ricorda le sue, di madre e di infanzia, sta facendo *i* gnocchi... Svenire sarebbe perfetto, adesso. Tornerei per qualche secondo in quella cucina, vicino a lei, nel momento più bello della mia vita, e poi tutto ricomincerebbe da capo in un altro punto del mondo, in un altro tempo, e il male che ho causato tornerebbe sotto terra, sepolto com'è sempre stato. Ma Marta mi porge una cosa viola, e la curiosità per questo colore così inatteso mi tiene sveglio.

– Tieni – fa – Annusa questo.

Una boccetta tonda, con dentro un liquido viola.

– Che cos'è?

– Il mio profumo. Ora lo spruzzo e tu aspira forte.

– Ma che, vai in giro col profumo in borsa?

– L'ho appena comprato. Dài, sei pronto?

– Cosa? Compri il profumo al Pam?

– Ma che te ne frega? Su, non parlare, aspira.

– Finché parlo non svengo. Rispondimi: *compri il profumo al Pam*?

– L'ho comprato prima di venire qui, scemo. Costa settantotto euro. Dài, aspira, non rompere...

Marta preme sul dispenser, proprio sotto le mie narici, e io aspiro. Troppo forte, e all'inizio è solo una botta caustica, quasi elettrica, che sembra darmi il colpo di grazia. Ma passa subito, ed ecco, ecco, adesso sono immerso in un morbido profumo di fiori, dolce e fresco. Fiori di campo, direi, o tuberose bianche, come se venisse direttamente dalla tomba di— ma no, ma che cazzo dico, devo piantarla con queste manfrine: è mistificazione, è così che l'ho causato, il male. Nella vita non ci sono solo coincidenze, maledizione, e le cose nuove non devono sempre ribaltarsi su quelle vecchie. Un profumo di fiori, dolce e fresco, punto.

– Come va? Sei svenuto?

– No. Va meglio.

E il bello è che è vero, va meglio. Respiro, la morsa al petto si è allentata, l'aria entra nei polmoni, e soprattutto ho la medicamentosa sensazione di sapere un sacco di cose. Non di ricordarle, di *saperle* – che è diverso, perché la memoria si può ingannarla, si può manipolarla, o perderla, ma la coscienza no, se non si sviene no. Per esempio so che questo non è il profumo di Marta.

– Questo non è il tuo profumo – dico.

– L'ho cambiato. Come va?

E so che Gilberto Govi, nel punto della commedia in cui la mamma scoppia a ridere, dice che se ti metti a correre sotto la pioggia prendi anche l'acqua che cade dalle altre parti.

– E perché l'hai cambiato?

– Perché sì. Aspira ancora, dài.

Spruzza, io aspiro – con più cautela, stavolta, evitando l'effetto urticante –, e so che la porta, quando la bambina c'è rimasta con la mano incastrata, non l'ho aperta io.

– Come si chiamava quello vecchio, che ti regalavamo per Natale?

So che la voce alla quale era stata trascritta la combinazione della cassaforte nella rubrica dell'ufficio era "Frustalupi", perché Lello è un laziale sfegatato e questo Frustalupi era un centrocampista della Lazio degli anni settanta che non perdeva mai il pallone, ragion per cui si diceva che dare la palla a lui significava metterla in cassaforte. So che *scansamose* è lo striscione che i tifosi laziali avevano esposto all'Olimpico quando la Lazio giocava contro l'Inter, qualche anno fa, per incitare la propria squadra a farsi battere ed evitare che la Roma vincesse lo scudetto. E che *lomamelda* è un altro striscione, esposto in occasione di una finale di supercoppa italiana che per qualche ragione si disputava a Pechino, tra la Lazio che aveva vinto la coppa Italia e proprio l'Inter che aveva vinto lo scudetto, e gli ultras laziali si erano fatti una trasferta di ottomila chilometri per seguire la squadra, certo, incitarla eccetera, ma anche e secondo Lello *soprattutto* per insultare i romanisti fin dalla Cina con quello striscione. Lomamelda. Loma melda. Roma merda. E so che tutto questo io l'avevo dimenticato apposta, perché dimostra abbastanza inequivocabilmente che Lello è un grandissimo cazzone e che non avrei mai dovuto fidarmi di lui, ma non fidarmi di lui avrebbe complicato tutto ciò che volevo semplificare per coprire la mia fuga con delle ragioni oggettive, esistenziali, storiche e perfino politiche – quella menata della semplicità volontaria, appunto, del rifiuto della ricchezza e della mimetizzazione nella periferia...

– Eau d'Issey. Dài, aspira di nuovo.

– Cioè il tuo profumo si chiamava Odissea?

Marta spruzza ancora, io aspiro, e so che è da lei che sono sempre fuggito, perché in un mio modo vile e insano e atterrito e disastroso ho sempre amato solo lei, fin dalla prima notte che abbiamo passato insieme, fin da quel primo morso da vampiro che mi ha dato sul collo, a tutta bocca, affondando i canini, sgranando tutti i nervi, come se volesse veramente strapparmi un boccone di carne e succhiarmi il sangue, e contagiarmi, e io per un attimo ho veramente creduto che volesse farmi questo, l'ho veramente creduta capace di farlo, e ho tremato tra le sue braccia come un criceto, perso nella sua Odissea...

400

– No. Eau d apostrofo Issey. Acqua di Issey. Aspira, dài.

– Oh. E questo nuovo come si chiama?

– Éclat d'Arpège. Come stai?

– Meglio...

Sto meglio per davvero, ormai non svengo più. E tuttavia sto immensamente peggio che se fossi svenuto, perché lei ora è qui vicino a me, e sua sorella è morta, e la sua vita è andata com'è andata, e la colpa è mia.

– Marta...

Mi tiro un po' su, perché alla fine mi ero quasi sdraiato, ma Marta mi trattiene con una forza – mi sembra – bionica.

– Ora però stai buonino, ok? – dice – Restiamo un po' qui, eh? Belli tranquilli.

E certo. E perché no? Tanto la gente continua a evitare di guardarci, è incredibile. Siamo seduti per terra in un supermercato, circondati da una nuvola di profumo, siamo lampantemente la cosa fuori posto, che andrebbe almeno guardata con curiosità, e invece veniamo ignorati. Fanno finta di niente: com'è abnorme, ora, come mi pare mostruoso far finta di niente, dopo che ho vissuto tutta la mia vita facendo finta di niente.

– Sto bene – dico – Sul serio.

Respiro regolarmente, ora, le orecchie hanno smesso di fischiare, le tempie di battere. Ma devo finire il lavoro, e forse tutto ricomincerà, e dovrò resistere.

– Sai – dico – ho letto *Bel Ami*.

Rimette la boccetta di profumo nella borsa.

– Hai fatto benc. È bellissimo.

Nessuna emozione nel suo sguardo, come se parlasse di un libro qualsiasi.

– L'ho letto solo adesso...

In realtà proprio bene non sto. Mi tremano ancora le mani, sono ancora imbambolato, debolissimo. Se mi alzassi di scatto potrei ancora...

– Beato te – sorride – Io invece l'ho letto tanto tempo fa.

Di nuovo, nessuna emozione, come se non ricordasse nemmeno cosa significa quel libro per lei, per noi. Possibile che se ne sia scordata? Sono confuso. L'aria è confusa, tutto è confuso – tranne lei.

– Marta, sono stato una carogna. Fammelo dire. Per tutti questi anni ho lasciato che tu sembrassi quella mezza matta, schizzata, inaffidabile, solo per riuscire a tenermi separato da te e però allo stesso tempo essere l'unico uomo destinato a rimanere *vicino* a te, scappato anch'io come tutti gli altri e però sempre lì, a un passo. Ed è proprio quel passo la mia colpa, Marta, la mia colpa imperdonabile, perché quel passo si chiamava—

La sua mano mi si posa sulla bocca.

– Basta. L'hai già detto.

Tolgo la mano, lei non fa resistenza.

– No, non l'ho detto. E se non lo dico non conta.

Sto di nuovo male, ma non conta nemmeno questo.

– Lara è morta e io non ho sofferto, capisci? Non l'amavo, non ho potuto soffrire. Ho costruito la mia vita sull'infingimento, e sull'ingenuità degli altri. Altro che distorsione cognitiva. Ci sono andati di mezzo tutti quelli che mi hanno voluto bene, a cominciare da lei, ovviamente, e da Claudia, e da te, per arrivare fino a Diana e a quei due bambini che si sono affezionati a me e ora anche loro soffriranno perché non mi vedranno mai più. E soffriranno molto più di me, come tutti avete sempre sofferto più di me, che l'abbiate dato a vedere o che vi siate tenuti tutto dentro, che siate rimaste lì a reggermi la parte o che siate scappate di casa, che mi abbiate preso a pizze in faccia o che vi sia letteralmente esplosa l'aorta addominale per il magone causato da—

Marta rimette la mano sulla mia bocca, e stavolta preme, e mi fa anche male al labbro.

– Basta, Pietro. Basta così.

Sorride, calma ma anche perentoria, e continua a tenermi la mano premuta contro la bocca. Ha ragione, del resto: l'ho quasi detto. Dirlo fino in fondo sarebbe solo aggiungere male al male. Siamo qui, seduti per terra in un supermercato, siamo quello che resta della famigliona che ho negato a me stesso, a lei, a Lara e a Claudia, e ho quasi detto ciò che di indicibile ci unisce e allo stesso tempo ci separa. Visto l'effetto che mi ha fatto, ha ragione Marta a zittirmi: giusto per non avere sulla coscienza anche me, nel caso ci rimanessi secco.

È saggezza, questa.

– Tu sei cambiata per davvero – dico, quando toglie la mano dalla mia bocca.

– Te l'ho detto – risponde – Ma tu non mi credi.

Intanto qualcuno si è accorto di noi. Un vecchio con un faccione marezzato di capillari ci sta fissando dall'alto, davanti a un carrello straboccante di roba. Guarda me, in realtà, non Marta, e scuote appena la testa, aggrottando le sopracciglia con aria interrogativa, come per chiedere: "Che succede?" Sui pantaloni della tuta da ginnastica, all'altezza dell'inguine, cioè più o meno dei miei occhi, ha una chiazza scura – di sudore? *Di orina?* Con un cenno che mi auguro sia abbastanza eloquente cerco di rispondergli che va tutto bene, che non deve preoccuparsi, che non abbiamo bisogno di nulla, men che meno da un uomo che si è appena pisciato addosso; e lui sembra capire, dato che annuisce, raccoglie da terra una confezione di acqua minerale, la mette nel carrello e se ne va con una dignità e una naturalezza che quando sarò conciato come lui io non avrò mai. Lo seguo con lo sguardo finché scompare dietro la parete dei latticini, senza mai voltarsi a guardarci un'ultima volta come avrei fatto io.

A tutto questo Marta non ha partecipato. Da brava frequentatrice di supermercati non si è interessata al vecchio, forse non si è nemmeno accorta di lui. Dritta al sodo, guarda la merce, si preoccupa della qualità della merce – e la merce in questo caso sono io. Prende fiato per dire qualcosa, ma ormai l'ho fatto anch'io, e le mie parole anticipano le sue.

– Io ora sto molto male – dico – Molto male. Non fisicamente, fisicamente sto bene. Sto male al mondo.

Marta continua a guardarmi e a tacere. Cosa avrebbe detto se non avessi parlato per primo? Non lo saprò mai.

– Sei stata molto male anche tu, vero?

Abbassa gli occhi.

– Sì.

– Per la stessa ragione, vero?

– Sì.

È impossibile guardarsi, adesso. Non avesse abbassato gli occhi lei, l'avrei fatto io.

– Però ora non stai più così male, vero?

– Hmm-hmm.

Annuisce e in questo gesto, seduta per terra, con la testa china, per un istante sembra Claudia ieri sera quando piangeva.

– Si vede – dico – Hai distrutto l'essere solitario.

Solleva gli occhi, sorpresa.

– Cosa?

– Ti ha raccontato, Claudia, com'è che è stata rimandata?

– No...

E vai. So anch'io una cosa che gli altri non sanno.

– Allora niente. Dicevo che hai trovato un po' di pace.

Sorride, si stringe nelle spalle, abbassa di nuovo la testa.

– Più o meno – dice.

– E come hai fatto?

Solleva gli occhi, come se la mia domanda fosse ambigua, e ci fosse bisogno di guardarmi in faccia per capirne il senso.

– Voglio trovarla anch'io, un po' di pace. Come si fa? Io conoscevo solo il metodo Bel Ami. Ma non funziona...

Scuote la testa. È diventata umile, ecco. La sua bellezza è diventata umile.

– Non lo so come si fa, Pietro – dice – Le ho provate tutte, per anni, e non è mai cambiato nulla: rimorso, rabbia, infelicità; rimorso, rabbia, infelicità...

Di nuovo, in una posa che ora si è fatta solenne, e reminiscente, quel gesto sbarazzino di soffiarsi via i capelli che le spiovono sul volto.

– Poi l'estate scorsa ho fatto quel viaggio in Islanda – continua – ed è cambiato tutto.

– Ma si può sapere cosa ti è successo in quel viaggio?

– Mi è successa una cosa pazzesca, Pietro. Pazzesca.

– E perché non me l'hai mai raccontata?

– Non è che non te l'ho raccontata: è che non ci siamo più visti. Sono tornata che erano i primi di settembre, e da allora ci siamo sentiti solo per telefono. Ci rivediamo adesso. Nemmeno a Natale, quest'anno...

– Eh, lo so. C'era Dylan che stava morendo, non potevo muovermi.

– Ho capito, ma poi non lamentarti se non ti racconto una cosa come questa. Per telefono non si poteva.

– Raccontamela ora.

Marta apre la borsa e ci fruga dentro. Prende un Moleskine tutto sgrugnato. Lo sfoglia. Ci trova un ritaglio di giornale piegato in quattro. Lo apre e me lo dà.

– Sono finita sul giornale – fa.

Guardo il ritaglio. È in inglese. A penna, con una calligrafia sconosciuta, c'è scritto "Iceland Review 08/27/2012". C'è una foto al centro, di una montagna brulla tormentata di picchi e di gole, con una cascata che l'attraversa, sotto un cielo color dell'acciaio.

Lost Woman Looks for Herself in Iceland's Highlands

A foreign tourist was reported missing in the volcanic canyon Eldgjá in the southern highlands on Saturday afternoon after she failed to—

– Anzi – la sua voce – scusa se ti interrompo. Un consiglio posso dartelo.

– Su che?

– Su come fare per trovare un po' di pace. Mettici un "forse", davanti.

– Davanti a che?

– A quella cosa.

– Quale cosa?

– Quella che ti fa star male al mondo.

– Quella che non mi hai lasciato dire?

Invece di rispondermi mi guarda di sbieco, sorridendo, con un'espressione familiare e tuttavia anche misteriosa che non mi azzardo a decifrare. Non mi azzarderò a decifrare più nulla, d'ora in poi. La sua bellezza risplende come una gemma centrata da un raggio di luce, e anche questo mi fa male.

15

Per giungere a ciò che non sai, devi passare per dove non sai.

(Juan de la Cruz)

Donna dispersa cerca se stessa su altopiano islandese

Una turista straniera è stata dichiarata dispersa nella gola vulcanica di Eldgjá, negli altipiani del Sud, dopo che non ha fatto ritorno al suo pullman nel pomeriggio di sabato scorso. L'autista ha aspettato circa un'ora prima di avvertire la polizia e proseguire l'escursione. I soccorsi sono stati inviati immediatamente. Le ricerche sono state interrotte alle 3 di notte, quando si è scoperto che la donna ritenuta dispersa era sempre rimasta sul pullman e aveva persino partecipato alle ricerche di se stessa, come scrive mbl.is.

Prima di risalire sul pullman dopo la fermata a Eldgjá, la donna s'era cambiata d'abito e rinfrescata, e gli altri passeggeri non l'avevano riconosciuta.

Secondo le informazioni raccolte dalla guardia costiera, un elicottero stava per essere inviato nell'area per aiutare i soccorsi, e solo le avverse condizioni meteorologiche ne hanno impedito il decollo. Una cinquantina di persone ha partecipato alle ricerche, a piedi e a bordo di veicoli.

Il capo della polizia di Hvolsvöllur, Sveinn K. Rúnarsson, ha dichiarato a mbl.is che la donna è innocente dell'errore: le persone a bordo del pullman non erano state contate correttamente. La donna non si era riconosciuta nella descrizione che veniva fatta di lei, e "non sapeva di essere dispersa".

TERRE RARE

(Prato-Roma, 2011-2014)

Elenco delle persone che l'autore desidera ringraziare per l'aiuto, l'assistenza, la pazienza, le idee, le segnalazioni, i consigli, i permessi e le informazioni che gli hanno consentito di scrivere questo libro:

Manuela

Lucio

Umberto

Gianni

Nina

Giovanni

Valeria

Elisabetta Sgarbi

Beppe Candela

Lorenzo Cherubini

Francesca Valiani

Nanni Moretti

Luca Petrucci

Luigi Ferrarella

Eugenio Lio

Edoardo Nesi

Stefano Bartolini

Mario Desiati

Edoardo Albinati

Francesca d'Aloja

Marco Risi
Gianna Nannini
Edoardo Marzocchi
Pierluigi Amata
Christian Calì
Davide Giovannini
Laura Paolucci
Domenico Procacci
Paolo Carbonati
Tiziana Monachini
Luigi Cavallari
Ester Cavallari
Leopoldo Fabiani
Massimo Mazzoni
Bambi Lazzati
Andrea Garello
Beppe Inverni
Beppe Del Greco
Marius Aradi
Maura Rudalli
Nicola Liguori

L'editing di questo romanzo è stato curato da Massimiliano Governi.

I fatti raccontati sono frutto di fantasia, così come i cognomi dei personaggi – molti dei quali sono stati scelti tra quelli abbandonati dalle celebrità che hanno preferito servirsi di un nome d'arte. Eventuali casi di omonimia sono da considerarsi del tutto casuali.

L'articolo della "Iceland Review" invece è vero fin nella data, è stato riprodotto dietro autorizzazione della testata ed è stato tradotto da Edoardo Nesi, cioè colui che ha tradotto *Infinite Jest*.

La storia narrata nel capitolo 10 della prima parte non è farina del sacco dell'autore: è una cover dello strepitoso monologo autobiografico di Emanuele Salce contenuto nel suo spettacolo intitolato *Mumble mumble, ovvero confessioni di un orfano d'arte* (di Emanuele Salce e Andrea Pergolari). Oltre al ringraziamento per il permesso di rielaborarla, l'autore gli rivolge tutta la propria ammirazione.

I due numeri di cellulare citati nel testo corrispondono a schede dati di proprietà dell'autore – casomai a un lettore pazzo venisse in mente di chiamarli. Quello di telefono fisso è inesistente.

Sempre a beneficio di quel lettore pazzo: è inutile che cerchi di entrare nell'account Gmail citato nel testo, perché non esiste nemmeno quello.

Dylan Orsulič Zimmerman, il cane dell'autore, è morto il 4 giugno 2014 a diciassette anni d'età. Se avesse un senso, questo romanzo sarebbe dedicato anche a lui.

Bompiani ha raccolto l'invito della campagna
"Scrittori per le foreste" promossa da Greenpeace.
Questo libro è stampato su carta certificata FSC,
che unisce fibre riciclate post-consumo a fibre vergini
provenienti da buona gestione forestale e da fonti controllate.
Per maggiori informazioni: http://www.greenpeace.it/scrittori/

Finito di stampare
nel mese di maggio 2016 presso
Grafica Veneta S.p.A.
Via Malcanton, 2 – Trebaseleghe (PD)

Printed in Italy